El libro de la hija

El libro de la hija

Inma López Silva

Lumen

narrativa

Papel certificado por el Forest Stewardship Council®

Primera edición: febrero de 2020

Printed in Spain – Impreso en España

ISBN: 978-84-264-0647-7
Depósito legal: B-328-2020

Compuesto en M. I. Maquetación, S. L.
Impreso en Egedsa (Sabadell, Barcelona)

H 4 0 6 4 7 A

Penguin
Random House
Grupo Editorial

La verdad es que mientes.

CHRISTA WOLF,
Casandra

1

Helena

And if a double-decker bus
crashes into us,
to die by your side
is such a heavenly way to die.
And if a ten-ton truck
kills the both of us,
to die by your side
well, the pleasure - the privilege is mine.

THE SMITHS,
«There Is A Light That Never Goes Out»

A Helena le gustaría que la agarrasen por detrás, le besasen el cuello y le susurrasen al oído «quiero morder ahí». Pero solo tiene ese padre muerto hace poco. Ese marido que ha huido. La hija. Un trabajo por el que otras matarían y ella ya no. Esta es su historia.

Hoy, como siempre, ha comprobado al levantarse que sigue usando solo la mitad izquierda de la cama. Solía pensar que el divorcio le llegaría por su causa, por ejemplo, en el momento en que su marido tuviera demasiadas certezas. O el día en que Miguel le hiciera un par de preguntas y ella tuviera que contarle una serie de verdades. Y, en cambio, las cosas que hacía Helena permanecieron siempre en una dimensión diferente al resto de su vida, hasta que se acabaron sin que ella se enterase exactamente de cómo las dejó ir. Está convencida de que todavía hoy él sigue sin saber que, en realidad, ella estaba viva gracias a sus secretos. Seguramente imaginaba muchas cosas, pero no sabía hasta qué punto la vida era todo lo de fuera de casa. Alguien que también la agarraba por detrás y también la mordía. Que también ocupaba una cama junto a ella, pero utilizando los dos lados indistintamente. Alguien que también le decía que era excitante, hermosa, distinta. A pesar del amor familiar, de su vida con Amanda y con Miguel, de los fines de semana de excursión, de las tardes de playa, de las noches de cena romántica, de las vacaciones en Lanzarote. A pesar de la felicidad.

Esa, la felicidad, se le convirtió a Helena en una especie de enfermedad crónica, acostada todas las noches a su lado en la cama enorme comprada con tanta ilusión con el primer sueldo de Miguel. Y un día él se fue. «No puedo más con esta vida —le dijo—, pero te quiero bastante.»

Bastante.

Helena se quedó supurando toda aquella felicidad. Llena de rabia y perdida. Insípida.

Un día de estos se cumplirán doce años de aquello.

Mientras se ducha, oye la melodía del móvil del trabajo, y con el agua escurriéndole por la cara, entorna los ojos. Últimamente piensa mucho en las gotas de agua en la piel, en el parecido con el sudor o con los dedos recorriendo los poros. Otros dedos distintos de los suyos. Extraña todo eso. Mucho. Y le falta que suene más su teléfono particular. Incluso ha llegado a echar de menos a Miguel.

En algún punto entre los cincuenta y los cincuenta y cinco años, ha perdido la habilidad de hacer que los hombres entiendan lo que quiere, y ha empezado a tener que explicar cómo tienen que recorrerle el cuerpo con los dedos. Ha terminado por diseñar unas cuantas frases fáciles de comprender para que se aclaren, pero así ya no le hace gracia. En eso piensa bajo la ducha.

También es verdad que, desde lo de su padre, ya no las necesita.

Mañana es el día en que se cumplen esos doce años. Al menos, en aquella época no le daba tanto trabajo encontrar uñas para su piel todas las noches. Dedos que le tocaban los lunares, los pezones, la cara interna de las rodillas por donde ahora se pasa la esponja.

En qué momento un dedo decide qué piel toca.

Quizá esas ideas suyas tengan que ver con la entrevista que va a hacer hoy.

Hace ya mucho tiempo que toda la profesión coincide en su capacidad para meterse en aquello en que nadie se fija y en su intuición de periodista experta para poner la tecla en las historias que verdaderamente merecen la pena, las que quedan para el futuro. Eso dicen. Ella nunca lo ha tenido tan claro, pero ha dejado que todos lo crean, y no le ha ido nada mal, la verdad.

Con la toalla en la cabeza, escucha el mensaje grabado en el buzón de voz mientras coge una taza para el desayuno. «Helena, perdona, soy Fernando. Solo quería confirmar que hemos quedado hoy en el Universal.»

En sus circunstancias, le hace falta optimizar el tiempo, piensa Helena. Pone la taza en la máquina y, mientras observa cómo cae el café, decide no devolverle la llamada. ¿Para qué? Dentro de menos de dos horas van a estar cara a cara. Solo se han visto una vez y ella no lo recuerda. Tendrá que reconocerla él, imagina, que para eso una sale en la tele de vez en cuando.

Lleva días inquieta, dándole vueltas a cómo será Fernando y si se le notará o no el delito. No puede evitar verlo un poco como a su propio padre, aunque es demasiado joven para ser su padre. Helena se siente mal por comparar, aunque solo sea en lo más profundo de su solitaria imaginación de las mañanas, a Fernando con papá. A fin de cuentas, es solo un hombre mayor con una desgracia a cuestas.

Fernando es, como tantos tipos de la cárcel, alguien que busca ayuda a la desesperada. Se conocieron en una visita que hizo ella al centro penitenciario donde él cumple condena para escribir un artículo sobre las vidas de internos mayores de sesenta años. Se quedó enganchada a su historia. «Yo, además de viejo, soy inocente —le dijo él—. Debería contártelo.» En realidad, no sabe muy bien qué la llevó a prestarle atención en aquel momento. Quizá su famosa intuición. Luego la llamó varias veces hasta lograr un encuentro con ella en un permiso para contarle su historia, que le adelantó con generalidades en su primera llamada. Helena lo escuchó en medio de un escalofrío.

Todos tienen algo que contar, piensa, otra cosa es que merezca la pena escribirlo, sobre todo en este caso, que tiene toda la pinta de ser la historia de un caradura más que se quiere esconder en la duda para generar polémica y lograr que los permisos sean menos dolorosos. Claro que cuando, por pura curiosidad, se puso a revisar el caso en la hemeroteca, hizo un cálculo rápido que todavía la intriga: ya debería estar con la condicional, pero Fernando sigue dentro. Tiene que preguntarle por eso, por supuesto.

Quizá sea impropio de Helena dejarse llevar así por alguien vulgar, convencional, que podría estar mintiendo o aprovechándose de ella. Pero ya no es de esas periodistas de las que uno se pueda aprovechar. También está en ese momento preciso en el que, de repente, su propia vida aflora en lugares inesperados. Hay en la historia de este hombre esa violencia implícita que a ella la ahoga. Y, además, cree que estas cosas suceden allí donde todo el mundo sabe que suceden, aunque siempre se mire para otro lado. A veces ese es el modo más fácil para seguir viviendo sin tener que pensar demasiado. Querría mirar para otro lado.

Revisa la agenda en el móvil y se asegura de que, efectivamente, ha quedado con él a las once en el Universal. Helena suspira, se pone miel en la tostada, y pierde la mirada en la plaza, ahí abajo, tras el cristal de la ventana de la cocina. Coches. Palomas y algún cuervo. Los semáforos que cambian del rojo al verde y al ámbar. El runrún en la calle de mañana con sol. Niñas en patinete. Chicos con carpeta. Perros que levantan una pata contra el tronco de un árbol y humanos con la bolsita recogiéndoles la mierda. Un autobús. Algún jubilado leyendo el periódico en la terraza del bar. El vecino del noveno B haciendo *running* con el i-pod en el brazo y las gafas de sol. Helena suspira. McCartney debió de componer «Penny Lane» en un momento parecido a este, mirando un cruce y a la gente. Allí también había una rotonda.

En realidad, echa de menos el apuro de las mañanas, cuando Amanda era una niña. La leche del desayuno que siempre se volcaba en la mesa, la merienda en la mochila, diez minutos para vestirse, la trenza imposible de hacer en menos de cinco, una barra de labios desaparecida, la pasta de dientes esparcida por el espejo, el mandilón los lunes, el chándal y las zapatillas martes y jueves, levantarse con fiebre y librarse a base de antitérmicos, los turnos con Miguel para hacer los zumos, la bolsa de plástico para proteger el proyecto de ciencias, limpiar los libros de la biblioteca del aula manchados de yogur, las fechas de los cumpleaños, el día de bocata en el que siempre se le olvidaba comprar el pan. Entonces Helena no imaginaba que ahora sentiría este vacío blando por las mañanas al faltarle todas esas cosas que en aquel momento le pesaban tanto.

Tantos años después, a estas horas, solo tiene una hija por ahí y un divorcio en duodécimo aniversario.

Helena piensa mucho también en aquellas mañanas tranquilas en las que su padre le ponía la leche con galletas y la obligaba a tomarse una cucharada de miel. Recuerda a Félix así, frente a ella, con una sonrisa enorme, acercándole la cuchara a punto de gotear un poquito de miel encima del mantel. Detrás de la cuchara, los ojos negros muy abiertos, enmarcados por los rizos medio largos de papá. Podría pintar esa imagen un día si tuviese tiempo. Se desvanece pronto, en el mismo momento en que se le inundan los ojos.

—Papá, ¿adónde van los muertos cuando se mueren?

—¿Lo dices por tu madre?

—Sí.

—A ningún sitio. Solo se mueren. Así que ya no merece la pena llorar más porque no va a volver por muchas lágrimas que derramemos.

Y no volvieron a llorar más, a pesar de que aquello era para siempre. De muerte repentina, decía todo el mundo. Juntos, solo uno con la otra, como le gustaba decir a Félix hasta que Helena se marchó a vivir a un piso de estudiantes. Claro que eso fue mucho después de aquella noche en que ella pensaba que, al quedarse sin madre, la ausencia la llevaría a la más absoluta de las pobrezas. ¿Qué iba a ser de ella sin el dinero de la floristería todos los meses? Sin el sueldo de su madre, creía Helena que no tendrían para comer, así que su padre tendría que ponerse a trabajar unas diez o doce horas diarias para ganar un poco de dinero para patatas y pan, y malcomer y malvivir hasta que alguna autoridad se diera cuenta de que una niña no podía estar así y finalmente la separasen de él, y la metieran en una inclusa, donde seguro que cogía la tuberculosis.

Pero no pasó nada de eso. Aquella noche, su padre la metió con él en la cama y le dijo: «Vamos a estar muy bien tú y yo solos, ya lo verás», y la abrazó como no la habían abrazado jamás en la vida, dejándole un recuerdo que ella retomaría mil años después. Se le acercó, le rodeó la espalda con un brazo, pegó su frente a la de ella y, mirándola fijamente a los ojos, sin decirle nada, dejó claro que la muerte de su madre no iba a ser un problema.

Al día siguiente, limpiaron la casa de blusas de colores y faldas, pañuelos perfumados y rulos, echaron por el desagüe una botella de colonia Álvarez Gómez y un tarro de crema Pond's, convirtieron varios vestidos en paños de cocina y fueron a la Seguridad Social a arreglar para Félix la viudedad y para Helena la orfandad. Salieron de allí de la mano, y mientras cruzaban la calle, su padre le dijo: «Con esto será suficiente para estar bien una temporada, luego ya veremos». Y ella, que a sus seis años todavía no estaba muy convencida de si eso le evitaría la inclusa y la tuberculosis, decidió retrasar hasta los siete u ocho años su preocupación. Para cuando llegó a esa edad, ya se había olvidado de esas cosas.

La historia que siempre le contaron era sencilla. Félix Sánchez, su padre, era un señor normal de cabello negro y rizado que un día decidió que necesitaba una mujer para que le planchase las camisas, así que se enamoró perdidamente de Adela Ramos. Ella tenía un puesto de flores en el mercado de San Rafael, y todo el mundo le hacía el chiste de estar predestinada al negocio por el apellido, cosa que ella lucía con gracia en un cartel enorme que le enmarcaba las margaritas, los claveles, las rosas y los gladiolos: FLORES DE RAMOS. Él ya era el agente de seguros con más facturación de su sucursal, y se conocieron porque le hizo un seguro de decesos para el que había insistido mucho una prima de Adela. Solo tenían diecinueve años, pero la guerra, que a fin de cuentas no les quedaba tan lejos, había convencido a las mujeres de esa generación de la inminencia de la muerte, convirtiéndolas en un poco temerarias y un poco tristes a pesar de la alegría con la que vestían faldas de tubo estampadas con botas altas y lucían pintalabios y pintaúñas rojos. Así que una mañana, Adela le pidió a la carnicera de al lado que echase un ojo a su puesto y se fue a la sucursal de seguros, donde la esperaba Félix. Se enamoraron y se casaron.

Eso es lo que le contaban a Helena, como si las historias de amor que terminan en boda fueran siempre así de simples. Pero nunca logró saber más de aquella época en la que sus padres se conocieron, a pesar de que preguntó y preguntó, tanto a él como a ella, sin que le contasen más que detalles irrelevantes. El vestido de novia copiado de una revista del corazón, la cena de pedida con unos abuelos a los que Helena ya no conoció, los encuentros en el cine del barrio. De niña pensaba que sus padres se habían casado por casualidad y que en realidad no estaban enamorados, sino que habían tenido una especie de relación interesada, una empresa sentimental donde convenía juntar flores con seguros.

Por eso cuando a Adela le dio el infarto y Helena se quedó sola, pensó que su padre, en realidad, había sentido un alivio enorme al librarse de aquella mujer a la que no quería. Aprovechó ese sentimiento para apartar la tristeza inmensa que la invadía cuando pensaba que ya nunca más volvería a ver a su madre. Y pronto empezó a recordarla como aquella señora de la foto del salón.

Antes, el trabajo servía para no pensar, pero parece que, cuanto más triunfa Helena, menos le sirve el éxito. Solo gana dinero. Escribe en el periódico de mayor prestigio. En la vitrina de su despacho (tiene despacho desde hace tiempo), están los dos o tres premios más relevantes de periodismo del país. El director le consulta la línea informativa sobre los casos importantes y tiene un horario decente que modifica a su antojo si le hace falta. Hoy, como todos los días, mientras se maquilla delante del espejo del baño y se pregunta para qué quiere ahora dos lavabos, se repite todo eso para convencerse de que tiene el mejor trabajo del mundo.

Como si fuera una de esas estudiantes de Periodismo a las que da lecciones cuando la invitan a algún máster. Helena Sánchez siempre es esa periodista apasionada y vocacional que recuerda cómo era cuando, de estudiante, tuvo clarísimo que quería ser periodista. Para contar la verdad. Para informar. Para dar voz a los que no la tienen. Pero cualquier día, se le cruza un cable, entra en ese Máster de Comunicación en el que imparte un par de clases todos los años, les grita que toda esa sarta de tópicos es una patraña inventada por los directores de los medios para que los periodistas piensen que merece la pena estar esclavizados, y se larga.

Claro que Helena no es así. Ella ya está en una dimensión en la que esas licencias son imposibles.

Y en el fondo, también por las mañanas, frente al espejo, escudriña en su interior dónde se ha quedado aquella muchacha que creía profundamente en eso que les cuenta en la universidad, a ver si ella misma vuelve a creérselo como entonces. No puede ser que esta Helena Sánchez haya matado a aquella otra, que quizá se parecía más a su propia hija de lo que quiere reconocer. Su padre sí que se dio cuenta de cómo una nueva Helena iba estropeando a la vieja hasta aplastarla. Bien que la avisó, eso no se le puede reprochar. Pero, claro, se lo dijo como dice él las cosas. Como decía él las cosas.

Mira el reloj y apura el paso para ponerse los zapatos. Se recrea un instante en el contraste entre la suela roja y el zapato de piel negra. El tacón de ocho centímetros, fino. Hace doce años que Miguel le regaló por Reyes esos zapatos carísimos, y se los ha puesto muy poco, seguramente porque siempre los ha asociado al momento «nopuedomás». Ahora esas cosas empiezan a darle igual. El tiempo que pasa. El tiempo que no cura, pero sustituye cosas que importan por otras que importan más.

Se pone en pie sobre los zapatos y a la vez coge el teléfono buscando el número de la nueva becaria que tienen en la redacción. Es muy lista. A Helena le gusta. Va a ver si logra que se quede con un contrato de mierda cuando se le acabe la beca. También le gustaría que Amanda fuese un poco más como esa chica tan maja. Pero no lo es, y no hay nada que hacer, eso lo sabe.

Como no contesta, le deja un mensaje de voz. «Sandra, guapa, soy yo. Hazme un favor, anda. Avisa por ahí de que no me pasaré hasta después de comer, que tengo que ir al piso de mi padre después de la entrevista con el criminal. A ver si apaño con los del guardamuebles algo razonable. Puede ser una entrevista larga, depende, y luego tiro para allí. Llegaré a la redacción sobre las cuatro. Cualquier cosa, móvil, ¿vale?»

Cuando coge el taxi, deja de pensar en los secretos, en los dedos por la piel y en los doce años, y todo ese sitio en la imaginación se lo va ocupando la imagen del padre muerto en su ataúd. Baja la ventanilla para que el aire frío de la calle le dé en la cara, y logra llegar al Universal manteniendo a raya la amargura.

Fernando ya la espera dentro. Se para a observarlo desde fuera, intentando situar la historia que le ha contado en esa cabeza en la que, a simple vista, no se perciben las marcas de la cárcel. Helena siempre ha considerado que la cárcel debería notarse en los rostros. Facilitaría las cosas y ahuyentaría a los cobardes. No lo piensa por ella, por supuesto, sino por toda esa gente que cree que se va a contagiar de maldad, criminalidad o miseria, algo así, cada vez que se acerca a alguien que ha estado en prisión. No es su caso. Alguna de sus mejores historias ha arrancado en un centro penitenciario.

Le tiemblan las manos al saludarla, y a ella, por eso, le vuelve la certeza de que no es más que un simple hombre mayor, como lo fue su padre, después de toda la vida siendo joven. Ya tiene un té encima de la mesa y la cucharilla hace un tintín amenazante cuando él se levanta para saludarla, moviendo todo lo que queda a la altura de su cintura. Helena opina que a él ya se le empieza a olvidar cómo comportarse en público, algo que piensa siempre que está con presos. ¿Como saludas a una periodista, le das dos besos? ¿La mano? ¿No haces nada? ¿La tuteas o no? ¿Cómo te comportas cuando tienes que verte en un café lleno de gente porque das miedo?

—Encantado de volver a verte.

—Mucho gusto. ¿Está tomando té? —Helena sonríe, por aquello de inspirarle cierta confianza—. Yo soy de café negro y cargado.

—A mí la cafeína me pone nervioso.

—Y la teína no.

—No, la teína no.

—Qué raro.

—Sí.

—Fernando, es importante que sepa que el hecho de acceder a este encuentro con usted no significa que vaya a publicar su historia.

—Ya lo sé. Pero tengo que intentarlo, ¿sabes?

El camarero llega, ella pide su café y saca el móvil, en el que teclea buscando una aplicación para registro de voz.

—No le importa que, además de tomar algunas notas, grabe la conversación, ¿verdad?

—No, claro que no. De hecho, si finalmente decides contar mi historia, me gustaría que lo que escribas fuera objetivo.

—¡Ah! ¡La objetividad! —Helena exagera con sorna—. Eso no existe, amigo.

Sonríen los dos. Hay algo en Fernando que le resulta familiar, una mirada que le inspira confianza. Además, no habla como otros tipos de la cárcel, sino con tiento y una corrección quizá forzada que a Helena le recuerda el discurso afectado de la gente de derechas de otra época, con el tono engolado de los locutores de los años cincuenta, como el que se le pone algunas veces a su exmarido en público. Le parece que es imposible que, en esa cara en la que sin ningún esfuerzo se percibe el dolor, haya un criminal como el que describen los sumarios que ha leído y las sentencias que lo condenan. Dejan en la mesa el café, le pone azúcar, lo remueve, le da un trago, y comienza.

—Vale, Fernando. Pues antes de preguntar yo, quiero que me cuente lo que quiere que sepa.

Fernando fija la mirada en la taza de té, aprieta los labios. Por un momento, a Helena le parece que va a decidir no abrir esa boca rodeada de surcos profundos y un indicio de barba dura, blanca y vieja que ha afeitado unas horas antes.

—Ya hace casi once años, ¿sabes? —No espera respuesta—. Pero para tener la condicional debería reconocer los hechos, y no pienso hacerlo. Porque no son ciertos.

Él también tiene su propio aniversario. Helena duda entre hacerle la pregunta en la que lleva días pensando y dejarlo seguir, pero le da la sensación de que él espera que diga algo.

—Cuénteme qué pasó —le dice ella mirándole un punto entre ceja y ceja para no tener que mirarlo a los ojos. Ha aprendido eso hace siglos y todavía le funciona.

—Ya sabes —sigue Fernando—, te enamoras, te casas, te divorcias y se te jode la vida.

—No toda la gente que se enamora, se casa y se divorcia acaba con una condena de quince años de cárcel.

—A lo mejor es que solo han tenido buena suerte.

Helena se queda pensando. ¿Ha tenido ella buena suerte? Todo el mundo piensa que sí. Todo el mundo piensa, en realidad, que el éxito es sinónimo de buena suerte. Nunca se ha visto a sí misma como una mujer con suerte, porque a ella también le han pasado cosas. No sabe si desgracias o infortunios, pero cosas. Situaciones tristes, por supuesto, casualidades desafortunadas. A menudo un azar asqueroso que amenazaba con mandar todo a tomar por saco. No hay caminos de rosas. A todo el mundo le pasan cosas de ese tipo y no van por ahí pidiendo entrevistas para recuperar el honor perdido. Es la vida. Punto.

Por un momento, siente el impulso de decirle a Fernando que ella no entrevista a gente que va de víctima, pero le parece fuerte soltarle eso a un tipo que emplea un par de horas de un permiso penitenciario de dos días para ir a contarle su historia porque, como le dijo por teléfono, necesita que se entienda que él no es capaz de hacer lo que mucha gente cree que ha hecho. Helena, por principios, pone siempre todas esas declaraciones de titular de prensa rosa entre paréntesis, pero Fernando tiene esa especie de franqueza. Cuando vuelve a prestarle atención, ya está en otra cosa.

—Tenía una novia que vivía por aquí, ¿sabes?

—¿Antes de su mujer? —le dice ella temiendo que se le note que se alegra de tenerlo todo grabado para recuperar sus lagunas de atención.

—¡No, claro! —Sonríe—. ¡Aquí no tengo vida antes de ella! No pongas esa cara. La conocí en un permiso. Era amiga de unos amigos. Los amigos que te duran después de entrar en la cárcel son los verdaderamente buenos, ¿sabes? Así que me la presentaron ellos. Vive en la calle de ahí atrás, y cuando estaba con ella venía bastante por aquí, pero nunca había entrado en este café hasta hoy.

Helena le sonríe. A fin de cuentas, incluso Fernando se enamora otra vez si hace falta. Incluso Fernando puede enamorarse de alguien. Nunca falta un roto para un descosido, decía siempre su padre.

—Pero ya no sigue con ella...

—La quería bastante —«bastante»: la palabra se le queda enganchada en la grabadora—, pero la dejé. Tenía, o tiene, mejor dicho, un hijo drogadicto. Yo no quiero líos ni historias raras.

—Le basta con lo suyo.

—Lo mío no es una historia rara. La droga es una mierda.

Ella sabe la mierda que es la droga, pero no es por ahí por donde quiere que vaya la conversación. No ha quedado con él para que le cuente la enésima historia de tráfico de drogas en los centros penitenciarios, ni la vida injusta de los que viven condenados y que solo tienen la droga para mirar la condena con un poco de condescendencia.

La vida de Helena se dividió en antes y después a partir del día en que Amanda desapareció al salir del instituto.

Llovía a cántaros, y esa mañana habían discutido porque Amanda había dejado el esmalte de uñas abierto encima de la mesa junto al ordenador, así que la policía decidió que Helena tenía la culpa, que Miguel no tenía nada que ver, y que su hija ya volvería.

—¿Toma drogas? —le preguntó el agente.

Helena y Miguel siempre habían entendido que las drogas eran inevitables. Ellos mismos recordaban sus mejores noches de sexo con drogas, con alcohol y sin rock and roll. Ellos escuchaban más bien a Víctor Jara, a Serrat y a Silvio, a Milanés, incluso a Sabina. Tenían esas contradicciones. Abrían una botella de vino y usaban cocaína a modo de lubricante. Podían pasarse así noches enteras, una vez tras otra, y Helena se acordaría después de aquellas sensaciones excitantes con mucha nostalgia de la juventud insultante, de cuando salían de las reuniones del sindicato de estudiantes y se metían en su habitación, con la música altísima para que sus compañeras no los oyesen. Nada de lo que llegó después fue igual, quizá porque cuando Miguel pensó que tenía que ser un señor responsable, decidió que las drogas no entraban en casa y que él pasaba de arriesgarse a que lo trincaran por meterse donde no debía para comprarlas. Él era un tipo respetable, le decía a Helena, lo de hacerse los hippies estaba bien para el sindicato, pero cuando uno ya era médico y tenía una hija, había que repensarse muchas cosas. Y se acabó aquella bonita diversión sin que ella supiera muy bien por qué de repente tenía tanto de malo.

¿Y Amanda tomaba drogas?

A pesar de que le costaba imaginar a su hija en aquellas situaciones lascivas y electrizantes en las que se recordaba a sí misma con Miguel, tampoco era Helena una de esas madres ingenuas que pensaban que sus hijas nunca serían como ellas, así que le dijo al policía, rotundamente: «Sí». Miguel la miró con cierta cara de pánico, pero insistió. «Por supuesto que toma drogas: tiene dieciséis años, y ya la ve en las fotos... ¿Cree que esos cuatro tatuajes, los ocho piercings (que se ven) en orejas, cejas y lengua, esa nuca rapada, las uñas negras y las rastas son las cosas que se ponen las niñas de misa diaria que solo beben zumos de piña?» Claro que tomaba drogas. Pero ¿qué tenía que ver eso con llevar un día entero sin saber nada de su hija?

Cuando salieron de la comisaría, a Helena le cayó encima de golpe toda la culpa que había logrado mantener a raya las últimas veinticuatro horas, mientras la buscaba en todos los antros posibles, le enviaba mensajes que el móvil apagado de Amanda decía no recibir, llamaba a todas las amigas de su hija, avisaba a todos sus profesores, montaba guardia a la puerta del instituto y revisaba su cuarto de arriba abajo. Entretanto, Miguel había ido a los hospitales, a las plazas donde se reunían los vagos, los borrachos y los indigentes, a las ferias de artesanía donde chicas como Amanda vendían cosas de cuero y collares de cuentas.

Pero, sobre todo, mientras pasaban esas veinticuatro horas de angustia y discusiones, Helena leyó en el diario de Amanda aquellas páginas escritas con su letra pequeña de niña responsable que podría beber solo zumos de piña, y con la tinta violeta con la que le gustaba dejar fijadas las cosas importantes, las cosas relacionadas con lo que veía y lo que sentía, como los primeros amores en las semanas alrededor del día en que cumplió catorce años, las decepciones de amigos, la impotencia ante determinados acordes de guitarra que quería practicar, o la frustración de un suspenso. Leyó también el proceso por el que se fueron distanciando en palabras en las que predominaba el no entender a mamá. Y, sobre todo, leyó una mañana de no hacía mucho tiempo que Amanda había abortado.

Sin pensárselo dos veces, cogió el abrigo y el bolso, bajó corriendo a la calle y se subió en el primer taxi que pasó. Al llegar a casa de su padre, ni siquiera lo saludó.

—Dime dónde está Amanda.

Evidentemente, el tono de voz logró que Félix supiese que la pregunta venía cargada de angustia y no de rabia, aunque Helena pretendiese lo contrario.

—No lo sé. Aquí no, ya me gustaría.

—Pues dime lo que sepas.

—¿Qué puedo saber yo que pueda ayudar a encontrar a una chica de dieciséis años?

—Pues podrías empezar por decir que te la llevaste a abortar hace veinte días. —Se aceleraba—. ¡Papá, por Dios! Llevamos más de un día sin saber de ella. Se la ha tragado la tierra. ¿Y tú creías que ese dato no era importante?

Seguramente Félix, que siempre había sido de natural inquisitivo, se preguntaba en aquel momento cómo era posible que Helena supiese aquel secreto tan enorme entre él y su nieta, pero decidió que ya preguntaría eso más adelante, quizá cuando apareciese la niña. Cogió del brazo a su hija, la condujo con cariño al sofá en el que tantas veces habían visto las películas de los jueves por la noche, y la miró a los ojos. Estaba desencajada y ojerosa.

—Deberías llorar, Helena.

—Ya estás tú con tus misticismos.

—Yo llevo sin saber nada de Amanda cuatro días, ya te lo he dicho esta mañana cuando me has llamado —dice, pensando bien las palabras—. Después de aquello, he hablado con ella todos los días para saber cómo estaba. Se ha recuperado en tiempo récord, y no parecía importarle demasiado pasar por eso. Solo quería librarse cuanto antes. —Calló un momento y apartó los ojos hacia la ventana—. Y que tú no lo supieras.

—No lo entiendo. Yo no soy de esa clase de madres. —Helena también fijó la mirada en el cristal—. A veces pienso que, justamente por eso, ahora Amanda es como es.

—Todos somos esa clase de madres, Helena.

—No sé en qué momento ha dejado de contarme las cosas. Por lo que he leído en su diario —ahí lo tenía Félix: el diario—, ya no la conozco. Y ella a mí, por lo visto, tampoco.

—Ya volverá. No puede ir muy lejos.

—¿Y el chico?

—¿No figuraba en el diario?

—No.

—Eso sí que no te lo puedo decir.

—Papá, voy a tener que ir a la policía a contar todo esto. Es mejor que me lo digas a mí.

Pero Félix negó con la cabeza y, si es que lo sabía, nunca dijo quién había dejado embarazada por primera vez a su nieta, esa que solo hacía dos años que tenía la regla, la misma que se ponía botas militares y medias rotas y que era una tía dura que, como cualquiera, en fin, también guardaba secretos horribles.

De repente, sonó el teléfono, se revolvió, buscó nerviosa en el bolso, y se puso pálida cuando leyó en la pantalla el nombre de su hija. «Ya estoy en casa», dijo, y colgó. Helena todavía se quedó unos segundos así, con el móvil al oído y el bolso en las piernas. Allí, en el sofá de las películas de los jueves, con Félix entendiendo a su lado que, a pesar de las apariencias, aquella pesadilla no terminaría tan rápido. Una lágrima se le fue cayendo desde el ojo derecho y se coló entre unos labios apretados que ya se le habían despintado, seguramente cuando leía el diario y se los mordía para ahogar la sorpresa mientras se pasaba continuamente las manos por la boca. Después de esa lágrima llegaron más, todas ante la mirada inquisitiva de Félix que, a lo mejor, en realidad, era solo una mirada compasiva que Helena nunca acabaría de entender.

Después de eso, Amanda desapareció muchas veces más.

Helena le da un sorbo al café mientras decide por dónde continuar esta conversación en la que parece que Fernando busca una terapia, quizá un lavado de conciencia o un sueño de inocencia. Necesita reconducirla hacia el meollo del asunto porque no quiere que se entretenga en su propio victimismo de condenado, objeto de todas las injusticias.

Lo observa para memorizar una foto de este momento que sabe que le servirá como punto de partida para el reportaje, para la historia según la cuente, si es que la cuenta. Pero una vez más, solo ve una opción contemporánea y empobrecida de quien imagina que podría haber sido su propio padre. Alguien cuyas corbatas han dejado paso a un jersey verde y gastado de hipermercado con una camisa debajo a la que, sin duda, solo le ha planchado puños y cuello. Los mocasines marrones de goma que se nota que no andan a la intemperie de las tormentas y la lluvia. Un reloj rayado en la mano izquierda que recuerda el pasado de alguien que fue libre, tuvo dinero y probablemente se vanagloriaba de votar a la derecha que pondría orden en un país que necesitaba empresas como la suya. Las uñas estriadas, que se notan lavadas a conciencia, quizá porque, según ha leído Helena en algún sitio, Fernando es el jardinero de la cárcel. Decide retomar la conversación por ahí.

—Ha dejado bonito el patio del módulo —dice poniendo una sonrisa que se pretende cómplice.

—Ah, tenías que verlo ahora.

—He estado hace poco.

—Pues yo tenía una empresa, ¿sabes? Empezamos con un vivero, vendiendo plantas y flores a particulares y al por mayor. Se hizo enorme. —Se queda un momento pensando, evocando sin duda un tiempo mejor en el que quizá fue feliz—. Hemos ganado mucho dinero. Nos iba muy bien. —Sorbo de té—. Siempre me han gustado las plantas y las flores, ¿sabes? Las flores de todos los colores le alegran a uno la vida. Y eso: que yo tenía aquello, y me iba muy bien. Lo montamos al volver de Alemania. Ah, en Alemania sí que se vive bien, pero no soportaba el frío. A Clara la conocí allí, pero ella ya era alemana. Hija de emigrantes. Decidimos venirnos otra vez para aquí, porque no íbamos a criar hijos en un país tan frío, así que nos atrevimos a montar el negocio. —Hace un gesto de asco en el intervalo de un breve silencio—. Gananciales, ¿sabes?

A Fernando le cruza la cara una sombra, pero a ella le viene solo una imagen nostálgica de esa foto del salón en la que su madre, una Adela jovencísima, sonríe a la cámara rodeada de flores bajo el cartel de su puesto en el mercado. Félix contaba que lo que más le gustaba a Adela era hacer ramos de difuntos, y ella quería pensar que se lo decía para hacerla rabiar, que no le parecía normal que a una florista como su madre no le gustasen los ramos de novia. ¿Cuántos ramos de difunto haría la mujer de Fernando en aquellos tiempos felices cuando los dos tenían un negocio próspero? ¿Cuántas fotos de niñas rodeadas de flores habría en la casa de Fernando? ¿Pensará él todas las noches en esos retratos enmarcados con caritas inocentes de sus hijos en un paraíso verde donde casi nadie piensa, nunca, que la vida puede torcérsete así?

—Les fue bien, entonces.

—Nos fue muy bien, ya te digo. Y después ella se quedó con todo.

—¿Cuántos hijos han tenido?

—Tres. Todas hijas. Tres niñas rubias.

—Cuénteme.

Helena sabe que Fernando quiere y no quiere contar, pero también sabe que ahí está la raíz de la verdad, del lugar donde a ella le entran las dudas cuando conoce su historia, el lugar donde radica el interés para él, para ella, para las personas que podrían leer lo que ella escriba, si es que lo escribe. Quiere sentir cómo lo cuenta, mirarlo bien, escudriñarle los gestos y decidir cómo es la verdad de Fernando, o su explicación, o su arrepentimiento. «Un punto de vista, si es que es posible que haya puntos de vista en estas cosas —piensa Helena—. Esto sería un buen debate para el Máster de Comunicación. Venga, chicos, poned a funcionar el curso de ética periodística de una vez. A ver si sois capaces de tomar partido con una historia de estas características.» Y ahí empieza a pensar Helena que, a lo mejor, estos reportajes que hace últimamente son más propios de un taller de literatura de centro sociocultural que de máster. Puede que no haya tanta diferencia. Le gusta pensarlo así.

—El último abogado, hace cuatro años, ese que me dijo que todo mi proceso había sido una chapuza de principio a fin, también me recomendó reconocer los hechos para salir. Así, sin escrúpulos.

—Ese abogado, ¿por qué es distinto a los demás?

—Porque le pago más.

—¿Y de dónde saca el dinero?

—Hace tiempo, mi hermano pidió un crédito para eso y para pagarme la responsabilidad civil. —Los ojos se le ponen vidriosos, y ahoga el llanto con las manos—. No sé cómo voy a devolverle ese favor tan enorme. Ahora estamos algo distanciados...

—A ver, Fernando, que yo me aclare. Vamos a volver a los hechos. He leído la sentencia y no deja lugar a dudas. —Sigue sin atreverse a mirarlo—. ¿Usted se ve capaz de sostener ante la opinión pública que su mujer lo ha acusado de abusos sexuales a su hija para quedarse con todo en el divorcio?

—De agresión.

—¿Agresión sexual?

—Sí. La pena por abusos es de, aproximadamente, la mitad.

—Fernando, por Dios, ¿se da cuenta de que esa historia no se sostiene?

—Pero es la verdad, ¿sabes?

—Eso es lo que usted dice.

—Si me dejas que nos veamos otra vez, Helena, puedo traerte documentos de todo tipo. —Vuelve el nerviosismo de cuando se saludaron; a ella le parece evidente que no está bien, que arrastra una depresión y una culpa—. Puedo demostrártelo. Puedes ver las incoherencias en las declaraciones, los errores judiciales, las meteduras de pata de los abogados de oficio.

—Pero ¿no tenía tanto dinero? ¿Por qué no se ha pagado un abogado como Dios manda? Eso es lo que le va a preguntar el primer lector que cuelgue en Twitter el reportaje.

—Estaban mintiendo. Nunca creí que a un tipo que ha estudiado Derecho le fuera a resultar imposible desmontar una mentira así.

—Fernando, no es que yo no le crea. Eso da igual. Pero para que la historia salga de esta mesa de bar, tiene que ser verosímil, e incluso parecer justa.

—Y si yo soy así, ¿por qué solo con una hija? ¿Por qué no con las otras dos? ¿Qué tenía esa?

—Sí, ¿qué tenía esa?

Fernando está desesperando y se angustia. A Helena le parece evidente que está harto de responder a las mismas preguntas una y otra vez y de sorprenderse a sí mismo dudando de su propia versión porque ya son demasiados años allí dentro por un delito que él dice que no ha cometido. Y también se sorprende a sí misma con esa frase revoloteándole la imaginación: un delito que no ha cometido.

Hay algo en todo ese disparate que le resulta creíble, algo en el aire, en la actitud de Fernando, en la forma de mirar y en los gestos que hace con las manos tratando de aproximársele, como si le cogiese la mano imaginariamente. Quizá por eso Helena todavía se pone más a la defensiva, porque ella es una mujer, ella no puede asumir esa forma de pensar, no puede creer así por las buenas al primer violador que le llega contando que la víctima, su hija, nada menos, ha mentido para joderle la vida, y que su exmujer es una de esas harpías que destroza maridos para quedarse con todo en un divorcio. No es una de las mejores periodistas de la profesión para creerse de golpe esa sarta de gilipolleces machistas. Y, sin embargo, piensa que puede confiar en Fernando.

—Esa fue la única a la que su madre pudo manipular. —Calla un momento y suspira—. Encima, he tenido mala suerte con las juezas, todas mujeres, porque decidieron creerlas a ellas directamente, por feminismo, por víctimas fáciles, no te ofendas. Entonces era muy así todo, ¿sabes?; ahora, con el nuevo gobierno y los cambios en las leyes, los hombres tenemos otras opciones, ya me entiendes.

—No me parece muy inteligente por su parte vincular su caso con las políticas feministas del gobierno anterior...

—Pues no pienso reconocerlo. Prefiero matarme. De hecho, ya lo he intentado dos veces, pero fallé por idiota. Y la gente de mi pueblo me cree, ¿sabes?

—Entonces, ¿para qué me necesita a mí?

—Mira, Helena —se acaba el té de un sorbo—, a lo mejor no lo entiendes. Ya sé que es difícil de entender, pero cuando llevas diez años en la cárcel y has renunciado al tercer grado porque no estás dispuesto ni a engañarte a ti mismo con la posibilidad de que dé igual que tu historia sea verdad o mentira entras en bucle, ¿sabes? Todo es esa historia. Es una cuestión de dignidad. No puedo reconocerlo y salir ahí fuera para que los que sí creen en mí empiecen a dudar.

—A ver, a ver. Vamos por partes. Que me interese la historia no significa que me la crea, y eso, si me apura, es lo de menos. Para que su historia interese a alguien que no sea yo, tendría que lograr convencer a todo el mundo de que un par de juezas han sido engañadas por una mujer y que usted, que es un agresor sexual con condena en firme, es la víctima. Eso, solo para que yo decida contar la historia y mi periódico publicarla, a pesar de toda la sensibilización que hay por ahí básicamente con dos asuntos candentes que van a condicionar toda la lectura de su caso: los abusos de los curas a los alumnos de sus colegios y las violaciones en las que la gente culpa a las mujeres víctimas alegremente.

—Pero a través de un artículo podemos explicarnos.

—No. La gente no quiere explicaciones cuando coge un periódico. Ya sé que es injusto que le carguen a usted otros muertos de nuestra opinión pública, pero la cosa va así. Por no hablar de lo que tendría que aguantar yo por contar su historia. Pero lo peor no es eso, lo peor es que usted se cree que no hay mayor tortura que la cárcel. Pero no tiene ni idea de que mucho peor que eso es ser juzgado otra vez por auténticos desconocidos, por pirados, por resentidos, por aquellos que han sufrido abusos en la infancia, por otros violadores.

—Ya lo sé.

—No, le aseguro que no lo sabe. Si sale de permiso, ¡o libre!, después de que su foto aparezca en mi reportaje, va a echar de menos la protección de las cuatro paredes de la cárcel. Créame. Y total, nadie le va a devolver su vida anterior. Ni su dignidad.

—No me importa, ¿sabes?

Helena supo del poder absoluto del periodismo cuando se enfrentó a los fascistas de Ágora.

Podía haberlo aprendido antes, con aquel reportaje sobre las fábricas de celulosa que la puso en verdadero peligro; y pensándolo bien, lo cierto es que era posible ver una relación entre ambas cosas. Pero la lección enorme de la que solo es capaz ese periodismo que informa sobre la condición humana llegó en ese otro momento, cuando comprendió que el peligro no tenía nada que ver con su vida simple, sino con su mundo entero.

Y, aun así, ni siquiera en aquel momento consiguió odiar a su marido. Como siempre, intentó entenderlo, y casi lo logró.

Casi todo el mundo pensó que aquel reportaje había sido un gesto de rabia y de venganza por parte de Helena, que por algo era conocida por ser implacable y los suyos la veían como el brazo armado de la justicia social. Que a su hija le diera una paliza un grupo de nazis con la cabeza rapada, en principio, debería ser motivo suficiente para que le saliese de repente el instinto de loba, y así lo supo ver la gente que le premió tanto aquel trabajo. Pero ella, ya entonces, insistía en que aquello no era más que la punta de un iceberg en el que el hielo se cristalizaba con miedo y corrupción hedionda, esa propia de un país al que no le importaba ni llenar el monte de eucaliptos o la costa de asquerosas fábricas de celulosa, ni permitir que unos skins matasen a un negro en una batalla campal que solo tapaba una operación inmobiliaria que financiaría el fascismo más peligroso que se agazapaba en un partido político. Pero en realidad, nadie entendió la verdad última de sus palabras cuando Helena recogió su flamante Premio Nacional. Era mejor pensar en una madre protegiendo a su hija, incluso a las hijas de los demás, de la violencia oculta en el fútbol, en la marginación social, o en la vida alternativa de las personas que decidían vivir como Amanda.

Cuando escribió aquel reportaje, Helena sabía a la perfección que debería haberse enfrentado mucho antes a esa gente. Debería haber sido mucho más expeditiva cuando Miguel empezó a decir en casa aquella clase de sandeces que, como un día le dijo su amigo Carlos, director del periódico donde ella trabajaba, eran un peligro porque solo te dabas cuenta de que eran pura mierda cuando las repetías en tu cabeza dos o tres veces; y para ese momento, podría ser que de tanto repetírtelas ya te hubieras contagiado.

Pero Helena se resistió. A fin de cuentas, la gente tiene crisis. La gente cambia. La gente merece explorarse. Como los países. Y supuso que, cuando se separaron, Miguel iba a explorarse en lo sentimental, pero también en lo político. Tampoco iba ella a decirle con quién tenía que ir, y reconocía que el trabajo los había llevado a vivir mundos muy diferentes, por mucho que llegara a creer que lo vivido en los años de la universidad llevaría a Miguel a ser otra clase de médico y otra clase de persona.

Ver a Amanda así, destruida por completo, fue como ponerle a ella una inyección de dignidad. Se dio cuenta de que su familia no era más que un ejemplo mínimo de algo mucho más grande, y de que, si algo así pasaba en su casa, era que pasaba en muchos minúsculos lugares recónditos de su país. El cáncer había invadido un mundo que creía inmune a aquella podredumbre silenciosa que estaba haciendo ruido a través de Ágora cuando ya no podía hacerse nada. Solo se repetía una frase: «El entorno de mi marido casi mata a mi hija, y están logrando que parezca otra cosa».

No podía no investigarlo. No podía no escribirlo. Pero luego, todo pasó.

Un barullo, un premio, unos cuantos debates en las tertulias, algún libro, ciertos sociólogos. Y el silencio. Las heridas de Amanda se curaron, Miguel siguió con su vida y Helena pasó a otras cosas. El mundo entero pasó a otras cosas que parecían más urgentes. Incluso ella misma llegó a construir explicaciones que le permitieran no odiar definitivamente a su exmarido. Parecía que solo ella sentía aquel malestar leve, aquella certeza que únicamente se manifestaba como unas cosquillas tenues en el cerebro. De vez en cuando, ante la lectura de determinadas noticias, ante el tono en que discurría una tertulia, ante la memoria de las bambalinas de la historia que destapó con su reportaje sobre la ultraderecha, recordaba que nada de todo aquello había desaparecido realmente de su mundo. Había estado siempre ahí y siempre estaría, a través de Ágora. Ya lo había comprobado antes, cuando cayó en la cuenta de que había tenido el peligro en su cama, aunque los catres de motel tuvieran esa tendencia tan suya a hacer que una crea en esa mamarrachada del amor verdadero. También en aquella ocasión, tuvo la sensación de haber llegado tarde.

Cuando Helena se despide de Fernando, observa de reojo cómo se aleja hasta desaparecer en la calle entre la gente, calmado, como si no supiese muy bien adónde ir. Después de dos horas de conversación, todavía no tiene ni idea de cómo enfocar la historia, ni siquiera si procede dedicarle espacio o no. Ha sido sincera y le ha dicho que todavía se lo tenía que pensar, contrastar algunos datos, consultar fuentes jurídicas... Periodismo, en definitiva, le ha dicho con esa rimbombancia que suele asombrar solo a los que no leen la prensa.

El asunto no es publicar o no una entrevista con un criminal sexual de derechas. El asunto es tratar ese tema, cómo hacerlo y para qué. Y lo cierto es que Helena huye permanentemente de cuestionarse por qué le atrae la historia de Fernando. A lo mejor es la posibilidad de hablar de eso desde otro punto de vista, pensar desde el agresor y no desde la víctima para dar cuenta del asunto. Pero no tiene claro si esos agresores, esa escoria, añade en su imaginación, merecen tanta atención. No sabe si las víctimas deben leer unas historias que intentan olvidar mientras se aferran a la memoria de los hechos para entenderse mejor. No lo sabe. Por ahora, va a indagar un poco más. De momento hay poca historia y mucho problema en el enfoque. Aunque le parece mucho más interesante, estimulante e importante que los líos políticos de los que ella habla a todas horas en las tertulias. Quizá resuelva el asunto incluyendo la voz de la víctima. O la de su mujer.

Mientras sigue mirando a Fernando alejarse, no puede dejar de pensar en que arrastra una enorme losa a la espalda, tanto si es culpable como si no. Es un hombre triste y desesperado.

Pero un triste y un desesperado que ha violado a su hija. O puede que no. A lo mejor, efectivamente, no es más que alguien con muy mala suerte.

Cuando Fernando gira en la esquina, Helena sale de sus elucubraciones y saca el móvil para mirar la hora. Aprovecha para mandarle un mensaje de voz a Sandra, la becaria, al tiempo que levanta la otra mano para ver si aparece un taxi. «Querida, hazme un favor. A ver si logras saber la manera de contactar con estas dos personas: Clara Rei, que imagino que tiene un vivero, una floristería o algo así en algún barrio hacia el sur. Es el único dato que tengo. Prueba en Google. Y su hija, Ana Frade Rei. Ni idea de dónde está. También me vale cualquiera de las otras dos hermanas, pero no recuerdo cómo se llaman. Tú, discreción. Tiene que ver con la entrevista al criminal.» Sandra responde al momento: «👍». Siempre contesta con emoticonos. «Debe de ser generacional», piensa Helena con una sonrisa. Y aún se graba otra vez: «Y por algún sitio debe haber un hermano. Por lo visto le ha pagado la responsabilidad civil y los abogados. Apellidos: Frade Álvarez. No ayuda mucho, pero dale, a ver».

Parece que no hay taxis. Se asoma a la avenida y no divisa ninguna luz verde. Tampoco es que le importe, y casi prefiere pasear para que le dé el aire. Los tacones son un estorbo, pero echa a andar igualmente.

La casa de su padre no está muy lejos, y lo cierto es que no quiere ir. Lleva mucho tiempo no queriendo ir, pero esta vez se ha obligado citando allí a los del guardamuebles. Le parece el colmo de la sofisticación guardar los muebles de una casa y su memoria de los cuerpos, que pueden funcionar para que una persona viva los use. Pero sabe dolorosamente que los muebles son el menor de sus males. Que el problema, el verdadero problema, son las cosas. Los objetos. Y las gotitas de memoria pegadas a ellos como lapas.

Dos horas escuchando la versión de un abusador exigen un espacio abierto. No: la versión de un violador. Helena siempre piensa que el periodismo tiene algo de policial y de criminológico, que quien se dedica a eso tiene que bregarse en saber dejar a un lado escrúpulos, aguantarse las ganas de vomitar, o saber ir a vomitar a una esquina disimuladamente. Sobre todo, si eres mujer. Además, ella ha aprendido a no llorar. Bueno, eso lo aprendió muy pronto, cuando su padre le dijo y le repitió mil veces que llorar es de niñas tontas.

Cuando Félix cobró el seguro de vida de su mujer, lo primero que le explicó a su hija fue que quería mudarse al mejor barrio. Eso dejó a Helena contrariada, pues de vez en cuando todavía pensaba en la inclusa y en la tuberculosis, incluso en la sífilis, que no sabía bien qué era, pero que asociaba con la pobreza y con las niñas abandonadas. Así que el día que llegó de la mano de su padre a aquel portal con espejos y mármoles, plantas tropicales y portero, le pareció que había algún secreto que no le habían contado, pero se acostumbró fácilmente a la cama nueva de su cuarto con balcón.

El criterio que a Félix le parecía fundamental para elegir dónde vivir —en un lugar que fuera céntrico— siempre fue la gran ventaja de aquel piso enorme que adoró hasta el momento último en que murió sentado en su sofá favorito. Para él fue amor a primera vista cuando, buscando en un plano el camino que tenían que seguir hasta llegar a la calle que venía escrita en el anuncio por palabras del periódico donde Helena acabaría trabajando muchos años después, vio el sol reflejarse en el cartel de SE VENDE, y rogó en su fuero interno que no fuese imposible de pagar con el dinero del seguro. Además, Félix había dejado su empleo para atender él mismo a su hija poco antes de la mudanza.

Unos días después, encontró aquel otro trabajo, que consistía en contestar cartas.

Félix había estado mucho tiempo preocupado por dar con un colegio cerca de la casa nueva, y aquella tarde de la mudanza, Helena solo tenía una obligación: sacar de las cajas su ropa, colocarla en los armarios, y organizar en su cuarto una zona donde poner la mesa, los libros y poder hacer los deberes al día siguiente. Pero por la mañana, cuando Félix la llevó al colegio, supieron que habían errado el tiro.

Aquella escuela no tenía nada malo en apariencia. Niñas con uniforme, madres a la puerta, grandes ventanales de entrepaños. A Helena no le gustaba la idea de ir a un colegio solo para chicas ni de llevar aquel uniforme con faldas incómodas y fea camisa gris, pero su padre la había convencido diciéndole que estaba cerca de casa, realmente cerca, que tenía comedor y que, estando solos en este mundo, necesitaban un lugar que les pudiera resolver los inconvenientes del día a día ahora que él acababa de encontrar un nuevo trabajo.

¡Pero si trabajaba contestando cartas desde casa!

No importaba. En cualquier momento empezaría a ir a la emisora de radio a leer en alto sus respuestas (Félix tenía esa esperanza), o lograría un puesto como guionista en la televisión (también tenía ese deseo), o simplemente no le daría tiempo de ir a buscarla a un colegio en el quinto pino, así que asunto resuelto, y punto. Sin embargo, era evidente que a Félix tampoco le había gustado aquel ambiente a la puerta de la escuela donde se respiraba un excesivo perfume a colonia floral.

A él todos aquellos dramas escolares de Helena le parecían una parte necesaria de su educación, así que se preocupaba más de no fomentar el lado trágico que de tratar de resolver cosas que, como le decía muchas veces cuando ella se quejaba, no tenían solución porque no dependían ni de él ni de ella. Solo invirtió tiempo un día en darle una lección importante, fundamental, diría ella, que empezó con una frase lapidaria: «Llorar es de niñas tontas». Y el resto del mensaje, la verdad, se reducía a eso. A no llorar por nada que no mereciese la pena. A no mostrar el dolor ante quienes están interesadas en saber que te pueden dañar. A no querer ser una más entre el montón de chicas preocupadas por ser devotas, perfectas y por dejarse toquetear en la clase de gimnasia.

Llorar era de niñas tontas, de esas niñas que se comían los mocos en lugar de actuar. «Imagínate que me hubiera quedado llorando cuando se murió tu madre —siguió diciéndole Félix a Helena—. Imagínate que, en lugar de comprar la casa, buscar un trabajo que no fuese una condena a hacer seguros en una oficina aburrida de nueve a dos y de cinco a ocho, y procurar maneras de pasárnoslo bien tú y yo, hubiera decidido vestirme de luto e instalarme de por vida en la queja constante. Llorar es de tontas, porque no resuelve nada, irrita los ojos, pone todavía más triste y provoca ronchas.» Pero ella sabía que estaba en aquel colegio para que su padre pudiera ser libre y hacer la vida que en verdad quería hacer al margen de ella.

En aquellos mismos años, de hecho, Félix vivía enfrascado en las cartas que lo hacían feliz. No es que las cartas fueran un compendio de alegrías, sino todo lo contrario, pero a él leer tanta desgracia acumulada y contestar desde su alegría de hombre solo que compra un piso carísimo en un barrio céntrico y elegante le daba una satisfacción que lo conducía a responderles con un ánimo inspirador que, al cabo de poco tiempo, se hizo proverbial y muy famoso. Siempre fue algo oscura para Helena la manera en que su padre logró un trabajo tan extraño y, en principio, ajeno a lo que supuestamente sabía hacer. Claro que tampoco tenía mucha idea de qué cosas sabía hacer aquel hombre que siempre había estado en casa cuidándola, fuera de unas cuantas fotos vestido de vendedor de seguros en la época en que ella todavía tenía una madre florista.

Con la mayor parte de las respuestas que daba a aquellas personas, esencialmente mujeres, Félix no estaba de acuerdo en absoluto. Ni se le hubiera pasado por la cabeza aplicarse a sí mismo el cuento que les decía, ni mucho menos educar a su hija del modo que recomendaba a todas aquellas infelices. Pero él tenía un talento especial para entender aquella lógica y saber que no se podía luchar contra ella si el objetivo era reconfortar a aquellas personas tan solas a las que solo les quedaba la esperanza de que la solución a sus problemas llegase de un programa de radio donde se leían con voz de mujer las respuestas a su llamamiento dadas por alguien desconocido. Y así, a través de las cartas, construyó una dimensión paralela en la que practicaba un pensamiento de ficción desarrollado por un personaje, Georgina Garrido, que ponía nombre a aquellas palabras que leía una locutora en antena.

Ese también fue el seudónimo que utilizó él cuando empezó a escribir novelas policiacas, de modo que el nombre de Georgina Garrido se hizo tan conocido que lo convirtió en un hombre no totalmente rico, pero sí acomodado. El hecho de escribir con el seudónimo, además, le daba a Félix una libertad envidiable y rodeó sus libros de un aura de misterio que contribuía de manera positiva a las ventas, a las críticas y a las elucubraciones. Guardaba ordenadamente en archivadores de oficina los artículos que, al principio, declaraban saber a ciencia cierta la identidad que se ocultaba tras Georgina Garrido, y solía hacer cenas periódicas con su editora para reírse de ellos. Claro que, en la época en que comenzaron a hacerlo, Helena estaba demasiado atareada con sus propias preocupaciones para entender lo que aquello tenía de importante en la vida de su padre. La escuela era el lugar más horroroso del mundo, y en aquel tiempo en que la torturaban de lunes a viernes, Helena juró que, en cuanto pudiera, se iría de casa de Georgina Garrido y no volvería a estudiar en ningún sitio que a su padre le gustase.

Y por eso, un día se largó.

Aquel día, en cuanto terminaron las clases, en lugar de volver a su casa Helena echó a andar sin rumbo en dirección contraria, porque aquello le pareció el ejercicio de dignidad más grande del mundo. Fue una tontería, porque no tenía ni idea de adónde ir, con el uniforme, la mochila, sin dinero. Siguió andando y llegó al parque, y allí se sentó en un banco a ver cómo anochecía. ¿Estaría buscándola su padre? Pero preguntarse eso no hizo que le entrase esa amargura morriñosa que suele dar al traste con cualquier espíritu aventurero si este no es bien resistente. Al contrario, sintió que le daba un poco igual, y hasta le pareció que a lo mejor incluso así le proporcionaba a Félix un argumento para una novela de Georgina Garrido. Cuando le entró el sueño, cogió unas hojas de periódico de una papelera, se acostó en el banco y se tapó con ellas, como había visto hacer a muchos vagabundos, no porque tuviera frío, sino porque eso es lo que tenían que hacer las personas que, como ella, desaparecían para vivir en la calle y nunca más volvían con aquel padre estúpido.

Fue su vecina Verónica, que iba con su padre gritando su nombre por las calles de la ciudad, quien la encontró. Ese fue después para Helena el único recuerdo de aquel hombre. Nunca más los vio juntos, o al menos, no se le quedó en la memoria ninguna imagen de los dos. Solo aquella de abrir los ojos, siendo ya noche cerrada, con la mochila bajo la cabeza a modo de almohada, de Verónica diciéndole «¡Despierta! ¡Despierta!», y su padre «Gracias a Dios. Hay que llevarte ya con Félix». Ahí terminó la aventura. O quizá comenzó todo, porque cuando llegó a casa, Félix la abrazó tan fuerte que le hizo daño. También fue la única vez que lo vio llorar.

Al día siguiente, al volver de la escuela, Helena se encontró a Verónica en el portal, hablaron y pactaron ciertas cosas. A fin de cuentas, su vecina sabía moverse como nadie en aquel colegio.

Helena sintió que, por primera vez desde que había puesto los pies en aquella casa nueva del barrio nuevo, tenía algo verdaderamente suyo que no pasaba por el filtro de su padre, y se agarró a esa amistad con Verónica como a un clavo ardiendo.

Por su parte, Félix optó por ignorar a su hija. Puede que ese fuera su error. Entendió todos sus desplantes como cosa de adolescentes y le aplicó la misma ley con la que Helena había encontrado consuelo en el colegio: todo pasa, y la adolescencia, también. Pero mientras eso pasaba, la distancia se apoderó de todo, y Félix fue sustituyendo las largas conversaciones más o menos infantiles, por el relato del argumento de sus libros, las anécdotas de las cartas de la radio, los favores sexuales que pretendía vender para colar sus primeros guiones televisivos y las hermosas relaciones esporádicas que iban pasando por casa sin que Helena pudiera acabar de conocer a ninguna, básicamente, decía su padre, porque a él le gustaba la vida con su hija, y otras mujeres solo llegarían para estorbar.

Quizá por eso, en cuanto terminó el examen de selectividad, decidió confesarle a su padre que se iba a vivir a un piso con otros estudiantes. Que quería ser independiente. Que trabajaría. Que se ahogaba. Que ojalá hubiera desaparecido el día que había dormido en el parque. Que todo era culpa de él. Y que, para ella, lo digno era irse.

Félix, que la escuchó mientras la miraba con una expresión que Helena solo comprendió mil años después, cuando su propia hija desapareció, únicamente le contestó: «Adelante. La vida sola no es fácil, pero puede que te guste. Ahí tienes la puerta, que es de ida y vuelta, no lo olvides. —Calló un instante y solo añadió—: Pero no creas. Cambiar de lugar no significa que dejes de ser como eres».

Helena llega a la casa de su infancia cinco minutos tarde. El hombre del guardamuebles está esperándola en el portal llamando por teléfono y le sonríe en cuanto la ve.

Al principio, andaba con una Vespa por la ciudad para llegar a las citas, a las ruedas de prensa y a los lugares donde comían los políticos. Le gustaba lo de ponerse el casco y esquivar los coches en medio de los atascos y haciendo un ruido atronador que no dejaba que las personas que paseaban o que tomaban café en las terrazas escuchasen sus propios pensamientos. Pero un día tuvo aquel accidente aparatoso, vio el peligro cara a cara e imaginó de forma clara su propio entierro, así que pasó a dedicarse a los taxis para siempre.

—¡Perdona! Se me ha ocurrido venir andando y he calculado fatal.

—Solo son cinco minutos, no se preocupe. —El hombre la mira con franqueza mientras cuelga—. Por las noches siempre la escucho en la radio. A veces estoy de acuerdo con usted...

A Helena le dan un poco de vergüenza este tipo de situaciones y nunca sabe muy bien qué decir. Como suele hacer con los taxistas cuando le dicen cosas parecidas, opta por sonreír.

La mayor parte de los periodistas que conoce dice que le parece fundamental coger taxis para hablar con los taxistas, que por lo visto son personas con especial capacidad para pulsar la realidad, porque ven a mucha gente diferente y oyen de todo. Pero Helena casi nunca habla con ellos. Si son conductoras, sí. Pero con los taxistas procura no hablar. Siempre pasa lo mismo. No son más que portavoces de la opinión política de la emisora que llevan sintonizada, y Helena sabe muy bien en qué consiste eso de lograr que un taxista diga lo que quieres que diga después de escucharte, y que esas frases, esos conceptos simples, pasen del asiento de delante al de atrás como por arte de magia. A ella nunca le cuentan esas anécdotas estupendas que le descubren a una los misterios de la vida. Y no niega que a otros les pase, pero le parece sospechoso que, con la cantidad de carreras que hace al año, en toda su vida como periodista no tenga más que un par de buenas historias de taxi para contar. Y luego está cuando la reconocen, como este hombre del guardamuebles. Esa es la mayor tortura. Todos diciéndole lo que tiene que escribir, qué noticias dar. Que si «Debería usted contar lo que le pasó a mi tía de la calle de...». Que si «Déjense de historias y hablen de los problemas de la gente de verdad»... Dejarse de historias en periodismo. Vaya estupidez.

Helena ni siquiera sabe si a la gente realmente le importa que a una chica de catorce años la violase su padre en su casa, junto a las flores. Tampoco sabe si les importará que él diga que todo es mentira.

—¿Subimos? —le dice él haciéndole un gesto para seguirla. Pero ella se queda parada, clavada en el suelo, presa de la indecisión o quizá del miedo.

—¿Sabes qué?, me duele un pie porque, en el camino, me he tropezado con los tacones y me he torcido el tobillo. Casi mejor que subas tú y le eches una ojeada a todo. —Le da las llaves—. Sería para los muebles nada más, y para los libros, que necesito que los pongan aparte. Las cosas todavía tengo que clasificarlas, guardar algunas, vender otras... Cuarto A.

—Como quiera. Las cosas que quiera guardar puede ponerlas en cajas y las almacenamos con los muebles.

El hombre vuelve a sonreírle, ahora con cierta compasión, y desaparece en el ascensor.

Álex le dijo aquel día a Helena que la vida, la de verdad, era eso que ellos tenían. Después la miró con una de esas miradas que una mujer en sus cuarenta años, por supuesto, entiende. Dio media vuelta y salió del despacho cerrando la puerta como si solo hubiesen mantenido una reunión de trabajo. Como si la pasión repentina que a ella le pareció normal fuera propia de las redacciones de los periódicos y no de los telefilmes sentimentales o de las películas de espías.

El día anterior, durante una sesión interminable en el Parlamento, habían ido a tomar un café en un bar pequeño por allí cerca mientras esperaban a que los pactos y las negociaciones se materializasen en algunos cambios en la redacción de una ley de la que ella debía informar, empeñada en ser la primera, lo habitual.

Ya en aquella época, los grupos de ultraderecha que después se integrarían en Ágora, y que entonces disimulaban actuando a través de asociaciones vecinales o humanitarias, estaban consiguiendo colocar en la agenda política algunos temas que parecían impensables solo unos meses antes. De hecho, Helena había discutido un par de veces sobre eso con su marido, que había insinuado en alguna cena en casa con colegas que, a lo mejor, la prensa debería tratar determinados asuntos que no sabía por qué parecían tabú ante los cambios sociales más recientes, como la llegada masiva de inmigrantes o el aumento de abortos en adolescentes. A veces no reconocía a Miguel, y tampoco sus amigos, estupefactos ante aquel hombre que, a fin de cuentas, había hecho la lucha estudiantil. En todo caso, lo cierto es que, como le había dicho Miguel en su última disputa por esas salidas de tono delante de la gente, aquellas cuestiones, en efecto, habían acabado irrumpiendo en la actualidad, para Helena casi inexplicablemente, hasta el extremo de tenerla esperando a las puertas del Parlamento para ser la primera en contar las modificaciones a leyes de las que nunca había pensado que tendría que hablar de nuevo. Eran cosas pequeñas pero que a ella le parecían mucho más significativas que a él, como los plazos de devolución en la Ley de Extranjería, o las exenciones fiscales para familias de adolescentes que decidían tener a sus bebés. Las tertulias en las que Helena participaba hervían con aquellos temas.

Aquella noche, de hecho, todavía tenía que ir a la radio y después escribir la crónica a toda velocidad para que entrase antes del cierre de edición. Álex, en cambio, se aburría en la espera y no tenía más perspectiva después que pasarse por el periódico para dejar archivadas las fotos de los políticos, si es que lograba hacérselas, pues las que tenía en la cámara en aquel momento eran instantáneas de la gente que pasaba por la calle, de los policías de la puerta, de las nubes del cielo y unas cuantas más que le había hecho a Helena sin que se diese cuenta, mientras ella apuntaba en un cuaderno frases que añadiría tal cual a la crónica.

A ella se le olvidó pronto cómo acabaron hablando de sus familias en aquella mesa de mármol diminuta bajo la que las rodillas chocaban. Y le contó a Álex que casi no recordaba a su madre.

—¿La echas de menos?

—La verdad es que no. Solo tenía seis años cuando murió. Y créeme, mi padre es una presencia que vale por dos.

—El mío murió hace un año.

Helena no tenía ni idea. Estaba convencida de que nadie lo había sabido en la redacción, o quizá era que Álex estaba en otra sección, con otras personas con las que tomar cafés en las largas esperas de ciertos tipos de periodismo.

Lo echaba de menos a diario, le dijo. Justo antes de morir, en los días que duró su agonía en el hospital, Álex había conocido a la otra mujer de su padre. Era una señora alta y fuerte, morena, con los labios pintados de rojo y la máscara de pestañas corrida por el llanto, que le rogó que la dejase verlo. Pero su madre estaba dentro.

—Así que, cuando mi madre se dio cuenta de lo que estaba ocurriendo en el pasillo, salió echa una furia, me apartó de un golpe, y echó escandalosamente a aquella otra mujer del pasillo junto a la puerta abierta de la habitación de mi padre.

—¿Y tú qué hiciste?

—Nada.

Pero no le cupo duda de que esa historia de amor fue la que, después de muchísimos años, había llenado de vida a aquel hombre que, por lo demás, Álex recordaba como a alguien aburrido, gris, callado, y con un aire torturado que él atribuía al carácter fuerte de su madre y a la manía de ambos de comportarse como una pareja católica perfecta.

—Luego, en el funeral, la hija de su amigo más antiguo me contó que, cuando mi padre iba a su casa de visita, era el tipo más galante, alegre y divertido; que estaban deseando verlo entrar por la puerta, y que a ella le llevaba golosinas y le cantaba canciones. Pensaba ella que así, con un recuerdo bonito, me reconfortaba. Pero yo, en cambio, nunca he oído cantar a mi padre.

Así que Álex estuvo seguro de que aquel hombre había vivido toda su vida atormentado por el choque entre la verdad y la mentira, en un mundo al revés en que la verdad estaba en otra casa, quizá con otra mujer y otros hijos, y la mentira allí agonizando en la suya, de la mano de una mujer a la que no había querido nunca y que tampoco lo había querido a él, por lo menos a partir del momento en que la sensación de traición se le convirtió en una angustiosa necesidad de recuperar la dignidad a base de insistir en las apariencias. Y en esa lucha, debía estar segura de que no habría mayor castigo justiciero que obligar a su marido a morir sin el beso último a aquella otra que lloró las lágrimas que la madre de Álex no derramaría nunca.

Helena sintió un escalofrío y lo miró, también ella, con una de esas miradas que las mujeres en sus cuarenta saben que no se deberían confundir ni con inocencia ni con condescendencia, ni con incomprensión. Él sostuvo un segundo o dos los ojos en los suyos, y luego los bajó hacia el café. Le echó azúcar.

—Me gustaría poder fotografiar a esa mujer.

—¿Y por qué no la has buscado?

—¿Y qué voy a decirle? Era algo entre ellos. Yo no perdí a mi padre siendo un niño, como tú cuando se murió tu madre; hemos convivido siendo adultos los dos, con tiempo para entender que era un hombre, y punto. Un hombre como cualquiera, pegado a su cuerpo y a sus deseos. Como yo, ¿no? Y a su manera, debía estar bien. Hemos ido juntos al fútbol, al bar, y, en los tiempos de la enfermedad, a dar paseos por el parque. Ha tenido un montón de ocasiones para decírmelo si hubiera querido, pero no se atrevió o no le dio la gana. Es evidente que prefirió morir con el secreto. Esa parte de su vida era solo suya. Supongo que esa era su forma de ser honesto consigo mismo.

—O era incapaz de hablar de sentimientos contigo. Ya sabes que los hombres de esa época no hablan de emociones.

Entonces fue Álex el que miró a Helena. Así.

En ese momento les llegó un aviso a los móviles de que los políticos salían de la comisión, de modo que dejaron unas monedas en la mesa y se precipitaron hacia el Parlamento mientras ponían a punto ella la grabadora y él la cámara.

Cuando Helena llegó a su casa esa noche, Amanda estaba terminando un trabajo de literatura que tenía que entregar al día siguiente y le comentó algo de un piercing que creía que se le había infectado. Miguel ya dormía. Le había dejado en la nevera un plato cubierto con film transparente con un pósit pegado en el que se leía: «Los mejores macarrones del mundo», con un corazón pintado. Una forma como otra cualquiera de pedir perdón en aquella época medio convulsa en la que, por primera vez en sus vidas, discutían de política.

Helena sonrió y sacó también una cerveza fría, que abrió y a la que dio un trago refrescante que le supo a gloria. Mientras cenaba, delante del canal 24 Horas y la noticia que ella, finalmente, había sido la primera en dar, no pensaba en aquella locura de que se modificaran leyes que, hasta aquella misma mañana, eran evidentes tal como estaban redactadas, sino que pensaba en Álex mirándola a través de sus gafas de pasta negra que siempre levantaba como una diadema cuando acercaba la cámara a los ojos. Pensaba en aquella mirada detrás del café y repasó mentalmente sus gestos, deteniéndose en la comisura de los labios gruesos, en la forma de su cabeza rapada al uno, en una arruga fina junto a cada ojo dando prueba de los cincuenta y uno que habían celebrado con magdalenas en la redacción hacía un par de meses, la barba que delataba que, a esas alturas de la noche, ya eran horas de ir a darse una ducha; y, sobre todo, la forma de dirigir hacia los ojos de ella las pupilas de su mirada inteligente que anunciaba profundidades y verdades.

Helena se siente tonta. Mira que decirle al hombre del guarda-muebles que le duele un pie cuando acaba de contarle que ha llegado andando... Va a pensar que lo toma por idiota. Ya sabe que no tiene lógica, pero no lo puede evitar.

Mientras espera en ese portal por el que ha correteado tantas veces siendo una niña, se entretiene recordando la tarde exacta en la que llegaron allí, con sus grandes espejos y las plantas hasta el techo, seguidos de los hombres de la casa de mudanzas que salva-ron los cuatro escalones entre el portal y el ascensor con una ram-pita de madera. En aquella época había un portero que se llamaba Andrés que siempre tenía caramelos de tofe en el bolsillo para darle cuando volvía del colegio. Mirándose en estos espejos se pintaba Helena los labios antes de salir, fuera de la jurisdicción de su padre. Andrés siempre le guardó ese secreto.

Se mira ahora otra vez y escudriña esa especie de U puesta del revés, como un túnel oscuro que ahora le enmarca la boca, y las patas de gallo que se le han colocado cerca de las sienes algún día que sonrió demasiado. Saca del bolso la barra de labios y se los pinta. Está haciéndole falta, también, pasarse por la peluquería para retocar las canas. Cualquier día se deja la melena blanca; lo piensa muchas veces, pero no se atreve. A lo mejor, porque quiere apre-sar cierto parecido con su madre en las fotos. En el salón del piso hay un retrato de ella así, grande, ostentoso, que evidencia esa comparación odiosa entre la Adela de la melena negra y la Helena de ahora, o la de siempre con su melena castaña clara que ha pasado por mil mechas antes de los baños de color para taparse los pelos blancos. La cabellera negra de Adela, muchas veces suelta sobre los hombros, superponiéndosele a Helena por encima de la suya mientras se mira en el espejo.

Si pudiera entrar ahí...

Se abre la puerta del ascensor y se gira bruscamente para que el hombre del guardamuebles no la pille retocándose en el portal. Pero es Verónica.

Le vienen a la memoria las largas tardes que pasaban juntas de niñas. Verónica era su amiga más íntima. Se han distanciado, y Helena piensa ahora que lo cierto es que no hace tanto que siente hacia ella esa especie de indiferencia pegajosa que, justamente por eso, solo tiene de indiferencia la pretensión. Recuerda cenas y comidas de todos: ella, Vero, Miguel, Félix, a veces incluso Amanda que ya no era tan niña. En algún punto de los últimos quince años han dejado de verse, y Helena ya no encuentra en la memoria dónde se desvanece ese rastro, pero sí siente el rencor que lo ha sustituido. Verónica, sin embargo, le sonríe.

—La luz de este portal es pésima para los colores de labios.

Se dan un abrazo que a Helena le parece sincero y de pronto siente una emoción casi infantil que le llega desde un confín muy distante de la memoria.

—Vero...

—Estaba de viaje cuando pasó todo. Siento no haber estado. Luego no me atreví a llamarte.

—No importa, de verdad.

Vuelven a abrazarse. Verónica se extraña de que Helena esté en el portal, ahí plantada, y mira hacia la puerta, seguramente creyendo que espera un taxi o a un fontanero, o a un hombre de una casa de mudanzas.

—¿Esperas a alguien?

—Está arriba un tipo para darme un presupuesto de guardamuebles.

—Y tú no subes.

—No, no subo. —Se sorprende porque Verónica le pasa la mano por un brazo en un gesto reconfortante—. No soy capaz.

—Mira, Helena, ahora voy con muchísima prisa porque llego tarde a una reunión con un cliente, y no me puedo permitir perder esa cuenta ni de broma. Pero quiero que nos veamos. Ven a cenar un día y nos ponemos al tanto de todo.

—Sí, un día...

—No lo digo por cumplir. Lo que pasó...

—No ha pasado nada —la interrumpe Helena.

Sí, ¿qué ha pasado? Por más que busca en la memoria, no logra continuar definiendo como ofensas las cosas que, sin duda, sí lo fueron en su día. Eso de excederse. Aquello de creerse madre de Amanda. Aquello con Félix. Y lo de Miguel, para acabar de rematarlo. Es como si Verónica se hubiera empeñado en incrustarse entre ella y los suyos. Helena no se ve con ánimos para ir a cenar.

—No tienes ni que ir a casa de Félix. Vienes directamente a la mía y listo. Mañana a las nueve. —Helena va a decir algo, pero Verónica no la deja, es evidente que quiere reconducir el absurdo—. Lo que sea, lo cambias.

Y vuelve a darle un abrazo profundo. Siempre ha sido así, Verónica y esa capacidad para que sus órdenes se cumplan como si en realidad fuesen un favor que te hace. Pero Helena siente de repente una especie de profundo agradecimiento, unas ganas irreprimibles de quedarse con su amiga en ese portal, como cuando eran niñas y se sentaban en las escaleras al llegar del colegio para contarse sus secretos. Sabe que debería hacerse de rogar, que a fin de cuentas ella es Helena Sánchez, esa mujer ocupadísima que carga a cuestas con horas de radio y de prensa, pero solo siente la necesidad de, efectivamente, cambiar lo que sea.

—Justo mañana no tengo tertulia...

Verónica le echa una última mirada antes de decirle adiós y sale casi corriendo, dejando un rastro del mismo perfume que utilizaba de joven. Es de esa clase de personas a las que les pega eso de mantener toda la vida una marca de colonia, un tipo de sujetador, un destino vacacional. Claro que le parece que, para Verónica, el tiempo ha pasado de un modo distinto, con menos desgaste tal vez, a lo mejor porque ella no se ha casado y, por tanto, ni se ha divorciado ni ha tenido una hija que desaparece. Se quedó muy pronto sin madre primero y después sin padre, en el mismo orden que Helena pero en una época más accesible, en ese momento de comerse el mundo, terminar los estudios y tener los primeros trabajos miserables, en esa época en que quedarse sola no es más que otro cambio que añadir a la vida que se proyecta y que cambia en un abrir y cerrar de ojos, al ritmo de los trabajos, los amores y los viajes. Verónica es una de esas personas que ha diseñado una vida cómoda, en una casa buena, en un barrio rico, y que ha decidido (Helena supone que esas cosas se deciden) no complicarse demasiado. También ha debido tener suerte. Siempre le ha ido bien: en los estudios, en el trabajo, en la salud, seguramente en el amor. Parece un anuncio de lotería. Y encima, a sus cincuenta y seis, sigue siendo un bellezón. Hay que joderse.

Siempre que piensa en ella, se alegra de haberse dedicado a la prensa escrita y, como mucho, a la radio, y no a la televisión, donde seguramente ya haría un tiempo que estaría relegada a programas cutres matinales en los que se habla de lo que los directivos de las cadenas llaman «cosas de mujeres», como si a las mujeres cuando engordan y se arrugan no les pudiera interesar la trascendencia política y social, y solo lograsen entender un mundo de recetas con antioxidantes, asesinatos truculentos, divorcios de famosos y productos de teletienda. Está fascinada con sus compañeras de tele, todas aparentemente quince años más jóvenes de lo que son, que siempre salen en las fotos como si tuvieran una faja que les mantiene los abdominales a raya, sin lorzas de grasa, por pequeñas que sean, con el escote perfecto sin manchas ni arrugas y el cuello sin piel que cuelga. Cuando las ve en alguna imagen (Facebook, Instagram..., da igual, siempre parecen fotos robadas de mujeres despistadas que tienen la perfecta posición corporal recomendada por los fisioterapeutas y a las que las horas de ordenador jamás les han pasado la factura que sí le han pasado a la espalda de Helena), siente en el cuerpo una tortura mezclada con la tranquilidad de no haber sido nunca un bellezón como Verónica, ni siquiera una mujer agradable que se pone a diario delante de las cámaras y que tiene que ser perfecta. Su madre sí que salía perfecta en las fotos, suerte que tenía. Ella no. No le ha quedado más remedio que aprender a posar para sacar partido a su punto resultón; pero su cuerpo siempre ha ido por libre y, contra lo que muchos piensan, nunca ha salido perfecta en nada, ni en las fotos, ni en la vida. Aunque, no sabe muy bien cómo, Helena ha logrado que la gente que la mira piense lo contrario.

Por las escaleras aparece el hombre del guardamuebles, y la asusta levemente. Disimulando, Helena le lanza una sonrisa que pretende alejar recuerdos.

—¡Señora, lo que hay ahí arriba!

—Lo sé...

—Solo para los muebles va a necesitar un trastero grande. Creo que ya le habían dicho que son de cuatrocientos euros al mes. No guarde mucho de lo demás, se lo aconsejo.

—Es carísimo.

—Se supone que es una solución temporal. Pero tiene usted mucho que recoger ahí arriba.

—Tengo que ponerme...

—¿Qué va a hacer con el piso?

—Venderlo. ¿Te interesa?

El hombre suelta una carcajada.

—¡Si pudiera comprarme un piso así, no trabajaría en esto! —Helena también le sonríe—. Yo que usted intentaría vender el piso con algún mueble. A lo mejor no tantos. Pero tiene que deshacer la casa.

Deshacer la casa.

La frase se queda en el aire del portal rebotando contra el cráneo de Helena, con sus raíces canosas y su ansia de peluquería.

—Vamos a hablar de fechas, porque si no me pongo un límite, conociéndome, no voy a subir ahí para recoger todos esos cachivaches. —Saca el móvil y consulta la agenda—. Dentro de una semana, tal día como hoy, miércoles, ¿podríais venir a recoger todo y meterlo en uno de esos trasteros para millonarios? Con los libros ya te diré ese día lo que hay que hacer.

El hombre consulta una tableta electrónica que lleva el logotipo de la empresa en el dorso. Parece que hace algún cálculo.

—¿Por la mañana o por la tarde?

—Me da igual.

—Entonces, mejor por la tarde. Anotada queda, Helena Sánchez: el día 18 de este mes, a las cuatro y media, estaremos aquí con el camión. Sea puntual, por favor.

Ella también lo apunta. Para cuando ha guardado el móvil en el bolso, el hombre ya está abriéndole la puerta.

—Imagino que ya no sube, ¿no?

Helena, como cualquiera, mentía ya de niña, pero empezó a hacerlo en serio al convertirse en periodista y contar la verdad solo por partes. Por lo menos, así lo sentía ella. Ocultar una parte de la verdad no es mentir, se decía siempre, porque también era cierto que así se lo habían enseñado sus profesores en la facultad, y lo repitió hasta la saciedad en todas las ocasiones en que se vio con sus amantes anteriores a Álex para no sentirse totalmente culpable por no ser capaz de conformarse con el amor de su marido.

Pero Álex la hizo dudar. Con él comenzó esa sensación que nunca había tenido de luz absoluta, de entender que la vida es tan solo una, y que siempre hay una especie de precipicio ante nosotras al que puedes saltar o no. Álex le hizo olvidar que aquello que le ocurría con él, en realidad, ya le había ocurrido a Helena otras veces que se le quedaron en un rincón de la memoria que nunca más volvió a interesarle. Y también logró que se convenciese de que era una mujer hermosa que no necesitaba ni cámaras ni afeites para apresar a los demás. Muchas veces, sobre todo al principio, pensaba que era imposible que un hombre como él sintiera ese nivel de atracción física por alguien como ella, y de algún modo lo pensó durante todos los años que estuvieron juntos, con mayor o menor intensidad. Pero hubo un momento en el que bajó la guardia. En aquellos tiempos de polémicas y amenazas por todas partes, decidió arrinconar las sospechas sobre Álex en un confín de su cerebro que cerró bajo llave. Quiso que él la quisiera. Esas cosas se deciden. Ella lo obvió todo en pos del amor. Se convenció de que era el último tren y saltó para subirse en marcha, aunque se estrellase en el intento. Y siempre ha creído que, en realidad, mereció la pena.

Por eso, al día siguiente de su café apretujado en la mesita de mármol junto al Parlamento, cuando Álex salió del despacho de Helena después de decirle que la vida de verdad venía siendo aquello de ellos dos, ella solo tuvo tiempo de coger aire, levantarse y lanzarse al precipicio.

Durante mucho tiempo, no sabía cómo poner la boca cuando lo tenía cerca. No sabía qué hacer con las ganas de mirar a Álex a los ojos cuando se juntaban en las reuniones diarias o cuando acudían los dos a todo aquello que realizaban como equipo de trabajo. Helena, que mentía tan bien, o que ocultaba la verdad con aquella gran habilidad suya que la convirtió en la mejor periodista de su generación, sentía junto a Álex la certeza de la ternura de ese lugar en la cara interna de los muslos que tienen solo algunos hombres, ya casi en la ingle, y estaba convencida de que, ante aquella verdad absoluta y plena, no cabían reparos ni convenciones. Tenía tantas ganas de tocarlo que no sabía qué hacer con los dedos si no podía ponerlos encima de su piel. Y buscó sin éxito en las enciclopedias médicas que había por casa las maneras de controlar el pulso cuando él estaba cerca, y se dejó llevar por el sexo que él le ofrecía en horas de motel que arrancaban de los tiempos muertos de los trabajos, un sexo dominante que, entre los dos, dieron en llamar «mandón», pero que a ella, tan acostumbrada al control absoluto, le gustaba porque la liberaba, porque le daba una excusa para dejarse llevar, disfrutar y no asumir la responsabilidad de tomar el mando, por lo menos en aquella mínima excepción de su vida. Le gustaba aquella faceta suya de llegar y dejarlo hacer, para sentir la plenitud de su propio cuerpo liberado de su mente. Le gustaba mucho. Después, echaría de menos aquel sexo sin instrucciones previas.

Pero no era el sexo lo que más llenaba a Helena en aquellos momentos en que la lengua solo le servía para metérsela a Álex en la boca, en que le sobraban las manos si él no se las cogía para paseárselas por la cintura, por el sexo de ella, los dedos en la boca, y luego correteando por los lunares de las pieles, que se confundían. No era eso. Lo que más la llenaba era aquella sensación de vida entera que acababa con los conceptos relativos. Aquello era inevitable, era inagotable y absoluto. Era verdad. Una verdad de las que se ocultan, pero era parte de ella, era la esencia de lo que era y contra lo que nadie podía luchar. Por mucho que la amasen, antes y después de Álex, siempre sería de otro modo. Y así se construiría la vida de Helena, para bien y para mal. Esa era otra de sus certezas. Ante eso, ¿qué más daba la verdad sobre Álex?

De los anteriores amantes, en efecto, se quedó solo con los nombres y alguna cuestión más o menos memorable. A Manuel Cobo, en realidad, era mejor no contarlo como amante. Pero Jean Marc, Paco, Alfonso, Luis, Rubén, Raphaël, Arturo, John, Alberto, quizá no exactamente en ese orden, y en varios casos superpuestos, pasaron a darle igual. Y después de Álex, todo lo que sucedió iba ocupando un lugar sin importancia en su vida, condenado a olvidarse pronto.

El final llegó, en realidad, porque él se marchó un día con un ERE en el periódico, después de los años y de la libertad absoluta de sus vidas plenas, como si no fuera más que un soplo de viento. Helena, entretanto, había visto crecer su fama desmesuradamente, había multiplicado sus problemas, y corría peligro a diario debido a las cosas que escribía. Aquellos fueron sus años más felices, supurando amor y éxito, pero la otra cara de la moneda era que se multiplicaban las amenazas en su buzón y en la calle, los anónimos se convertían en habituales, hasta que todo culminó con aquel accidente de moto sobre cuya causa prefirió no pensar. Como esos monos ingleses que se tapan los ojos, las orejas y la boca, ella atendía solo a los labios carnosos de su amante, a sus manos habilidosas, y a los «Te quiero» que siempre consideró sinceros.

Álex se fue de la vida de Helena del mismo modo sutil en que había entrado, dándole un beso como un agujero en la mejilla, en otro café, en otra tarde de junio, después de esos años maravillosos, prometiéndole (él, que nunca le había prometido nada) que la llamaría siempre desde los lugares lejanos adonde la vida lo llevase.

Durante la charla con Verónica a la espera del hombre del guardamuebles, unas nubes han tapado el sol, pero no amenazan lluvia. Debería ir a comer y, de paso, revisar sus notas de la entrevista de Fernando, ya que por la tarde tiene mucha actualidad a la que atender. Sale a la avenida para coger un taxi que prácticamente para ante ella antes de levantar el brazo, y le indica el nombre de un restaurante muy conocido que no queda lejos del periódico. Va mucho allí. Cuando está sola, suelen darle una mesa recogida en una zona no muy visible para que pueda trabajar tranquila, o simplemente estar a lo suyo sin que la gente vaya cada dos por tres a decirle lo que tiene que escribir o lo que debería opinar en la radio. Saben que le gusta tomarse una copa de vino tinto antes de comer, y los camareros tienen apuntado cuál es su preferido. Luego, con la comida, le sirven otra, y a partir de ahí, agua. Después de darle un trago, lo primero que hace es comprobar en los archivos del móvil y, efectivamente, hay una grabación que ha llamado «Fernando criminal» que dura casi dos horas y la envía a su propio correo electrónico para abrirla en el ordenador del periódico. Pero lo que le interesa ahora es su cuaderno de notas.

«Historia difícil de creer.» En realidad, eso lo escribió antes de reunirse con él, cuando estaba empezando a preparar la entrevista. Pero lo primero que escribió cuando estaba hablando fue: «Qué triste». Esa fue la sensación inicial, la de estar ante un tipo triste, deprimido. Si escribe la historia de Fernando, no quiere olvidar que, a pesar de todo, eso también tiene que estar. La tristeza.

Escribió, además, unas cuantas frases literales que Fernando pronunció: «Cuando el amor es tan intenso, al final es estremecedor. // Nos quisimos demasiado, era una especie de necesidad mutua, y las niñas, con el tiempo, estropearon eso; fue nuestra sensación, ¿sabes?». Habló bastante de la historia de amor con su mujer. «¿Por qué le dará tanta importancia, si ha tenido un divorcio de pesadilla que ha dado con él en la cárcel?», se pregunta Helena. Puede ser un enfoque, pero no la convence. A ver qué ocurre si logra hablar con la exmujer. «"La cárcel es un sitio horrible, ¿sabes?" Clave: podría estar fuera y ¡no está! ¿Escenificación? ¿Verdad? ¿Nada mejor que hacer? ¿No se atreve a salir? Hay una peli sobre eso… VER Referentes: ¿influirán en la puesta en escena de su propia historia? Dudo. // "Mis otras hijas no quisieron declarar en mi contra en el juicio y una se marchó a vivir fuera; vienen a verme a veces y me escriben cartas. Ellas dicen que me creen." // "Mis vecinos me han hecho un homenaje, ¿sabes?" COMPROBAR!!! En serio???!!! Alucino. Pero alucino muchomuchomucho. // Proceso judicial = chapuza. "La jueza aceptó los informes psicológicos privados que presentaron ella y la chica, pero no pidió informe forense." ¿No apela porque está bloqueado? Sí, ya… // Agresión vs. abuso: "De lo único que no podía acusarme era de asesinato porque era evidente que, en aquel momento, no había muerto nadie; lo demás, iba a ser su palabra contra la mía." // "Entré condenado en el juzgado."» En la otra página, con el cuaderno apaisado para poder esconder con la tapa lo que escribía y que él no pudiera leerlo: «Dos intentos de suicidio???: COMPROBAR». Sí, hay que comprobarlo. Anota en el margen: «Hablar con contacto dentro del centro penitc.». Y tiene que leerse lo antes posible el sumario que ya le han pasado y espera en su e-mail.

Distraídamente, Helena empieza a comer bocados de la comida que alguien le ha dejado delante (siempre le llevan lo mismo: ensalada de queso fresco con anchoas), mientras sigue dándole vueltas a las páginas que ha escrito al compás del discurso de Fernando. Y en el fondo de la página, con una letra apresurada y mal hecha adrede, para que resultase incomprensible a miradas furtivas: «¿Cómo pueden gustarle las flores? // Profundizar en el momento del delito. Claves en el sumario, seguro. ¿Preguntar a la víctima cosas concretas? Hablar con Pepe el abogado. // El amor, el amor. Actitud de la madre??? ESA MADRE. ESA MADRE!!!». Ahí está otro enfoque. Y apunta en un margen: «Versión de la historia de amor de esa mujer. Madre vs. mujer». ¿Ser madre o ser mujer? Helena ya no sabe si piensa exactamente en la historia que tiene entre manos.

De repente, suena el teléfono. Levanta la cabeza, mira por primera vez alrededor y comprueba que el bar se ha llenado de gente y de ruidos de los que no se ha dado cuenta hasta ahora. Se frota levemente debajo de los ojos con cuidado de no arrastrar la máscara de pestañas. Le da un trago al vino antes de contestar.

—Dime, Sandra. Estoy comiendo en el bar y hay un montón de ruido.

—Tengo el teléfono y la dirección de la mujer, te lo dejo en la mesa, con lo poco que he encontrado del hermano, al que creo que también tengo más o menos localizado. ¿Quieres que te organice un encuentro con ella?

—Sí, pero que no sea mañana. —Piensa un momento y sonríe satisfecha porque sabe que le va a dar una alegría a Sandra, alegría por la que ella habría matado en sus primeros años como periodista—. Y organízate de tal manera que puedas venirte conmigo.

—Y ahora agárrate, Helena. —No se le nota una especial satisfacción por poder acompañarla, pero seguramente la alegría estará ahí enganchada en algún punto de la fibra celular, o quizá sea que Sandra no es tan parecida a Helena de joven.

—¿Qué ha pasado?

—Que la hija está muerta.

—¿Cuál? ¿La víctima?

—La misma.

—Será malnacido. ¿Hace mucho?

—Un par de años.

—Al muy cabrón debe de parecerle que ese detallito no es relevante... ¿De qué ha muerto? ¿Se ha suicidado?

—Yo creo que eso no está muy claro. Te lo explico luego.

A Miguel le encantaba acostar a Amanda, estar con ella para con- tarle un cuento y apresar ese momento luminoso que, pasados los años, muy pocos, ya no habría de volver. Lo decía muchas veces: «Cuando me pone la manita en la cara, siempre pienso que no nos queda nada, unas pocas veces tan solo, antes de que deje de querer tocarnos y acariciarnos, de regalarnos besos de repente, como si no tuviera nada mejor ni más importante que hacer que juntar sus labios con nuestras pieles». Helena, por su parte, pen- saba muchas veces en ese momento bonito que Miguel aprove- chaba para sentirse padre como nadie.

Y Amanda adoraba tanto a Miguel que nunca lo llamaba «papá». A Helena no le gustaba esa especie de confianza de amigos ínti- mos. Que si Miguel por aquí, que si Amandita por allá. Nunca era «Papá, ven» o «Papá, quiero». Era siempre «Voy a decirle a Mi- guel que». «¿Cuándo llega Miguel?» «Hoy quiero que me acueste Miguel.» «¿Podemos comer espaguetis de Miguel?» «Miguel es mi mejor amigo.» Ella tenía otras cosas con su hija. Le había enseña- do a leer. Le compraba la ropa. La llevaba al cine. Bailaban jun- tas. Tocaban la guitarra. Hacían búhos con los tubos de cartón del papel higiénico. Cantaban canciones de los Beatles cuando iban en el coche entre partida y partida de palabras encadenadas. Miguel le hacía sus comidas favoritas. La llevaba al médico, cla- ro. Y dormía con ella cuando Helena no dormía en casa. En cambio, cuando Miguel tenía guardia, Amanda dormía en su camita con dosel.

Helena había comenzado a leer con Amanda a los tres años de la niña, en cuanto esta puso los pies en la escuela. Para que accediese rápido a todo un mundo distinto de la tele, decía. Para que aprendiese a concentrarse; para que se estuviese callada un rato todos los días después de comer; para, al cabo de unos años, poder compartir lecturas; para educar a Amanda como la mujer culta que consideraba que debería ser, tanto si decidía ser médico como Miguel, como si quería ser periodista como ella. Y aunque se le llenaba la boca diciéndole a todo el mundo y a la propia Amanda que de mayor debería ser lo que quisiera, lo cierto es que, en su interior más profundo e inconfesable, deseaba con todas sus fuerzas que Amanda siguiese el mismo camino que ella. Quizá porque su trabajo entonces la hacía feliz. O quizá también por una competición turbia con su marido que no se atrevería a reconocerse a sí misma, pero que estaba ahí a la vista, aunque intentase colocarla detrás de una cortina cada vez que bromeaba con Miguel sobre la lucha entre el talento médico y el periodístico; la Amanda que decidía qué tomar para los catarros a los ocho o los nueve años, pero que también escribía para la radio del colegio aquellos relatos maravillosos, intrigantes y medio terroríficos sobre cosas que sucedían en el baño de las chicas.

Contra lo que mucha gente pensaba, a Helena no le importó demasiado estar embarazada cuando miró el Predictor, vio la cruz y pensó: «Ya está». Poco más. No se lo dijo a nadie. Acababa de llegar de su primer viaje a México, entró en el examen final de Guion, lo hizo, le dieron su matrícula de honor, y se fue a celebrarlo con sus compañeras al bar de siempre, donde la esperaba también Miguel, a quien todavía le quedaba un año de carrera y una eternidad de residencia hospitalaria. Al día siguiente, Helena se marchaba a hacer unas prácticas de tres meses a Londres gracias a una beca que solo habían conseguido ella y su compañero de promoción Carlos Álvarez. ¡Quién le iba a decir entonces que, con el tiempo, sería su jefe! En aquel momento, era solo un trepilla al que tendría que soportar compartiendo un piso cutre que habían alquilado por teléfono una semana antes y en el que se iban a dejar lo poquísimo que les pagaban. Lo comido por lo servido. Carlos también fue a aquella pequeña celebración en la que se materializaba el abismo que se abría ante ellos, decía él, que por aquellos días estaba obsesionado con el paro en la profesión y con el intrusismo. A Helena, en cambio, todo le daba un poco igual. Ya estaba hecho, por fin se había terminado, empezaría a trabajar y tendría una vida.

Así que esa noche hizo el amor despacio y con calma con Miguel, por la mañana se despidió de él con promesa de cartas y llamadas, tras desayunar sendos cafés con galletas aplastadas en el fondo, y comenzó a darle vueltas sin convencimiento a qué hacer después de aquellos tres meses en Inglaterra que no veía como un paréntesis, sino como el principio de algo desconocido que le generaba una curiosidad enorme. Nunca tuvo miedo.

Pero en el periódico de Londres pasaron absolutamente de ellos dos, que hablaban un inglés más bien pobre, del que entendían mucho menos de lo que parecía, y que no tenían ni idea de cómo informar de cosas de las que no habían oído hablar en la vida. En aquellos primeros días, tuvieron la sensación de que esa sería la única lección que aprenderían de aquellos periodistas que se parecían demasiado a los mismos profesores de la carrera a los que menospreciaban. Y no era mala lección, le decía Carlos en el metro, ella sentada con un libro que no leía sobre las piernas, y él de pie, agarrado a la barra, con su tono resabiado lleno de frases hechas y tópicos con los que suplía la certeza de que aquella estancia iba a ser una pérdida de tiempo. En realidad, él, que era hijo de unos marineros muy pobres de la provincia de Lugo, no se podía permitir aquello. Ella, en cambio, solo esperaba de aquella experiencia algo un poco más intenso. Intensidad. Eso era lo que siempre esperaba Helena de todo lo que hacía desde que había puesto los pies fuera de la casa de su padre.

También es verdad que, por aquellos días, la última de sus preocupaciones era si aprendía mucho o poco en aquel periódico carca que no hacía nada de lo que a ella le interesaba. Carlos se empeñaba en no reconocer que aquello tenía poco interés, para así comenzar a construir una buena invención alrededor de aquel trabajo que debería distinguirlo de todos los demás jóvenes recién graduados y que no habían pisado un periódico británico en su vida.

Y Helena, en fin, estaba a otra cosa, lejos de las ambiciones: dudaba de a quién permitir ser el padre de la criatura que llevaba dentro y que, por aquella época, debía tener el tamaño de una alubia.

Las tardes en la redacción a menudo son aburridas. Eran divertidas hace siglos cuando Álex estaba por allí. Ahora que Helena redacta las cosas importantes, que dedica tiempo a su columna diaria y que tiene calma para escribir reportajes largos para los suplementos y las revistas de fin de semana, experimenta cierta sensación de rutina, aun sabiendo que no lo es porque cada historia le da una vida diferente. Sí. A pesar de todo, lo extraña todos los días.

En eso, en la necesidad de vida diferente, va pensando cuando llega todavía con el sabor del café entre los dientes, y se sienta a su mesa llena de pósits, muchos antiguos, pero con cosas que aún sirven, o que simplemente le da pereza, nostalgia, reparo, retirar. Los importantes y urgentes son los que le ponen en plena pantalla del ordenador, en medio, para que no pueda no verlos, o decir que no los ha visto cuando contesta por correo electrónico a quien le pregunta por ellos. Ahí están ahora los que Sandra ha colocado antes de irse a comer con las demás becarias, asumiendo todas como natural ese clasismo medio intelectual medio salarial de los lugares donde trabajan más de cinco y hay aprendices. Por lo general, comen de sus tápers de sanísimas ensaladas en el comedor del periódico, pero hoy cree Helena que celebran el cumpleaños de una de ellas, y por supuesto, no han invitado a ninguno de sus jefes. Son todas parecidas, con sus moños altos y sus labios rojos, los vaqueros ceñidos y los jerséis de punto, los móviles siempre en el bolsillo de atrás o colgados al cuello a modo de collar con fundas rosas, violetas y fucsias, y despiden unos perfumes que a Helena le gustan porque huelen a la juventud con que inundan el espacio alrededor, a la risa constante con la que se miran y escriben sus pequeñas notas de sucesos o de última hora.

Hay algo de esa ironía desenfadada en la letra de Sandra al escribirle en esos papelitos con algún dibujo pintado que ahora observa Helena: el teléfono de la mujer de Fernando y un par de direcciones posibles del hermano que pidió un crédito para pagarle la responsabilidad civil. Si al menos fuera para la fianza... Porque en la fianza, pagas por la libertad. Pero la responsabilidad civil es querer mucho a un hermano, supone ser capaz de desembolsar mucho dinero que no repercute para nada en la persona a la que ayudas, pues todo ese dinero va destinado a la víctima, a la que probablemente no creas. O sí.

Por un momento, a Helena la mente se le va en pensar cómo se pide un crédito para eso, imaginando la situación de un hombre con boina y camisa de cuadros (no sabe por qué, pero imagina así al hermano de Fernando), explicándole el destino de ese crédito personal a un pipiolo de traje oscuro y corbata, unos treinta años más joven que él, sentado a una mesa sospechosamente vacía para ser un espacio de trabajo administrativo. «"Es para el pago de una responsabilidad civil." ¿Una responsabilidad civil? Sí. "Pero ¿eso no lo cubren los seguros?" En este caso, no, porque no es para mí, voy a pagar yo la de mi hermano."» Y el hombre, en la imaginación de Helena, con la boina en la mano apretada contra el pecho, nervioso, intuyendo que ese joven que no sabe a qué huelen las salas de visita de una cárcel lo está juzgando a él, que a fin de cuentas no ha violado a nadie. «Entonces, ¿por qué su hermano no se paga él mismo su deuda, si no es mucho preguntar?» Es mucho preguntar, pero el hermano de Fernando le contesta en una tentativa desesperada de sinceridad que pretende ganar un préstamo al 4,5 por ciento de interés, que ya le vale. Él está en la cárcel, una injusticia.

Helena piensa que quizá debería escribir una novela. La idea le ha rondado varias veces por la cabeza, para qué engañarse, siempre que se ha visto ante una historia de esas que acaban por no caber en un reportaje de revista dominical, pero nunca se ha visto en el lenguaje literario. También es cierto que ahora cualquier periodista escribe una novela y encima tiene éxito, pero le parece que es un riesgo que es preferible evitar. A estas alturas, no puede permitirse que su cara esté en la solapa de un libro que no se vende. Ni desea leer reseñas de críticos damnificados por sus columnas de opinión ensañándose con su faceta de principiante. O sentirse en la tentación de compararse con su padre. Aunque a lo mejor ese es el modo de que su Amanda lea algo suyo.

Coge el teléfono y, acercándose al pósit violeta para ver mejor lo que ha escrito Sandra con un bolígrafo verde, marca el número de la mujer de Fernando. Tiene que coger del bolso sus gafas de cerca o no podrá trabajar. No contesta. Luego observa las direcciones llenas de interrogantes del hermano. Habrá que comprobar todo eso. Enciende el ordenador y, mientras arranca, decide ir a ver a Carlos, el director.

En Londres, intentaba hacer como que aprendía mucho periodismo y también pensaba de vez en cuando en la manera de contarlo para que fuera un valor indiscutible de su currículum. Pero Helena, sobre todo, dedicaba los paseos, los cafés y las largas horas de mesa en el periódico a pensar en los pros y los contras de decidir quién sería el padre. Y a intuir, también, cómo sería educar durante toda su vida a ese bebé sin saber exactamente a quién atribuirlo. Miguel era su amor, su compañero, su amigo, su cómplice, era joven y sería médico. En cambio, Manuel Cobo, su profesor, era una vida absoluta que no prometía nada ni tenía futuro, pero la había convertido en su diosa.

Helena ya se había convencido hacía tiempo de que era capaz de todo, que era autosuficiente y no debía explicaciones a nadie, sobre todo desde que había decidido irse de casa de Félix. Se puso a buscar la manera de apañarse con el día a día trabajando, pues era evidente, además, que ella no tenía uno de esos padres que te daban fiambreras con comida para toda la semana y te lavaban la ropa. «La gracia de mi casa es que tú no puedas abrirla», le dijo a su padre con cierta arrogancia la mañana en que, marchándose con una maleta, Félix le pidió una llave, por si necesitaba algo. Pero no. Helena le cerró tanto todas las puertas que, finalmente, cuando estaba en Inglaterra dudando, no se atrevió a llamarlo ni siquiera para contarle que se aburría o que la comida no le gustaba.

Así estaba ella en un piso cutre del noroeste de Londres, con aquella cosa en la barriga, aquel amor desgarrado por un profesor que le doblaba la edad y aquel otro amor sencillo por su novio, y con su amigo Carlos (ya se habían hecho amigos) lamentándose a diario de tener la desgracia de recibir aquello: una beca que todo el mundo quería porque nadie sabía que no servía para lograr gran cosa, sino para estar tres meses pasando hambre y miedo, pues tenían que decidir si pagar el transporte, el piso o la comida en el barrio con mayor índice de criminalidad de toda Europa.

También era verdad que, si hubiera pensado todo con un poco de detenimiento, podría al menos aprovechar el lugar donde estaba para abortar, pero creyó que tampoco era eso lo que quería. Quizá era una inconsciente, pero a ella no le parecía que se le fuesen a fastidiar tanto los planes por tener que cargar con una criatura, y eso se lo demostraban aquellas mujeres negras que la rodeaban en el bloque en que vivían y que andaban de aquí para allá con sus bebés atados a la espalda con un paño, limpiando casas y poniendo comidas en algún bar de la City.

Influía mucho también el hecho de que Helena había logrado superar los años de estudios sin grandes planes, pues el único plan de su vida siempre había sido ser periodista, y ahora que tenía un título que decía que ya lo era, no sabía muy bien por dónde empezar. Si fuera como Carlos, que tenía muy claro que quería la beca para poder decir que había trabajado en el periódico *Tal Post* de Londres y en la televisión *Cual Broadcasting*, y que sabía que quería dedicarse al periodismo de investigación y ser alguien muy importante, de esos a los que les suena el teléfono constantemente, todavía podría pensar que un bebé sería un impedimento. Pero ella no sabía cómo decidir qué quería ser más allá de la idea abstracta de que lo importante sería tener un trabajo. Tele no, porque Helena era fea. Radio tampoco, que era dificilísimo vivir de eso. Prensa escrita, quizá. A lo mejor no le faltaba razón a Carlos y podía aprovechar lo de Londres, mentir diciendo que habían hecho un montón de cosas interesantes y habían trabajado con los más importantes líderes de opinión del Reino Unido. Puede que comenzase a buscar trabajo en los periódicos de la ciudad al volver, aunque a lo mejor, viéndole la barriga, ya no la contrataba nadie.

Helena tuvo claro que le daba igual. Que quizá prefería pararse a pensar aprovechando que nadie contrataba a mujeres embarazadas y que Miguel se iba a quedar petrificado cuando supiera lo del bebé ahora que iba a empezar sexto de Medicina. Le daba pereza tirar para adelante, decidir cosas, empezar algo. Necesitaba detenerse, no sabía si para pensar o simplemente para dejarse llevar por una corriente en la que no quería ser el centro. Le vendría bien la bronca monumental de Félix. Le vendría bien la parálisis, la indecisión, el asombro de saberse jovencísima, sin vida, y con un bebé.

Y aprovecharía todo eso, barriga incluida, para acostarse con Manuel Cobo al volver y no pensar en nada más.

Claro que Helena, en sus paseos por Londres junto a Carlos, a quien, sin saber muy bien por qué, le confesó algunas dudas laborales y también el embarazo («No jodas —le dijo él con verdadero espanto—, no deberías comer solo latas de alubias negras»), jamás imaginó que su profesor se le iba a poner sentimental, que a Miguel le daría por vomitar y por la temeridad, y que Félix iba a ser su salvación, entonces y después.

Porque, efectivamente, nadie la contrató cuando, al volver, ya empezaba a notársele. Y también porque, en realidad, Miguel se atribuyó una paternidad que, además de ayudarla a no tomar ninguna decisión, la convirtió en madre y mujer de alguien, cosa que ya le parecía a ella que no era su condición verdadera ni lo sería nunca. Helena ya no podía dedicarse a la política estudiantil ni al idealismo de la izquierda pura, según comentó Miguel un día, pero prefirió dejar ese asunto para cuando tuviera que empezar a vivir su propia vida, cuando naciera el bebé y se pudiera poner a hacer lo que se suponía que tendría que hacer. Miguel, por eso, iba camino de ser un médico más o menos típico, convencido de que el bebé era una señal del cielo para conducirlo a estar siempre con ella y llegar a ser la familia exitosa y feliz que se esperaba de ellos, aunque no sabía muy bien cómo lograr todo eso si le quedaba todavía una buena temporada para empezar a cobrar. Seguramente debido a esa ansiedad Miguel tenía taquicardias y vomitaba a todas horas durante los meses de embarazo. La criatura no esperaba a sus tiempos académicos.

A fin de cuentas, como le había dicho Carlos en el avión de vuelta, casi todo el mundo se apaña, a pesar de todo, cuando tiene hijos y no sabe muy bien cómo alimentarlos. Y ellos tenían a Félix.

Al final, Helena acabó por entender que Miguel merecía que le diera esa vida bonita que por lo visto querían tener desde que se habían conocido. Una vida que les permitiera seguir haciendo todas aquellas cosas que tanto les gustaban y costaban mucha pasta y en la que ahora se había metido sin permiso aquel bebé. La coca. El alcohol. Los conciertos. Los viajes. Los experimentos sexuales. Por un tiempo, lograron mantener todo eso a pesar de que, con los meses y la niña, habían ido calmándose hasta desaparecer al ritmo de otros planes, más centrados en actividades hermosas de pareja de médico y periodista con una hija linda que proponía Miguel, empeñado en que había que ser algo que no habían sido hasta entonces.

Fue como si, al nacer Amanda, y entre taquicardia y taquicardia, a Miguel se le viniera encima un amor tan absoluto que comenzó a tener las cosas claras de golpe. Donde no sabía qué especialidad escoger, se le instaló la certeza de que quería ser cirujano pediátrico. Donde dudaba de Helena y sus silencios, le apareció un cariño tan enorme que lo cambió totalmente. Amanda era lo mejor que le había pasado y Helena su artífice, así que tenía que cuidar aquello como fuera. Donde tenía miedo, apareció la calma. Donde tenía deseo, surgió un amor que a Helena se le antojó tan verdadero que la enterneció y, finalmente, la hizo pasar de Manuel Cobo, aprovechando la estancia de seis meses en Estonia de este, mucho tiempo después.

Miguel, siendo solo un residente, acostaba a la niña y le contaba cuentos. Ella prácticamente no los entendía, pero la dejaba ponerle una manita sobre la mejilla, gesto que él aprovechaba para darle un beso en la palma o para hacer cosquillas en los brazos a aquella nenita que podía no ser su hija. Por aquella época, Helena ya trabajaba como redactora en el periódico que le vería crecer aquel talento que, durante años, había sido una intuición o un deseo. Pocas veces era ya la que acostaba a Amanda, le leía los cuentos y le daba besos en la palma de la mano. A cambio, cuando llegaba de trabajar, a menudo se acostaba junto a ella, ponía la cabeza muy cerca de la suya, y observaba en la oscuridad la calma infinita de la niña dormida, aspiraba su aroma de infancia mezclado con colonia infantil, y le susurraba al oído el deseo de que soñase cosas bonitas. Luego se acostaba con Miguel, pero el sexo con él ya no era como en los años de la universidad, y empezó a crecerle dentro una nostalgia inmensa por todo lo que había descubierto en aquellos tiempos y en aquellos amantes, y a darse cuenta de que el amor no era suficiente para retenerla. Necesitaba más vida que la vida sencilla con Miguel.

Por las mañanas desayunaba con Amanda, la llevaba al colegio, y comenzó a escribir los reportajes que la hicieron famosa y peligrosa. Y Amanda crecía permitiendo a su madre que le enseñase todas las cosas fascinantes que le enseñaba, aunque a ella la llamara «mamá» y Miguel fuera Miguel. Y así, Helena fue tratando de aferrarse a una vida con Amanda que sentía que se le escapaba por las horas muertas en la redacción y por las noches en que su padre la acostaba y construía con ella tanto «amor». Frente a eso, decidió que tenía que enseñarle a leer y a escribir.

Y cuando Amanda creció, acabó por leer de todo menos las cosas que Helena escribía.

Hace tantos años que Helena conoce a Carlos que le resulta difícil verlo como su jefe. Han estudiado la carrera juntos, han sido becarios en los mismos sitios, han sido amigos y enemigos y después amigos otra vez, y ha sido Helena la que animó a Carlos a salir del armario de una vez por todas el día que un imbécil le llamó «maricón» y «cerda», y lo despidió sin indemnización. Se entienden. Discuten mucho, pero se entienden. Los dos se ven así, tal como ahora, en esta especie de letargo acomodado de la profesión, hasta jubilarse al cabo de no mucho. Aunque Carlos siempre dice que los periodistas de raza como ellos nunca se jubilan. Ella no lo tiene tan claro. Quizá sí sea así con los hombres. Manuel Cobo también les decía eso siempre.

—¿Qué haces? —pregunta Helena.

—Informar despidos.

—Emocionante, tío.

—No sé cuándo me he convertido en un soplapollas. —Carlos aparta el asiento de la mesa y se quita las gafas de leer.

—Lo que no sé es cuándo has pensado que dirigir un periódico sería hacer periodismo.

—*Touché*, querida.

Se sonríen mutuamente. Ella toma asiento en una de las sillas acolchadas frente a Carlos, en la mesa de en medio, y comienza a juguetear con una bola blanda antiestrés que imita a la Tierra.

—Cuéntame. —Carlos se ha vuelto uno de esos periodistas expeditivos que se comunican a base de disparar sentencias.

—Hoy, para almorzar, he entrevistado a un tipo condenado por agresión sexual a su hija que dice que todo es mentira.

—Qué novedad. —Se echa atrás, lánguidamente, como para oír una historia que ya se sabe de memoria—. No sé si prefería la época en que las historias que elegías solo te provocaban accidentes de moto.

Helena siempre trata de esquivar ese asunto.

—Está de permiso.

—Entonces lleva una temporada a la sombra...

—Sí. Y lo que le queda.

—Mal asunto.

—Pero hay una historia.

—Explícateme, querida.

Helena ve en Carlos esa vieja mirada de incredulidad, la negación en el rostro, esa cara que solo él puede poner desde mucho antes de ser el jefe de todo y que disuade a cualquiera. No le cabe duda de que el consejo de administración lo contrató por esa cara, que vale millones. A Carlos no le gustan las historias sentimentales, como a Helena, y en realidad, los escándalos tampoco le van. Él quería darle a España la opción de tener un periodismo británico, dice siempre, pero este país no soporta eso, incluso con su tipo de prensa amarilla, y la forma de tratar el sexo de los políticos, la mentira de la vecina de arriba, las historias de éxito y fracaso. Aquí todo queda en medias tintas mientras la mierda se desborda por las alcantarillas.

—Después fui a casa de mi padre a ver al tipo del trastero. ¿Sabes cuánto te cobran por amontonar los muebles en un cuarto de cuarenta metros cuadrados en un polígono industrial en el quinto pino?

—¿Y has subido? —Carlos, en realidad, sabe la respuesta, pero también sabe que tiene que preguntar igual, porque la conoce y ella necesita contar.

—No.

—Ya.

—Pero he visto a Verónica.

—Qué bien viste Verónica —dice Carlos, con esa frivolidad con que es capaz de restar importancia a todo—. No parece una usurpadora de maternidades ajenas.

—Pues he quedado con ella para cenar mañana.

—¿Con la cota de malla de las grandes ocasiones o así, a pelo? —Vuelven a sonreír los dos, pero él reconduce la conversación a su lugar—. Entonces, el violador...

—Tengo dos horas de entrevista grabadas en el móvil y a la becaria ilusionada con el asunto.

—Y tú...

—A mí ya no me ilusiona nada, querido, lo sabes... Pero la historia puede merecer la pena.

—Seguro. La historia de un violador de hijas que, intuyo, acusa a su mujer de conspiración. Y nuestro gabinete jurídico frotándose las manos, deseando diversión porque no tiene nada que hacer. Helena... —La mira incrédulo.

—Escucha primero el punto de vista. El tipo dice que ella miente y él dice la verdad, hasta ahí todo es la típica historia. Quería dinero, lo engañaron, se deprimió. Nada nuevo. Pero todavía no ha salido con el tercer grado porque se niega a reconocer los hechos. A mí eso me parece significativo, ¿no? A ella todavía no la he entrevistado, pero estamos en ello. Y ahora lo mejor de todo: la hija está muerta.

—¡Joder, Helena!

—¿Qué? El punto de vista es por qué la chica ha muerto. Por qué se ha suicidado, quiero decir. En una historia así, no procede hablar de la verdad.

—No lo veo. Sin víctima, no hay contraste de los hechos.

—Claro que no lo ves. Todavía tengo que escribirlo. Precisamente hay historia porque no hay víctima.

—No.

—¿Qué?

—Tiene que estar más claro. No quiero tener a las asociaciones de víctimas de los curas de los colegios católicos llenándome el correo electrónico de cartas al director. No es un decir. No quiero cartas dirigidas a mí. No quiero tener que salvarte el culo otra vez. Hay cosas en las que es, digamos, impopular dudar de la idea de verdad, Helena. Lo sabes mejor que nadie.

—La otra vez nos hartamos de ir a programas de la tele y llenamos la edición *online* de anuncios, tampoco estuvo tan mal.

—Este es un tema sensible, querida. Tú y yo aún teníamos escrúpulos, ¿recuerdas?

—¡Pues por eso! —Se impacienta—. No me digas que no antes de empezar.

—Tampoco te voy a decir que sí. En esto no puedes ir por libre. Si fuera política, daría igual, porque lo que dices un día cambia al siguiente, y en realidad no le importa a nadie. Pero esto le da a la gente en el corazón, Helena, a nadie le gusta pensar que los violadores tienen sentimientos. —Calla un momento, tenso, y mira en el móvil un mensaje—. Hoy ceno con el ministro de Educación. Creo que le gusto. Qué coñazo. ¿Y tú qué vas a llevarle a Vero? ¿Vino o flores?

Helena conoce como nadie esa forma superficial de terminar las conversaciones tan propia de Carlos, que además necesita alardear de su poder e influencias incluso con Helena, que sabe bien de sus dolores e inseguridades.

—Vino. —Le sonríe, pero se resiste—. Voy a entrevistar a la mujer cuanto antes.

—Primero mándame el archivo con la entrevista al tipo. —Carlos se reacomoda en el asiento—. Helena, tesoro, esa historia da muy mal rollo. La gente quiere cosas bonitas, tragicómicas. A los anunciantes no les va eso de pensar en los lectores con la vena de la sien palpitando mientras leen la página de al lado. Sus vidas ya son una mierda sin necesidad de que vengas tú contando los sentimientos de un violador.

—Ha intentado suicidarse.

—¡Y yo! ¿Y te vas a poner ahora sentimental y contar mi historia?

—Espera y verás. —Helena le guiña un ojo—. ¿Nos tomamos una caña el viernes y te cuento lo de Verónica?

—Y yo a ti lo del ministro. Seguro que lleva gayumbos de flores. —En los ojos de Carlos está, sin duda, la memoria de otros políticos en calzoncillos.

—Ese es uno de esos a los que no imaginas echando un polvo.

—Eres muy poco imaginativa. Y demasiado selectiva.

Antes de salir, Helena todavía piensa que debería insistir. Algo dentro de ella le dice que hay que contar esa historia; seguramente es la intuición, de la que tanto partido saca aun dudando de que exista realmente. Pero también sabe que Carlos es duro de pelar, y por eso comienza a valorar en serio la posibilidad de continuar por su cuenta para hacer con ella una novela o algo así. Quizá venderla a la competencia. Un relato para un concurso, con seudónimo, como su padre. Algo estilo Truman Capote en *A sangre fría*.

—Carlos, también hay que contar la historia de lo que ocurre dentro de esas familias.

—¿Qué familias?

—Esas vidas domésticas de madres, padres e hijas que son violadas en casa.

—Ni que fueras Diderot —dice él, y se congratula de su propio chiste—. No te digo que no. Pero el mundo está lleno de editoriales literarias para eso. Y el periodismo, repleto de periódicos digitales que no pagan a los periodistas y que publicarían encantados esa historia porque, como nadie los lee, no tienen que lidiar con el ruido de las personas que se preguntarán, dispuestas a hundirnos en la miseria, por qué somos comprensivos con los criminales. —Se acomoda para seguir trabajando y ya no mira a Helena cuando termina de hablar—. Cañas el viernes. Grabación del criminal. Chao, Helena, ¡a currar!

En cuestión de hombres, Helena tuvo una carrera fulgurante. De joven pasó de que el profesor de Educación Física no le tocase el culo, como sí hacía con sus compañeras del colegio, a acostarse en primero de carrera con otro profesor, un ayudante interino que le dio un par de clases antes de Navidad. Se llamaba Raúl y el apellido se le olvidó ya en ese mismo curso, después de la matrícula de honor a la que había contribuido él en un porcentaje considerable. Así aprendió que su cuerpo podía ser poderoso si ella quería. Pero antes de eso, predominó la extrañeza, y nunca más se le olvidaría su propio asombro al ver que alguien como él se sentía atraído por alguien como ella. La sensación inaugural, la creencia de que aquel tipo moreno que todavía tenía marcas de acné en la cara estaba abriéndole una puerta a un lugar que, hasta aquel momento, no había sido para ella.

Tanto fue así que el día en que en la cafetería le preguntó si se podía sentar junto a ella, Helena creyó que la iba a regañar por algo. Después, cuando vio que la conversación no llevaba a nada concreto, pensó simplemente que estaba tan solo que no le quedaba más remedio que sentarse con una alumna de primero para luchar contra la angustia. Ella, tan preocupada como siempre por parecer brillante, intentó sacar temas elevados, filosóficos, vinculados con Teoría de la Comunicación I e incluso con Fundamentos de la Escritura Periodística, materia de segundo de la que se encargaba él íntegramente. Y él venga a intentar hablar de otras cosas, que si qué cine te gusta ver, que si por dónde sales. Y ella se encontró de repente contestándole «Kurosawa», y enumerando locales de moda entre los poetas y los líderes estudiantiles, sitios de esos con música en directo con cantautores que querían parecerse a Silvio y a Milanés. Se dio cuenta, por eso, de que si le diera igual aquel hombre que tampoco era mucho mayor que ella, no querría impresionarlo. Y él no se interesaría por cómo ella lo impresionaba a él, si solo quisiera huir de la soledad.

Así que quedó con él para ir al cine y se acostaron durante dos semanas todos los días, ante su asombro: no se podía creer que, si el sexo era eso que hacía con Raúl, tuviera tal capacidad para mover el mundo. Pero tampoco iba a ponerse crítica dada la suerte que había tenido de acostarse al fin con un hombre, ella, que hasta hacía poco creía que eso no le pasaría nunca. Hasta que, al décimo sexto día, conoció a Miguel, aquel estudiante de Medicina un año mayor que ella, y Helena dejó de pensar lo que había pensado hasta ese momento sobre casi todas las cosas. Sobre todo, sobre el sexo.

«Es probable que el plasta de Carlos acabe por no publicarlo.» Eso es lo que piensa mientras se dirige a su despacho dispuesta a volver a llamar a la mujer del criminal y leerse el sumario de pe a pa, antes de ponerse con el editorial sobre corrupción que saldrá publicado al día siguiente. Pero ve a Sandra al teléfono, al lado de su mesa, haciéndole gestos. Es evidente que ya está ella hablando con la florista o lo que sea ahora, después de los años. Helena ya había caído en la cuenta del paralelismo entre esta historia y la de su propia madre y, como hace desde niña, se imagina una conversación con el fantasma de mamá. Adela le diría que no se cree ni media palabra de lo que le ha dicho el criminal, que a ella siempre le fue muy bien desconfiando de los dueños de los viveros al por mayor. Y Helena le contestaría que la mujer se quedó con el vivero, que ahora la dueña es ella, y que entonces debería dudar igual de su historia, lo que la llevaría a un camino sin retorno. Adela tendría una respuesta también para eso: todo el mundo miente, por ejemplo; o una víctima es una víctima; o el negocio de las plantas no da tanto dinero. Pero igual esa mujer ha vendido el vivero, o quizá lo ha arruinado. O sigue vendiendo plantas y árboles para bonitos jardines en que violar a otras niñas, en un negocio próspero, seguramente llorando a diario la muerte de su hija. O no, quién sabe.

Cuando llega donde Sandra, todavía le da tiempo a oírla decir: «Muy bien, muchas gracias, pues el viernes a las doce, allí estaremos».

—Listo. Al principio estaba un poco reticente, pero he logrado que nos reciba —dice Sandra metiéndose el teléfono en el bolsillo de atrás, haciendo así que una cacha abulte más que la otra.

—Bien hecho.

—Ya lo has oído: pasado mañana. Voy a coger ahora un coche de alquiler. —Duda, y al final pregunta—: ¿Puedo escuchar la entrevista con el criminal antes?

—No puedes, debes. —Helena le sonríe—. Te la mando ahora, que también tengo que enviársela a Carlos. —Sandra hace un gesto interrogante—. Efectivamente, no va a querer publicarnos esta historia, pero ya veremos qué hacemos.

—Entonces, ¿no será una pérdida de tiempo dedicarle tanto esfuerzo si después no le da espacio?

—Tú aprovecha para perder el tiempo mientras eres becaria. —Helena sonríe otra vez—. El resto déjalo en mis manos. Algo haremos. Pero lo primero es contarme lo que sabes de la muerte de la hija. ¿Cómo se llamaba?

Ana, se llamaba Ana. Aparentemente, Ana se suicidó.

Sandra insiste mucho en esa idea de la apariencia, quizá porque le gustaría desvelar un misterio, incluso un crimen, en ese reportaje que va a escribir a dos manos con la gran Helena Sánchez Ramos, que ahora piensa en las zonas oscuras de todas las casas, de todas las familias, de todas las parejas, de todas las madres con sus hijas. Pero las apariencias engañan, e incluso los muertos mienten. Sandra cree que se debería preguntar abiertamente a la madre por las circunstancias de esa muerte.

La descubrió, por lo visto, una mañana en que, preocupada, decidió entrar en la habitación y comprobó que Ana estaba inconsciente. Murió un par de días después en la UCI, medio podrida por dentro.

Miguel.

Miguel quería enamorarse y encontró a Helena.

Él siempre decía que era imposible mirarla y no enamorarse, con aquella inteligencia suya brotándole cada vez que abría la boca. La vio soltando una arenga en una asamblea en el vestíbulo del Rectorado, donde había ido él a entregar su solicitud de beca, y aunque no le iba ni le venía gran cosa el motivo de la protesta, allí se quedó, escuchando y mirando a Helena. Se acercó a ella cuando terminó el discurso, inventando un interés absurdo en lo que estaba diciendo y que a Miguel se le olvidó muy pocos días después. Helena lo cargó de pasquines y pósteres y lo invitó a ir a comer con ella y otros amigos del sindicato de estudiantes al comedor universitario, donde Miguel todavía no había comido nunca. Y lo cierto es que se sintió cómodo con todos ellos, o eso le pareció a Helena, que empezó a ver en aquel chico a alguien con quien le gustaría acostarse. A él, de todos modos, y según le dijo muchas veces en los años siguientes, aquella tarde ya le habría gustado irse a vivir con Helena si hubiera podido.

A ella no le costó sentirse cómoda en aquella adoración de Miguel. Quizá adoración no era la palabra, más bien seriedad, importancia, interés. No estaba acostumbrada a tanto.

—También podemos hacer cosas que te interesen a ti —le dijo ella un día, muy al principio de haber empezado a salir.

—Es que yo hasta ahora solo me dedicaba a estudiar —contestó Miguel.

—Pero podemos quedar algún día con tus amigos, ir a los bares de los médicos pijos. —Helena se reía.

—Yo solo tengo compañeros de clase. Tu gente me cae mejor.

Al cabo de un mes, Miguel era uno más, y Helena no volvió a sentir la necesidad de sugerir otros planes.

Fue clave, eso sí, que aquella primera noche con Miguel, la misma del día en que se conocieron, Helena descubrió que evidentemente aquello que hacía con Raúl no era sexo decente. Y, por lo que supo de Miguel, él estaba básicamente en las mismas, sorprendido de saberse artífice de todo lo que hacía con ella, sin necesidad de luchar contra no sabía muy bien qué era lo que lo amilanaba cuando lo intentaba con alguna de las chicas de su instituto, primero, y de su facultad, después. Con ella todo era fácil. Puede que el conocimiento de Anatomía I, al final, sí tuviera un sentido, bromeaba ella.

El amor con Miguel, desde entonces, fue calmado, divertido, un descubrimiento constante del placer implícito en imaginar un futuro juntos; pero no demasiado, pues Miguel era para Helena una más de las experiencias de ser estudiante y ser feliz. Ella, de algún modo, sabía que todo aquello no era imprescindible. No necesitaba esa proyección en el futuro. Miguel se veía en el tránsito de convertirse en otra persona, mejor y más seria. Pero ella no. Aunque eso tampoco le parecía una terrible barrera para quererle. Y entretanto, se dedicó intensamente a su papel de maestra en ideología estudiantil y en costumbres de juventud para él, que se permitía esa transgresión propia de algunos simples estudiantes brillantes de segundo año de Medicina.

Por eso, cuando, tres años después de empezar con Miguel, Helena acudió una tarde al despacho del profesor Manuel Cobo para que le recomendase una bibliografía, y este le recorrió el cuerpo con los ojos, desde las manos hasta el cuello, para detenerse en una mirada fija y profunda que casi le rompe las pupilas, ella ya estaba en condiciones de dejarse llevar por todo aquello. Y supo que ninguno de los dos tendría la más mínima intención de enamorarse del otro.

Claro que no había calculado, no podía calcular que eso de enamorarse pocas veces se decide previamente como una decide acostarse o no con un profesor.

Por lo visto fue una sobredosis de paracetamol. Pero ¿quién se suicida con paracetamol? Parece ser que Ana se zampó treinta termalgines. Madredediós. Eso fue lo que determinó la policía en la autopsia. Tenía algo de catarro, con dolor de cabeza y de garganta, pero nadie en su sano juicio se toma treinta termalgines, ¿no? Claro que se podría decir que, después de lo que le pasó, no estaba en su sano juicio. Pero eso es lo más raro de todo: sí que lo estaba. Incluso cuando acabó el proceso, y a pesar de que dos psiquiatras muy bien buscados por la madre y su abogada hicieron sendos informes diciendo que tenía graves secuelas psicológicas, ansiedad, una especie de shock postraumático que la llevaba a pasarse días enteros en cama con las persianas bajadas...; pues con eso y todo, nadie en su entorno notó nunca nada grave. Solo su madre hablaba de lo mal que estaba, pero no como para tomarse treinta paracetamoles. Así que, en definitiva, Sandra no cree que la hija del criminal se suicidara.

A Helena le parece la bonita teoría de una mala novela policiaca e incluso se siente tentada a creérsela, pues eso explicaría el empeño vengativo de Fernando contra su mujer. Sandra insinúa algo más concreto.

—Que sí, Helena, que ha tenido que matarla ella.

—Pero Sandra, ¿tú permitirías a tu madre que te diera las medicinas cuando tienes la gripe?

—Sí, claro.

Helena se extraña, pero Sandra ni se inmuta.

—¿En serio?

—Sí.

—¿Y si te atiborra?

—¿Por qué, si me está cuidando muy bien? Las buenas madres hacen esas cosas.

Buenas madres, buenas hijas.

Helena cree que Amanda no le ha dejado darle una pastilla desde aproximadamente los ocho años, o incluso antes. «Yo sola, yo sola», decía, y tanto fue así que Miguel llegó a creer que detrás de esa tendencia a automedicarse en los resfriados se ocultaba una vocación médica como la suya, así que se sentía muy orgulloso. Pero Helena sabía que lo único que había detrás de eso era el comienzo de la escapada de su hija lejos de ella.

—Me parece un poco rebuscado, sinceramente —dice Helena.

—Sí, sí, pero es mucho más creíble que suicidarse con Termalgin.

—Si tú lo dices...

Y Sandra se marcha sonriendo hacia su mesa para escribir un par de notitas que le han pedido y que Helena tendrá que revisar, antes de verla irse con toda esa vida que ya ni siquiera le recuerda a sí misma.

Cuando volvió de Londres, Helena no le daba vueltas a su desgracia, ni al futuro, ni a qué hacer con el bebé en camino y con la vida extraña con Miguel. Eso ya lo pensaría luego. Cuando bajó las escaleras del avión, con su barriga ya algo abultada, Helena solo pensaba en el momento de cruzar la puerta de un hotel cualquiera y recuperar los tres meses lejos de su profesor, porque evidentemente no era suficiente con las cartas casi pornográficas que se habían escrito todo ese tiempo recordando los días de México en las que, por supuesto, no lo avisó de nada.

Se lo dijo al volver, en su primer encuentro, cuando todavía estaban en la cama boca arriba, respirando, y él pensaba que la mala comida británica le había puesto a Helena unos kilos. «No quiero que me veas hasta que mi cuerpo vuelva a su lugar.» No notó el escalofrío de Cobo, que esperó a que ella terminase de hablar para aliviarse por dentro y por fuera al comprobar que no le reclamaba nada más que una simple espera.

«¿Es mío?», preguntó. Ella se encogió de hombros casi imperceptiblemente y no contestó a eso nunca más. Él, seguramente en serio, le pidió que no lo apartase de su vida, que esperaría, que no quería renunciar al cuerpo jovencísimo de Helena, a su pelo que todavía olía a champú infantil, ni a la intensidad del sexo duro, casi adolescente, con ella solo por el hecho de que fuera madre. Tenía la sensación de último tren, le dijo Manuel después, un día en que hablaron en voz baja por teléfono mientras la niña dormía la siesta y Félix escribía unos diálogos para un guion. «Me has dado una vida que creía que se había quedado atrás hacía veinte años, no puedes ignorarme ahora.»

«Esas cosas ni pasaban ni se decían en las historias típicas entre profesores y alumnas», pensaba Helena. Esas relaciones nunca eran así, pero sí lo fue la suya. A pesar de que todo el mundo piense siempre que su historia es distinta de la de los demás, ellos sí que eran diferentes. No era el profesor de gimnasia tocándoles el culo a las niñas de secundaria, ni el tipo que cambia sobresalientes por polvos en primero de carrera.

Por eso, cuando Amanda nació, a ella le faltaron las miradas de Manuel Cobo y los orgasmos encadenados y alocados que las seguían. Amamantaba a la niña y, a veces, se quedaba con la mirada perdida pensando en cuándo podría estar con él mientras todos pensaban que se había quedado enganchada a la ternura de la niña. No. Era la ternura de su profesor, cada una de sus caricias, su promesa de estar ahí para cuando ella quisiera volver a ser una mujer y dejar de ser una madre. Era el deseo de volver a sentirse viva. La percepción de que en Miguel no había la verdad que ella buscaba para seguir adelante. Y también era la sensación de que aquella criaturita que le mordía las tetas también le absorbía un amor absoluto que parecía tener que compartir con aquel hombre que se la había llevado a México hacía apenas unos meses.

Las noches son lo peor desde que su padre murió.

A Helena le falta la llamada de la mujer que lo cuidaba. «Ha cenado bien», «Se ha puesto un poco rebelde para ponerse el pijama», «Ha preguntado por usted», «Ha llorado», «Se ha partido de risa, y no sé muy bien por qué», «Como siempre, no hace nada, pero tiene los ojos abiertos». Hace mucho tiempo, demasiado, Helena tuvo que volver a aquello de estar a cargo de una niña pequeña, eso que pensaba que a ella no le pasaría porque solo les pasa a las otras mujeres, a esas que se quedan en casa, a las que usan mandilón de cuadros desde que se levantan hasta que se acuestan, a las que tienen más de un hijo, o a las que saben cocinar. Ahora también le faltan los momentos a lo largo del día que arañaba de la agenda para pasarse por allí solo para ver en directo la lentitud con la que papá se hacía harapos y se le perdía el ser por las costuras. Le falta ese asco de entrar en casa de Félix y oler la vejez algo putrefacta que iba dejando por el pasillo, un olor que, en muy poco tiempo, sustituyó al de Brummel que desde siempre había precedido a su padre. Desapareció su perfume antes que él, y se quedó solo ese olor entre dulzón y rancio, como de boca sin lavar que sale por los poros de la piel, como de sexo ácido que no se va por mucho que lo laves, como de sudor de gente que ya no suda, pero se queda enganchado en cada pelo. Todo eso era Félix cuando Helena abría la puerta para comprobar que allí seguía, con el cerebro como una esponja. También extraña, por eso, la sensación de manicomio y el mal humor de cuando comenzaba a equivocarse en las fechas y a olvidar las comidas. Pero llorar es de niñas tontas.

Fue aquel día en que Félix no supo decir «nevera», cuando Helena empezó a pensar de nuevo seriamente en desaparecer. Hacer como Amanda y largarse, aunque ella se marcharía para no volver. Siempre hay un principio así, ese día en que te das cuenta de que ese despiste es extraño, ajeno a todo, un momento estúpido en que entiendes que no hay vuelta atrás y que el futuro será como caminar descalza sobre clavos. Por épocas, como cualquiera, tuvo esa sensación de querer desaparecer otras veces, pero los últimos años de él le hicieron sentir como nunca eso que Helena siente ahora mientras abre la nevera y saca la botella de vino para echar media copa que se tomará despacio, mientras mira por la ventana cómo la gente pasa apurada por la calle, algunos escuchando música en sus móviles con cara de nada, otros quizá disfrutando del aire en la cara.

Podría irse.

Una vez, siguiendo el caso de una chica secuestrada, manejó una estadística que decía que más del 95 por ciento de las desapariciones eran casos en que la persona se iba voluntariamente sin dejar rastro. Cuando vio aquello, Helena pensó en la sensación de ahogo y en la posibilidad de toda esa gente, de los noventa y cinco de cada cien desaparecidos, de volver a empezar y equivocarse en cosas distintas en una vida nueva.

Observa con curiosidad cómo los faros de un coche se reflejan en la copa que tiene en la mano y piensa en el lugar adonde iría para comenzar de cero. Sin tarjetas de crédito, quizá amañando un pasaporte falso, sola, sin maquillaje. Solo hacen falta seis mil euros para pagar al falsificador, cosa que no le parece un exceso, bien mirado, teniendo en cuenta que es el precio de la libertad absoluta. Largarse sin tener que preocuparse, cómodamente, en avión. Sin lugar a dudas, Helena desaparecería en México.

Pero es difícil desaparecer así. La documentación falsa deja cierta huella. Quizá por eso tanta gente desaparece de ese modo suicida que es simplemente anularse en la calle. De ese 95 por ciento, buena parte son indigentes, personas que convierten el aire en su casa y que hacen como que no conocen a quien los detecta. De hecho, Amanda a veces desapareció en la calle. Ahora ya no. «Incluso las desapariciones se aburguesan», piensa. A lo mejor, la fórmula de Helena es simplemente mandar todo a la mierda. Irse a México dejándolo todo claramente, sin esconderse. Y pasar de quien intente contactar con ella. Soltarse.

A su espalda suena de repente «There Is a Light That Never Goes Out», de los Smiths, y la música la arranca de este sueño de sol en el Pacífico, por supuesto en Michoacán. Esa canción es la marca que Helena ha puesto para las llamadas de Miguel, así puede decidir no contestar y dejar volar la imaginación lejos de la llamada, mientras la negativa flota en el aire. El teléfono, además, vibra encima de la mesa del comedor. Cierra los ojos un momento largo, al tiempo que saborea un buen trago de vino antes de contestar. Ya sabe por qué la llama. «Hola, Miguel, cuánto tiempo. ¿Sigues sin saber nada de Amanda?» Miguel siempre sabe algo de Amanda, pero esta vez lleva mucho sin hablar con ella o con alguno de los amigos que a veces le cuentan por dónde anda. En cambio, por supuesto, sí que ha hablado con Verónica. «No, no he subido a casa de Félix, me la encontré mientras el hombre de la casa de mudanzas revisaba el piso para decirme cuánto me va a costar meter todo en un guardamuebles. ¿Tú sabes el robo que supone?» Prefiere no dejarle hablar. «Y eso. Que he estado con Vero. No te cuento nada nuevo, claro. Pero ¿sabes? Estoy con un caso sobre un tipo que ha violado a su hija.»

A Miguel nunca le ha gustado oír los pormenores de sus reportajes, y por eso ahora también le contesta con cierto desinterés, ella cree que evitando el tema. Siempre ha preferido leerlos directamente, y después sí que le interesaba el destripe. Antes no. Antes solo asistía a los procesos alocados de Helena entre citas y encierros para escribir. Después solían celebrar juntos el éxito cuando se publicaba. Abriendo una botella de cava, ella le contaba el proceso de investigación de principio a fin con los pies puestos sobre las piernas de él, medio acostada en el sofá. A veces, Helena también extraña esas noches y esas conversaciones sobre los trabajos de cada uno. Niños que necesitaban un corazón frente a políticos pillados con una contabilidad en B.

«Sí, Miguel, voy tirando.» A fin de cuentas, él es una de las personas que más y mejor la conocen. «Voy a ir a cenar con ella, sí. ¿Algo en contra?» Aunque le da igual que tenga algo en contra, como si él le hubiera consultado a ella algo sobre su propia relación con Verónica. «Mañana por la noche, que no tengo tertulia en la radio.» Porque Miguel vive en su dimensión paralela, esa en la que ha cambiado vísceras infantiles y sangre por ruedas de prensa, seguimiento de las encuestas, visitas a obras, saludos en la calle y comidas para conspirar, muy lejos de la realidad de las calles que pisa Helena, esa de los violadores de hijas y de los motivos por los que los niños que Miguel operaba enfermaban. Antes de colgar, Helena necesita hacer un último intento. «Miguel, hay que intentar contactar con Amanda. No puede ser, tanto tiempo...» Y él seguramente le contesta con cualquier evasiva que ya no oye, porque ha decidido que en efecto si desapareciera en México, tiraría el teléfono al mar y no volvería a escuchar nunca más esa puñetera canción de los Smiths que le duele bastante.

Bastante.

Que fuera justo él el que se pusiera estupendo con ese «bastante», después de todo. Hay que fastidiarse.

Toma esa copa de vino tinto. Pica algo de la nevera, pero no cena. Hace años que ha dejado de hacerlo, no sabe muy bien por qué. Vuelve a mirar a la calle, donde hay mucha menos gente y el ritmo de los coches es más rápido, como si huyesen a refugiarse en su vida feliz de chalés unifamiliares adosados por el garaje. Ella siempre se ha imaginado siendo muy vieja una noche junto a Miguel en el sofá, diciéndole: «Ya es hora de que hablemos de los amantes que hemos tenido». Pero lleva un tiempo con el miedo a olvidarlos instalado en el cuerpo, aunque ya ni siquiera tenga que hablarle de ellos a Miguel en un gesto de confianza cuando no les quede nada para morir juntos sin haberse separado jamás. De todo eso solo se le cumplirá a Helena la certeza de que el cerebro le vaya borrando cada momento de cuando fue feliz, al mismo ritmo que una neurona mata a la otra y entre ellas no quede más que aire.

Está cansada. Piensa en el día siguiente y en Fernando, el criminal. Tiene que haber una explicación para que no le haya hablado de la muerte de esa chica. Y además, no le gusta. Es uno de esos fachas que se han crecido con la subida electoral de los últimos tiempos, incluso estando entre rejas. Helena siempre se ha resistido a pensar si podría pasar algo así en unas elecciones, aunque precisamente ella guarda en su memoria muchos motivos para no sorprenderse. Se mete en la cama. Si hoy tuviera a un hombre cerca, tendría sexo un par de horas. Sola no le apetece. A lo mejor tiene razón Carlos cuando le dice que es demasiado selectiva.

Piensa en Verónica y su ropa carísima pegada a ella en su antiguo portal, o a Miguel en la barra de un bar; en Sandra con su moño alto y los labios rojos que le auguran tanto éxito como el que tuvo la propia Helena un día; en Amanda, en una imagen de casa fría y greñas sobre la cara. Pero el último pensamiento va para Félix, justo en ese instante en que una se queda dormida. La lágrima ya choca con el párpado cerrado de Helena.

Llorar es de niñas tontas.

El día que volvió a trabajar después del accidente de moto, Álex le dijo que no exagerase, que pasar de los cuarenta no era ser una vieja decrépita que ya no es capaz de montar en moto ni aguanta el olor a marihuana en los conciertos de rock. Que la edad no era el asunto. Él, a sus cincuenta y cinco, se abría la chupa de cuero y colocaba su propio casco en una silla junto a la mesa de Helena, que seguía con los ojos, las orejas y la boca tapados como los monos ingleses, para no ver, ni oír, y sobre todo no decirse a sí misma la evidencia que se había quedado en el asfalto. Ella, ya con cuarenta y tres, llevaba casi cuatro años acostándose con él, se extrañaba del olor a hachís que inundaba sus paseos por algún parque, ya no iba más que a conciertos de jazz y, si ponía los brazos en la mesa, notaba una quemazón horrible por debajo de las vendas. Hacía una semana del accidente y había estado en casa todo ese tiempo creyendo que moriría de algún trombo irreversible o del propio dolor. Miguel se había negado a darle morfina. «Te has vuelto loca», le decía, a lo que ella contestaba: «A saber qué harías tú en mi caso». Pero Miguel era expeditivo en su respuesta final: «Yo no ando metiéndome en líos ni provocando con artículos a gente que me amenaza día sí día también y luego cumple sus promesas, como ves. La morfina no es para rasguños de asfalto».

Después de dejar el casco y la chupa, Álex se sentó frente a Helena y la miró con cierta lástima; ella detectó en esa mirada una ironía algo melancólica, como todo entre ellos. Fue entonces cuando le dijo que se iba, y ella se quedó estupefacta.

En todo aquel tiempo de medias huelgas y disputas, Helena no se había fijado demasiado en hasta qué punto Álex podría ser uno de los afectados. Sabía que Carlos no le tenía, digamos, demasiado aprecio, pero no pensó que fuera a incluirlo en el ERE. Los despidos eran para los que llevaban poco tiempo. Para los que provocaban a los jefes. No para los que se acostaban en secreto con las periodistas que aportaban premios y podían protegerlos. No para los que acompañaban a todas partes a una amante que, últimamente, tenía preocupaciones mayores cada día al abrir el buzón, o al poner los pies fuera de casa, y que por eso no protegía a nadie más que a sí misma. Quizá sí para los sospechosos.

Su artículo sobre la implantación fraudulenta de la industria de la celulosa no había gustado nada a los gerifaltes de la madera y a varios altos cargos de la Administración, a los que incluso habían llegado a grabar jurando la muerte de Helena después de perder las siguientes elecciones. Ella empezaba a tener fama de periodista tumbagobiernos. Un peligro. En casa estaban empeñados en que corría verdadero riesgo, y el accidente con la moto no había ayudado a calmar los ánimos de Amanda y Miguel, que insistían en que tenía que haber alguien cerca de ella capaz de avisar de sus movimientos, que la ponía en peligro y la exponía a amenazas. Ella los había ignorado siempre.

Estaba harta de todo, pero aquel artículo la había colocado en la cima, con lo que se encontró capaz de soportar lo que fuera, incluso sin moto. Pero, eso sí, se había vuelto una desconfiada, y quizá por eso se había puesto muy a la defensiva con todas aquellas protestas y consignas de sus compañeros a punto de perder sus empleos. Ella estaba arriesgando su vida, y prefirió mirar para otro lado, básicamente porque, después de aquello, no perdería su trabajo jamás. Y también porque desconfiaba de todo el mundo. Sin excepción.

Claro que eso no se lo contó a absolutamente nadie. Ni siquiera a Carlos, con quien podría haber hablado para salvar a su gráfico. Prefirió no hacerlo. Así que, todo aquello se llevó a Álex por delante y, en parte, a ella misma, pero se dio cuenta de que, llegados a aquel punto, no podía ser de otro modo.

No supo qué decirle.

Decidieron salir de allí, irse a un bar a tomar un café y despedirse con promesas que evidentemente ya no pensaba cumplir ninguno de los dos. Pero a Helena le gustó pensar que, al menos, habían llegado a ese punto de querer prometerse cosas hermosas: llamarla desde aquellos lugares adonde la vida lo llevase.

Bien mirado, era una romanticonada poco propia de Álex decirle algo así, y Helena suponía que había sido por la intensidad del momento: «Venga, Álex, que ya estamos mayores para ir en moto y para estas cosas», podría haberle dicho. Pero el cuerpo solo le pidió silencio otra vez. Él puso su mano en la de ella. Era la primera vez que lo hacía así, en público, encima (y no debajo) de una mesa de bar. Y tan cerca del periódico. Sin miedo. Sin precaución. Era el final.

Por acto reflejo, Helena retiró la mano.

—¡Qué más da! —dijo él volviendo a cogérsela a toda velocidad—. No vamos a tener más oportunidades.

—¿Es que has pensado irte a Nueva Zelanda? —Último intento de creer en la posibilidad de mantener aquello.

—No. Nueva Zelanda, no. —Sonrió jugando a acariciarle las uñas pintadas de granate—. Pero de verdad que voy a irme.

—¿Adónde?

—No sé.

—¿Donde no podamos vernos?

—A no ser que vengas conmigo.

—Te has vuelto loco.

En realidad, la conversación terminó ahí. Quizá se dijeron alguna obviedad más, o comentaron el cansancio del día a día en un trabajo en el que Álex decía ahogarse y que Helena amaba más que a sí misma (siempre lo decía así, un poco divinamente). A lo mejor también hablaron de si era esperable o no aquel despido después de un año de unas luchas sindicales en las que él se había pronunciado claramente mientras que Helena se había mantenido en un lugar discreto desde donde no opinar demasiado, ella, que opinaba de todo en todas partes. Aun así, aquel último café era también la primera vez que ellos dos hablaban del ERE. «Sin reproches —dijo él—, puede que, después de todo, tengas motivos para preferir que me vaya, ¿no?» Helena guardó silencio.

En un momento dado, callaron y se miraron. Sin necesidad de decirse más, Helena llamó al periódico para avisar de que le dolían mucho las heridas y que se había ido a descansar a casa, que volvería al cabo de un par de horas. Montaron en la moto de Álex y fueron a despedirse como mejor sabían en aquel motel hortera que ella odiaba pero que, en aquel instante, ya era el único refugio que les quedaba. Eso, y la amargura. Tampoco podían hacer otra cosa.

Y no. No hay que contarlo.

(Solo que tuvieron que hacerlo de pie, ella apoyada en la cómoda frente al espejo, para liberarle los brazos lastimados del accidente, y esa imagen en el espejo, todo ese proceso, esa brutalidad absurda de los dos cuerpos despidiéndose así de primariamente se le quedó para siempre en la retina. Soñaría después con eso muchas veces, como las viudas que sueñan que duermen con los maridos muertos para adaptarse poco a poco a la vida triste.)

Después, en la cama, se miraron en un espejo lateral adornado con unos vinilos de flores que intentaban imitar cierta delicadeza a la japonesa que allí adquiría pretensiones de geisha. A ella le habían salido unas lorcitas en el costado que se accentuaban por la postura, sentada en la cama apoyada en el cabecero para poder tener los brazos con las vendas estirados a lo largo del cuerpo. A él, desnudo boca abajo, apoyado en los codos y sujetándose la cabeza para mirarla, ya se le habían puesto blancos los pelos del pecho y empezaba a tener unas pequeñas almohadas de grasa en la zona lumbar. Helena tuvo cierta sensación de decrepitud y, por supuesto, de que algo se terminaba en aquellos cuerpos que acababan de empezar el tiempo de descuento.

—Si fueras tú la despedida, ¿qué harías?

—Buscar trabajo en otro sitio.

—Venga, Helena... A mí no me engañas.

—No sé. A lo mejor sí que es verdad que me tomaba un tiempo. Como para coger impulso, ¿sabes?

—¿Impulso para qué?

—Para seguir.

—¿Necesitas impulso para seguir? Eso no parece muy edificante...

Helena lo miró incrédula, pero no le dijo nada. Él le hizo una caricia blanda por encima de la venda del brazo.

—Me marcharía a México —dijo ella.

—¿México?

—Sí.

—¿Por qué?

—Cosas mías.

Álex se incorporó y la besó una vez más. Se abrazaron durante bastante tiempo, y ahí terminó todo. Sin hablar, se ducharon en el mismo orden de turnos que solían hacer, primero ella y después él, como en todas las ocasiones anteriores en los últimos años, tantas que ya habían establecido esas pequeñas rutinas de vida en común, o de vida paralela, o de doble vida, o de pareja. Luego se vistieron en silencio sentados a los pies de la cama, reconstruyéndose como si los últimos casi cuatro años fueran solo un suspiro o un paréntesis. Un viento que pasó por la vida de Helena llevándoselo todo por delante.

Antes de abrir la puerta de aquella habitación fea, se dieron un último abrazo, que no fue el definitivo porque ese, el que a Helena se le quedó pegado al cuerpo como una impronta, fue el abrazo largo de ella agarrada a él en la moto, invirtiendo los roles de solo unos minutos antes junto al espejo y la cómoda. Álex todavía le olía a una mezcla entre el sexo que acababan de tener, el ambientador del motel y el sudor que goteaba desde su cuello sobre la espalda de ella justo cuando él terminó, con un suspiro profundo de alivio, placer y cansancio. La dejó en la puerta y se dijeron adiós. Ahí terminó todo. A Helena se le fue el amor, pero en su lugar se le quedó cierto exceso de dignidad.

Desde que ha llegado al periódico a media mañana, Helena está intentando contactar con la cárcel para comprobar si efectivamente Fernando ha intentado suicidarse varias veces; dos, había dicho. También trata de hacerle llegar el recado de que necesita hablar con él. Asume que tendrá que trabajar la historia sin él un tiempo, considerando que acaba de salir de permiso y todavía tardará en tener otro. No le importa demasiado. Y tampoco ve claro cómo contarlo. Si lo cuenta.

Lo que pasa es que hoy se le ha cruzado la sentencia contra un exministro en un caso que lleva siguiendo varios años y, desde antes de comer, no ha parado.

Si a Helena la llega a coger esta historia en otro momento de su vida...

Pero, aunque le cuesta reconocerlo, lo cierto es que hoy su prioridad es la cena con Verónica. Por eso, Helena sale antes de lo habitual. Está poniéndose el abrigo cuando Carlos le deja en la mesa la primera maqueta del editorial del día siguiente, al que ella responde con un gesto de cansancio.

—Pues mañana va a ser todavía peor —le dice con una media sonrisa—. Disfruta de la cena en la casa de los horrores, y ve poniendo la espalda para cuando abran los quioscos, querida. —Helena le devuelve la sonrisa—. Saluda a Verónica de mi parte.

Verónica, Verónica. Esa que escribía a Amanda aquellas cartas en las que se creía su madre.

Es mejor no decirlo, porque convertirlo en frase solo lo simplifica, y en aquella época no era nada simple, tenía un montón de aristas y matices.

Ahora es solo una frase tonta que podría analizarse en un examen de Lengua de un curso no muy avanzado: «Verónica», sujeto; «escribía», verbo (en pretérito imperfecto, o sea, con continuidad, extendiéndose repetidamente por aquella época del pasado en que la odió, pretérito indefinido); «a Amanda», objeto indirecto, su hija de verdad y directa, que era la destinataria retorcida de aquello; y luego el problema, el objeto directo, «aquellas cartas» que oscilaban entre el amor y creerse su madre (cartas, no correos electrónicos, ni siquiera llamadas de teléfono, sino cartas de esas que fijan la tinta en el papel y pueden leerse sin contraseña). La dificultad del análisis está ahí, en esa oración subordinada de relativo, en esa aclaración sobre un objeto directo que sería inofensivo si no fuera porque viene determinado por todo eso que ha cobrado un sentido atronador para Helena.

Ni siquiera sabe concretamente cómo las descubrió. No lo recuerda con exactitud. Puede que viese una carta de Amanda dirigida a Vero en el recibidor de la casa de su padre. O puede que pillase a su hija escribiendo.

Aquello no estaba solo en su imaginación, porque era evidente que Verónica se pasaba de lista en los consejos y en la proximidad, animando a su hija a alejarse de ella, como si Amanda no tuviera una madre que también la quería, aunque no se dejase querer y aunque se pusiera hiperbólica por todo. A Helena, además, la ofendió mucho darse cuenta de que el buzón que les servía de escondrijo era el de Félix, y entre todos habían organizado esa intriga para evitar que ella lo supiese.

Pero el análisis sintáctico se le complicó. Ella fue la única que vio todo eso donde todos vieron una amistad hermosa en la que Verónica, con una posadolescente complicada, llegaba allí donde ninguno de los demás podía llegar.

En cambio, para Helena, aquello fue una brutal concentración de odio, un poco de dolor, indignación, y sentirse muy destronada. Encima, romper con Verónica no cambió nada. Durante todos esos años de distancia con la vieja amiga, su hija desapareció más a menudo y por temporadas más largas; Félix siguió envejeciendo sin dejar la amistad con Verónica hasta que ya no la reconoció, y murió; y Miguel se marchó igualmente, diciéndole que todavía la quería bastante. Y luego van y se lían, la guinda. En realidad, todo eso pasó sin que Verónica tuviera mucho que ver. Helena se empeñó durante bastante tiempo en poner en relación todos estos hechos, es cierto; incluso llegó a pensar que la causa de la enfermedad de su padre tenía que ver con Verónica, o con los secretos de las cartas a Amanda que, al final, se agotaron en sí mismas sin que obviamente su hija la sustituyese por la vecina del quinto. Claro que tardó años en entender, quizá acaba de entenderlo ahora, que es imposible que nadie ejerza de madre de Amanda, esa niña que se leía las cartas de Verónica, pero no los artículos de su madre.

No podía evitar el agujero en el pecho. La traición a su apego. Que Verónica aceptase colocarse alegremente en aquel lugar peligroso, donde la incomprensión se iba haciendo fuerte, la desarmaba y la hacía dudar de sí misma hasta un extremo que probablemente nadie llegó a imaginar. A todos les parecía natural que otra mujer ocupase su lugar en el corazón de su hija, lo que evidenciaba que la consideraban la peor madre del mundo. Helena no sabe si lo era, pero no soportaba que la gente lo pensase, con tanto trabajo como le daba serlo todo: periodista, madre, hija, mujer, amante. Creía que perder la batalla de la buena madre significaba una enmienda a la totalidad. Era como poner encima de su puerta un neón luminoso con la palabra FRACASO.

Y nadie lo evitó.

A estas alturas ya da igual. Es lo que tiene la vida, que pasa. Quizá este dolor esté desapareciendo justo esta noche, después de que alguien abriese los cerrojos para que Amanda hiciera su vida, o al enfermar Félix, o al desvelarse la soberana estupidez de su marido. Y ahora, igual que entonces, no sabe cómo se puede resumir todo esto en un rosario de reproches a alguien como Verónica que, en todo caso, solo habría hecho ese único daño a Helena en toda la vida. Solo eso. Entre todas las ocasiones preciosas que habría tenido desde la niñez para lastimarla si hubiera querido.

Verónica aceptó estoicamente su nueva condición de simple conocida, y no hizo nada, ni siquiera considerarla una desagradecida. Siguió su relación habitual con el resto de la familia y dejó que su amiga la enterrase. Hasta hoy.

Helena sabe que, por supuesto, no tocarán el tema. Pasó. Se ha borrado con el abrazo en el portal, o quizá un poco antes, con la muerte de Félix. La llamada de Miguel de ayer, de algún modo, ha sido un aviso, una especie de «no-vayas-a-cagarla-ahora», un asegurarse de que aquí terminan las hostilidades que lo han puesto tantas veces en lugares incómodos, a él, que tan mal se maneja en la incomodidad y que tan bueno es en las convenciones en las que nunca pasa nada, ni voces altas, ni pasiones fuertes, ni dudas extremas. «Te quiero bastante.» Él siempre ha sido un experto en ese tipo de gestos, llamar para no decir nada, pero lograr que entiendas un mensaje serio. Muy de padre. Helena nunca ha tenido un padre así, y se pregunta a veces si ese rol habría sido el de su madre, si ella le habría permitido esta tontería de enfado con Verónica durante años, si habría comprendido su cabezonería o si, como Félix, también la habría dejado por imposible y habría pasado de ella como todo el mundo. Menos Carlos, que es el único que, entre divertido y asombrado, ha seguido con dedicación la historia poniéndose del lado de Helena. Claro que ella ahora piensa que tampoco es que hubiese un lado u otro.

Después del accidente, Helena dejó de ir en moto y empezó a coger taxis, aunque también le gustaba caminar siempre que podía, como una manera de entender mejor a las personas para las que escribía cuando las miraba, las escuchaba, se cruzaba con ellas. A veces, lograba disfrutar con sus pequeños paseos, casi siempre a toda prisa, para llegar a una rueda de prensa, a una entrevista o allí donde quizá surgiría una noticia. Pero los regresos, con la grabación en la mano y las ideas revoloteándole por la cabeza, siempre eran lo mejor. Se detenía en observar a los gorriones y las palomas picoteando la basura de la calle, o a escuchar el ritmo de los coches al parar y arrancar en medio del atasco, y lo que más le gustaba era fijarse en cómo las mujeres lograban retener a niños muy pequeños, al tiempo que se colgaban al hombro grandes bolsos que les enganchaban con las correas las melenas que rápidamente volvían a su sitio, sin dolor, peinándolas en un movimiento rápido que casi todas aprovechaban para echar una ojeada cansada a su alrededor, y a veces, también, una sonrisa a las criaturas agarradas a su otra mano. Ella había sido una de esas mujeres, en aquella época en que su hija todavía no se soltaba nunca de la mano.

En algún momento también se acordaba de Álex como una recuerda las cosas que se han desvanecido sin dar oportunidades a nada, sin sentir que se han terminado. Veía pasar rápido a su lado a un hombre en moto y pensaba que quizá bajo el cuero se escondía él. Encontrarse mirando el objetivo de la cámara de algún fotógrafo de otro medio le evocaba a Helena la memoria de sudores y lengua, y de la yema de los dedos recorriéndole el sexo infinito. Pasaba el tiempo; cada vez los recuerdos eran más difusos y esporádicos. Y pensar que se había arriesgado tanto con él...

Porque Álex, por supuesto, jamás la llamó desde allí donde la vida lo había llevado.

Puede que extrañar a Álex fuera la forma en que entendió que el tiempo y la vida pasaban dejando un rastro de huidas, miedos y cobardías de las que se arrepentía al mismo ritmo que se acostaba con otros hombres sin que el cariño se le volviera a convertir en amor; al ritmo en que su éxito crecía contando historias que podían cambiar el rumbo de su país; al ritmo en que se divorciaba; al ritmo en que se moría de ganas, en fin, de haberse atrevido a dejarlo todo y seguirlo en aquella ocasión, cuando aún confiaba en que él cumpliría su promesa estúpida.

Y un día, después de muchísimo tiempo, Álex llamó desde un país en guerra, o eso le pareció entender a Helena, que había contestado al teléfono sin saber de dónde era aquel número mientras cruzaba el río, casi corriendo para llegar a tiempo a una rueda de prensa.

Se quedó clavada en el suelo en el momento en que reconoció la voz. «¿Helena? ¡Helena!» Estaba en otra dimensión, o quizá fuera que solo uno de los dos seguía en la dimensión que había sido suya en aquel lugar donde habían sido felices. Pero ella ya hacía tiempo que se había destapado los ojos, las orejas y la boca, a diferencia de esos condenados monos ingleses, a los que nadie había tirado de una moto en marcha.

También le pareció oír que él quería verla justo antes de que ella lanzara el móvil al agua lo más lejos posible.

Antes de ir a casa de Verónica, para en una tienda de delicatessen donde compra a menudo regalos y caprichos, y escoge una botella de vino para la cena. Sabe que a Vero, como a ella, le gusta cenar con cava, así que busca una botella buena, cara. Esta noche va de gestos, como si fuera una primera cita. Se siente un poco así. Se ha pintado los labios en el taxi, se ha puesto perfume, se ha alisado bien la falda al bajarse. Abre con su propia llave, y le extraña pulsar en el ascensor un botón que no se corresponde con el piso en que vive, o vivía, su padre.

—Bienvenida. —La palabra suena a declaración de intenciones—. ¿Día duro?

—Día duro. Pero ahora vamos a olvidarnos un rato de ministros corruptos y gilipolleces.

—¿Eso que traes ahí es el cava que me gusta?

—Sí.

Verónica se ha esmerado en poner la mesa. Una vajilla que a Helena le parece de Limoges, o algo así, unas copas de un cristal rosado finísimo, un mantel estampado que, por lo visto, se ha traído de un viaje a la India, según le cuenta Vero cuando admira la decoración y las flores de un pequeño centro que parece ser que ha hecho ella misma, con esas mismas manos que, hasta ahora, y que Helena sepa, nunca han tenido mucho que ver con las manualidades, pero que le demuestran que no ha sido la decoración lo único que ha cambiado en casa de su amiga.

Se siente extraña, como cuando sueñas algo que luego no recuerdas, pero al mismo tiempo, no le resulta difícil recuperar la vieja complicidad y superar la tensión inicial, a lo que ayuda mucho el cava que van bebiendo al ritmo de los platos picantes que Verónica ha encargado en un restaurante mexicano que sabe que Helena adora porque seguramente se lo ha dicho Miguel. En cambio, ella sí sabe el porqué de esa pasión por la comida mexicana. Cuando se terminan el primer plato de habaneros y quesadillas, ya no queda más que un pequeño fósil de la ruptura entre ellas; quizá solo permanece un resquemor, justamente por lo menos importante de todo lo que ha pasado, hay que ver, pero Helena no es capaz de obviar que Vero folla de vez en cuando con su ex. Lucha contra ese sentimiento porque, en fin, es bastante estúpido que justo vaya a sentirse ahora posesiva con Miguel, así que aleja de sí esa sensación de celos y sonríe.

Cualquiera que las vea diría que son dos buenas amigas celebrando el editorial valiente de una de ellas en el periódico más importante del país.

—De verdad, Helena, no sé cómo aguantas con historias así. ¡Y entrevistando a su abogado, que es aún peor que el tiparraco ese! ¿Te he dicho que me lo tiré? —Sonríe, como explicando que se tira a mucha gente, no solo a Miguel; bebe un trago, entorna los ojos—. No, claro que no te lo he dicho. Pues sí. Una equivocación. También hay que reconocerle, eso sí, que es bueno en la cama.

—Pero si ese tío es tonto perdido...

—Pues eso, una equivocación. De hecho, no sé cómo, con lo idiota que es, ha logrado llegar a donde ha llegado.

—Yo sí lo sé. Está en el sumario, y verás como ahora pronto va él detrás de sus amiguitos políticos. —Helena calla un momento, sopesando si todavía puede recuperar con su amiga la capacidad para las confidencias—. Pero si te digo la verdad, Vero, a mí ahora estas historias me aburren.

—¿En serio? ¡Cualquiera lo diría!

—¿A ti no te pasa a veces que te parece que ya has hecho todo lo que tenías que hacer?

—¿A qué te refieres?

—A que has conseguido todo lo que te habías propuesto y..., no sé, te aburres. —Piensa un momento—. No se me ocurre una palabra mejor.

—Yo no me permito aburrirme. Mi trabajo, ya sabes, deja poco lugar al aburrimiento, y el tuyo, que yo sepa, tampoco, Helena.

—Pero no es solo eso. No tiene que ver con el trabajo. O no solo. Hacemos cosas por inercia, incluso lo de trabajar en estos oficios que parecen diferentes cada día es algo que hacemos de forma automática. Vamos a los mismos restaurantes hasta que decidimos que tenemos que ir al último que ha abierto y lo ponemos de moda; alternamos yoga con pilates, para variar un poco, y un fin de semana igual vamos a hacer *trekking* a un monte, pero siempre en el mismo orden. Follamos con tíos distintos, pero, al final, siempre follamos igual, o llevamos follando igual con el mismo tío con caras distintas durante varios años. Y cada día hacemos las mismas gilipolleces, Vero. ¿No sientes que nunca pasa nada? O más bien, ¿no sientes que todo lo que tenía que pasar ya pasó hace diez o quince años?

Verónica, que ha atendido con devoción al discurso trascendente de Helena, no duda ni un segundo y le contesta con la rapidez monosilábica que otorga ostentar la razón:

—No.

Después de un momento de incomodidad, sueltan sendas carcajadas, aunque lo cierto es que primero se ríe Verónica y Helena siente que debe hacerlo también.

—Ya sabes que yo nunca le he dado tantas vueltas a las cosas. Si me aburro, voy a clases de trabajos manuales en la Casa de las Artes y aprendo a hacer arreglos florales. En una época me dio por la decoración —señala su casa, ahí está la explicación—, y en otra decidí aprender a tocar el piano.

—¿Y nunca has pensado en dejarlo todo y cambiar radicalmente de vida?

—Tú, por lo que veo, sí.

—Por supuesto.

—Pues no puedes hacerlo, Helena.

—Ya sé que no puedo hacerlo.

—Y como sabes que no puedes hacerlo, por eso últimamente escribes esas historias que publicas en el dominical, ¿no?

Verónica siempre ha tenido una capacidad asombrosa para cambiar de tema y salvar incomodidades, y Helena piensa que ese debe de ser el secreto de su éxito en los tribunales.

—¿Con qué andas ahora, si puede saberse?

—Con una cosa muy chunga.

—¿Más chunga que la de los ultraderechistas?

—Según se mire.

—Aquella cambió la percepción del panorama político de este país...

—Y casi me cuesta la vida, como aquel de la especulación forestal, ¿te acuerdas? Pero mereció la pena. Ver a Amanda así... Pero ahí siguen, ya ves, poniendo cafés a la gente en paro, en plan buenos samaritanos, diciendo que llevan las cabezas rapadas porque es más fresco, y gobernando.

—Pero ahora lo que escribes es... —Verónica cambia sutilmente de tema.

—Es una historia de un agresor sexual en el ámbito familiar. Con su hija, vamos. Un tipo que dice que no lo ha hecho.

—Helena, que soy abogada, tía. No me cuentes milongas.

—Bueno, él dice que su hija y su mujer han mentido.

—Como todos.

—Pues justamente eso es sobre lo que quiero escribir.

—Te van a crucificar.

—Igual ni se publica.

—No me extraña. Entonces, ¿por qué te empeñas en contarlo?

—A lo mejor escribo un libro con esa historia en lugar de un reportaje a doble página, no sé, quiero ver adónde me lleva.

Verónica se levanta para coger una botella de vino tinto y pasar a las carnitas que trae en una bandeja y que despide un olor tan apetecible que tiene la capacidad de reconfortar a Helena y, de paso, hacerla consciente de que justo antes se sentía diminuta ante Verónica, ante la historia de su criminal, ante sus ganas de pasar radicalmente a otra cosa.

—Siempre he dicho que deberías escribir libros, Helena. Como tu padre.

Ha tenido que llegar el momento temido, terrible, en que hay que hablar de Félix. En realidad, esa es la cuestión. Félix. Siempre es Félix cuando se trata de Verónica. A Helena le vuelve de repente aquel rencor irracional de otra época y logra reprimirlo sin que se le note. Pero lo peor es que Verónica sabe que nunca le ha gustado que la comparasen con él.

—De escribirlo, mi libro sería muy distinto de los que escribía mi padre.

—No pretendía compararos, Helena.

—Lo sé, lo sé. —Quiere creer en lo que le dice—. Pero de verdad que no haría nada parecido a esos libros policiacos de papá que ya sabes que nunca he soportado.

—Pues la historia daría para un policiaco.

—Hasta cierto punto. No hay cuerpo del delito.

—¿Por?

—La chica se suicidó años después. El tipo lleva mucho en la cárcel. —Bebe un trago de vino, no había pensado que hoy tendría que andar a vueltas con eso—. El enfoque es por qué mentir.

—Por qué mentir, ¿quién? ¿Él?

—O ellas.

—Lo que te decía, Helena, te van a crucificar.

—No sé, todavía estoy dándole vueltas. Si el formato reportaje no resulta porque Carlos no lo quiere publicar, escribiría una especie de memorias del tío, ¿sabes? Su relato en primera persona. A lo mejor me invento una carta, una grabación con su historia, una entrevista o algo así... Puede que con otras voces que cuenten la cosa desde otros puntos de vista.

—¿Y cómo decides si lo ha hecho o no?

—Ni idea. A lo mejor ni lo tengo que resolver. Si va para el dominical, no escribo la ficción.

—No sé cuál de las dos me parece peor opción. —Come un trozo de carne—. ¡Madre mía, qué bueno está todo esto! La próxima vez que quede con un tío, lo invito a este mexicano. Siempre has tenido muy buen gusto para la comida. Hace siglos que no sé de Carlos. Dale saludos.

Helena sonríe y come pan para mitigar el picante. De repente, recuerda que lleva mucho sin mirar el móvil. Desde que llegó a casa de Verónica, hace aproximadamente dos horas, decidió que cortaba con la jornada laboral. Ahora deben estar poniendo en la radio un audio con su opinión sobre el ministro corrupto, en la línea del editorial de mañana, y sabe que, cuando vuelva a coger el móvil, va a tener ahí acumulado un montón de whatsapps, llamadas perdidas y menciones en Twitter. Casi le da miedo el momento de desbloquear la pantalla y tener que enfrentarse a todo eso. Pero está bien.

—¿Sabes, Vero? Me alegro de haber venido.

—Y yo de que lo hayas hecho. —Verónica se calla—. Lo que pasó, pasó.

—Ahora ya da todo igual.

—Ahora sí.

No se atreven a sostenerse las miradas.

—Sentí mucho la muerte de tu padre.

—Pues yo todavía tengo que deshacer la casa.

—Los libros...

—No me importan los libros, Vero. Es su decisión. Le he dicho al hombre del guardamuebles que los separaré en cajas.

—Por favor, Helena, esos libros...

—Yo no quiero nada. Me gustaría no tener nada. Ningún peso tras de mí. Ninguna posesión que me ate a un sitio. Los libros son solo objetos.

—Los hay de mucho valor.

—Me da igual. Tengo más dinero del que logro gastar.

—Pues para Amanda.

—Amanda es okupa, Vero, y viste con ropa que encuentra en contenedores de basura. ¿Para qué quiere un incunable?

—Puede necesitar el dinero. Separa por lo menos los que tienen valor y llévalos a tu casa para dárselos a ella un día. A fin de cuentas, ha estudiado literatura.

—Eso también puedes hacerlo tú. —Ha decidido que esa inflexibilidad le da cierto poder sobre Verónica—. Te van a dejar esas cajas en la puerta. Calculo que serán quince o veinte. Así que ve encargando estanterías para esas paredes tan minimalistas. —Helena necesita un poco de humor—. Como te ha dado por la decoración... Porque tú no querrás hacer de esto un dúplex, ¿verdad? ¡Es tu oportunidad para superarte como decoradora!

—Cuando lo vacíes, hablamos. ¿O crees que voy a ir a vaciártelo yo?

—El tipo de la mudanza se ensañó conmigo porque «a veces» está de acuerdo con lo que digo en la radio. —Bebe un trago de vino—. El miércoles de la semana que viene.

—Vas a tener que hacerlo sola. —Verónica fingiendo hastío—. Tengo un juicio. Demasiado pronto para mí.

—Y para mí...

Se quedan un momento en silencio mirando los platos vacíos. Ambas saben que, de seguir hablando, la cena dejará de ser un encuentro agradable salpicado de incomodidades y medio de humor para convertirse en un dramón entre amigas. Después de haber esquivado la tensión del conflicto, no van a estropear ahora el reencuentro cayendo en el sentimentalismo fácil. Han bebido demasiado y ya solo les quedan los temas trágicos. La muerte de Félix ya la han mencionado. La soledad de Verónica, quizá también mencionada. El divorcio, los múltiples divorcios, los amantes que solo son eso, hombres que no le cambian la vida a ninguna de las dos, incluido Miguel. Y Amanda. Saben que no se puede hablar de Amanda. Hoy no. Quizá otro día, si repiten.

Otro día sí.

El alzhéimer fue lo peor.

A cualquiera puede no salirle una palabra, aunque sea tan común como «nevera». Sucede si estás nerviosa, si has dormido mal, si te duele la cabeza, si acabas de decir, pongamos por caso, «nube». Y a él le había pasado otras veces, pero nunca así. Nunca tan así. Hubo algo ese día que a Helena la llevó a fijarse, a entender de repente que detrás de los ojos de su padre empezaba a perderse algo que ya no iba a volver. Debió de ser la manera de equivocarse, algo en ese instante en que la extrañeza también inundó la cara de Félix, que fue como un telón que se abría para anunciar un argumento sin retorno.

Nevera.

—Papá, ¿dónde has puesto la botella de agua?

—Ahí.

—¿Dónde es ahí?

—Al lado de eso.

Eso.

—¿Eso?

—Sí, mujer, ¿cómo se llama eso? ¿Esto? No me sale la palabra...

—¿La nevera?

Sí. La nevera era eso.

—¡Uf! ¡La nevera! ¡Qué tontería!

Y ya nada fue igual.

Primero fue el miedo. La atención extrema a cada gesto, a cada palabra. La búsqueda de todo aquello que se olvida. La medición de las frecuencias. Y las pruebas médicas. Demasiadas durante demasiado tiempo en que en realidad nada puede ir bien. Un duelo antes de tiempo. El luto en vida. La certeza del dolor que se aproxima. Y después de tantos padres de otras personas y de tantas madres de mirada perdida depositadas en una residencia para mayores, tener que asumir que un día Félix también sería así, que eso también pasaba en casa de Helena. Un día él la miraría y sería una extraña. O más aún: alguien sin importancia. Pero era peor ir sintiendo que Félix también era un extraño que ni siquiera podía imaginar quién había sido ni todas las cosas grandes y pequeñas que había hecho. Se le olvidó el puesto de flores, la época de vender seguros de vida y el día que vio a Amanda detrás del cristal, en brazos de la enfermera. Y una noche, cuando su hija fue a arroparlo antes de dormirse, la miró fijamente y le dijo: «¿Quién es Georgina Garrido?».

«Alzhéimer», repitió Amanda cuando salieron de la consulta con Félix un poco por delante de ellas, caminando a pasos pequeños, como si no quisiera irse de allí. Alzhéimer. Helena supo que su hija no tardaría en volver a desaparecer, e intuyó que entonces no volvería. Alzhéimer. Si pudiera, ella también se largaría. Tuvo ese impulso potentísimo en ese momento y odió a Amanda por poder hacerlo. Largarse como fuera. Alzhéimer. Pero en lugar de eso, se convirtió en otra persona, en una de esas mujeres que hacen por sus padres lo que ni siquiera han hecho por sus hijos, y cambió de vida para verlo consumirse. Después quedó convencida de que estuvo más con Félix en los años que pasaron entre el diagnóstico y la muerte que en todo el tiempo anterior, y cada día, ella, que nunca se arrepentía de nada, se arrepintió de haber desperdiciado tantas horas de presencia en correr detrás de alguna historia estúpida que el periódico solo contaría a medias, o detrás de algún hombre que encima le había dado mal sexo. De repente, todo le parecía un desperdicio si no era la presencia amortiguada de su padre que una tarde comenzó a mirarla como desde el otro lado de un cristal que, poco a poco, se va haciendo opaco cuando respiras demasiado cerca.

Un día, empezó a atragantarse al comer, y otro, a hablar sin parar, una letanía incomprensible de tíos y primos cuya existencia Helena ignoraba por completo. Hasta que una mañana ya ni siquiera habló. El silencio inundó para siempre aquella casa que había sido tan ruidosa. En un momento dado, empezó a mover las manos alternativamente en una especie de baile desesperante que duró hasta el momento mismo de la muerte. Después, un hilo de baba constante la obligó a comprarle baberos, y siempre que la empleada que lo atendía le ataba uno primorosamente justo después de levantarlo y afeitarlo, Helena tenía una sensación de insulto a todos aquellos baberitos de Amanda demasiado pequeños, demasiado infantiles, demasiado alegres. Todo era empezar algo, comienzo tras comienzo que inauguraba variedades distintas de un mismo horror que Helena registraba en la cabeza como los escalones de una escalera en la que el pasamanos, suave y brillante, era ese olvidarse de sí mismo que estropeaba y volvía a Félix un animal estúpido que estaba por estar.

Cada vez que entraba en aquella casa, tenía que alejar de sí el espanto que llevaba a cuestas, respirar, y abrir la puerta tratando de consolarse con la estupidez de que, al menos, en su padre había una mínima reminiscencia de un ser humano. Esa certeza de la idiotez de una vida sin sentido que tampoco acababa de dárselo a la vida de Helena se fue quedando enganchada a las paredes de la casa, a las hebras de las alfombras, a las gotas de humedad de las ventanas, a las telarañas de las esquinas y al aire tupido que se metía en el rellano cuando se abría la puerta, sin lograr que la dirección del aire fuese al revés. Nunca entraba el viento, siempre salía el hedor.

Adela, la madre de Helena, no compareció en el alzhéimer. Nunca, jamás, entre ese montón de personas de otro siglo con las que Félix confundía a cada una de las mujeres que lo atendían día y noche, parientes emigrados, cartas leídas por la radio o conversaciones con su hija cuando era pequeña, volvió Adela a la memoria de Félix. Había sido sepultada totalmente cuando él todavía razonaba, y Helena entendió gracias al alzhéimer lo estúpido que es a veces el amor que creemos eterno. Lo rápido que prometemos esa tontería de envejecer juntos sin contar con que una enfermedad que te destroza el cerebro dejando por debajo un hueco de agujeros puede dar al traste con cualquier proyecto de amor eterno. Porque si amásemos con el corazón y no con el cerebro, lo único que podría matar la memoria de la madre habría sido un fulminante infarto de miocardio. Pero no. El día que se le deshizo la neurona mínima en la que Félix tenía enganchada a Adela, lo poquísimo que a Helena le quedaba de su madre florista acabó reducido a una foto en el salón y un par de recuerdos deteriorados por el tiempo.

Solo la música las salvaba.

Antes de huir, Amanda le cantaba, y el cristal que había delante de aquella mirada iba aclarándose hasta volver a ser transparente. Por unos minutos, podían ver allí al Félix de otra época que traía de un confín de la memoria agujereada las canciones de Joan Baez que quizá en algún momento cantó con la madre de Helena, o con alguna de las mujeres de las que ella nunca había sabido ni tendría oportunidad de saber jamás. «How the winds are laughing, they laugh with all the their might, laugh and laugh the whole day through, and half the summer's night.» «Probablemente el viento ríe para esas personas que ya no tienen mente», pensaba Helena cuando oía a Amanda cantar eso. «Donna Donna Donna Donna.» A veces parecía que Félix le había enseñado a la niña a tocar la guitarra solo para llegar a ese momento en que le cantase como medicina contra la demencia y volver a escuchar, desde un confín, las voces de Aznavour o de Carosone, que tanto había cantado él por la casa y que Helena sentía pegadas en los zócalos y en las bisagras.

Después de las canciones, alguna vez, por un momento, Félix volvía a moverse con normalidad, y un día llegó a reconocer a madre e hija, y a llamar a Amanda por su nombre. Pero luego Amanda se fue, igual que Félix todavía se fue un poco más, y las canciones que Helena probó a cantarle a su padre, inmóvil y de mirada perdida, ya no servían para nada más que para llenarle los ojos de lágrimas y la boca de nostalgias que amenazaban un lamento vergonzoso.

Helena nunca llegó a decidir si lo más difícil fue la fase en que su padre era básicamente un objeto más de aquel salón sentado en un sillón, o si fue peor el momento inicial en que era consciente del ritmo al que le desaparecían las neuronas. Un día, unos meses después del diagnóstico definitivo, cogió el teléfono y llamó a toda su agenda para despedirse. Les contaba que podría ser que, cuando volvieran a verse, ya no los recordase. Otro día rescató los manuscritos de los guiones que había escrito e hizo con ellos un fuego que dejó una marca negra en el suelo de la terraza, que Helena no logró borrar ni con aguarrás. Y una vez intentó suicidarse.

Con el tiempo, se arrepentiría de habérselo impedido, ella, que nunca se arrepentía de nada.

Hay tantas flores que no parece que en ese lugar pudiese suceder lo que Helena ha leído en el sumario.

Un día, junto a los rosales allí al fondo, le tocó los pechos por encima de la camiseta. Según la declaración de la chica, fue la primera vez. Desde atrás, como si le diese un abrazo, pero colocó un mano encima de cada teta. Nadie abraza así. Otro día, en el invernadero pequeño al que ella llamaba siempre «la casita de los bonsáis», una palmada en el culo. También fue allí donde, en un detallado párrafo que a Helena le pareció bastante influido por la retórica de las novelas románticas, Fernando le metió los dedos en la vagina a su hija, paralizada por la extrañeza. «¿Alguna vez ejerció la fuerza?», preguntó la jueza. La chica titubea. «Creo que no, no sé, no podía moverme.»

Helena piensa en su propia madre de joven, en los arreglos florales rodeando aquella foto antigua, y por un momento siente el impulso de comprar una planta para la mesa del comedor. Pero desistirá en cuanto salgan de la tienda. A las plantas que compra se les marchitan las flores; como si fuera una niña pequeña, por una temporada aún las cuida: les pone abono, las riega, mira en internet los cuidados específicos, cómo tiene que orientarlas en relación con la luz, la manera de podarlas... Pero siempre se le olvidan poco tiempo después, y se despierta algo angustiada en mitad de la noche porque se ha dado cuenta de que lleva más de un mes sin echarles agua. Por la mañana, cuando va a verlas en cuanto se levanta, comprueba que, moribundas, quizá ya no puedan salvarse.

Sandra, con las gafas de sol puestas, estornuda estrepitosamente.

—Estoy bien, estoy bien. Es solo alergia al polen. Odio las plantas.

—Pues vas dada para esto.

—Helena, después de oír la entrevista con Fernando, creo que debería leer el sumario.

—Igual es mejor que no lo leas.

—¿Piensas que me va a afectar mucho? —Moquea—. Venga, que además de que no nací ayer, me he graduado con matrícula de honor.

—No es eso. Quiero que puedas decirme cómo entiendes su verdad, suponiendo que no mienta. —Helena se queda pensando en que lo cierto es que Sandra sí nació ayer.

Una planta carnívora se cierra dejando una mosca dentro de sus fauces verdes, y Helena siente un escalofrío. Sandra, preocupada por doblar el pañuelo de papel de modo que no se salgan los mocos, no se ha fijado en que están al lado de esas depredadoras que a Helena se le antojan ahora un símbolo de lo que pasó hace años en ese mismo lugar. No quiere olvidar esa imagen. Desea fijar en la memoria ese momento viscoso en que el insecto curiosea y la planta lo encierra dentro para ir deshaciéndolo a base de ácidos y presiones. No, no debe olvidarse de eso. A lo mejor lo utiliza si escribe lo que podría escribir. La niña, como la mosca, también murió.

—Vamos a preguntar por ella.

Hay un hombre regando una plataforma llena de pequeños geranios de flores rojas. Lleva un mono verde y una chapita con su nombre enganchada al pecho. Sandra le grita un poco para salvar el ruido del agua. Sería refrescante si no fuera por el polen suspendido en el aire.

—Buenos días. Estamos buscando a Clara Rei. Hemos quedado con ella a las doce aquí...

El hombre, sin dejar de prestar atención a los geranios, les señala la puerta que conduce al edificio de las plantas de interior.

Helena quiere imaginar en él a un *voyeur*, alguien que espía desde detrás de una fila de rosales en flor listos para una venta; uno de esos hombres que observan y callan, que superan la extrañeza de la primera vez y después se aprovechan de los sucesos desde sus escondites, abriendo la cremallera del mono verde y metiéndose la mano derecha para acariciar el sexo mientras miran, quizá frotándose un poco, despacio, disimuladamente, o masturbándose abiertamente, porque las cosas de las familias son de las familias o porque las adolescentes andan siempre provocando con esa ropa y esos cuerpos. Sandra hace un gesto para indicar que el tipo es un borde y Helena sonríe porque por supuesto que nació ayer. La declaración como testigo del señor del mono verde con la manguera en la mano es de las más detalladas del sumario.

Entran en el edificio y, junto a una máquina registradora, hay una mujer que debe ser Clara. Lo primero que ve Helena en ella es la imagen contraria de Fernando: rubia, alta, fuerte y sin arrugas. No puede ser tan joven para convertir en un viejo decrépito a aquel hombre triste con una desgracia a cuestas que a Helena le recordó a su propio padre. Ha leído su edad en algún sitio, sabe que es, por lo menos, nueve o diez años mayor que ella, y sin embargo parece estancada en esa edad indefinible que favorece solo a algunas, entre las que Helena nunca está. Es evidente que no se siente cómoda con la visita. A medida que se acerca a ellas, Clara va dejando ver una seriedad que surge de muy hondo, de ese lugar de la memoria anclada como una sanguijuela al día a día.

En realidad, no las saluda. Las mira y les hace con la cabeza un gesto indicando que la sigan. Tienen que apurar el paso para no perderla de vista, porque sale por una puerta lateral que no habían visto antes. Camina como si no quisiese que la alcanzasen, huyendo de ellas de algún modo, o quizá retrasando el momento de sentarse a hablar de su hija muerta.

Por un camino hecho con piedras blancas y marcado con azucenas en los bordes, llegan a una casa grande construida con el lujo de otra época, pero que todavía mantiene ese toque de distinción que dan las balaustradas de piedra, las galerías blancas, las terrazas a cada lado del tejado a dos aguas y unas escaleras anchas por las que se tiene la sensación de que en cualquier momento vaya a bajar Cenicienta, majestuosa, antes del baile. Clara está esperándolas en ese vestíbulo que tiene una mesa de caoba redonda en el centro con un enorme ramo de tulipanes amarillos. Aún no han llegado junto a ella, y Clara empieza a subir las escaleras y, por fin, a hablar.

—Vamos a ir a su cuarto.

Sandra saca la grabadora y Helena busca en el móvil la aplicación para registro de sonido. Por un momento piensa en esa cosa curiosa de que Clara y Fernando vuelvan a compartir un espacio reducido en el mundo diminuto de cobre y estaño del microprocesador de su móvil, donde sigue guardada la conversación con él.

—Clara, quiero agradecerte que nos recibas, sé que tiene que ser difícil para ti...

—Porque no habrá parado hasta lograr que hablases con él y contarte esa historia que siempre cuenta de que ha sido todo un complot —la interrumpe Clara, como si llevasen ya un buen rato hablando y lo que dice tuviese sentido en un discurso previo.

—¿Cómo dices? —Helena para un momento para no tropezarse en el último escalón.

—No me voy a quedar callada sabiendo lo que va diciendo.

—No, claro que no. —Sandra habla como si el comentario se escapase de su boca junto a una fuga de gas.

La casa es magnífica, y por eso a Helena no dejan de resonarle en la imaginación las palabras de Fernando sobre el dinero, la suerte y el trabajo, sobre el amor y la búsqueda de los sueños en Alemania o dondequiera que una vaya para intentar hacer realidad sus sueños. O puede que para huir. Pero el cuarto de Ana está en un limbo. El papel pintado de flores traslada a Helena a una época que creía escondida en un confín inaccesible de la memoria, de cuando vivía con Félix en aquella primera casa en la que también se quedaron escondidos los últimos recuerdos de su madre. En las paredes, pósteres de cantantes de un tiempo que tampoco se corresponde con el momento en que Ana vivía y tomaba paracetamol en cantidades letales. Son los pósteres de alguien que se ha quedado enganchada a los catorce años y no quiere salir de ahí. Visillos de encaje de Camariñas, cojines blandos sobre la cama hecha como si fuera a llegar un invitado en cualquier momento a hundirse entre las flores del edredón. Encima de la cómoda, botellitas de cristal de colores con perfumes que ya deben de oler rancios, una fotografía de Ana muy sonriente, con unos dieciocho años, sentada junto a las azucenas del jardín, y una muñeca de porcelana con un vestido azul y largos bucles negros. Helena se queda un momento observando la foto. Es una de esas fotografías de instituto que se hacen una mañana durante la clase de matemáticas poniendo en el gimnasio un biombo y un par de focos cruzados. En la habitación de Amanda había una exactamente igual que ahora está en una estantería en el salón, junto a las plantas moribundas. La misma mirada de estar pensando en la alegría de los dieciocho, la misma sonrisa dirigida a los amigos que gesticulan detrás del fotógrafo. Es claramente el cuarto de una niña muerta mucho antes de que la enterrasen en un ataúd de castaño.

—Quiero que sepas que Fernando no me ha dicho por qué murió Ana. Lo hemos sabido al indagar sobre el caso en la hemeroteca. —Helena mira a Sandra—. No te negaré que nos ha sorprendido mucho la manera en que...

—... se suicidó. —Parece que Clara solo completa la frase, pero Sandra se tensa, quiere ver algo en esa insistencia. Si le dejan escribir la historia de esa chica, la convierte en un telefilme.

—... murió —añade Helena.

—Murió. Pero estaba muerta de antes.

—Clara, no quiero entrar en detalles ni en consideraciones sobre todo aquello, porque he leído el sumario y no creo que nos lleve a ninguna parte darle vueltas a algo que tiene que ser doloroso para ti. —Se interrumpe a pensar un instante mientras mira la foto, que la persigue—. Yo también tengo una hija. Solo quiero que sepas que Fernando se ha puesto en contacto conmigo porque quiere que se conozca su historia y, como periodista, es evidente que no puedo ni quiero contar una versión como la suya sin hablar antes contigo. —Vuelve a detenerse un momento y mira a Sandra para integrarla en el plural—. En realidad, ni siquiera sé si vamos a escribir la historia.

—Pues si aún os lo estáis pensando, os animo a que no la escribáis. Es ofensivo contar lo que dice Fernando, la verdad. Cuando me llamasteis... —Las mira alternativamente, porque no sabe con quién ha hablado—, no podía creerme que esto estuviera pasando. Después de todo...

—Él sostiene que todo aquello por lo que fue condenado no pasó.

—¿Me estás diciendo que los testigos mintieron? —Mira por la ventana, como imaginando si podría haber visto algo desde ahí.

—Verás, Clara, suelo ser muy directa con las personas con las que hablo para mis reportajes, porque creo que no hay otra manera de entrar en una historia, así que, por favor, no pienses que las preguntas que te voy a hacer tienen intención de fastidiarte ni de cuestionar vuestra versión de los hechos. Ya ha habido un juicio y no es labor del periodismo reabrir casos cerrados ni heridas supurantes. Solo quiero tener varios puntos de vista. Y manejarme con franqueza contigo.

Clara la mira con escepticismo. Eso es lo que quiere Helena. Busca esa reacción, necesita una Clara a la defensiva, una mujer dispuesta a explicarse y a justificarlo todo. No quiere una plañidera que le cuente lo mismo que le contó a la jueza. Quiere a la mujer enfadada con su ex después de los años, esa a la que se le ha ido el amor y no puede ni con el vacío ni con la indignación. Ahí hay una historia, y no un sumario. Quiere a esa que un día tuvo que empezar a mirar con asco al hombre con el que se había acostado mil veces. A la que ha perdido a una hija, pero vive en una casa de revista.

—Si quieres franqueza, te diré, señora periodista, que esto no va de punto de vista, esto va de contar la verdad —dice Clara, agresiva.

—Perdona... No me he explicado bien. —Ir y venir, modular los tonos, entrar y salir de la entrevista...

—Pues explícate.

—Me refería a que lo que yo opine da igual. No quiero que tengas en la cabeza si creo o no creo la versión de Fernando. Él ha contado lo que ha contado, y listo. Nosotras venimos para nos cuentes cómo pasasteis vosotras todo aquello. Cómo era Ana. Cómo vivió ella su vida después del proceso judicial. Qué persona era. —Se interrumpe un momento—. Cómo lo has vivido tú, por supuesto. Qué es ser la madre de una chica en esas circunstancias. Y también, solo si quieres, podrías contarnos cómo murió.

Lo de Amanda con su abuelo fue amor a primera vista, una especie de unión cósmica de los cuerpos. Si no fuera porque se sabe a ciencia cierta que los bebés no ven nada hasta que tienen ya una edad, podría decirse que la niña ya miró de manera diferente a Félix el mismo día que nació, pero la verdad es que lo suyo siempre fue más primario. Había *feeling*. Se entendían.

En aquella época, los bebés no dormían en la misma habitación que las madres recién paridas. Los llevaban a otro lugar en el hospital donde todo el mundo podía verlos a través de un cristal. El nido era, en realidad, un escaparate de bebés donde comparar a unos con otros, pero allí fue Félix a ver a su nietecita, la única que no dormía, y una enfermera muy sonriente se la acercó al cristal para que pudiera verle más de cerca las arruguillas, los pelitos negros asquerosos y la ropa cursi que alguien le había regalado a Helena para cuando el bebé recibiera sus primeras visitas. Se quedaron mirándose. Y Félix fue corriendo a contarle a su hija que se habían atraído como dos imanes. Sobre todo, él a la niña.

Después, cuando Helena se hartó de escribir cartas a su profesor y amante mientras atendía a la niña en casa y se puso a buscar trabajo, Félix fue feliz cuidando de Amanda en ese tiempo bonito que va entre que las niñas salen de la guardería o de la escuela y llegan su padre o su madre para obligarlas a bañarse, a cenar y a ir a dormir. Félix recogía a Amanda, volvían a casa caminando mientras la niña comía su bocadillo, y hablaban de lo humano y lo divino. A ella siempre la ha admirado la capacidad de su padre para mantener una conversación mínimamente convincente con una niña pequeña, para la que lo más interesante que podía suceder era haber estado cazando una lombriz durante media hora de recreo. Pero su abuelo hablaba con ella como si la lombriz del patio fuera el centro del universo y como si también él pensara que eso debería ser lo único interesante en la vida de cualquiera. Helena era incapaz de eso. No les veía la gracia a esas conversaciones infantiles, y nunca encontraba ese punto que a Félix le salía automático, cuando se dirigía a la niña haciéndole creer que le hablaba como a una adulta.

Amanda también era diferente con él. A Félix lo escuchaba, mientras que a Helena siempre la interrumpía, siempre le preguntaba el porqué de todo, y, con el tiempo, siempre le discutía el mínimo detalle que le permitiese cuestionarla. Con su abuelo, en cambio, hablaba de todo y de nada. Pero a Helena le llamaban la atención principalmente los silencios. Podían no decirse ni una sola palabra durante el trayecto de bocadillo hacia casa. Quizá sí se miraban en algún momento, pero solo eso. Podían no hablarse y estar cómodos, y luego empezar una conversación como si acabaran de encontrarse después de varias semanas sin verse, con esa pasión de las novedades que, en realidad, acababan de suceder esa misma mañana.

Tanto fue así que incluso cuando Amanda ya era lo bastante mayor para ir y volver sola de la escuela, seguía pidiéndole a Félix que fuese a recogerla, sin avergonzarse, con la cabeza bien alta. Luego, cuando a ella misma le debió de parecer que lo de las rastas, los rapes, las crestas y los piercings se quedaba pequeño si iba acompañada de un abuelo con cara de buena persona, empezó a pasar tiempo en su casa, convirtiéndola en una prolongación natural de la de sus padres. Félix desarmó una habitación llena de libros y trastos y compró una cama, una mesita de noche, una cómoda y una mesa para estudiar que colocó allí primorosamente un jueves para que ese viernes, si Amanda quería, pudiera quedarse a dormir. Ese mismo día, ella colgó en la pared las fotos de sus cantantes favoritos, dejó allí un libro que quería empezar a leer y le pidió a Félix que la acompañase a comprarse un par de vaqueros, un pijama, ropa interior y unas camisetas que vendían en paquetes de tres para dejar allí y, sobre todo, para no tener que ver a Miguel y a Helena cada vez que decidiese quedarse en casa de su abuelo. Y a él, tan acostumbrado a estar solo y a hacer la vida que le daba la gana de escribir novelas policiacas durante el día y alternar con cineastas, actrices y escritores por las noches, no le molestaba. Esa habitación de trastos convertida en cuarto de Amanda se quedó así para siempre, incluso después de las fugas y de las enfermedades, y, en la cabeza de Helena acabó siendo un lastre que había que deshacer recordándole que no solo los muertos la dejan a una en la estacada.

A Miguel lo descentraba aquella Amanda que empezaba a escapársele para ir con su abuelo: le había puesto ante las narices la realidad de que en efecto había habido una caricia infantil que había sido la última. Y él, que se había esforzado exageradamente en ser consciente de todos esos mínimos detalles infantiles, ni siquiera se había dado cuenta. Helena, en el fondo, se alegró de que le ocurriese eso, como si el destino se pusiera de su lado por una vez en la vida, porque ella ya había notado hacía mucho que con quien de verdad se entendía su hija era con Félix.

Y no le extrañaba. «Amanda fue la primera en calar a Miguel», pensó Helena el día que él la dejó soltándole aquel «bastante». Amanda llevaba tiempo diciéndole «Miguel, eres un puto facha» como forma de rebelión, y a Helena, en realidad, le parecía bien. Porque era así. Alguien tenía que decírselo. Y aunque ella siempre sería esa madre con la que tener la relación amor-odio que todas las hijas tienen en algún momento de sus vidas o quizá durante toda la vida, también, gracias a cómo Amanda caló a Miguel, se dio cuenta de que había una proximidad indestructible entre ambas que se forjaba en lo vital, en la libertad, en el respeto por esos espacios en los que cada una era como era. Y Félix servía como soporte de todo eso, escuchando los silencios de Amanda que Helena jamás entendería ni querría entender, porque sabía que ya el abuelo vigilaba, y eso le daba tranquilidad. Como siempre.

Por mucho que Miguel la cogiera en brazos nada más nacer, jamás llegaría a esa conexión que la niña y el abuelo habían tenido el primer día en el hospital. Por mucho que Miguel la hubiera acostado y le hubiera contado cuentos, jamás llegaría a soportar el silencio como lo soportaba el abuelo. Por mucho que a Miguel le llamase Miguel y no papá. Así que, en esa competencia no escrita, ella estaba bien. Todos salían perdiendo un poco menos su padre. Y como la familia de Miguel estaba a años luz, que Félix ganase esa carrera era en realidad como si ganase Helena un poco. A pesar de que no le cupo duda de que, desde el instante mismo en que la parió, su hija se le había desvanecido entre las manos.

El instinto de Helena le dice que entre el batiburrillo de frases aprendidas por Clara habrá una que no será la de la abnegada madre muerta de dolor. Helena tiene muy claro lo que busca, pero jamás lo dirá, ni siquiera a Sandra: en el caso de que los abusos fueran ciertos y realmente existiesen, quiere entender muchas cosas incomprensibles sobre esta mujer que la mira con cara de circunstancias. Cómo es posible que Clara no se hubiera dado cuenta. Por qué con Ana sí, y con las otras hijas no. Incluso existe la posibilidad de que Clara sí se diese cuenta, pero no dijese nada. Puede que por amor. O por miedo a perder una vida feliz, con sus limitaciones, como todas las vidas felices. O quizá por parecerle más bien normal, a saber por qué. Todas esas opciones quiere tenerlas ahí para lo que sea que escriba sobre el asunto.

Debe de estar grabado el inicio de la respuesta de Clara. A Helena le interesan más los medios, los lugares donde ya se han saltado las introducciones. Pero aún está hablando de que Ana era una niña feliz.

—¿Y vosotros? ¿Erais felices?

Fernando y Clara, como tantas otras personas, vivieron eso que sucede a menudo cuando nacen las hijas. Empezaron a mirarse con desgana.

—Pero nos queríamos muchísimo —añade Clara.

—¿Cómo mides ese amor?

—¿A qué te refieres?

—Me refiero a ese «muchísimo». Después de tener tres niñas, ¿cómo se mantiene el amor?

—Ya no me acuerdo. —Clara es cortante.

Helena decide cambiar de tema:

—¿Cómo os conocisteis?

—¿Fernando y yo? —Puede que haya un sutil cambio de tono—. En Hannover, Alemania. Él emigró. Venía de una familia muy pobre y se hartó del trabajo duro del mar; su madre murió cuando era solo un niño, y él y su hermano, desde muy pequeños, tenían que faenar con su padre. Después nos volvimos juntos.

—¿En qué trabajabas tú allí? —pregunta Helena con verdadera curiosidad.

—Era traductora.

Helena no quiere que se le note la sorpresa. Mira a Clara y no entiende a esa mujer que vivía en Hannover, era traductora y lo deja todo para regresar con Fernando, abrir un vivero de plantas ornamentales y tener tres hijas. No quiere ser prejuiciosa, pero lo es.

—¿Por qué decidisteis volver?

—En Hannover hace mucho frío.

—¿En serio fue por eso? —Helena tampoco quiere parecer incrédula.

—Sí.

—Pero tú ¿cuánto tiempo llevabas en Alemania cuando conociste a Fernando?

—Nací allí. Mis padres son gallegos emigrantes. En realidad, tenía ganas de cambiar de aires. Quería el calor del sur, y Fernando también, de verdad. —Calla un momento—. Ya sé que puede parecer raro, pero solo éramos una pareja con poco en común que se enamoró, y mucho. —Parece recordar, o quizá es que cede en algo—. Un día estaba tomando un café y me dejé la cartera encima de la mesa del bar. Me fui apurada porque iba a ver a un novio que tenía, ¡qué cosa!, y Fernando, que se sentó allí justo después, encontró la cartera. Esa noche estaba esperándome delante de la puerta de mi casa para devolvérmela. Era muy tarde y, como me sentía en deuda con él, o a lo mejor porque me gustó mucho cuando lo vi, le propuse invitarlo a un café al día siguiente. Y fue el mejor café de mi vida. Todavía lo pienso hoy.

—¿Y os enamorasteis en ese momento? —A Sandra se le nota que, tras esa imagen de chica desenfadada, aún busca príncipes azules. Debe de ser por eso por lo que tanto Clara como Helena la miran con cierta compasión.

—Claro que no.

Todas callan. En ese cuarto de niña muerta, flota en el aire la evidencia de que Clara se enamoró de Fernando por el sexo y no se atreve a decirlo abiertamente, delante de la grabadora, delante de sí misma, y en realidad, delante del aire que ha respirado su hija violada y de la tela del edredón que quizá alguna vez escondió aquello. Pero Clara sigue.

—¿Cómo decíroslo? Fernando era brutal. Estremecedor. —Por un momento, solo un instante de nada y no sabe muy bien si a su pesar, a Helena se le va la cabeza a Álex porque la imaginación se le queda enganchada a un adjetivo: brutal—. Fue muy rápido. Después de aquel café, nos vimos tres o cuatro veces, y ya no podíamos estar el uno sin el otro. Era una necesidad física y mental. No es fácil de explicar. Después Fernando empezó a hablar de volver para aquí y yo vi el cielo abierto. No tenía buena relación con mis padres, me aburría en el trabajo...

En fin, que Clara vio en Fernando no solo esa brutal manera de amar, sino también una posibilidad de aventura, de vivir de verdad. Insiste en esa idea y Sandra apunta la frase en su libretita de buena estudiante, Helena se fija y vuelve a recordar a Álex con cierto orgullo. Y además, lo de huir del frío. Pero le parece todo demasiado sentimental. No le vale para mucho. Necesita cambiar de tema.

—¿La primera niña nació pronto?

—No. Vivimos la vida una temporada. Aunque es verdad que luego vinieron muy seguidas las dos primeras.

—¿Y qué hacen ahora?

—¿Mis dos hijas?

—Sí.

—No me trato con ellas. —Sandra mira a Helena fugazmente, pero ella la evita, intentando que no parezca que el dato es un hilo del que tirar. Evidentemente, Clara se da cuenta, recoge el hilo y lo lanza tras de sí—. Montamos el negocio y al principio trabajamos como burros, aunque también nos lo pasamos bien. Cuando las cosas se fueron estabilizando, nació la primera. No lo planificamos, pero salió bien. Era el momento en que yo podía atender al bebé y Fernando apañarse. También fue cuando contratamos a gente. —Señala la ventana—. Seguro que habéis visto a Manolo ahí fuera. Lleva con nosotros desde entonces.

—Declaró ante la jueza que fue testigo de todo —precisa Helena.

—Sí.

—¿Y por qué crees que no hizo nada?

Clara le lanza una mirada afilada, pero tiene tablas, y sabe cómo evitar las preguntas que son acusaciones. Hace años que aprendió a luchar contra quienes la cuestionan. Ha generado maneras de evitar a Helena incluso antes de que Helena imaginase siquiera que existía Clara, o Fernando, o la hija que se acostaba en esa cama en la que todas se sientan. Esas mismas tablas también le indican a Clara que hay preguntas que es mejor no dejar sin respuesta.

—No es fácil ser valiente cuando la vida depende de que un violador de niñas te pague a fin de mes.

—Pero tú también eras dueña del negocio. De hecho, ahí sigue Manolo, ¿no?

—Sí. Pero con el tiempo, las cosas se vuelven diferentes.

—Ya. —Helena no puede seguir por ahí—. Estabas comentando que te gustó ser madre.

—Yo no he dicho eso —dice Clara rápidamente.

—Entonces, ¿no te ha gustado?

—Tampoco he dicho eso, Helena. —Al fin sonríe—. La primera niña gozó de toda nuestra atención y todavía quedaba tiempo para nosotros. Para quiénes éramos antes de todo aquello, quiero decir. Pero cuando llegó la segunda, empezamos a retirar a ese «nosotros» la atención que necesitaban las dos pequeñas, y no digamos ya cuando llegó la tercera.

—Ana.

—Ana.

En este caso, Helena decide no tomar notas en su cuaderno, pero Sandra apunta palabras disimuladamente, con estilo, piensa, y Helena la mira para darle pie a que pregunte también ella.

—¿Ana tenía buena relación con sus hermanas? —dice Sandra, sabiendo que es su turno.

—Ana era... especial.

—¿En qué sentido?

—Era más callada, menos revoltosa. Y la única a la que le gustaban las flores.

Helena nunca ha pensado en cómo podría ser su vida si también se dedicara a ser florista, como su madre y como esta mujer hosca que tiene delante y de la que no logra sacar nada interesante. Simplemente, jamás ha sido siquiera una posibilidad remota a pesar de aquella foto en blanco y negro del salón. Por eso decide intervenir.

—Clara, ¿sabes que mi madre también tenía una floristería? Bueno, un puesto de flores en el mercado, más que una floristería, pero parece ser que hacía unos ramos maravillosos.

El comentario descoloca a Clara.

—También es casualidad...

—La verdad es que sí. —Sandra está ciertamente sorprendida.

—Yo siempre he pensado que, si la vida me llevase por otros caminos, a lo mejor retomaría el asunto de mamá. He llegado a hacer algún curso, incluso. —Regodearse en ciertas mentiras es uno de los grandes placeres del periodismo—. No se me daba nada mal.

—¡Igualito que Ana! —contesta Clara.

Y por fin baja un poco la guardia. De modo que deja que Sandra siga.

—Fernando dice que ese interés vuestro en el negocio fue lo que os llevó a mentir.

—Eso es lo que dice él, que sí que ha mentido de lo lindo, y no solo con el asunto del delito. ¿A que no te ha contado sus cosillas con la política? Pero entonces mi hija debería haberse dedicado a ser actriz en lugar de centrarse en la floristería. Vivió un infierno.

—¿Había intentado suicidarse antes? —Sandra es rápida, se da cuenta de que Clara quiere desviar la atención hacia cosas que no son el objeto de su entrevista.

—Que yo sepa, no.

—Pero estaba en tratamiento contra la depresión, ¿no?

—Hacía mucho tiempo que no. Aunque esas cosas no se superan. La gente creía que Ana estaba perfectamente, pero yo sé que no. Estaba pendiente de ella en todo momento, y sé que estaba deprimida. —A Clara le tiembla la voz—. A mí siempre me ha parecido que no estaba bien, que en realidad la procesión tenía que ir por dentro, así que me preocupé de vigilarla día y noche.

Si Helena no dejase de lado su cuaderno de notas, apuntaría una pregunta que siempre se hace: ¿por qué tenía que estar mal, si parecía estar bien? No quiere que se le olvide apuntar eso que forma parte de la visión sobre muchas violaciones. La propia madre parece pensar que su hija no puede superar aquello, aunque parezca haberlo superado. Claro que también es verdad que le daría la razón el hecho de que se haya suicidado con treinta pastillas de paracetamol. Sandra, que parece estar pensando lo mismo, ya no se aguanta más.

—¿Cómo es posible que Ana se tomase treinta Termalgin?

Y Clara, que probablemente está esperando esa pregunta desde que han subido las escaleras de Cenicienta, contesta rápido:

—Ana era bastante obsesiva.

—¿Como para curar un catarro así? —insiste Sandra.

—Pues sí, por increíble que te parezca.

Ahora Clara tiene los ojos llenos de lágrimas, y Helena, convencida de que esa línea no lleva a ninguna parte, vuelve a intervenir.

—Déjame que te pregunte otra vez por las hermanas de Ana.

—Ya te he dicho que no tengo trato con ellas. Ni siquiera sé dónde viven. Si quieres verlas, tendrás que preguntarle a Fernando.

—No es eso, y tampoco te voy a preguntar por los motivos de vuestro distanciamiento —cree que puede imaginar muchas razones, quizá incluso contradictorias entre sí—, pero no me quiero marchar sin oír tu reflexión sobre algo que siempre me pregunto en este tipo de casos.

—Dime, y si puedo, respondo.

—¿Por qué crees que con Ana sí y con las otras dos no?

Clara mira fijamente a Helena. Es evidente que está recordando algo, a saber qué. No contesta rápido. Se toma su tiempo, como si nunca le hubieran preguntado algo así. Como si la pregunta, en realidad, no figurase en el sumario y ella no hubiera contestado ante la jueza con un tajante «Ni idea».

—La noche en que Fernando ingresó en prisión —empieza a decir Clara— no pegué ojo. Me venían a la memoria miles de escenas en las que lo veía con cada una de nuestras tres hijas, no solo con Ana, sino con las otras dos, desde muy pequeñas, peinándolas, cogiéndolas en brazos, bañándose en la playa, comiendo, esperándolas en el salón cuando salían y volvían de madrugada... Y no lo soporté. Desde ese día, me he obligado a mí misma a pensar que si solo Ana lo denunció y si solo hubo testigos de lo que ella dijo, es que lo otro no pasó.

—Y tú nunca viste nada.

—Helena, ¿crees que lo habría permitido si hubiese visto algo?

Se quedan las tres en silencio. Eso: ¿Helena cree que podría saberlo y no haber hecho nada? De repente no sabe muy bien qué hace entrevistando a esa mujer que probablemente ha matado a su hija con treinta paracetamoles por una próspera floristería. La cansa ese tono de fría madre amantísima, y además no sabe muy bien por qué les ha concedido la entrevista. Mira a Sandra y cree que la chica está más o menos igual, en tablas, en un punto muerto. Vuelve a mirar a su alrededor y piensa en el infierno de Ana hasta que por un momento duda de si están allí, de si la grabadora lo ha grabado todo, de si esa mujer miente o dice la verdad, de si sabe hacer como las actrices para que le vengan las lágrimas a los ojos cuando le interesa, de si verdaderamente sienten ese edredón suave de niña muerta. Así que coge el móvil de sus rodillas y detiene el programa de captura de voz. Sandra se da cuenta y su cuerpo transmite alivio.

Cuando Félix murió, Helena acababa de dejar a su último amante. Con cada uno de ellos tenía el impulso de que fuera el último, no para envejecer con él, qué tontería, sino para envejecer consigo misma. Sabía mejor que nadie que detrás de uno llegaba otro, y que siempre sería así, probablemente hasta morir, o hasta olvidar quién era. A lo mejor no se enamoraba nunca más, le daba igual, porque había descubierto hacía muchos años que su cuerpo tenía prioridades que su cerebro no entendía. Le gustaba vivir con ese instinto físico que la hacía sentirse viva y por eso también hacía tiempo que se había liberado de esa obligación de las mujeres de vivir pendientes del amor. Siempre pensó que esa estupidez, igual que tener la regla, solo servía para amargarse. Así que Helena decidió que dejaría de buscar el amor mucho antes de la menopausia, y cuando comprobó que el sexo seguía intacto tanto con una cosa como con la otra, y que incluso mejoraba, sintió tal liberación, que escribió un artículo muy comentado declarándose una menopáusica rabiosa que aun así tenía un sexo estupendo. Rabia porque los médicos le decían que había que aguantarse de modo «natural» con aquello, que era peor que bastantes enfermedades por las que había pasado. Rabia porque la ciencia nunca estaba disponible para las cosas de las mujeres, pero sí comparecía rauda y veloz allí donde un tío no tenía una erección. Rabia contra la exclusión por la edad, el deterioro de su cuerpo que no tenía permitido deteriorarse, la necesidad de conformarse con una especie de salida del mercado que ella no había pedido y que le imponían incluso los amantes con los que se acostaba y se extrañaban de que «a su edad» follase así.

El artículo fue muy sonado, se llevó el premio de una importante asociación feminista, y luego pasó. Después empeoró Félix, que se olvidó de cómo se tragaba la comida. Y a su amante de entonces, cuyo defecto solía ser que solo hablaba de sí mismo, de repente le había dado por interesarse por ella, seguramente movido por la compasión. Empezó a quejarse de la vergüenza que le daba estar con una menopáusica rabiosa que lo pregonaba a los cuatro vientos, y se puso a revisarle artículos pasados para darle lecciones, él, que era interventor de una oficina bancaria. Todo terminó el día que puso a caldo aquel otro famoso reportaje suyo sobre los neonazis que casi se cargan a su hija. Así que a Helena le llegó el *stand by* caído del cielo.

Félix murió como para que el luto se cebase con el sexo de Helena. Como si el dolor le viniese de golpe para depositársele en el clítoris. Un luto obligado, todo hay que decirlo, aunque tampoco hacía gran cosa por resolverlo. Su cuerpo, en aquel momento concreto, necesitaba detenerse. No sabía si para reiniciarse o para terminar así. Y todavía está esperando.

En aquellos días de ausencia, empezó a pensar mucho en cómo habría sido todo si hubiese tenido otro padre. Era inevitable pensarlo, claro. Y también qué habría pasado si hubiera dejado que el padre de su hija fuera quien tenía que ser. Aquel viaje a México cambió muchas cosas.

La cosa iba de padres, sí.

Precisamente, porque allí Helena había sido feliz. Tanto que, hasta que llegaron las mañanas de motel con Álex, pensó durante años que nunca más volvería a estar en aquel lugar de plenitud al que había llegado los días en que tuvo la certeza de que su Manuel Cobo se había instalado en su vida para no marcharse más, pasase lo que pasase. Luego pasó la distancia, y pasó Amanda. Pasaron otros amores, distintos, pero amores. Sobre todo, pasó Álex arrasando con todo. La vida progresivamente aburrida. El divorcio como un cuchillo. Y pasaron un montón de amantes a los que también quiso de mil maneras distintas, pero que acabarían olvidados cuando le llegase la enfermedad que probablemente heredaría de su padre. La verdad es que sabía que esa sería la única opción para olvidar a aquel profesor que tanto la quiso, con ese amor al que ella se resistió tanto, hasta que el tiempo también pasó.

Años después de aquello, cuando trataba de explicarse por qué el sexo la había abandonado justo al morir su padre, seguía percatándose de que daría la vida por volver a ser la mujer joven que fue a México con su profesor y volvió preñada. Echó muchísimo de menos aquella posibilidad de dejar todo en suspenso, incluso la vida que llegase después. Entendió que jamás podría recuperar a aquella Helena de los veinte años que, por lo demás, no tenía demasiado interés, pero que había poseído el tesoro maravilloso de saber vivir exclusivamente en el presente.

Se enciende el móvil, vibra en la mesa y Helena amortigua el ruido poniéndole encima una mano. En la pantalla, el nombre de Fernando. Han debido de permitirle la llamada desde la cárcel. Hablar con él le da una pereza inmensa.

De repente, no le ve sentido a nada de eso. Se ha levantado tarde y todavía no sabe muy bien si la cabeza va a la velocidad necesaria, así que duda si contestar. Le da pena hacerle perder el tiempo y sabe que insistirá. Deja que suene un poco a ver si se cansa, antes de contestar:

—¿Por qué no me dijiste que tu hija Ana estaba muerta y que además se suicidó de esa manera? —Prefiere empezar agresiva y abandonar el trato de usted—. No estoy para perder el tiempo, Fernando.

—En cambio yo, como estoy en chirona, lo único que hago es perderlo, fíjate...

—Déjate de chorradas. Si no eres un poco sincero conmigo, es imposible contar esto.

—No te lo he dicho porque pienso que no se suicidó y creo que su madre la mató, ¿sabes? Pero si te dijera eso que pienso, dirías que solo quiero desacreditarla para salvarme y me mandarías a poner una denuncia que sabes que no voy a poner porque nadie me creería. Así que he preferido que juzgues por ti misma.

—Ella insiste en que tenía una especie de depresión crónica.

—Veo que ya os habéis conocido. Felicidades. ¿A que es una mujer agradabilísima?

—Hoy estás contento...

—Disimulo bien, ¿sabes? ¿Podemos vernos en el próximo permiso?

—Mejor no.

—¿Vas a escribirlo o no?

—Todavía no lo sé. —Helena se arrepiente un poco de haber dicho tan automáticamente que no quiere verlo—. Tengo que preguntarte por tus otras dos hijas.

—María, la más joven, vive en el País Vasco y vende artesanía de feria en feria. Tiene un niño pequeño. La primera, Flor, viene a verme casi todas las semanas.

—A lo mejor te pido sus números.

—María no tiene teléfono, ya sabes, es hippie. El de Flor puedo pasártelo ahora, antes de colgar. Recuérdamelo. La forma de contactar con María es Flor, así que tendrías que hablar con ella sí o sí.

—Te lo agradezco.

—Pero Helena, ellas tienen claro que digo la verdad, ¿sabes?

—Creo que será suficiente con hablar por teléfono con Flor. Clara también me ha dicho algo de que has estado en política...

—Hay que joderse. Nunca le ha hecho mucha gracia el sentido de mi voto, y ahora resulta que, además de ser un violador, quiere que sea un criminal por votar a Ágora.

A Helena le da inevitablemente la risa.

—Entonces todavía crees que puedes escribirlo... —insiste él.

—No tengo ni idea.

Y es verdad. Hoy Helena preferiría estar preparándose para bajar el toldo en el escaparate de una floristería y hacer un par de ramos de difuntos en lugar de encender el ordenador en su mesa del periódico para escribir sobre eso, y menos oír a Fernando con ese tono de voz apagado tan suyo, como compuesto en escala menor, plagado de esos «¿sabes?» que usa para todo y que no sirven para nada si una no logra saber.

—¿Puedo llamarte en el próximo permiso?

—Claro.

—Entonces lo haré, a ver si podemos quedar. —Hay decepción en la voz de Fernando.

—Fernando, no te juzgo.

—Sí. Sí que lo haces.

—Pero tienes que entender...

—Helena —la interrumpe—, todo el mundo me juzga. Por eso necesito que se lo expliques.

—Es inexplicable.

—No. Todo tiene una explicación, ¿sabes?

Se callan un momento y Helena precipita la despedida después de que él le dé el teléfono de su hija Flor. Todo tiene una explicación, sí, pero casi nadie se la da. A Clara, que parece sacada de una novela de Corín Tellado de las que ella leía cuando se iba a la playa quince días con Félix, no le convienen las explicaciones. Ana ya no puede explicar nada, ella, que quizá sería la única que podría dar un punto de vista convincente respondiendo a esas preguntas que las juezas no formulan, pero las periodistas sí. Y Helena no sabe si quiere oír las explicaciones de Fernando.

Así que aprovecha el impulso del momento para llamar a Flor. Vaya nombre que le han puesto a la niña. Lo que debió de aguantar en el colegio. Son una pareja patética. Pulsa el botón. Prefiere llegar ella antes de que Fernando la avise. Seguro que es la siguiente llamada que hace.

Pero Flor no contesta.

En la plaza, el runrún habitual de todas las mañanas con sol. Mientras mira fuera, Helena da sorbos a su café en una taza roja. Es su favorita. El café tiene que beberse en cerámica fina. Esos *mugs* americanos de borde gordo no sirven para las buenas bebedoras de café. Esta que usa se la regaló una amiga suya que vive en Suiza. De eso hace ya muchos años. En un paquete que llegó por correo, dos tazas rojas con una cruz blanca en el centro, como la bandera. Cuando Miguel se fue, se llevó la suya. Es una de esas cosas que comparten: a los dos les gusta el buen café en tazas de cerámica fina. Su amiga también ha vuelto a empezar al irse a otro país, como ese estúpido matrimonio de Fernando y Clara en que él parece ser que ha violado a su propia hija. No se puede imaginar, por ejemplo, al marido de su amiga, ese que eligió esta taza en una tienda de Ginebra, haciendo las cosas que ha leído en el sumario. Eso de abrazar a su niña, que ahora hace muñecos de nieve y habla francés, poniéndole una mano en cada pecho. Abrirle las piernas y meterle los dedos por detrás de las bragas para acariciarle la vulva a tu propia hija. Sentarla sobre ti y aprovechar la erección que no deberías tener para introducirte dentro, te da igual en qué agujero coincida. Helena intenta poner a eso que imagina la cara sudorosa de Fernando con los ojos medio cerrados y gimiendo levemente y, frente a él, el rostro de la chica sonriente de la foto, en esa habitación de niña muerta enganchada a otra época y rodeada de azucenas.

Le manda un whatsapp a Sandra.

«Porfa, mándame los datos del hermano. Voy a llamarlo.»

Sandra contesta al momento, como siempre.

«Cuando llegue a la oficina, *boss*, los tengo allí en un pósit. 😕 😊»

Dándole otro sorbo al café, Helena la imagina caminando a toda velocidad por la calle con un bolso enorme, lleno de papeles con pósits pegados y cruzado en bandolera, y con el móvil en la mano, con sus zapatillas que necesitan una lavadora y los labios rojos.

«Vale. Lo voy a llamar durante la mañana a ver si hay suerte. Tengo una reunión con un parlamentario que va a ser larga, creo. Luego me paso por la casa de mi padre. Nos vemos a primera hora de la tarde y te lo cuento todo.»

«👍»

Esa manía de contestar con iconos... Helena no recuerda haber sido tan cursi en su vida. Incluso una vez pensó en dibujarle un corazón palpitante a Álex y no fue capaz. Claro que entonces no había estos móviles llenos de dibujitos. Si ya decir «Te quiero» es complicado, poner un corazón palpitante en una pantalla es verdaderamente difícil. A lo mejor es que le recuerda demasiado a los corazones atravesados por una flecha que las tontas de sus compañeras de colegio pintaban en las puertas de los retretes.

Tampoco le apetece hablar con Sandra sobre el encuentro con Clara. Ninguna de las dos comentó nada en el trayecto de vuelta. Escuchó la entrevista anoche y le parece un testimonio absolutamente prescindible. Si algo hay que contar en esta historia es lo que dice Fernando, pero ¿quién va a querer leer eso? Claro que a lo mejor todo el mundo es morboso.

Eso es lo que le tiene que decir a Carlos cuando, como director del periódico, se le vuelva a imponer. «Si sois todos unos morbosos... Si ni siquiera a mí me interesa contrastar la historia con la versión del lado bueno. Si hasta yo me aburro y no me creo nada de lo que me dice la madre, de la que incluso la becaria piensa que es una asesina.» No hay mejor manera de que Carlos le censure el reportaje. «Te has vuelto loca», le dirá.

La Helena correcta y buena estudiante se ha vuelto loca. Los años de cuidados de su padre le han pasado factura, les dirá Carlos a sus amigos en un sofisticado local de ambiente, y todos sonreirán con condescendencia, como si supieran lo que es consumirte tú misma con tu padre que se deshace entre ríos de desmemoria y de deterioro, el cansancio extremo de estar con alguien que ya no es más que un nadie al que solo puedes observar.

La historia no puede contarse de modo morboso, y es difícil cuando son morbosos todos los que la cuentan y todos los que la leen. «Incluso Ana sería morbosa si viviera», piensa Helena, y se siente reconfortantemente cruel.

Apura el café y ahora, ahí abajo, en la plaza, solo ve a morbosos deseosos de leer en algún sitio las cosas que Fernando ha hecho a su hija. Morbosos por todas partes.

Vuelve a llamar a Flor. Después de tres señales, por fin contesta. Helena se presenta y nota la frialdad de la mujer al otro lado de la línea. Hija de su madre, se dice.

—Mi padre me ha hablado de esto. Escúcheme: no soy partidaria.

—¿Partidaria de qué?

—De que lo publique.

—Entiendo.

—¿Para qué?

—Él quiere.

—Él no está bien, Helena. Si ha estado con él, lo habrá notado.

—¿Podríamos vernos?

—No. Ya le he dicho que no soy partidaria. No quiero hablar. No quiero ser una «fuente autorizada» en un artículo que creo que nunca debería publicarse. Someter a la opinión pública a mi padre es una crueldad, y creo que usted lo sabe mejor que yo. Haya hecho lo que haya hecho, nadie se merece volver a ser juzgado sin criterio, sin datos y sin abogados.

—Pero Flor, él está dispuesto...

—También ha estado dispuesto a suicidarse. Ahí tiene a lo que está dispuesto mi padre. —Una ráfaga de memoria inunda a Helena con imágenes de venas abiertas, un charco de sangre y un cuchillo de verduras en el suelo.

—Solo dígame una cosa, Flor.

—Ya sé lo que me va a preguntar: «¿Crees que lo hizo?». Qué estupidez.

—No quiero preguntarle eso.

—Ah, ¿no?

—No.

—Pues va a ser cierto lo que dicen de usted.

—¿Y qué dicen?

—Tanto da. ¿Qué quiere que le diga? Tengo prisa.

—Muy rápido: ¿por qué su padre era diferente con Ana?

—¿Y quién ha dicho que fuera diferente?

—Su madre.

Flor parece destensarse y suelta una sonora carcajada.

—¡Éramos pocos y parió la abuela! —Sigue riéndose, pero Helena nota amargura—. ¡Helena! ¡Por Dios! ¿Pero usted no ha visto que la que se ha vuelto loca con todo esto es mi madre?

—No tengo motivos para pensar eso. —Empieza a darle vueltas a esa posibilidad—. Pero en todo caso, no entiendo cómo en una casa de tanta gente, nadie supo lo que pasaba entre su padre y su hermana.

—Justamente. Yo tampoco. Eso debería explicarlo mi madre.

Se hace un silencio. Helena no sabe muy bien por dónde tirar, porque lo cierto es que esa idea lleva martilleándole la cabeza demasiado tiempo, pero siempre la aleja porque sabe que no puede enfocar así el reportaje o la acribillarán a críticas. En realidad, sería la mejor manera de lograr que Carlos se lo mande a la basura.

—Flor, ¿usted cree que lo hizo?

—Lleva doce años en la cárcel. No ha aceptado ninguna reducción de condena que exigiese reconocer algo que él dice que no ha hecho. Y sigue siendo mi padre. Conmigo siempre ha sido bueno.

—Entiendo.

—Tengo que colgar, estoy en el trabajo...

—Muchas gracias por atenderme, Flor, ya sé que no es fácil...

—No, no tiene ni idea de lo difícil que es.

Era una cría para estar embarazada. «Al menos, según los parámetros del primer mundo», pensaba siempre que se observaba a sí misma. Desde el punto de vista biológico, eso sí, se suponía que estaba en la mejor edad. Todo en ella era tirante, húmedo, como un globo a punto de estallar pero que parecía eternamente elástico. Y así se sintió, fresca y elástica, cuando Manuel Cobo le dijo: «Me invitan a dar una conferencia en México y quiero que vengas conmigo».

En aquel momento ya habían tenido sexo en varias dependencias de la universidad, y Helena todavía no se había librado de ese objetivo femenino del amor constante. De hecho, se habría partido de risa si entonces le hubieran dicho que la causa de sus insomnios más persistentes en el futuro no tendría nada que ver con el amor, sino con cosas prosaicas y burguesas como el trabajo, el dinero o una hija que entonces no sabía que tendría. En aquel momento, todavía pensaba que toda buena estudiante debía aspirar a un buen amor con su profesor, así que, por suerte para la Helena de la menopausia rabiosa, se lanzó a amarlo estrepitosamente, con el desorden propio del momento y sin saber que, con los años, desearía ser capaz de recuperar, aunque solo fuera una gotita, de aquella capacidad para que todo le diera igual y para vivir sin pensar en un futuro inimaginable gracias al amor de aquel hombre.

Si no fuera por aquello, con toda seguridad sería otra clase de mujer. Eso también lo supo relativamente pronto, cuando dejó de querer enamorarse a toda costa y entendió que el hombre elegido para casarse simplemente tendría en su vida otro cometido.

Manuel Cobo.

Incluso tuvo la poca habilidad de liarse con alguien cuyo nombre rimaba con el de su novio. Manuel. Miguel. Manuel. Miguel. Manuel. No. Miguel. Pensó eso desde el primer momento, en el típico miedo a meter la pata por culpa de los amores dobles. Estaba tentando a la suerte, ¡pero ese limbo era tan excitante! Aunque lo había visto otras veces, sobre todo en asambleas del sindicato de estudiantes, la primera vez que pensó desde ese nerviosismo del delito sentimental fue la tarde en que lo conoció personalmente en aquella conferencia a la que obligaron a ir a todo su curso bajo amenaza de suspenderles las prácticas, y se encontró a sí misma pensando en cómo sería besarlo. Nunca había experimentado esa sensación, pero tuvo clarísimo que estaba mirando a aquel profesor de un modo indudablemente descarado. Él lo entendió en un santiamén, y ella, sin saber muy bien por qué, aprovechó para ser feliz. Después, se sintió bien en el peligro, y aprendió de lo que era capaz.

Manuel también era el amor en la canción de Víctor Jara, pero ella siempre se confundía al cantarla y le llamaba Miguel. «Corriendo a la fábrica, donde trabajaba Miguel, Miguel, Miguel, Migueeeeeel», cantaba a veces. Y Miguel la corregía. «Manuel, Manuel, Manueeeeeel.» Los dos se reían y cantaban juntos: «Suena la sirena, de vuelta al trabajo, muchos no volvieron, tampoco Manuel». E insistían ahí. Ponían con la voz el nombre en negrilla, y a ella le parecía un castigo electrizante, un poco masoquista, como cuando Manuel, no Miguel, la cogía por el pelo y la ponía de cara a la pared para que no pudiera mirarlo mientras le mordía el cuello, y le abría las piernas con la rodilla, con los pechos apretados contra el azulejo dentro de la blusa abierta a medias, tapándole la boca para que en el retrete de al lado no la oyesen gemir.

Por eso llamó Amanda a la hija de Manuel. Y prolongó para siempre la confusión.

A la gente le dijo que el nombre de la niña venía de «amar», y que quería que tuviera eso tan bonito para toda la vida en el feo carnet de identidad. «Si el nombre es el destino, que se llame Amanda», decía tocada por la divina gracia del uso posadolescente de la cultura clásica aprendida en el instituto. «Que lleve en el nombre el amor por su padre», contaba por ahí. Medias verdades. O medias mentiras, más bien. Como siempre.

Helena fue a México con su profesor.

Se inventó para eso la primera de un montón de excusas peregrinas que Miguel se tragó durante mucho tiempo desde la inocencia más absoluta. Se hizo experta en invenciones. Animó una vida paralela cargada de bonitas ficciones sociales, laborales, emocionales... He quedado con. No me da tiempo de llegar a. Me entrevistan en. Necesito estar sola. He ido a dar un paseo. Me he puesto enferma y no he podido. El dolor de cabeza que. Tengo que entregar. Me ha llamado. Me han entretenido, así que. Me han cambiado el horario de. Han llamado para. Pero la mejor fue esa primera vez. La de México. «El profesor Manuel Cobo me consigue una beca para ir a un congreso a México, ¿te lo puedes creer?» Y la respuesta fue: «Qué bien», sin saber que, en realidad, la beca era un billete de acompañante a gastos pagados de estrella semimediática que despega, a cambio de lo que Helena pensaba que sería sexo y que parece ser que a él se le convirtió en amor. Y un embarazo llamado Amanda.

México.

Después Helena siempre se pondría un poco cursi al pensar que los ojos de Amanda eran así de azules por el cielo de México. No se lo podía decir a nadie, por supuesto, pero a ella le gustaba relamerse en esa sensiblería de novela romántica porque, en el fondo, sabía que aquellos días felices ya nunca se repetirían de la misma manera, porque después de eso sería otra persona.

Lo primero que le llamó la atención fue el cielo. Luego la imagen de una ciudad interminable desde el avión. Y por último el contacto de la piel de él cerca de la suya todo el tiempo, especialmente en los dos días que pasaron en Michoacán. Los recuerdos del casco histórico, de las iglesias coloniales, del museo, de los cuadros de Frida, de las pirámides... se desvanecieron en esas tres cosas, hasta el extremo de que Helena solo sería consciente años después, al volver a México, de que en realidad podría estar con Manuel Cobo en Marte y no recordar que había cruzado la estratosfera. México no era un lugar, sino un estado al que, en realidad, siempre quiso volver y casi nunca lo logró.

—No quiero coger el avión de vuelta —le dijo él desperezándose la última mañana, resacoso después de una cena larguísima durante la que Helena lo esperó viendo telenovelas en la habitación del hotel.

—Yo sí. —Manuel la miró incrédulo, reprochándole que rompiese el romanticismo del momento—. Prefiero las cervezas gallegas.

—En serio, Helena...

Pero ella lo interrumpió:

—Te lo digo de verdad. Este mueble bar es infame. Ni las cervezas ni los cacahuetes. —Se calló, buscando que él entendiese—. No pienso volver a quedarme encerrada en una habitación de hotel esperando a que tú termines de divertirte.

Él se puso frente a ella y la miró directa a los ojos. A Helena siempre le había resultado incómodo que la mirasen de ese modo, así que colocó los ojos por detrás de él, en el cielo azulísimo que heredaría Amanda, quien es probable que estuviese ya por allí abajo, peleando con un ir y venir de células multiplicándose y distribuyéndose frenéticamente.

—Helena. Quiero que estés en esas cenas.

—No entiendes nada. No quiero estar en esas cenas.

—Por eso te quiero.

—No digas estupideces.

Ese fue el error de Helena. No creerlo de buenas a primeras. O tardar todavía un tiempo en entender que eso que a ella le pasaba cuando estaba con él era una forma absoluta y revolucionaria de amor que le vino estupendamente para discriminar después los buenos de los malos amores. Miguel no. Manuel sí. Todos los demás no. Unos más que otros, todo hay que decirlo. Álex sí. Pero tardó. Y sin saber muy bien por qué, decidió que aquello de las células frenéticas allí abajo merecía la pena guardárselo para preservar también México y el cielo azul, cursi y sensible.

Cuando nació Amanda, quedó un día con él para presentársela. Mientras estuvo embarazada, en efecto, se escribían unas cartas tórridas que ella dejó guardadas en una gran caja con flores pintadas en su habitación de la casa de Félix para que estuvieran a salvo de sus sucesivas mudanzas. Volvió a leerlas el día que Félix murió mientras los hombres de la funeraria lo preparaban para meterlo en el ataúd. Aquel día, igual que había hecho cuando le contó a su novio que estaba embarazada, se guardó mucho de que el secreto se le escapase del confín del corazón donde lo había enterrado. Pero a Manuel le pidió volver a México sin tener que coger ningún avión.

Luego, se vieron un día y, sin decirlo exactamente, continuaron con aquello de semana en semana, de quince en quince días, según los ritmos de cada uno les permitían esconderse. Y así siguieron como si una sonda galáctica los hubiese lanzado al vacío con un impulso variable, propio de un problema de física.

En esos encuentros, Manuel le dijo mil veces que quería todo con ella. Que quería vivir con Helena. Se atrevió incluso a pedirle que dejara su casa y se fuera con él. Pero ella no se atrevía a hacerle aquello a aquel hombre ilusionado que había crecido tanto gracias a la creencia en aquel bebé y que después era feliz gracias a la niña. Así que fue prolongando aquellos encuentros al ritmo en que Amanda crecía, hasta que Manuel tal vez comprendió que poco más podía sacar de aquella mujer que ese amor desesperantemente limitado del que quizá Helena se arrepentiría algún día. Pero claro, ella nunca se arrepentía de nada. Eso también lo sabía.

Algunas veces, solo se veían para hablar en lugar de quedar para tener sexo en el piso de Manuel, o en algún hotel en las épocas en que él tenía pareja. Helena no podía imaginar en aquellos momentos cuánto extrañaría después las conversaciones con él, aquellos encuentros en que, de un modo u otro, volvía un poco el rol de profesor, pero en los que hablaban de cosas que ella jamás podría hablar con Miguel. De vez en cuando, llevaba a Amanda a esos cafés con Manuel donde él parecía alegrarse sinceramente de ver a la niña. Siempre le llevaba algún libro y una bolsa de bombones, que Amanda comía mientras ellos hablaban y hablaban y hablaban, entre mirada y mirada.

Por supuesto que Helena dudaba.

Por momentos, pensaba que se había equivocado dejando tan claro que nunca abandonaría a Miguel. No dudaba por el trato con la niña con esos detalles inauditos en aquel hombre que, por lo demás, tenía una capacidad nula para entenderse con los niños. Tenía la sensación de que eran las conversaciones las que podían hacerla dudar. Con alguien así, podría vivir siempre. Quizá. En el fondo de su alma, sabía que llegaría el momento en que también se cansaría. Acabaría por aburrirla. Y entonces, alejaba de sí ese pensamiento y se centraba en guardar México intacto, como efectivamente sucedió hasta el día en que fue Manuel el que se cansó.

Mientras Helena hablaba con Flor, ha llegado el mensaje de Sandra con la dirección del hermano de Fernando, una cafetería del centro.

«Había varios tíos con ese nombre y varias direcciones de cada uno. Por suerte, los demás no tienen relación posible con Fernando. No he encontrado número. ☹»

Ya está harta de hablar por teléfono sobre este asunto hoy. Y tampoco tiene claro que un tipo que le paga la responsabilidad civil a un violador vaya a mostrarle una perspectiva que no sepa o no imagine sobre el asunto. No sabe muy bien cómo ha dado Sandra con esa dirección, pero confía en que sea correcta.

«Sandra, querida, estoy pensando en que me va fatal acercarme. Ya sabes, quiero pasar por casa de mi padre a coger unas cosas. ¿Quieres ir tú a ver qué husmeas por allí? Así por la tarde me cuentas.»

«🏃🏃🏃»

Helena sonríe.

«Veo que te alegras», escribe.

«😁»

Está claro que esto es una nueva forma de comunicación. Acabarán usándola en la prensa escrita cuando, en el futuro, las Sandras dirijan los periódicos.

«Coge el tíquet de lo que te tomes allí para dárselo a Carlos.»

«☺»

«Vale, déjalo en mi mesa, que se lo doy yo.»

Helena no sabe ni por qué le contesta. O por qué no le dice que le escriba como escribe la gente normal, que para eso es la primera de su promoción. Claro que puede que sea ella la que no es normal escribiendo mensajes de texto en el teclado del móvil como si fuera la máquina de escribir Underwood que usaba su padre cuando ella era poco más joven que su becaria.

Ha dejado la taza con la bandera de Suiza en el lavaplatos. Lo primero que va a traerse de la casa de Félix es esa vieja Underwood.

Hoy va a entrar.

Y también esa foto de su madre en el puesto de flores.

Se viste, se maquilla y llama a un taxi. Puede que sea más fácil si le pide que la espere, así se dará prisa. Si el taxi está abajo, todo será más rápido. A lo mejor algún libro, uno imperceptible para Verónica, y si lo percibe, a estas alturas, tanto le da. Aquel viejo cuento de *Peter Pan* que tanto le leía Félix de pequeña, por ejemplo. Y los discos... Los discos de Félix, y alguno suyo también, de cuando adolescente. No sabe por qué dejó allí los de Led Zeppelin. El *Blanco* de los Beatles, que Félix guardaba como oro en paño; no debería ir a dar a un trastero en un polígono industrial. Y tampoco debería estar en casa de Vero aquella primera edición del libro de Walt Whitman que tanto le gustaba leer, entonando con un inglés malísimo pero con su voz radiofónica poderosa. Eso también debería estar con ella en su casa, aunque su intención sea soltar lastre para ser libre. Así que coge una bolsa grande de tela, de las que Amanda le obligaba a utilizar para no usar las de plástico del súper, que tanto contaminan, y la mete en el bolso. Se imagina una convivencia curiosa, los poemas de *Leaves of Grass*, una vieja máquina con la que pudieron ser escritos, con las canciones de los Beatles y las de Led Zeppelin, las hojas rancias de un libro infantil, allí junto a su madre en blanco y negro, mirando de frente y rodeada de flores. Cosas de tres siglos mezcladas en una tela fea, con células depositadas de cuando su padre estaba vivo y las tocó. Quizá exagere.

Ha pasado mucho tiempo desde que su padre dejó de leer en el libro de Whitman. Cuando olvidaba quién era, todavía podía recordar versos que decía en alto sin venir a cuento. Siempre que los decía, sonreía. En uno de esos impulsos poéticos, fue la primera vez que Helena se decidió a abrazarlo, ella, que no es precisamente de tocar a la gente. Pero lo abrazó, porque le salió así, porque sintió ese placer de abrazar a quien, en realidad, ya solo siente con la piel y no con el cerebro. Félix volvió los ojos hacia ella, un poco extrañado, y de pronto le devolvió el abrazo despertándole también un recuerdo infantil. No la abrazaba así desde que dejó de ser niña.

Desde entonces, le daba la mano y le hacía caricias tiernas. Solo quería retener en la piel la memoria que se desvanecía en el aire de la casa y se depositaba en los objetos que morían poco a poco, al mismo tiempo que lo hacían las neuronas de su padre.

«Caben más cosas», piensa, y también le da la sensación de que está planeando meter los restos mortales de su padre en una bolsa del súper de color violeta. Puede salvar algo más. Que no sea muy grande, porque la máquina pesa. A lo mejor una prenda de ropa. Pero eso es un poco macabro. Algo más de cuando era niña. O no. Mejor ponerse límites. Es suficiente con todo eso. Luego tocará el trabajo duro de decidir qué se salva y qué se tira. Recoger la vida entera para enterrarla en un trastero carísimo con el que no sabe qué hacer.

Llega el taxi y le da la dirección a la taxista, que la mira por el retrovisor y la reconoce.

—Helena Sánchez, siempre la leo. —Se le suben los colores.

—Normalmente las taxistas solo me escuchan.

—A mí me gustan sus reportajes. Y también la escucho, claro.

Las dos sonríen, pero Helena lleva la bolsa violeta agarrada dentro del bolso, la aprieta entre las uñas porque empiezan a temblarle las manos. No quiere que la mujer note nada, así que se apresura a darle la dirección y se pone a hacer como que consulta algo en el móvil. No quiere estar así, pero no sabe evitarlo. La amargura le sube desde los pies y hace que le suden las manos. Cuanto más cerca de la casa de Félix, que ahora es suya, más se le agita el corazón. Cuando giran en la calle de su segunda infancia y divisa el balcón de Félix sin Félix, siente un escalofrío negro. Traga saliva. Solo da tiempo a que la taxista reduzca la velocidad y empiece a acercarse al portal, pero actúa rápido.

—Perdone... Ha surgido un problema y al final no vamos a parar aquí.

—¿Está segura? Si tiene prisa, no tengo problema en esperar...

—No, no, ya no tengo nada que hacer aquí.

Le da la dirección del restaurante cerca del periódico donde come a menudo. Por un momento duda de si volver a casa, pero prefiere que esa mujer que la lee y la escucha, y que quizá la admira un poco, no se dé cuenta de que, efectivamente, en los últimos tiempos algo no funciona en la gran Helena Sánchez.

Tenía Amanda doce años. Antes, ya habían pasado por muchas cosas. Sobre todo, una peritonitis en la que casi la pierden, y por eso lo avisó, a pesar de que Miguel estaría allí. Helena ya había conseguido un par de portadas importantes, y la niña ya apuntaba rebeldías. Pues ya habían pasado por todo eso cuando Manuel Cobo la llamó para decirle que lo invitaban a dar clases en Estonia durante seis meses. No era la primera vez que se ausentaban, él o ella. Algunas, como en aquella primera ocasión de México, incluso lograron organizar parte del viaje juntos. Otras simplemente asumían que no se verían durante bastante tiempo. Se habían acostumbrado a que las cosas tendrían que ser así. Algunas veces lo llevaban mal. Para Helena podía llegar a ser insoportable, incluso con una sensación física de desarreglo, saber que Manuel estaba lejos. Otras lo llevaba mejor, casi siempre cuando las ausencias coincidían con una época intensa de trabajo, o con esas preocupaciones por Amanda que la agotaban.

Pero por los mismos días de la propuesta de Estonia, a Manuel Cobo le dio una especie de ataque de estrés que en realidad fue un pequeño defecto en el corazón que le descubrieron después de tres horas en urgencias. Una tontería. Un cable mal puesto. Nada por lo que preocuparse más allá de una medicación que tendría que tomar un tiempo. Pero él, que no soportaba envejecer, sí se preocupó, pues de repente entendió que era veinte años más viejo que ella y vio muy cerca el inicio de una cuenta atrás en que habría que descontar todos los años que había perdido en quererla sin estar con ella. Por lo visto, además se cansó de esperar algo que Helena no sabía que estuviese esperando.

Por teléfono, tuvieron una conversación de tantas. Le dijo que lo invitaban a Estonia y que quería hablar con ella con calma antes de irse. En esa ocasión sería más tiempo del habitual, seis meses, así que Helena creyó que, efectivamente, haría falta algo más de ceremonia que para los típicos congresos de una semana o los viajes con amantes que unas veces le contaba y otras no. Así que se inventó la enésima excusa para estar con Manuel aquel viernes antes de que él partiera hacia Tallin. Ella ya se había estudiado la agenda y el calendario de guardias de Miguel para arañar un par de días o tres, un mes después, para ir a verlo. «Siempre hay un reportaje interesante para hacer en un país que ha conseguido la independencia», pensó, y así empezó a construir otra media mentira adicional que sonaba más de verdad que nunca. Pero Manuel tenía otros planes.

—Quiero que dejes a Miguel.

Nunca se lo había dicho tan claramente, y ella no supo qué decirle.

—No puedo más.

—Hemos hablado muchas veces de que nuestra historia era así.

—Me hago viejo, Helena.

—¡Qué tontería!

Él sonrió, quizá porque se dio cuenta de que se lo decía totalmente en serio, sin valorar aquel paso del tiempo en que ella todavía era joven y él ya no, mientras que la niña, simplemente, ya había pasado.

—Y luego está Amanda.

—¿Qué pasa con Amanda? —dijo Helena con verdadera sorpresa. ¿A qué venía Amanda en medio de su cena trascendente y de su último polvo antes de que Manuel se largase seis meses al quinto pino?

—Ahora ya no la veo nunca.

—Ha crecido. Ya sabes cómo es ahora la vida social de las niñas de doce años. ¿Y a qué viene ahora tanto interés por ella?

—Cuando vuelva de Estonia quiero vivir contigo. Con vosotras. Quiero estar cerca de Amanda y quiero que dejes a Miguel.

—No puedo dejar a Miguel.

—¿Por qué no? Aguantas y aguantas durante tantos años a alguien que está en las antípodas de lo que eres tú. Es como si quisieras castigarte, Helena. Esto es una farsa absoluta.

—No. No es una farsa, Manuel, y creí que lo entendías.

—Pues ya no lo entiendo más. No entiendo por qué vives con un facha del que incluso te avergüenzas, y lo sabes. Tienes seis meses para prepararlo.

—¿Y si no?

—Esto ya no tiene sentido. Quiero que me des la mano mientras me hago viejo.

Helena, en realidad, no entendió eso que le pedía Manuel hasta el día en que Félix murió, efectivamente, agarrando con sus manos las manos de ella. Esa piel que consolaba la mente enferma era, en realidad, lo que su profesor había esperado de ella durante aquellos años de amor paciente, hasta que él entendió que eso era una de esas cosas que a veces hay que explicar.

Así que Manuel Cobo se marchó a Estonia y volvieron a escribirse cartas donde ya no había sexo tórrido. En una de ellas, finalmente, Manuel le explicó que al volver buscaría a alguien que quisiera entender que el tiempo pasaba, y que para ella también pasaría, aunque por aquella época casi fuera injusto que tuviera que tomar conciencia de eso. Le habló de la suerte de tener hijos que te mantengan con la piel atada al presente y no con el corazón enganchado a la incertidumbre de un futuro que él comenzaba a temer. Helena releyó mil veces esa carta de la que llegó a saber frases de memoria, pero decidió insistir en mantenerlo alejado de Amanda ya que él tampoco se atrevía a exigirle a su hija abiertamente como sí se había atrevido a pedirle que dejase a Miguel.

Después de muchos años olvidándolas, las frases memorizadas le vinieron a la cabeza en el momento en que entendió que su mano había sido capaz de espantar el miedo en la mano de Félix justo cuando la muerte le rondaba la epidermis.

Sentada en el sillón al lado de donde Félix había perdido hasta la última gota de su memoria, entendió a Manuel, que entonces se acercaba a la edad que ella tenía ahora, e intentó recordar por qué no se atrevió a hacer lo que le pedía si sabía que la quería como seguramente no volvió a querer a nadie, y si sabía que le estaba pidiendo ser padre de su hija.

Sí. La cosa iba de padres. Y de pieles que se tocan y se calman, que se protegen unas a otras para detener el tiempo. Pero también recordó que hacía mucho que había espantado esa tontería tan de mujeres de vivir exclusivamente pendiente del amor.

Así que Helena, en parte, dejó pasar aquel amor brutal por delante de su puerta.

—Pues resulta que el hermano, ese que había pedido un crédito para pagarle la responsabilidad civil, ahora no quiere saber nada de él. De verdad que no entiendo nada.

—¿Qué alega? —Carlos coge siempre la copa de vino con una afectación elegante, como si estuviera todo el tiempo posando para un fotógrafo de la revista *GQ*. En realidad, Helena sabe que está suscrito, así que imaginar eso no tiene mucho mérito.

—Que no quiere hablar. A Sandra no le ha dado más explicaciones. Se le ha cerrado en banda, se ha metido en la cocina del bar, y no ha salido más.

—¿Y no vas a hablar tú con él? A lo mejor contigo se confiesa...

—No sé, Carlos.

—Te veo algo desmoralizada... —dice él triunfalmente, dejando la copa en la barra y haciéndole un gesto al camarero para que le traiga la cuenta.

—Es que es difícil enfocar un reportaje cuando parece que mienten todos menos quien más motivos tiene para mentir.

—¿A qué te refieres? —Puede que a Carlos sí le interese la historia, al fin y al cabo.

—A que, en este asunto, a veces al único al que me creo es a Fernando.

—No me jodas. Eso no puede ser.

—¿No puede ser o no quieres que sea?

—¿Qué diferencia hay?

—Dejémoslo. El lunes veré por dónde tiramos.

—Si no me presentas un plan claro, no se publica. —Carlos mira su propio reflejo en la copa.

—¿Y quién ha dicho que te necesite a ti para publicarlo?

—Pues entonces, deja de utilizar el tiempo por el que te paga este periódico para escribir tus propias historias.

—No te me pongas estupendo.

—Tengo que dirigir un periódico, Helena, no una asociación de tiempo libre. Tienes el correo electrónico lleno de políticos corruptos. Tienes las grabaciones del fiscal mafioso. Tienes el caso de la empresa farmacéutica que ha ocultado la molécula que reducía aquellos tumores. A mí ese me encantaba. Tienes el de la leche de bebés adulterada. Tienes mil cosas, y decides perder el tiempo con un violador de hijas. Helena, estás mal.

—¡Tú sí que estás mal! —Sonríe—. Todas esas cosas están aquí. —Se da dos golpes en la cabeza—, pero esta historia es mucho más interesante. En el fondo, cualquiera espera de una farmacéutica que oculta una molécula que se carga todas las ganancias que sacan de los fármacos creados para no curar lo que la molécula cura; y cualquiera se espera que adulteren la leche de los bebés, porque ¿quién no ha echado alguna vez agua en el cartón de leche para que dure más cuando tienes gente en casa? ¿Quién no ha escupido en la sopa de alguien que le cae mal, del marido, de una hija que te insulta? Y ahora ya todo el mundo sabe contar las historias de políticos corruptos antes de que pasen. La corrupción no emociona. Pero todavía podemos sorprendernos con los abusadores, Carlos, y con los secretos de sus mujeres silenciosas, o con las dudas de sus hijas y la compresión de sus amigos.

—Te has vuelto loca, querida.

—Y el ministro, ¿llevaba o no llevaba calzoncillos de flores?

—No me cambies de tema.

Ella apura la cerveza porque prefieren cambiar de bar. Demasiado ruido aquí. Ya en la calle, Carlos le cuenta con pelos y señales los motivos por los que Helena debería revisar su teoría sobre los hombres a los que no se imagina echando un polvo. Se ríen como se reían cuando eran unos críos y paseaban por Londres muertos de hambre. Por lo visto, es demasiado dura en su percepción sexual sobre el ministro de Educación. Y en el desayuno, ese momento en verdad importante para un director de periódico, le dice Carlos afectadamente antes de entrar en el siguiente local, le contó cosas sabrosas, de esas que debería estar siguiendo Helena en lugar de andar poniéndose de parte de los violadores. Que si una plaza amañada por aquí. Que si una contratación de una obra en un colegio por allá. ¿De verdad Carlos cree que debería estar contando esas cosas de gaceta? A lo mejor está demasiado vieja para aguantar lo que los demás creen que tiene que hacer. Si aún tuviera veinte o veinticinco, como cuando Manuel Cobo la animaba a dejar el currículum aquí y allá y le mimaba los fracasos dándole ideas sobre historias que contar... Pero ahora no está para eso. «La actualidad es soberanamente aburrida», piensa, y de golpe le sale de la boca eso que acaba de pensar. Carlos reacciona rápido.

—Mira que te nos estás volviendo escritora. —Hace un gesto de asco—. Das miedo.

—Déjate de tonterías.

—¿Y por qué no escribes un reportaje sobre ti misma en vez de escribir sobre un violador de hijas? —Se hace un silencio tenso; es evidente que no debería haber dicho eso—. A fin de cuentas, tus mejores historias siempre han sido las que tenían que ver contigo.

—Esas son las que más te gustan a ti porque eres un morboso. —Helena intenta quitarle hierro, aparentar.

—No hablo yo, hablo de los premios que te han dado. Y si fuera un morboso, te diría que adelante con esa de la niña violada y luego muerta, no, mejor asesinada, a base de paracetamoles.

Efectivamente, es absurdo. Pero en esa falta de lógica de todo es donde ella no puede evitar sentirse atraída por la historia de Fernando.

—Venga, Carlos, déjanos hacerlo, aunque solo sea por la becaria.

—¿Desde cuándo les tienes tú tanto cariño a las becarias?

—¿Cómo te atreves? —Helena le da un empujón cariñoso—. Yo soy el amor de las becarias un año tras otro.

—Helena... —Hace un gesto de conmiseración.

—Que nunca me inviten a los actos de despedida ni me regalen peluchitos para la mesa del despacho no significa que no me aprecien... —Se ríe—. Venga, Carlos, no te vas a arrepentir de que lo publiquemos.

—Ya veremos. —En realidad, eso significa que no. Carlos se queda un momento pensando, dudando si preguntarle lo que tiene en la cabeza—. Helena, en serio. Pongamos por caso que el suplemento no saca esta historia. ¿Qué harías con ella?

Helena se toma su tiempo antes de responder. Le da vueltas en la cabeza a cómo escribirla, pero eso tendría que hacerlo sola, fuera del periódico, con un formato para el que no se siente con fuerzas. No quiere proyectos a medio o largo plazo. Quiere vivir en el presente. Fuera compromisos. Está decidiendo si escribir un libro con esta historia es compatible con todo eso.

—A lo mejor, hago un libro.

—Periodismo bonito, espero, tipo Gay Talese... —Carlos pone cara de deseo.

—No. Ficción.

—Oh, qué aburrido.

—No tienes solución.

—Tú no eres escritora, Helena.

—No sé lo que soy. —Los dos le hacen un gesto al camarero para que les ponga sendas cañas, de las grandes—. Pero si tú no lo sacas, algo de forma tendré que darle. Tengo horas grabadas. Yo creo que la gente también quiere leer la cara B de los criminales. —Le da un trago a la cerveza que acaban de ponerle.

—O sea, que si te haces escritora, el culpable voy a ser yo...

—Por supuesto. —Helena sonríe—. Así que confío en que recapacites y no me obligues a pasarme al lado oscuro.

En realidad, ella ya tiene la certeza de que ese reportaje no se va a publicar. Acaba de mirarle las manos a Carlos, que ha colocado una encima de la otra como hace siempre que oculta algo. Es un gesto reflejo que conoce muy bien y que, por eso, él intenta disimular en su presencia, pero ella se ha dado cuenta. La mano derecha cruzada sobre la izquierda, y la yema del meñique de una mano jugando con la uña del anular de la otra. Va a decir que no, y Helena no quiere perder el tiempo. Se siente perdida. Desanimada.

—Bueno, como tú dices, ya veremos. A Talese le rechazaron diez revistas su reportaje del encuentro entre Mohamed Alí y Fidel Castro.

—Entonces todavía te quedarían nueve opciones antes de escribir una novela con esa historia. —Carlos la mira con sinceridad—. No lo hagas, Helena, va a ser un fracaso de novela. ¿Cómo la escribirías? ¿Con la voz del tipo?

—No... —duda—, por lo menos de buenas a primeras... Creo que, como tú dices, a lo mejor convendría que partiese de mi propia historia. Cómo llego a él. Lo que entiendo de él y lo que no entiendo. Por qué todos mienten... A lo mejor, en el capítulo final, sí que le daría voz a Fernando, pero no sé muy bien cómo. Él no es alguien capaz de escribirse, no sería verosímil que hable de sí mismo directamente. Bajo nombre supuesto, claro. A lo mejor es una historia que se cuenta mejor desde la ficción que desde el periodismo..., ¿no crees?

—Para insistir tanto en que se publique en el periódico, tienes tu novela muy clara. ¿O es que la cerveza te inspira?

Sería una novela con varias voces. Habría que contar todas las aristas. Una periodista que entrevista a un violador y no puede quitarse de la cabeza su historia. La mujer del violador, que no entiende por qué lo ha amado tanto y quizá por qué todavía lo ama. La hija muerta es muy útil: no hay solución posible, así que habrá que confiar en todos o no confiar en nadie. Y al final, Fernando explicándose, a saber de qué modo. O no. Helena no sabe. El cuerpo le pide, en fin, que hable Félix. Que hable Amanda. Que hable Miguel. Que hable Manuel. Que hable Álex. Que todo el mundo cuente la historia de Fernando solo porque Fernando la ha encontrado a ella, esta Helena perdida que en realidad preferiría desaparecer. Pero ese ya no sería el libro de Fernando, sino el libro de Helena.

Carlos vuelve al tema del ministro de Educación y el tipo de calzoncillos que debería llevar. Está ilusionado, y Helena se da cuenta de que no ha sido el típico sexo instrumental que mantiene de vez en cuando para conseguir ciertas informaciones. Es evidente que le ha gustado, que se está haciendo el duro. Que en el fondo también Carlos busca el amor como si fuera una muchacha de veinte años que se quiere enamorar de su profesor y luego se resiste a ser la niña tonta enamorada. Habla de que volverán a verse, de que no sabe cómo resolver la diferencia ideológica, de que está volviéndose loco, que no tiene que casarse con él, ¡qué cosas! Bebe media cerveza de golpe.

—¿Y entonces con Verónica bien?

—Sí. Puede que incluso volvamos a ser las de antes.

—¿A que ya no te acuerdas de por qué os enfadasteis? —Empieza a estar borracho.

—Tampoco exageres.

—¿Y has entrado en casa de tu padre?

Por suerte, suenan los Smiths en el móvil de Helena. Escucha un momento ese «There Is a Light That Never Goes Out». Rechaza la llamada. Una de las cosas buenas del divorcio es no tener la obligación de escuchar las neuras de Miguel a las tantas de la madrugada.

Pero la pregunta de Carlos se queda en el aire.

La de Miguel no era una de esas familias de tradición médica desde los tatarabuelos. Y Helena, inmersa en la lucha de clases estudiantil, mientras se mataba sin saberlo a drogas y libertad pensando que era lo imprescindible para ser felices, decidió que eso colocaba a Miguel en el Olimpo. Él era uno de esos hijos de la Arcadia soñada, de la aldea esencial, un luchador que salvaría a los suyos de la miseria y llevaría la curación de todos los males a una especie de tercer mundo situado a unas horas en coche de la puerta de sus respectivas facultades. Después, cuando conoció a la madre, que se levantaba por las mañanas y se ponía un mandilón de cuadros y unas katiuskas, y al padre, que se pasaba el día en la taberna con una colilla entre los labios, decidió que aquel chico delicado merecía que ella soportase lo que fuera a su lado.

Aun así, los padres de Miguel eran diferentes a lo habitual en la aldea. Ellos no eran como la mayoría: no estaban dispuestos a darlo todo por tener hijos triunfadores en profesiones imposibles entre el ganado y los huertos, sino que entendían que el lugar de su hijo, y seguramente el de los hijos de su hijo, tenía que ser el mismo que ocupaban ellos y habían ocupado sus abuelos y bisabuelos y tatarabuelos. Puede que porque fuera más rentable. O porque la vida era así para los que nacían en aquella casa. O porque había cosas que no estaban hechas para gente como ellos, y había que asumirlo, o conformarse, o alegrarse de que así fuera. O porque siempre había sido de ese modo y no iba a venir ahora el listillo de Miguel a cambiarlo.

Cuando Miguel les dijo que quería ir al instituto después de la básica, su padre lo miró con condescendencia y le preguntó quién se creía, si no se daba cuenta de todo el trabajo que había en casa, y le llamó avaricioso. «Es que yo quería ser médico, papá», y ahí la que se rio fue su madre, sentada en una banqueta pelando patatas, mientras un perro se llevaba algunas mondas para enterrarlas fuera, en el barro. Miguel se calló, pero también se entristeció con ese poso de amargura familiar que a uno no se le va nunca más, ni siquiera cuando los padres ya han muerto. Cuando a pesar de todo se sacó el bachillerato y la selectividad y tuvo nota para matricularse en Medicina, sus padres le dijeron: «Ya ves lo que hay, Miguelito, aquí no podemos ayudarte en nada». Ni siquiera pensaron si podían hacerlo o no. No entraba en sus perspectivas de fincas, silos, vacas y bosta, huertos con verduras y matanza en noviembre. Eran otros los que estudiaban Medicina. Esa no era vida para los hijos de la gente que se ensuciaba desde el momento en que sacaba un pie del cuarto de baño lleno de moscas.

«¿Y quién se va a encargar de todo esto cuando seamos viejos? —se lamentaba la madre de Miguel cada vez que iba a verlos parapetado en sus aprobados y en sus ilusiones—. Tú tenías que casarte con Laurita, la de Casal, que es muy mona, y entre los dos comprar diez vacas más para hacer esto mejor.» Pero Miguel ya estaba con Helena, usando cocaína para el sexo y escuchando canciones de Víctor Jara, al que conoció porque ella se empeñaba en convencerlo de que esa música era la mejor del mundo. Laurita se lo cruzaba en los caminos y le sonreía, porque alguien le había dicho de niña que seguro que se casaba con Miguel. Pero ella, entre semana, ya se ponía también el mandilón de cuadros y las katiuskas para trabajar en casa y para cuidar de los animales, e iba todos los domingos a misa con unas bailarinas azules llenas de tierra y el mismo vestido de flores comprado en algún almacén de la aldea que acumulaba mercancía desde los años cincuenta.

Así que Miguel no quiso que Helena fuera a la casa de sus padres hasta que Amanda nació. Aun así, ellos la conocieron antes, un día en que visitaron su piso de estudiante, justo antes de que Helena se marchara a México, y Miguel le propuso sumarse al café con ellos. La madre de Miguel la miró de arriba abajo y bajó la vista verdaderamente decepcionada. Su padre sonreía mucho y le dijo que olía muy bien. Ambos, en realidad, pensaban que no era de esas chicas con las que se debiera casar un muchacho bueno como había sido siempre Miguel, responsable y buen estudiante. Antes de irse, su madre solo le murmuró «Te va a dar problemas», y Miguel pensó que todos los seres de la Tierra daban problemas, pero que prefería los problemas de una mujer como Helena a los de una vaca que no logra parir en mitad de una noche de invierno.

Cuando llevaron a Amanda a la aldea por primera vez, los padres no quisieron saber gran cosa de la niña. La madre de Miguel le dijo a Helena, en un momento en que le estaba dando la teta, que aquella niña no servía para estar allí. «¿Por qué no?», disimuló Helena. «Porque la vais a educar como una señorita y nosotros no somos así.» A ella le costó asumir algo que Miguel había entendido siendo solo un adolescente: que no merecía la pena esforzarse. Que podía dejar de lado su mala conciencia burguesa. Que el clasismo, en este caso, venía del otro lado. Y que, de hecho, no querían saber nada de Amanda. La abuela ni siquiera la cogió en brazos. El abuelo, en fin... Esas no eran cosas de abuelos.

Por eso siempre pensaba que Miguel se había dedicado en cuerpo y alma a cultivar aquella familia linda que formaban los tres, ya que su oportunidad anterior había sido un verdadero fiasco. En las aldeas, la gente se quiere de otra manera, le decía él muchas veces cuando Helena les reprochaba a sus padres el desinterés por la niña y, en definitiva, por él. Para ella, en realidad, aquello era una forma de no quererse, y por eso decidió dos cosas. Primera, que el único abuelo que tendría Amanda sería Félix. Y segunda, que tenía que acompañar a Miguel en esa construcción de una familia linda que él no podría tener de otra manera, costase lo que costase.

Se lo debía.

Es lunes. Hoy Helena ha llegado pronto a la redacción. Prácticamente no ha dormido en dos días y se ha puesto de mal humor,
añadido a la tristeza que desde anteayer la ahoga como nunca. En
su insomnio, ha decidido obligarse a sí misma a saberlo todo sobre la hija violada de Fernando, así que, siguiendo la sugerencia
de Carlos, se ha ido a desayunar al bar del hermano que pagó la
responsabilidad civil. Pero no ha servido de nada, así que ahora se
siente todavía más culpable y fracasada.

—No quiero hablar —dijo él—. Puede preguntar lo que quiera,
como su compañera, que no pienso contestar.

—Pero no entiendo; usted ha ayudado a su hermano de una
manera fundamental.

—Eso fue antes.

—¿Antes de qué?

—Antes.

Y de ahí no hubo manera de sacarlo. Se quitó el mandil y se
marchó. No se mostró maleducado y ni siquiera la dejó con la
palabra en la boca. Simplemente se quedó sola en la barra cuando
entendió que no había nada más de que hablar. Y la verdad es que
tampoco le cobró el café. Tuvo la sensación de que ya podía pasarse allí la mañana, que el tipo no volvería hasta recibir el aviso
de que ella se había ido. Así que, efectivamente, se fue para facili-
tarle el regreso a aquel hombre que tenía poco que ver con aquel

paletillo de su imaginación delante del director de la oficina bancaria pidiendo un crédito.

Es muy distinto de Fernando, corpulento, con la cara de las personas medianamente satisfechas. Helena le da vueltas a si la muerte de Ana pudo ser la gota que colmara el vaso, si ese hombre que ha pagado una responsabilidad civil a base de cafés, cruasanes y menús del día diría: «Hasta aquí llegamos» el día que su sobrina se suicidó. Pensaría que una no se suicida por casualidad. Dudaría. Cómo no dudar. Pero esta mañana también ha visto rabia en él. Ha tenido que suceder algo más y, por supuesto, ha pasado algo que todos ocultan. O varias cosas que se ocultan los unos a los otros y que causan que nadie sepa nada sobre nada. No hay ninguna verdad que contar, solo mil aristas de percepciones difusas que no hay quien publique en un reportaje de dominical. Y aunque saber se ha convertido para Helena en una necesidad casi vital, se siente absolutamente agotada y cargada de culpa.

Además, con la historia de Fernando y su hija Ana está en una calle ciega y eso la frustra, porque la verdad es que no está acostumbrada a perder. No en el periodismo. Ella es Helena Sánchez, esa que consigue todas las historias menos esta. Así que la gran Helena Sánchez enciende el ordenador, rebusca en los archivos anteriores a esa semana, y decide volver a empezar.

Todas le parecen historias lo bastante aburridas para construir una buena mentira con la que entretenerse y lograr que el público piense ciertas cosas que debería estar pensando. O a lo mejor es preferible ponerse a escribir verdades como puños. Contar claramente la red de extorsión a políticos y aspirantes a políticos que ha organizado ese fiscal que ahora mismo parece intocable y que desayuna en el bar del hotel Plaza con Carlos. También Carlos formará parte de su extorsión. Carlos lo sabía cuando cenó con el ministro y cuando se acostó con él. En algún lugar, una cámara. En algún sitio esa información que vale mucho dinero a la hora de un juicio por corrupción, o de una subcontrata de una red de comedores escolares, o de una negociación en el cómputo académico de la materia de Religión. Todo vale. Nunca se sabe. Ella puede jugar con Carlos las mismas bazas que el fiscal mafioso para conseguir publicar su artículo.

Y total, ¿para qué?

Abre otra carpeta. Ahí tiene toda la documentación sobre la farmacéutica. Esa historia le da miedo. Sabe que ahí guarda la información por la que podrían matarla. La industria farmacéutica es así, macarra, matona, criminal por definición. Los medicamentos de su padre eran un timo, pero el dolor se vende caro. Son expertos. Puede que la gran Helena Sánchez esté en el momento de volverse kamikaze y luchar por esa historia. Para eso no será necesario intimidar a Carlos con informaciones sobre sus usos periodísticos en las camas del poder. Y si la matan por eso, será el mejor de los trofeos en la vitrina de premios del periódico. Habría tanto ruido... Televisarían su entierro. Miguel, con su cara de no haber roto un plato, y Amanda, con sus rastas de colores, si es que todavía lleva rastas, saldrían en todos los medios llorando detrás de su ataúd. Alguien entrevistaría a Verónica, que diría: «Era una gran periodista, y llevó con mucha discreción el drama de su padre que tanto le dolió».

Sonríe. Desde niña le gusta imaginar cómo será su entierro, qué dirán de ella. Dependiendo de las circunstancias de su muerte, puede acabar riendo o llorando, como aquel día de cuando tenía once años en que imaginó que la enterraban después de caerse de la moto y Félix tuvo que consolarla diciéndole que no tenía edad de ir en moto. Fue lo primero que recordó al levantarse del suelo cuando de verdad le provocaron su accidente.

Del otro lado de la puerta abierta ve llegar a Sandra. La precede cierto olor a mandarina. Helena no sabe si es un perfume o si ha desayunado mandarinas y todavía lleva restos de las mondas bajo las uñas violetas.

Si Ana hubiese denunciado a tiempo, a lo mejor podrían analizar si tenía restos de la piel de su padre bajo las uñas. Helena opina que cuando abusan de una hay que arañar. Ella también araña a sus amantes. O por lo menos, los arañaba cuando tenía amantes. Ahora puede que se corte las uñas. Un día, a Álex le hizo una pequeña herida en la espalda que dejó unas gotitas de sangre en la sábana del motel. A los dos les pareció la cumbre de la pasión.

Helena hace un gesto a Sandra para que se acerque. La chica contesta con una cara que bien podría ser uno de esos dibujitos que usa para comunicarse con su móvil. «Que coñazo», piensa Helena. Al tiempo, se sorprende de que incluso le resulte fácil hacer lo que va a hacer. Tiene culpas peores con las que cargar.

—¡Buenos días, jefa! Qué pronto has llegado hoy.

—Cierra la puerta y siéntate.

A Sandra le cambia la expresión. Titubea.

—¿Ha pasado algo? —dice sentándose frente a Helena.

—El hermano de Fernando dice que lo acosaste el viernes cuando fuiste a hablar con él a su bar.

—¿Cómo?

—Nosotras no acosamos a las fuentes, ya lo sabes.

—Pero eso no es verdad...

—Entonces, ¿puedes explicarme cómo es posible que un hombre nervioso llame a un periódico quejándose de que una periodista le ha insinuado que estaría dispuesta a tener sexo con él a cambio de información? He tenido que ir yo hoy allí...

La incredulidad de Sandra se convierte en una tristeza inmensa que aparentemente no afecta a Helena, que sigue regañándola.

—Por tu culpa ya no podemos seguir con esta historia.

—Pero...

—No hay peros. Es un tema muy delicado y cualquier cosa que digamos quedaría invalidada si el tipo cuenta lo que pasó.

—¡Pero si no ha pasado nada! —Sandra se siente impotente—. Casi ni pude hablar con él.

—¿Puedes demostrarlo? —Helena es de hielo.

—Creo...

—Ya ves. Eso será lo que pase si lo publicamos. —Pausa dramática—. Te has cargado esta gran historia que íbamos a contar juntas, Sandra.

La chica empieza a llorar de rabia contenida. Helena, impertérrita, le exige las grabaciones y las anotaciones. Sandra, que evidentemente no entiende nada, solo se atreve a preguntar si está despedida. Necesita la beca para mantenerse en la ciudad, de donde no quiere marcharse. Que la echen de un periódico de prestigio sería terrible... Todos sus sueños a la mierda.

—No. Vamos a mantener esto entre tú y yo. —Se pone condescendiente—. Todas cometemos errores.

—Gracias, Helena. No volveré a hacer nada que...

—No te justifiques. Esa es una lección fundamental en esta profesión... y en la vida.

Sandra mira a Helena, a pesar de todo, con cierto agradecimiento. Debe de estar procesando lo que le está pasando y, como nació ayer, probablemente lo entenderá dentro de unos años, cuando ella misma sea como Helena. Aun así rebusca en su bolso, coge el cuaderno y arranca algunas hojas, se las da. Puede que no tenga que pasar tanto tiempo para que se dé cuenta de cómo va todo esto.

—Son mis notas, y también los teléfonos y las direcciones de la gente implicada. En realidad, creo que ya lo tienes todo. —Pone también un lápiz USB en la mesa—. Y ahí hay algunas ideas que he ido escribiendo para darte como posibles textos si lo escribíamos.

Se sorbe los mocos. Helena la mira y le sonríe. Por un momento, tiene la tentación de apiadarse y decirle que todo es una broma, o una lección. Le da las gracias, pero prefiere esperar a que salga del despacho para coger todo. Cuando Sandra se levanta de la silla, le habla con un tono totalmente distinto.

—Sigamos trabajando, Sandra. ¿Te acuerdas de que el día que llegaste te hablé de la industria farmacéutica? Pues voy a pasarte ahora por e-mail algunos datos para que te pongas con eso. Será una gran historia. Tómate la tarde libre. Yo también lo haré. —Vuelve a sonreír—. Y no acoses a ninguna fuente, que estos son peligrosos.

Pero a Sandra no le hace ninguna gracia, y sale por la puerta con cierto alivio.

Helena se queda extrañamente liberada. Se siente bien y no sabe a ciencia cierta por qué, pero la frustración y la culpa no desaparecen. Debería haber asumido ella sola esta historia. Ahora le parece evidente que su famosa intuición, en este caso concreto, tenía poco que ver con lo periodístico. Apuntaba a sí misma de forma inconsciente. Debería haberse dado cuenta. Debería haberse dado cuenta, se repite.

Se pone al trabajo. Coge algunos de los documentos, los menos comprometedores, de la farmacéutica, y los añade en un correo electrónico para Sandra. Escribe también a Carlos.

Querido mío: la historia del violador no tiene salida, así que voy a tener que darte la razón, sobre todo sabiendo que no tienes ni la más mínima intención de publicarla. Vamos a ahorrarnos trabajo. De todo lo que me proponías el viernes, además de mis seguimientos habituales, me voy a poner con el de la farmacéutica. Lo del fiscal no lo veo maduro. Le he pasado algunos docs a la becaria que trabajaba conmigo en el caso que has odiado desde el minuto uno. Se llama Sandra, por si no lo recuerdas. Está sensible porque la he regañado por haber perdido bastantes de las notas que teníamos sobre el asunto. Pero ya está. Despreocúpate de ella. No será una gran periodista, pero puede ayudarme con las cosas farragosas. Me marcho ahora. Necesito la tarde para empezar a empaquetar cosas de la casa de mi padre, que ya sabes que vienen los del guardamuebles dentro de pocos días. Me dicen aquí que mañana y pasado estás de viaje, así que cualquier cosa, móvil, ¿sí?

Duda si enviarlo ya. Pero decide añadir algo.

En otro orden de cosas... Ya que parece que todo vuelve a su sitio, deberíamos quedar un día con Vero, ¿no? ¿Cómo tienes el finde que viene? Como voy a estar allí metida en el piso de Félix, mándame whatsapp y lo vamos viendo.

Beso grande, querido amigo.

Esa frase final quizá sea rimbombante, pero entiende que debe hacerlo así. Hay cosas que hay que escribir, dejarlas para siempre en un lugar, aunque sea en un servidor informático, una pantalla, un móvil. Pulsa «enviar» y revisa un par de correos que le han llegado entretanto. Uno de ellos, con unos datos que hacía días que había pedido sobre el gasto farmacéutico en hospitales públicos, se lo reenvía directamente a Sandra, a la que ve por el cristal esmerilado desahogándose con sus compañeras. Son cuerpos que se expresan al acercarse, al tocarse levemente, en señal de apoyo. Hoy todas llevan minifaldas con pantis gruesos, de colores. Algunas botas militares; otras, botas de caña alta, como las amazonas.

Las botas militares le traen una reminiscencia de las patadas que aquellos skins le dieron a Amanda por toda la espalda. Vio los cardenales cuando llegó al hospital y su hija, que casi no era capaz de hablar porque tenía la cara hinchada y un ojo morado, bajó la sábana para que Helena entendiese lo que acababan de hacerle. No se atrevió a abrazarla. Solo le dijo: «Vamos a escribir esta historia». Luego Amanda, como siempre, desapareció. Pero Helena sabe que esa sí la leyó.

Habló con ella el sábado. Sí, con Amanda. Después de tanto tiempo sin saber nada. De ahí su absoluta infelicidad. Y tanta culpa.

Helena pensaba en todas las deudas que tenía con su marido cuando Manuel Cobo le insinuaba que quería estar con ella todo el tiempo, y también cuando se veía a sí misma dudando y dudando y dudando. Siempre le pasaba eso, recordaba aquella casa de la aldea que olía a cerdo, y el corazón se le llenaba de una compasión profundísima. Es verdad que pensaba muchas veces que no podía estar con Miguel por compasión, pero enseguida se decía a sí misma que la compasión también era una forma de amor, y que Miguel había sido capaz de construir todo aquello, mientras que ella solo construía amantes. Y una niña. Una forma de vida. Eso del «proyecto común» que decía él muchas veces con afectación, pero que ella no tenía muy claro en qué venía consistiendo, como no fuera una especie de tormenta permanente, algo inestable dentro de ella pero que fuera, en casa, con la niña haciendo deberes y Miguel cocinando macarrones, daba toda la apariencia de paz. Como una tormenta de nubes blancas.

Después de entender que estaban tan lejos, de aguantar cenas con sus amigos pijos, de discutir de política, de aceptar sus opiniones más que discutibles, de pensar que se acostaba con el enemigo, de enfadarse por su moral de hombre bueno que imponía desde su olimpo de corrección. Después de tanto tiempo aguantando por compasión. Después de Manuel. Y después de Álex. Después de dejar que pasaran.

Bastante.

Eso es lo que Helena no le perdonó a Miguel. El cuerpo se le llenó de reproches de los que solo ella era culpable, así que tuvo que hacer con ellos una bola y tragárselos de golpe, aguantando las ganas de vomitar o de gritar o de volver el tiempo atrás para recuperar la vida.

Fue así al menos en un primer momento. Luego entendió que también había sido vida el tiempo con Miguel.

Lo cierto es que el plan de Helena siempre había sido confesarle todo a su marido cuando ya fueran tan viejos que no quedase lugar para los reproches. «Confesar» no es la palabra; más bien hacer explícito algo que era solo un secreto relativo. Helena, en realidad, nunca se atrevió a comprobar hasta dónde sabía Miguel, hasta dónde había aceptado, hasta dónde le dolía, hasta dónde no tenía ni idea.

Por eso fue tan inesperado que de repente anunciase que la dejaba aquella noche después de que Álex se fuera. Llevaban una semana sin saber nada de Amanda, que todavía no había cumplido los dieciocho, y se lo dijo sin venir a cuento. La quería bastante, pero eso no bastaba.

—No puedo más con esta vida. Todavía te quiero bastante, pero no es suficiente.

Y no dio más explicaciones.

Ella se quedó sin saber si había sido descubierta, si Miguel había conocido a otra mujer o a otro hombre de quien se hubiera enamorado, si se aburría o si prefería trabajar más, si no soportaba estar a su lado durante las desapariciones de Amanda, si se había dado cuenta de que en realidad no lo quería como se supone que una mujer ha de querer a un marido, o si simplemente deseaba cambiar de vida y eso solo podía pasar por dejar a la familia linda en la que habían puesto tanta concentración. Y nunca se lo preguntó, ella, que se hizo famosa por sus preguntas y que logró que mucha gente entendiera las cosas más incomprensibles a través de las respuestas que conseguía. Entonces Helena decidió que sufriría el castigo.

Así quiso verlo. Un castigo por compadecerse de Miguel toda la vida y por haberse hecho la tonta ante las cosas que no soportaba de su marido. Asumió que tendría que extrañarlo espantosamente. Que sentiría el vacío de perder la vida de familia linda y encontrarse sola en esa edad en la que una ya no soporta las tonterías de los amantes y se vuelve una menopáusica rabiosa. Helena, por eso, se centró en cuidar de aquel padre del que había huido siendo demasiado joven, ya ni siquiera recordaba muy bien por qué, pues lo cierto es que le dio por pensar que tenía una maldición encima: aquellas personas que supuestamente la querían eran incapaces de aguantar a su lado. Pero Helena sí continuaba, fuese como fuese, al lado de ellas.

Así se sintió cuando Miguel la dejó sin más explicaciones que ese «bastante» que sonaba a insuficiente. A suspenso en conducta. A castigo. A incoherencia entre lo que hacía, lo que sentía y lo que debería sentir.

En realidad, lo importante sucedió el sábado.

Sonó el teléfono sobre las once de la mañana. Helena todavía estaba durmiendo después de la noche de copas con Carlos, y contestó dándose cuenta de la resaca al intentar saludar con la voz pastosa y lamentable. Pero ella y su hija estuvieron hablando mucho tiempo. Mucho.

«Necesito hablar contigo», empezó Amanda. «¿Te ha pasado algo?», dijo Helena, nerviosa. Pero era literal: el sábado, después de veinte años más o menos, su hija necesitaba hablar con ella.

Quizá había estado meses pensando cómo hacerlo, deseando y no atreviéndose, dándole vueltas a qué decir sobre las cosas de ella, sobre una vida entera que ya no tiene vuelta atrás y en la que Helena se ha equivocado tanto, según Amanda, hasta el extremo de que la sensación de su hija es que se ha pasado la vida mirando «para otro lado», allí donde nunca estaba ella. No ha logrado convencerla de que eso no es así. Eso es lo que le ha instalado la amargura y la culpa en la epidermis. Desde el sábado y para el resto de sus días, seguramente.

—¿Cómo que mirando para otro lado?

—Tenemos aquí a un niño que ha dejado de hablar, ¿sabes? Y llevo días sin dormir pensando en cuál puede ser el motivo de su silencio. —Sabía que la desconcertaba con el cambio de tema, pero no la dejaba interrumpirla—. Ayer discutí con su madre, diciéndole que debería preocuparse por él, y me ha dicho que soy una paranoica. También estoy preocupada porque hay otro que está con una fiebre altísima y juraría que tiene sarampión. No los vacunamos. Y no logro convencer a su madre de que deberíamos llevarlo al hospital.

Helena la oía respirar y se daba cuenta de que hacía años que no sentía la respiración de su hija tan cerca.

—Esas madres, mamá, creen que el mundo es de una manera cuando la realidad es de otra. Se lo dije a la madre del que no habla y me dio una bofetada. —Guardó un corto silencio en el que Helena creyó percibir una sonrisa inexplicable—. En ese momento entendí que tenía que llamarte. Yo no puedo abofetearla a ella porque hace mucho que decidí alejar la violencia de mi vida.

—¿Y tú por qué crees que el niño no habla? —Helena consiguió interrumpirla y entendió que era mejor desviar el tema.

—No lo sé. Hay niños que lo expresan todo y otros que no expresan nada. Pasa lo mismo con las adolescentes, deberías saberlo.

—No entiendo qué quieres decirme, Amanda.

—Ayer, hablando con esa madre, te vi claramente a ti, mamá. No puede ser que las madres no escuchéis la verdad cuando se os dice y, encima, matéis al mensajero.

—Pero ¿de qué verdad me estás hablando, hija?

Amanda siguió a lo suyo, como si prefiriese evitar el conflicto para el que, en realidad, la estaba llamando. Tanto tiempo después. Nunca la llama y el sábado, por lo que fuera, por esa discusión con una mujer seguramente medio loca, y por un cariño desmedido hacia ese niño, Amanda cayó en la cuenta de una verdad, o de una necesidad, o de un ajuste de cuentas. Helena no lo sabe exactamente. Solo sabe que, después de todos estos años, su hija ha necesitado explicarle lo que ella no ha sabido ver, o no ha querido ver, o ha preferido eliminar del abanico de posibilidades que estaban ahí tan flagrantes que incluso las valoraba al principio para luego pasar a obviarlas con los años, al mismo ritmo que su vida de verdad se fue comiendo la vida de su casa.

El sábado Amanda también le explicó en qué consiste el lugar donde vive. Y hablaron precisamente de la vida. De esa vida toda de desapariciones y de okupas, de las causas, de las consecuencias, de todo lo que su hija dice que Helena debería haber sabido y ya casi no sabe si supo. Se siente idiota, estúpida, frustrada y sobre todo culpable. Hablaron de todo lo que, según Amanda, su madre no ha querido entender y que Helena simplifica en un verbo sin perífrasis: no entendió.

Así se lo dijo el sábado: «Mamá, no has querido entender nada». Ahora mismo todavía siente la frase como una daga clavada en el ombligo.

Puede que tenga razón su hija en que esa libertad suya la sacó de casa. Pero Amanda no comprende tampoco, seguramente nunca lo hará, que las madres también tienen derecho a encontrar su felicidad. Y que casi nunca tienen la culpa de los maridos que escogen.

Helena, a pesar de todo, tiene la sensación de que no ha sido una llamada de reproches, sino de perdones, a ella, que tan poco partidaria es del concepto de perdón ni del de culpa. Pero una cosa son los conceptos y otra lo que una siente cuando su hija la llama para decirle todo lo que le ha dicho Amanda. Todavía está procesando todo lo que le ha contado, sin discusiones, como dos colegas que deben aclarar muchas cosas para seguir adelante, sin estridencias, verdaderamente con voluntad de mirar al futuro. Como si se pudiese mirar el futuro como si nada después de todo eso.

En algún momento tenía que llegar esa llamada, esa conversación, esa Amanda que se explica y pide explicaciones. Pero por fin lo ha hecho. Aunque sea en forma de bofetada telefónica. Casi dos horas de dolor y alivio, las dos cosas al mismo tiempo. Justo ahora.

Helena apaga el ordenador y coge su abrigo.

De repente, le llega intensísimo un recuerdo de Álex en el día que se despidieron, cruzando esa misma puerta junto a ella, los dos con las cazadoras en la mano. Quizá haya cosas de las que una sí deba arrepentirse. Todavía hoy se resiste a creer que la traicionaba, hay que ver. Las becarias ni siquiera la ven marcharse, o hacen como que no la ven.

Va a coger un taxi, pero prefiere caminar un poco. Necesita airearse, reiniciarse, comenzar a dejar atrás el mal humor que la persigue desde el insomnio. Para subir a casa de Félix, no puede pensar en becarias, ni en fiscales, ni en violadores. Solo en su hija y en sí misma. O quizá lo ideal sería arrancarse de su propio cerebro, como si fuera Félix, y quedarse en la nada.

Para hacer lo que va a hacer, tiene que dejar a Helena Sánchez en las páginas del periódico. Así que camina con el móvil en la mano, que cada cierto tiempo vibra y pita, recibiendo todo tipo de mensajes y notificándole la llegada de correos electrónicos. Sonríe como si estuviera sola.

A su lado, una alcantarilla le parece el paraíso: coge el móvil con el índice y el pulgar y, recreándose en un gesto de asco, lo arroja dentro.

Oye el golpe contra el agua, y está convencida de que, como si fuese el barquito de cáscara de nuez de la canción que le cantaba Félix de pequeña para dormirla, va navegando por un río de agua sucia hasta apagarse, desvanecerse y olvidarse de ella.

Ahora sí, levanta la mano para llamar a un taxi.

«Que no me encuentre a Verónica, que no me encuentre a Verónica, que no me encuentre a Verónica, que no me encuentre a Verónica.» Es lo que piensa insistentemente según se baja del coche y mete la llave en el portal. «Que no me encuentre a Verónica.» Y se mira en el espejo reprimiendo un impulso ritual de pintarse los labios y mandarse un beso a sí misma, como hacía

214

de chica. Total, para qué. «Que no me encuentre a Verónica.» Las piernas le piden salir corriendo, pero lleva días pensando en este momento en que su cerebro tiene que decir a sus pies que no pueden librarse de lo que toca.

Abrir esa puerta y notar un insoportable olor a Félix.

Claro que sí. La cosa va de padres e hijas.

Helena se obliga a entrar en el ascensor y pulsa el botón. Cuando se ve delante de la puerta de la que fue su casa, y la casa por días de su hija, y el ataúd todavía caliente de su padre, siente toda la amargura saliéndole en forma de sudor frío que le mancha la blusa en las axilas. Pero sabe que ha habido un tiempo en que fue valiente. Lo fue cuando dejó ir a Manuel Cobo, aun sabiendo que se equivocaba. Y cuando Álex la llamó para no decirle nada. Cuando destapó a su hija y, junto a la sábana del hospital, ocupó el aire todo aquel peligro asqueroso que todavía lanzaba estertores de violencia en su vida. Pero no ha sido valiente en los últimos meses para hacer esto que está haciendo ahora: meter una llave en una puerta, dejar que salga el aire rancio, entrar.

Y además, después de la llamada de Amanda.

Se siente pequeñita. Recuerda de golpe a su madre en el ataúd y la mirada perdida de Félix aquel día en que la nevera perdió su nombre. Esa casa es una lápida que cierra todas las vidas que la han habitado, y amenaza con olvidar historias. Huele como huelen los pisos cerrados donde han muerto viejos. Una mezcla entre humedad, medicinas y rutina; algo de la saliva avejentada del padre, y esa piel que ya olía a podrido antes de que se le fuera cubriendo el cerebro de cemento.

Todo está exactamente como estaba. El espacio repleto de objetos, cosas que han tenido una vida y que ahora carecen de sentido. A Helena le gustaría prenderle fuego a todo y reducir a cenizas cosas amontonadas que ya ni siquiera le traen recuerdos a ella misma. Por ahí hay fotos de gente a la que no conoce, libros que solo le interesaron a Félix en una época distante de otra vida y que ahora son una bofetada a su amor propio, adornos feos, ropa pasada de moda, zapatos rotos, botellas de licor mediadas que ya huelen a alcohol sanitario, documentos que sirvieron para administraciones públicas que ya no existen, cartas que solo interesaban cuando su padre amaba a esas que las escribieron, postales enviadas desde sitios que ya dan igual y que ni siquiera están firmadas; y restos, sobre todo restos de cosas que son basura pero no han acabado en un contenedor. Tapas de bolígrafo, paquetes de pañuelos de papel mediados, cajas sin tapa, tubos de dentífrico a medias, cajas de discos vacías, calcetines desparejados, cepillos con pelos, loza rota. En cada minúsculo milímetro de toda esa basura está contenida la vida entera. Hay que deshacerse de todo eso.

Por un momento, la diminutez absoluta de Helena y de Félix se le muestra diáfana y se pregunta para qué está ella allí. ¿Qué pretende sacar de un montón de objetos estúpidos que no ha necesitado en décadas y que no sabe por qué extraña obligación hereditaria ha de guardar como si tuviesen valor? ¿Qué hay después de ella? ¿Significa Amanda la continuidad de algo? ¿Quién quiere continuar el legado de Félix, o el de Helena, por muy exitosos y meritorios que hayan sido?

Se sienta en el blando sillón donde se deterioraba su padre y siente un deseo irrefrenable de piel, de aquel cariño primario que se transmitía a través de las palmas de las manos y que se saltó décadas, desde que ella era niña hasta que él fue viejo y ya no entendió más que a través de ese lenguaje de la epidermis. Esas neuronas de las caricias todavía resistían. Ahí había algo que despertaba y que sigue vivo en el asiento, en el piso, y que la inunda con toda la memoria que a su padre se le fue por los agujeros.

No sabe cuánto tiempo pasa.

Una vez que ha entrado, solo sabe que está en un limbo, en un portal de película fantástica en la que todo cuenta de manera diferente y donde no existen ni periódicos, ni hijas, ni fiscales, ni industrias, ni becarias, ni siquiera amantes. Está ahí y no se atreve a moverse ni a abrir los armarios. Mira como si no mirase. Le pesa una obligación como nunca le ha pesado nada: se supone que hay que deshacer la casa.

Deshacer la casa.

Justo ahora, con todo lo que sabe, cuando tiene la certeza de que se deshace ella misma en medio de toda esta culpa.

Pero las casas no se deshacen. Lo que se deshace son las personas que tienen dentro.

Y de este modo, se levanta. Respira hondo el olor de Félix. Recorre las habitaciones. Sale a la terraza. Vuelve. Abre un grifo. Mira a su alrededor. Y vuelve a salir.

Pero llorar es de niñas tontas.

Y Helena, por fin, desaparece.

2

Amanda

Los hijos somos cicatrices.

ISMAEL RAMOS,
«La muerte son los hijos», *Fuegos*

Hay historias que se cuentan solas

En la carrera aprendí que hay novelas nouménicas y novelas fenoménicas. Las primeras son aquellas que no necesitan justificar su discurso. Alguien habla porque sí, y quien las lee asume que así ha de ser; se aguanta la incredulidad y se entiende que la convención es pasar páginas en las que alguien habla y habla y habla sin preocuparse demasiado de si hay quien escucha. Las segundas son aquellas en las que hace falta entender por qué se cuenta la historia y por qué alguien se pone a largar un discurso de miles de palabras. Una novelista de ese segundo tipo no puede ponerse a contar por la cara, porque se siente incómoda si cree que la leen por obligación. Incluso Cervantes, en un momento dado, se pone fenoménico y explica cómo encontró el manuscrito del *Quijote* del tal Cide Hamete Benengeli, que se lleva las culpas de nouménico para liberar al pobre Cervantes de la tentación omnisciente. Claro que las novelas fenoménicas tampoco están libres de pecado. Siempre me he preguntado cómo es posible que quien habla en ellas pueda recordar tal cual diálogos y cosas que ha pensado seguramente hace años. O la exactitud. La exactitud de datos es muy inverosímil en estos discursos, y por eso yo casi prefiero las narraciones pretenciosas y omniscientes, como la de Flaubert cuando se le mete en la cabeza madame Bovary y, sin juzgarla, nos cuenta cada una de sus intimidades. En realidad, toda novela fenoménica corre peligro de noumenizarse. Hay que ser muy buena escritora para aguantar ese tirón.

Solo saqué un 6,5 en el examen de Teoría Literaria de primer curso de Filología. Me lié con la tipología en la pregunta sobre la diferencia entre los relatos nouménicos y los fenoménicos. No puse lo que era la fenomenología, por lo visto fundamental para poder explicar el tema ese del origen de la narración, y a la profesora no le gustó que me extendiese con el asunto de Flaubert y las intimidades de Emma Bovary. Después olvidé definir un par de conceptos que estaban por la parte de atrás del folio de examen, al que no di la vuelta.

Estaba demasiado nerviosa. No era el día para un examen así, porque, mientras escribía en aquel folio timbrado con el sello de la universidad, en la Casa Violeta estaban votando si me admitían. Así que me conformé con la nota, y no volví a pensar en la clasificación de los tipos de narración. Pero todo llega.

Creo que este relato es fenoménico.

Carlos Álvarez, el director del periódico de mi madre desaparecida, me ha pedido que escriba algo para recordarla, y eso ya justifica que me ponga a hablar, hablar y hablar. Y no es un manuscrito encontrado, no, sino el manuscrito desordenado que escribo yo, Amanda Val. Así que aquí está mi buena excusa para hablar de mi madre, la gran Helena Sánchez.

Quiere publicarlo como artículo en el periódico donde trabajaban. Bueno, Carlos todavía trabaja ahí, por supuesto.

Pero esto no es un artículo. Una no hace exámenes como aquel para luego escribir textos demasiado cortos donde no cabe todo lo que tiene que decir llegados ciertos momentos importantes en la vida. Ya lo solucionará él como pueda. Siempre se puede. A lo mejor, incluso un día Carlos y yo convertimos esto en el libro fenoménico de mi relación con mamá, que para eso todas las filólogas, en el fondo, llevamos una escritora dentro.

La verdad es que creo que no sé de ella nada que no sepa ya todo el mundo. Si lo pienso bien, debo empezar señalando que la conocí poco y se prodigó menos en mi vida. Puedo contar solo el anecdotario, cuatro detalles, alguna cosa concreta bajo mi perspectiva. Ni siquiera he aceptado este encargo porque me apetezca recordarla. Puede que, mientras escribo, comprenda por qué he aceptado. De antemano ya sé que lo hago más por mí que por ella.

Elijo un principio, por eso.

Pongamos, por ejemplo, aquel examen de Teoría Literaria, principio de tantas cosas.

Al terminar el instituto, había decidido marcharme definitivamente de casa de mis padres, y me negaba a asumir una vuelta atrás otra vez. Mi madre siempre pensó que yo «desaparecía», pero, en fin, por lo que se ve en realidad la que desaparece es ella. Yo solo me iba a otro sitio, y seguía con mi vida. Pero sobre todo, por aquellos días del mes de abril, en plena época de exámenes, estaba harta de la calle.

Así que una de esas mañanas de sábado frías, me pasé por la Casa Violeta con intención de buscar una excusa para estar dentro, al calor, y me metí en la única actividad abierta en aquel momento, un taller de radio. Me alegré. A fin de cuentas, yo había reactivado la emisora del instituto hacía unos años y guardaba un recuerdo bonito de los recreos emitiendo historias. Me senté, escuché y comprobé con algo de cansancio que justamente un tal Gael, uno de los tipos que había montado el taller, había coincidido conmigo en secundaria, aunque muy poco tiempo: yo tenía catorce y él dieciocho, así que antes de irse a la universidad solo le había dado tiempo a saber que la tía de las rastas rubias hacía un programa de radio en los recreos. Cuando me reconoció, con ese tono jovial que es tan típico de los hippies *happies*, se puso a decirles a todos de quién era hija, que por eso yo ya sabía locutar y que podía proponer un ejercicio a todo el mundo. Ni siquiera recuerdo qué chorrada les dije, pero sí que me sentí un poco farsante, porque a mí todo aquello me importaba una mierda y ellos estaban allí felices de creerse Julia Otero por un día en un centro social okupa donde, de paso, podían darse una pátina de alternativos.

A mi madre le había hecho especial ilusión que pusiera en marcha la radio del instituto, quizá porque pensaba que eso me iba a salvar del camino al que ya apuntaba yo, o porque soñó que siguiese sus pasos de periodista vocacional. No es ningún secreto que ella amaba la radio, que se le daba bien, y que seguramente su dedicación sobre todo a la prensa escrita tenía más que ver con un cúmulo de circunstancias y casualidades que con su gusto por el periódico. Me ha contado muchas veces que, mientras yo fui un bebé y ella estaba buscando trabajo, lo intentó primero en todas las radios del país, pero no la cogieron en ninguna porque decían que tenía voz de mujer demasiado joven. «Es que soy una mujer joven», les decía ella. «Ya, pero...» Todos contestaban lo mismo. Helena Sánchez tenía esa voz aguda y dulce que no le pegaba nada. Ni siquiera mi abuelo Félix, que tenía contactos de sobra para que ella cumpliera con su sueño radiofónico, logró que la contratasen. En cuanto oían su voz de niña buena y la veían con el bebé encima, la mandaban a la prensa escrita. Y así fue. Seguramente por eso mi voz medio rota por el tabaco ya en el instituto le parecía a Helena el salvoconducto para ser lo que ella no logró.

Se quejaba todo el tiempo de que no la tomaban en serio en las tertulias porque su voz era demasiado femenina. Yo creo que por eso fue una trabajadora incansable, rigurosísima. A lo mejor, si no fuera por esa voz que le truncó una carrera de locutora de magazines, nunca habría hecho los reportajes que hizo en el periódico ni nunca habría llegado a ser verdaderamente famosa ni verdaderamente importante.

Por eso Helena Sánchez se quedó decepcionada cuando escuchó mis programitas de radio del instituto y pensó que en realidad lo que yo hacía era básicamente literatura.

Qué equivocada estabas, mamá.

Yo contaba actualidad de la buena. Lo que pasaba en los baños de las chicas era justo eso que tú no entendiste. Tú, que entendías todo lo que nadie entendía en este país y lo explicabas desde tus reportajes sesudos y premiados, estabas siempre mirando para otro lado y no quisiste ver lo que tenías delante. O quizá sí, pero hacías como que no. Eso sí que no te lo perdono.

Aquel tal Gael fue el que me sugirió que a lo mejor podía quedarme en la casa. Él, por supuesto, no vivía allí. Sus padres tenían un piso en el centro que le habían prestado para que se independizase al ponerse a estudiar y que utilizaba básicamente como plantación de marihuana, punto de encuentro, centro de orgías y, muy de vez en cuando, sitio donde estudiar la carrera de Psicología, que debería haber terminado hacía bastante. Luego, cuando unos años después se graduó y se hizo psicólogo hospitalario, cuando lo único que le quedaba de su vida hippie era un bonito piercing y alguna camiseta con mensaje, nadie le preguntó cuántos años le había costado terminar los estudios, cuánto había ganado como narcotraficante a pequeña escala, ni por qué había dejado de ser vegetariano justo al reformar con su primer sueldo el piso que tantas alegrías le había dado. Fue lo poco que supe de él después.

—Pero ¿aquí vive gente? Pensaba que esto era solo centro social —le dije a Gael.

—¿Y tú por qué vives en la calle? —me contestó, como si tuviera algo que ver con lo que yo le preguntaba, seguramente porque en la cabeza no le hervía nada más que ese no entenderme con el que me he encontrado tantas veces. Yo era rica, como él. ¿Qué pintaba en la calle? Nunca he soportado que me hagan esa pregunta.

—Me han desalojado de todas las casas.

—Qué mala suerte.

Me ofreció un canuto. Le di una calada saboreando el placer de saber que esa noche dormiría a cubierto.

—¿Con quién tengo que hablar para vivir aquí?

—Conmigo. —Sonrió.

—¿Y además?

—Ya te los presentaré luego.

En aquel momento no vivía ninguna chica en la Casa Violeta. Y también era una forma de okupar muy diferente de lo que yo venía haciendo desde los dieciséis. Estaba en otro asunto, por así decirlo, menos implicado. Vivir en la Casa Violeta no es lo mismo que liarte con un tío y meterte en el mismo piso que ha okupado él, o quedarte un mes en la casita con huerto en la que viven dos colegas que, para contentarla, le dan los tomates que cultivan a la dueña, una viejita bonita a la que le gusta hablar con la gente y no le importa que vivan gratis en su casa casi en ruinas si se la cuidan. Ese era mi estilo hasta que tuve un frío que me llegó al tuétano. Estaba harta de cambiarme de casa cada cinco o seis días y de dormir en la calle entre una cama y otra. Sobre todo, el tema de la calle... Sinceramente, me puse en plan comprometido porque no me quedaba otra.

Después de colocarnos, de liarnos, de tener sexo hasta el anochecer, de cenar una pizza que habían hecho en un taller de cocina vegana y de volver a colocarnos después, él se fue a usar la ducha de hidromasaje de la casa de sus padres y yo me quedé allí, en un sitio donde había un sofá verde junto a una estufa de leña. Todavía hoy me acuerdo de esa noche como una de las más plácidas de mi vida. Al día siguiente, alguien me invitó a desayunar un café y pregunté qué había que hacer para quedarse, porque Gael, en fin, se había ido sin acordarse de que había prometido presentarme a los que cortaban el bacalao por allí. «Tienes que hablar con Bruno», dijeron. Pero Bruno no estaba. Por lo visto, había ido a coger setas para la comida. Así que me fui a ver a mi madre.

Se trataba de hablar de Helena Sánchez.

Llevaríamos aproximadamente tres meses sin saber la una de la otra. Miguel aparecía a veces por la facultad y tenía a un par de colegas míos a los que les pasaba alguna droga que mangaba del hospital a cambio de saber de mí. No es lo peor que ha hecho, y no es para tanto contarlo; ese delito, si es que lo es, ha debido prescribir ya.

Pero mi madre podía pasarse meses respetando mis ausencias. Respetando. Eso decía ella. Yo sé que le preguntaba a Miguel si sabía algo de mí. Se relacionaban así ya antes del divorcio, y todavía lo hacen. O lo hacían hasta que ella desapareció. Mis idas y venidas como excusa para tener algo que decirse o no tener que escudriñar en el terreno donde surge la culpa. Nunca me ha interesado gran cosa la relación entre ellos, que era buena mientras yo fui niña. Nadie se dio cuenta. Yo creo que ahora Helena se ha ido porque se siente culpable y cree que así me hará entender lo que vivió durante años con mis ausencias. Pero no tiene nada que ver. En realidad, Helena no tiene ni idea de qué va todo esto.

Fui junto a ella aquel domingo y me la encontré recién llegada de un viaje a México. Estaba exultante. Por lo que me dijo, solo había estado otra vez en aquel país cuando estaba terminando la carrera, justo antes de nacer yo, y no había podido volver hasta esa semana en la que, mientras yo me hartaba de la calle, ella recorría Ciudad de México y Michoacán. «¿A qué has ido?», le pregunté. «Siguiendo una historia», contestó.

Las historias que seguía Helena eran siempre una incógnita en casa. Ahora comprendo que seguramente seguía historias que no eran las que se cuentan en los periódicos, sino historias suyas, cosas que debían darle la vida que mi padre y yo le restábamos.

A veces hablo como él.

En realidad, esta es una teoría de Miguel. Esa sensación de que había un lugar de Helena donde nosotros no podíamos llegar era su gran reproche, y ella simplemente ignoraba la acusación porque prefería no abrir un debate que no tenía sentido después de tanto tiempo. En realidad, yo creo que no es que le restásemos nada, simplemente no sumábamos. Y mi madre era, quiero decir, es, una de esas personas que necesitan sumar todo el tiempo para seguir viviendo.

Como siempre, me mandó a la ducha directamente.

—Para sentarte a la mesa conmigo, te lavas antes, que apestas.

Era verdad.

—Tú siempre has tenido criada, mamá, no sabes lo complicado que puede llegar a ser poner una lavadora.

—Ha dicho la proletaria —me contestaba eso siempre que la acusaba de señorita.

Pero nunca me reprochó el tiempo sin vernos. Jamás.

Llegaba y hablaba conmigo como si hubiésemos cenado juntas el día anterior. Debía de ser difícil para ella, que nunca se mordía la lengua con nada, guardarse dentro todo lo que no entendía de mí en aquellos años en que se había empeñado en verme como una niña y yo tenía motivos de sobra para hacerle entender que ya no lo era. Claro que parece que no lo sabía. Y tampoco quiso saberlo nunca.

—¿Qué hay de comer?

—No pensaba cocinar.

—¿Podemos pedir que nos traigan la comida? Prefiero estar en casa, contigo.

—Llamo a un mexicano, ¿te importa? Le he cogido el gusto otra vez a la comida picante. Tú ve duchándote.

Siempre era así. Ni siquiera me preguntaba dónde vivía, y la verdad es que no le hacía falta, porque sabía perfectamente que la única opción que tenía era lo que realmente pasaba: la calle, algún piso del que me desalojaban. Preguntarle a mi padre. Seguir lo que sucedía desde la barrera, pedirle informes a algún periodista que se hubiera pasado para enterarse de nuestros conflictos con la poli. Estoy segura de que se imaginó que, si no estaba en casa, sería por algún motivo. Pero tampoco preguntaba nunca ni por qué no estaba ni por qué volvía a veces.

—Mañana tengo un examen.

—¿De qué?

—De Teoría Literaria I.

—Parece apasionante.

—Pues no está mal.

—¿Te gusta lo que estudias?

Eso sí que le interesaba. Siempre me preguntaba por los estudios. Creo que le fascinaba que, viviendo yo como vivía, fuera capaz de mantener esa normalidad estudiantil que solo se les presuponía a las personas que viven convencionalmente.

—Ayer conocí a un hippie que lleva haciendo Psicología ocho años y todavía está entre segundo y tercero.

—¿Y qué tiene que ver que sea hippie?

—Vive en un piso que le han puesto sus padres.

—A lo mejor es por eso.

Esas respuestas de Helena siempre me desarmaban. ¿Gael era hippie porque vivía en un piso de sus padres, o porque llevaba ocho años en segundo de Psicología? Y ella nunca daba lugar a la respuesta. Dejaba esas sentencias en el aire, obligándote a pensar y pensar y pensar. Me lo hacía desde niña y no había manera de no sentir que estaba analizando permanentemente cada respuesta, cada cosa que hacía. Todo era motivo de reflexión. Todo servía para educarme. Todo era cuestionable. Tengo que decirlo: Helena era una madre agotadora.

—Amanda, ve a ducharte. Supongo que querrás estudiar por la tarde. Yo voy a ir a casa de Félix.

Helena me educó para ser responsable. Es una putada, si lo piensas bien, porque a veces no te dejas vivir a ti misma, con tanta preocupación por cumplir lo que te impones. Así que le dije que sí, que repasaría los apuntes que llevaba en la mochila en mi cuarto, allí en su casa, y que me iría antes de cenar. Ahí era cuando se le pintaba en la cara esa decepción que tanto trataba de ocultar. Ahí es donde se le notaba que algo tenía de la madre típica que no quería ser, pues sabía que no dormiría mejor en ningún otro lugar que no fuera la misma casa en la que estaba ella.

No sé por qué recuerdo tan bien ese domingo con mi madre. Hubo cientos así, pero guardo ese especialmente en la memoria, y por eso puedo contarlo en este relato que no se cuenta solo. A lo mejor, porque estaba especialmente contenta por su viaje. O puede que sea porque ese fue el día en que para mí cambiaron muchas cosas.

Sobre las siete terminé el repaso y, pensando en Flaubert metiéndosele madame Bovary en el cerebro, me fui. Ella había dejado una nota despidiéndose, como siempre. Nunca me pedía que me quedara, y para evitar la tentación, procuraba no despedirse de manera directa. Por lo general, una nota, después un mensaje de móvil, muchas veces un grito desde la puerta: «¡Me voy, Amanda! ¡Ven cuando quieras!». Esas despedidas me dejaban sin aire. Ven cuando quieras. Siempre decía lo mismo.

Volví a la Casa Violeta y pregunté por Bruno.

Era un tipo bajo, gordinflón y con ínfulas de líder con el que pronto me entendí. Tenía una especie de derecho adquirido sobre la casa porque era el único que llevaba allí desde que había sido okupada y había sido el que vio clara la idea de que todo aquello podía convertirse en un centro social. También tenía ya una edad. No es habitual conocer okupas en los treinta, y eso también le aportaba un carácter en el pequeño mundo de la casa. Tampoco es que él utilizase ese paternalismo, pero lo cierto es que todos se lo reconocían, desde la gente que solo acudía a las actividades, hasta los habitantes, que en aquel momento eran cuatro además de él: Suso, Richi, Primo y Julepe. Entre los cinco mantenían aquello y, con la colaboración externa de gente como Gael, organizaban los talleres.

La Casa Violeta llevaba funcionando así unos seis o siete años. Yo me acordaba vagamente del momento en que se okupó. Mi madre nos había contado algo del seguimiento que habían estado haciendo en su periódico, pero por más que he buscado en la hemeroteca para escribir esto, aquella noticia que teóricamente ella hizo no apareció. En su periódico, solo una nota minúscula, firmada como «Redacción», y una fotografía de aquel Álex Carrasco que durante una época fue su gráfico, en la que se da cuenta del despliegue de una pancarta okupa en la fachada del edificio y la justificación de Bruno sobre los motivos para entrar en aquella vieja curtiduría que solo los más viejos recordaban funcionando. Podía ser un centro para difundir cultura, ocio a precio asequible, actividades sostenibles, un lugar para que la juventud del barrio se encontrase..., declaraban los okupas desde el balcón. Y total, en todos aquellos años, nadie había hecho nada por aquel edificio que no tenía importancia hasta que ellos lo tomaron. La noticia podía haberla escrito otra periodista y, desde luego, no implicaba lo que cualquiera, sobre todo Helena Sánchez, entendía por «seguimiento» de una historia: ENFRENTAMIENTOS ENTRE OKUPAS Y POLICÍA POR UNA VIEJA CURTIDURÍA.

De aquellos primeros invasores de la Casa Violeta solo quedaba Bruno, que por lo visto le puso el nombre porque así la vio tras una puesta de sol que tiñó de púrpura el aire de la ciudad. Debía de estar tan hasta arriba de ácido que se puso poeta. Los demás fueron nomadeando de ciudad en ciudad para ayudar con otras okupaciones, muriéndose de sobredosis o cansándose de aquello. Menos Bruno. Cuando llegué allí, lo primero que me llamó la atención fue que él, aun siendo con diferencia el mayor, era el que mantenía aquel espíritu del principio, aquella pasión contagiosa que incluso a mí me hizo creer que necesitaba okupar con ellos la Casa Violeta por no tener acceso de otro modo a una vivienda digna, y eso que le dije dónde vivía mi madre. Me miró, sonrió, y contestó que todo el mundo tiene un pasado contra el que rebelarse.

Por eso, cuando busqué en la hemeroteca la noticia, imaginé perfectamente a Bruno hablando ante la grabadora de Helena Sánchez, mirando con atención a la cámara que le había sacado esa foto en la que salía con la mirada desafiante y un gesto de bondad que le daba, subido al balcón, un aspecto curil.

Bruno proyectaba hacer crecer la Casa Violeta. Había toda una zona del edificio completamente vacía, y había hablado con algunos asiduos, entre ellos Gael, de la posibilidad de abrirla a más habitantes que ellos cinco. Hacer de la casa un verdadero espacio okupa donde acoger gente, difundir aún más actividad y movilizar aquel barrio ultraconservador hacia formas diferentes de ocio y de vida donde también se encontrasen personas que venían de África en busca de un sueño. Bruno había redactado un *Manual de okupación* que estaba colgado en internet, corría de mano en mano por todo el país, y contenía, a modo de compendio, esa capacidad tan suya de explicar los ideales más peregrinos que solo he visto en algunas personas verdaderamente carismáticas. Pero nunca a nadie como él. En aquella época, Bruno podía hacer lo que se propusiera y era capaz de arrastrar a un ejército al servicio de la causa que se inventase.

El manifiesto eran unos folios fotocopiados y grapados que tenía amontonados en una mesa llena de papeles, pasquines y pósters junto a la ventana de su cuarto, el más ordenado y pulcro que he visto en mi vida en una casa okupa. Cuando leí aquel manual, me fasciné con su manera retorcida de definir el delito, y decidí que hacer aquello que allí se detallaba a modo de asesoramiento jurídico tenía que ver con la verdadera revolución, de la que yo, creía, estaba absolutamente necesitada. «Este manual pretende acercar la okupación a quien quiera salir del mercado inmobiliario y ejercer su derecho constitucional a habitar una vivienda digna sin tener que pagar a quienes se aprovechan de ese derecho para robarnos los pocos recursos que necesitamos para comer, vestirnos y ser felices.» Así empezaba, y yo, que ya había salido del mercado inmobiliario básicamente huyendo de mi casa, entendí que ahora tenía un motivo político para luchar por cosas hermosas junto a Bruno.

Pero yo era una chica, y la Casa Violeta no tenía pretensiones de comuna.

—¿Cómo que «Mejor no»? —pregunté a Bruno sintiéndome de verdad discriminada.

—No lo entiendes, Amanda. No me interesa ese debate ahora mismo.

—¿Qué debate?

—El de las comunas.

—Pues no, no lo entiendo. Yo no he hablado de comunas.

—Donde tienes la olla..., ya sabes.

—Entiendo.

—Entonces...

—Pero en ese caso deberías poner en tu manualillo que las chicas no pueden okupar una casa si ya han entrado los machos en ella. Le va a encantar a todo el mundo.

Bruno se quedó pensando, yo creo que valorando si una cesión así le restaba autoridad ante los demás.

—Yo solo no puedo decidir quién comparte la casa con nosotros y quién no. Tengo que hablarlo con los demás. Y creo que deberíamos votar.

—Me parece justo. Pero puedo volver a quedarme esta noche aquí, ¿no?

Suso era un chico de solo diecisiete años que no se sabía muy bien de dónde había salido. Corrían rumores de que había matado a su padre, o de que su familia millonaria sabía perfectamente dónde estaba pero prefería no aguantarlo en casa porque era raro con ganas. Yo siempre he creído más en la segunda opción. No tenía pinta de asesino y era bizarro de cuidado, pero buena gente. Eso se le veía. No iba al instituto y se pasaba la mañana escuchando música y escribiendo poemas en su cuarto. Por las tardes, limpiaba todo y dejaba las zonas comunes primorosas, así que nadie se atrevía a decirle que, siendo menor de edad, metía a todo el mundo en problemas si alguien descubría que se escondía allí. En realidad, Suso no hablaba gran cosa con nadie, y a mí se limitaba a mirarme de reojo, como con miedo, cosa que aprovechó Richi para putearlo por sistema, pues en realidad Suso fue el único que votó en contra de que yo entrase a vivir con ellos aquel día importante de mi 6,5 en el examen sobre los relatos que se cuentan solos.

Richi era un tragafuegos nómada que por aquella época se había instalado en la Casa Violeta para hacer unos cursos de acrobacia que había en la ciudad, pero que tenía pensado irse al cabo de un tiempo, así que no le parecía justo que su voto determinase la vida de todos los demás. Pero también era verdad que, en su opinión, su marcha facilitaría que yo ocupase su puesto y de ese modo no se variase el número de habitantes que la Casa Violeta estaba acostumbrada a asumir. Así que por eso votó que sí. Y también, según me confesó después, porque sabía sin lugar a duda que él sí follaría conmigo, pues su marcha también le permitía una bonita perspectiva de no ser expulsado mediante uno de esos cónclaves insoportables que convocaba Bruno en la cocina para tomar decisiones.

El que no tenía ni la más mínima intención de acostarse conmigo era Adrián, al que llamaban Primo porque era primo de Bruno. Muy jovencito, algo más que yo, un par de años aproximadamente. Primo se fue de casa de su madre, la tía de Bruno, cuando se enamoró de su compañero de pupitre en el instituto y un par de matones de la clase de al lado le dieron una paliza. En realidad, el motivo fundamental de pedirle refugio a Bruno fue que sus padres le dijeron que podía ser gay, pero que no hacía falta ponerse a pregonarlo por ahí mandando notitas de amor y robando besos como si fuera una persona normal. Eso le dijeron. Tuvo que esperar a cumplir los dieciocho para poder largarse, y lo hizo al día siguiente del propio cumpleaños, en el que prefirió no hacer fiesta, pues no sentía a nadie tan cercano para invitarlo. Excepto, por supuesto, a su primo, que lo salvó y por el que sintió desde aquel momento una devoción que no menguó nunca. Primo, por eso, era quizá el ser más feliz de la Casa Violeta, el que estaba dispuesto a hacer de ella un verdadero hogar, así que, con tal de que ese plan no fuera mal, tanto le daba si yo vivía allí. Lo dejaría al criterio de Bruno.

Seguramente el que más dudó fue Julepe, que, acostumbrado a valorar todo tipo de condiciones para sus estrategias ante la baraja española y ante la vida, se debatió entre la tentación y la devoción. Julepe, invencible en ese juego de cartas que le puso el nombre, había llegado a la Casa Violeta para encargarse del bar y se había quedado para animar las noches con timbas que habían aportado algún dinero con el que soñaba comprar una cafetera industrial de segunda mano. Pero cada minuto echaba de menos a la novia que rompió con él el día que decidió abrazar con entusiasmo la vida okupa después de leer el manual de Bruno y de comprender una lógica maravillosa que le contaba a todo el mundo: un trabajo a media jornada es suficiente para ser feliz, porque el dinero y la dedicación de un tiempo parcial son los que dejan el espacio para la felicidad y los recursos necesarios para tenerla; así que, en realidad, trabajamos jornadas completas para pagar viviendas que nos impiden tener tiempo y dinero para ser felices. Por eso Julepe eliminó la vivienda de su felicísima perspectiva vital y entendió acto seguido que ya no necesitaba su trabajo de ingeniero industrial en una fábrica del polígono. La chica parece ser que no coincidía en ninguno de sus motivos para renunciar a las comodidades del mercado inmobiliario, ni a la vida sencilla de pareja que trabaja y aspira a tener hijos y perro, ni al pequeñísimo placer que proporciona contaminar un poco. Así que dejó a Julepe y se compró un ático con terraza que estaría pagando el resto de su vida, dijo él. Pero Julepe se conocía bien a sí mismo, y sabía que no era de esos hombres capaces de estar sin pareja. Necesitaba esa soledad para aprender a vivir como había decidido, pero le costaba mundos dormir solo. Sentía el corazón vacío y se frustraba porque necesitaba llenarlo de amor y de pasión, pero se había obligado a sí mismo a esperar.

Y estaba esperando el día que votaron mientras yo hacía aquel examen del 6,5, nerviosa, en realidad, porque también tenía miedo de ponerme a vivir con cinco tíos y tener que ser la madre de todos ellos, o la amante de todos, o la amiga de todos. Pero había algo en la Casa Violeta que me estimulaba y me atraía, y por eso deseaba con todas mis fuerzas que votasen que sí, al tiempo que me sentía una marioneta en sus manos, que tenían la capacidad de decidir sobre mi salida definitiva del mercado inmobiliario sin darme ni el derecho a la defensa ni a la réplica.

Bruno los había reunido alrededor de la mesa de la cocina y propuso la votación. Por lo que me contaron después, tuvieron un breve debate para que quedara claro que yo era una habitante más, no la concubina de nadie (por lo visto, Bruno dijo eso, y los demás apuntaron disimuladamente la palabra para ir a buscarla en el diccionario), y mucho ojo con creerse que tener a una mujer en casa significaba hacer todo lo que el sistema patriarcal entendía que era la única utilidad de las mujeres, esto es, trabajar gratis en las labores de subsistencia del grupo, garantizar la procreación de la especie y acompañar a los hombres en sus necesidades de dominación. Cuando Richi le preguntó qué quería decir todo eso, Bruno solo le contestó que pobre del que pensara que yo llegaba para limpiar y follar con ellos, y que tuvieran eso en cuenta al votar.

Curiosamente, Bruno también votó que sí, a pesar de ser el que más claro tenía que una mujer solo les daría problemas (decía), pero iba en contra de sus principios negarle el acceso a nadie a un proyecto como el de la Casa Violeta.

Cuando llegué, lo vi en la puerta colocando unas macetas con unas hortensias, a modo de recibimiento institucional de visitantes.

—Deberían ser violetas, pero son azules —le dije.

—Son de un azul casi violeta. Si quieres verlas violetas, puedes.

—Si tú lo dices...

—Hemos votado que puedes vivir con nosotros. Instálate cuando quieras.

Tuve que reprimir un impulso de abrazarlo, pero logré hacerme la dura. A fin de cuentas, le llevaba mucha ventaja a Bruno en eso, pero me di cuenta de que él se sentía bien creyendo que sobre cualquier cosa imaginable sabía más que yo, una pipiola sin casa.

—Gracias. Quiero ser una parte importante de este proyecto.

—Aquí todo el mundo lo es.

Helena solo supo que vivía en la Casa Violeta mucho, muchísimo tiempo después. No nos encontramos en el barrio, ni Miguel llegó a decírselo, no sé muy bien por qué. Así que curiosamente estuvimos más alejadas que nunca en la única época de mi vida en que hemos vivido cerca de verdad. Es probable que más cerca que cuando estábamos bajo el mismo techo.

En las noches que pasé en la calle, siempre, sin excepción, evoqué esa memoria de los cuentos cuando Helena me enseñaba a leer. Y así, resonándome la voz de Helena Sánchez en los oídos, me quedaba dormida en algún escondrijo de esos que no esconden a nadie.

La primera vez que desaparecí, mamá, solo fue porque quería probar la calle.

Ya sé que tú creíste que había sido por lo otro, según me dijo el abuelo, por aquello que leíste en mi diario. Quién me mandaría a mí ir de Anna Frank por la vida y escribir diarios. Pero no fue por eso, créeme. Probé la calle y volví. Sobre todo, me demostré que podía hacerlo: largarme y vivir en la calle. Me pasó justo lo contrario de lo que te pasó a ti cuando eras pequeña. También me lo contó el abuelo. Sí. Lo del día que huiste y casi duermes en un parque, recuerdas, ¿no? Pues yo sí que lo logré. Lo hice. Me fui de verdad y dormí fuera, en un cajero automático, para ser exacta. Podría haber sido peor. O podría haber sido más valiente y arrimarme a una pared bien pintada, en un sitio transitado para que las miradas me protegiesen de los violadores. Pero aquella primera vez preferí el cajero. Otra vez por el frío.

Tenía dos objetivos: vivir en la calle y prostituirme.

No había cosas que me parecieran más libertarias, y las hice las dos la primera vez que me fui de casa sin decir adónde iba: vivir en la calle y ser puta, a mis diecisiete años, hay que joderse.

De repente, una mañana mi vida me pareció una estupidez infantil que no se resolvía contando las historias que contaba en la radio del instituto durante los recreos, ni diciéndole a Miguel que no necesitaba tomar pastillas, eso que tanta gracia le hacía a mamá, que se reía de él porque yo era una desconfiada desde los ocho años. Ni vitaminas, ni ibuprofeno para una otitis, ni paracetamol para el dolor de cabeza, ni anticonceptivos.

Nunca me ha gustado tomar anticonceptivos.

Me daban tal dolor de pezones que no aguantaba ni el roce de la ropa. Además, siempre me han dado mal rollo las hormonas. En la Casa Violeta, de hecho, organicé unas charlas sobre anticoncepción natural que se me llenaron de ultracatólicas muy interesadas, allí mezcladas con todas las ecologistas que no distinguían su pasión por los métodos biológicos y naturales de anticoncepción de su guerra contra la industria farmacéutica. Pero fue un ciclo de conferencias muy exitoso que nos enseñó a todas a saber conocer nuestro cuerpo, a contar días y descontar, a calcular cuántos polvos inútiles puedes tener cuando quieres preñarte y cuántos pueden ser útiles. Y no digamos ya si no quieres ser madre y tienes que calcular cuándo puedes acostarte tranquila con quien te dé la gana. A mí todo eso llegó a estresarme mucho en una época de mi vida, y por eso después armé aquellas mesas redondas en la Casa Violeta que me sirvieron para aprender mucho de mí misma y también para conocer a muchas mujeres.

Ahí conocí a María. Sí, esa María hija del violador que mamá andaba entrevistando en la época en que desapareció. María, que era algo más joven que yo y acababa de echarse a la calle, estaba muy interesada en esos mecanismos de control del cuerpo, en la anticoncepción natural, el método Ogino y esas cosas.

Si yo hubiera sabido todo eso antes, igual podría haber evitado el primer aborto.

Pero lo cierto es que me importó una mierda abortar.

Son otras las cosas que me importaron. Mi cuerpo ya estaba curtido cuando pasó todo eso. Pero Helena, que sabía con pelos y señales cuanto pasaba en la vida privada del último habitante de los despachos del Parlamento o de las grandes empresas de este país, por lo visto, no sabía nada de lo curtido que estaba mi cuerpo. Y eso que vivía conmigo. Por lo menos, al irme de casa, pude darle una excusa por si algún día necesitaba justificar su relato.

El aborto. Sí.

Casi sería mejor que me hubieran arrancado el útero, lo hubiesen limpiado en el lavavajillas, lo colgasen con pinzas en un alambre a secar y me lo volviesen a colocar, sin anestesia. Habría sido un aborto mucho más fácil de llevar. Solo por eso preferiría haber sabido cómo evitarlo. Claro que, siendo como fue todo, tampoco sé yo si estaba en condiciones de negarme a que me inseminasen. Y eso que, técnicamente, no me estaban violando. Me violaron después, aquel día en una fiesta en la Casa Violeta en la que un imbécil, que encima no se lavaba, decidió acorralarme contra un futbolín y zurrarme hasta que se hartó, el muy cabrón. Pero a decir verdad me jodió más que la poli no me creyese cuando fui a denunciarlo. Luego Richi le dio una paliza y todo el mundo se quedó a gusto. Aunque sigo pensando que la paliza se la merecía aquel policía: «Esas cosas os pasan por hacer lo que hacéis en esa casa», me dijo, y me dio un par de gasas con Betadine para las heridas, por si no teníamos botiquín.

Después de eso vinieron más. Más abortos, quiero decir. Violaciones no. He tenido suerte. Todo el mundo preocupadísimo porque nos violen, y nunca nos enseñan a defendernos de los violadores. Por eso después de la violación, al ver los conocimientos de Richi en materia de defensa personal, lo convencí para que diera un curso para mujeres. Pocas se atrevieron a apuntarse, pero María sí. También vino a eso, y siguió contándome cosas. Se le daba bien el *kickboxing*.

Fueron dos abortos en hospital. Pagados religiosamente por Félix.

Y luego el peor de todos. El de la paliza. Ahí el hospital no sirvió de nada.

Ese fue el día que Helena supo que yo vivía en la Casa Violeta. Gracias a eso, también le dieron el Premio Nacional de Periodismo. Así que algo bueno tuvieron mi paliza, la criatura que no llegó a nacer y lo que pasó con Bruno.

La verdad es que entonces sí que me veía siendo madre. Era una locura, pero pensé que la propia Helena me tuvo a mí jovencísima, sin nada que aportar, con Miguel todavía entre libros y apuntes, y me di cuenta de que yo por lo menos ya había terminado las obligaciones que tenía que terminar. Ya había hecho mi carrera, ya trabajaba, aunque fuera de cualquier cosa, ya había optado por una vida. La gente podía extrañarse de que fuera capaz de criar a un bebé en la Casa Violeta, y más viviendo de vender artesanía por ahí, pero a mí nunca me ha cabido la menor duda de que eso podía hacerse. Sería hermoso integrar vida nueva en el proyecto. Pero no pudo ser.

En cuanto los vi entrar, supe que me quedaría sin el bebé.

A mí siempre me ha parecido que lo único que hacían era armar bulla en los partidos de fútbol. Siempre que pasaban por delante de la Casa Violeta, nos provocaban, nos insultaban, alguna vez incluso nos habían lanzado botellas de cerveza, pero durante años la cosa se quedó ahí. Nunca he entendido muy bien por qué a ellos los escoltaba la policía de camino al estadio y a nosotros nos obligaban a meternos dentro y callarnos la boca, pero era así. Hasta que un día en que no había fútbol, uno de ellos entró y le dijo a Bruno que la casa no era nuestra. Venía con una chica rubia con cara de ángel que por lo visto había montado una ONG para dar de comer a los pobres y necesitaban un local. Era muy simple, dijeron.

Por aquella época, nosotros ya no éramos tontos y sabíamos que esa gente también se dedicaba a okupar edificios. El nuestro era muy apetecible. Estaba en pleno centro, muy cerca de las zonas donde había pasado lo que a ellos les parecía el apocalipsis: la gente de clase media hacía unos años había empezado a perder sus trabajos, a verse ahogada por sus hipotecas, a quedarse en el paro y a suicidarse. Nosotros lo sabíamos mejor que nadie, y por eso Bruno había añadido a su *Manual de okupación* un capitulito sobre la crisis económica y la necesidad de okupar para liberarse de la estafa masiva que había sido el mercado hipotecario. Pero ellos, los de la ONG de la chica rubia con cara de ángel, decían que en aquella España en crisis primero estaban los españoles.

Cuando entraron en la Casa Violeta, Bruno les contestó que él también era de aquí, pero que el derecho a tener un techo era universal, y ahí fue cuando le cayó la primera hostia, la que a mí me hizo callar y empezar a entender que teníamos algo que ellos codiciaban como si fuera oro y que deberíamos salvaguardar como pudiésemos. Luego, sacaron a la fuerza de su cuarto a uno de los muchachos de Ghana que habíamos acogido unos días después de que llegara muerto de sed a una playa del sur, y lo echaron a la calle a patadas. La chica rubia con cara de ángel sonreía y animaba; el otro, el que mandaba en los del fútbol y llevaba un aparato con pinchos en la mano y unas cadenas atadas al pantalón, era el que hacía las cosas. Zurrarle a Bruno. Moler a patadas a Addae. Con cara de ángel. La gente de la casa éramos más, pero siempre hemos sabido que la mejor manera de perderla sería armar líos en ella, así que nos quedamos con el dolor y la impotencia, y nos reunimos en la cocina esa misma noche para trazar un plan.

—Es evidente que solo ha sido un aviso.

—Van a volver con toda la grada norte. Esto no va a haber quien lo pare.

—Y no será suficiente con cerrar las puertas...

Claro que no. Había una sensación brutal de condena. No teníamos a quién acudir ni éramos gente de meternos en una guerra en la que no creíamos y nos habían dado un ultimátum: o dejábamos la Casa Violeta al cabo de quince días, o nos echaban ellos a hostias.

—Pero ¿adónde vamos a ir?

—No nos vamos a ningún sitio —dijo Bruno—, una panda de nazis no nos va a sacar de nuestra casa.

—Una panda de nazis armados —le contesté.

—¿Y qué quieres? ¿Ir a pedir ayuda al Séptimo de Caballería?

—Yo creo que deberíamos hacerles frente —dijo Addae, que aún mantenía una bolsa de hielo en la cara hinchada por los golpes.

Addae significa «mañana de sol» y, como un amanecer optimista y excesivo, pensó que él y sus amigos curtidos por el salto de la valla de Melilla y las semanas de desierto podían enfrentarse a cien hombres con las cabezas rapadas, botas militares y hasta arriba de anfetaminas y alcohol. Realmente lo pensaba. Supongo que porque hay que estar un poco mal de la chaveta para hacer lo que ellos hacían.

—¡Venga! ¡La Casa Violeta es vuestra casa!

—También es tuya —le contestó Bruno.

—No, yo solo estoy aquí de casualidad. Yo solo quiero llegar a Suecia, donde se vive mucho mejor, pero no permito que me echen a patadas de ningún sitio. —Se quitó la bolsa de hielo de delante de la cara para explicarse mejor—. Vosotros me habéis ayudado y yo os ayudo a vosotros.

—Addae —le dije—, no sabes de quiénes estamos hablando. Ya has comprobado lo que es capaz de hacer uno solo. Están organizados y, lo peor, tienen un montón de gente que los entiende. Saben que no habrá quien les tosa cuando digan que te sacaron a ti de aquí para dar comida a unos cuantos españoles que, hasta hace menos de un año, hablaban tan contentos de su plan de pensiones y su coche nuevo.

—Pero Amanda, ¿vas a permitir que se carguen la Casa Violeta?

A Bruno le brillaban los ojos, y chocó la mano a Addae, que lo miraba con aires de victoria apresurada.

—¿Con cuánta gente podemos contar? —Richi había estado callado hasta entonces y eché de menos la mesura de Julepe, que seguía absorto, seguramente en shock.

—Ahora mismo vivimos aquí quince personas, pero si contamos con toda la gente que colabora y asiste a los talleres, podemos llegar a más de medio centenar. —Bruno se calló un momento, para pensar—. Podemos colgar unas pancartas hasta el suelo desde los balcones que digan LA CASA VIOLETA NO ES DE LOS NAZIS. Así también lo sabrá más gente.

—Esa gente no se para con pancartas.

—Yo sé hacer cócteles molotov —anunció Primo.

—¡Lo que nos faltaba!

—Amanda, en lugar de ponerte negativa, podrías hacer propuestas proactivas...

—Vale, Bruno, ¿quieres que me ponga proactiva con los fascistas? —Me enfadé de verdad—. Si te soy sincera, no tengo ni idea de qué hacer, porque solo sé que a esa gente no se la para con pancartas ni con ofertas de diálogo.

La tipeja aquella rubia con cara de ángel había sido candidata en las elecciones municipales por Ágora de la Democracia y las Libertades del Pueblo de España, que perdió estrepitosamente todos los comicios a los que se presentó hasta que invirtieron un dinero en marketing y les dijeron que ese nombre largo no cuajaba en la conciencia de los españoles, y que además necesitaban una cara amable. Así que, sin en realidad cambiarle el nombre, empezaron a ser Ágora, a la griega, como Pericles, justo ellos. Pero Ágora era un partido político mucho más legal de lo que éramos nosotros, que no éramos más que una panda de cerdos con rastas que vivíamos de vender carteras de cuero y que dábamos un techo con goteras a todos los negros que pirateaban bolsos de marca y DVD para venderlos en la estación de tren. No dábamos de comer a nadie. Todo el mundo pensaba que no queríamos trabajar y que éramos unos vagos drogadictos. Nuestra forma de entender la vida era más impopular que la de aquel puñado de nazis que estaban convencidos, como la chica con cara de ángel, de que una tenía más derecho a estar en la Casa Violeta solo por tener DNI.

—Así que, llevamos las de perder —terminé—. Saben perfectamente qué otros edificios pueden okupar, pero han puesto el ojo en la Casa Violeta porque saben que en este barrio va a sentar muy bien que nos quiten a nosotros de en medio para ponerse ellos.

Tododiós va a hacer como que no les ve las cruces gamadas en los tatuajes. Venga, que me he criado aquí y conozco muy bien ese partido político por motivos que no vienen al caso. Sé de qué hablo, creedme. En Ágora hay gente peligrosa.

—¡Pues propongo hacerles frente! —dijo Addae.

Todos aplaudieron. Y yo quedé como una imbécil.

Aquella noche, recordé esa escena de *Lo que el viento se llevó* en la que llega a la casa grande que está de fiesta la noticia de que ha estallado la guerra, y todos los hombres corren encantados y felices a alistarse, como si fueran voluntarios para jugar un partido de balón prisionero en el recreo. «Están como cabras», pensé, pero ya me habían dejado claro a qué estaban dispuestos, y que como miembro de la comunidad no podía no participar. Bruno nos lo dijo así a mí y a Suso, que, en su estilo, no abrió la boca en toda la reunión. Que yo estuviera embarazada no era relevante. Era una habitante más. Igual que todos. Que tuviera cuidado, y listo.

Por supuesto, se quedaron ellos con la Casa Violeta, que ahora es un edificio muy lujoso donde, en uno de sus bajos, está la sede de Ágora, ese lugar de donde proceden las notas de prensa y los correos electrónicos por los que se les indica a sus representantes que deben decir siempre que puedan que prohibirán el aborto e impedirán que trabajen aquí extranjeros. Bueno, no todos los extranjeros, claro. Alemanes, franceses, británicos y americanos pueden. Los que no pueden trabajar son los negros como Addae, al que mataron en la batalla.

Por él nadie lloró, por supuesto, fuera del pequeño escándalo que se armó en los periódicos al contabilizarse un muerto en la GUERRA ENTRE OKUPAS Y SKINS POR EL CONTROL DEL TRÁFICO DE DROGAS EN LA CASA VIOLETA.

También mataron a mi bebé. Ese aborto no le importó a la chica rubia con cara de ángel, ni a nadie de su ONG, que le hacía muy bien el trabajo sucio a Ágora, por supuesto. Y Bruno se ha quedado en una silla de ruedas para la que tuvimos que hacer un caminito especial. Y menos mal.

Entonces mi madre tomó una decisión en el hospital, cuando me vio destrozada con heridas que dejarían cicatrices para siempre. Y resistió la tentación de echarme las culpas. Por eso, esa fue la única vez que dudé si contarle el resto. Pero no me atreví.

En el artículo que escribió descubrió que el tipo que me molió a palos y mandó a Bruno a la silla de ruedas estaba de permiso penitenciario. Nadie acabó de entender muy bien cómo era posible que estuviese de juerga por ahí un tipo que, en plena cárcel, había confundido a otro preso con un violador y le había dado una paliza que lo había dejado vegetal; así que mamá ató cabos sobre algunos vínculos políticos y familiares del director de la prisión, hermano de un dirigente de Ágora, y llegó a la conclusión de que esos partidos protegían a determinados presos porque, cuando estaban fuera, les servían como agitadores de su «mensaje» en las calles. Eso entre otras muchas conexiones que ella descubrió haciendo un mapa genealógico de la extrema derecha en España y que dejó a todo el país estremecido.

Aunque eso tampoco impidió que los siguieran votando. Helena destapó, a partir de aquello que había empezado en los campos de fútbol, el vínculo de las organizaciones de ultraderecha que crecían en los estadios con partidos políticos supuestamente amables y legales, como Ágora, que ya entonces era cada vez menos amable. Fue una auténtica revuelta la que armó mamá con aquello. Estuvo un tiempo con protección policial. Discutió mucho con Miguel, claro. Y le dieron el Premio Nacional.

Me sentí orgullosa de ser su hija.

Pero después del revuelo, nada. La Casa Violeta acabó derrumbada y construyeron en su lugar viviendas de lujo con bonitas terrazas, eso sí, energéticamente autónomas gracias a unos paneles solares que incluso les dan un toque estético. Ahí se quedó todo nuestro proyecto ecologista para ese lugar. En el bajo, la sede de distrito de Ágora que, después del artículo de mamá, dio una subida exponencial en intención de voto, y en voto real en las siguientes municipales. Y en uno de esos dúplex, el más grande de todos, vive la chica rubia con cara de ángel. Se casó con un concejal muy guapo que iba con ella al fútbol y a dar de comer a los pobres (de aquí) el día de Navidad. Ella sí que tiene seis hijos rubios. Como Magda Goebbels. Hay que joderse. Addae criando malvas. Bruno en silla de ruedas. Y yo sin mi bebé.

Pero ese aborto fue muy distinto del de mis dieciséis años.

Félix iba conmigo a la clínica, esperaba y pagaba. Nunca comentó nada. Siempre me dijo que debía hablarlo con mi madre. Tenía ese punto, el abuelo. Por eso me entendía con él. En el fondo, creo que quería decir que daba la sensación de que él pasaba por encima de Helena. Quién la vería. Así que me decía eso. «Amandita, yo creo que deberías hablarlo con ella, ¿no crees?» «No, Félix, no creo.» Y él se callaba y pagaba. Listo. Me cuidaba un par de días en su casa. Me daba los analgésicos. Y me decía: «Amanda, no tienes que volver a casa, tu madre me ha dicho que podías quedarte conmigo, que no va a ofenderse». Pero él no sabía que yo ya no necesitaba que me dijera eso, ni que volvía de vez en cuando a casa solo por el placer de marcharme de nuevo.

Félix me dijo un día, cuando tenía unos catorce o quince años, que había tenido una relación con una escritora catalana. Montse. Me lo contó con algo de amargura, porque se querían en la distancia y él nunca se atrevió a dar un paso que ella sí deseaba, o al menos eso le decía en alguna carta que me dejó leer. Era en esa época en que los amantes se escribían cartas, como madame Bovary. Montse murió de cáncer en 1991, y Félix nunca se perdonó no haber acudido a su última llamada. Era demasiado joven para morir y quería verlo, pero él le dijo que no. Lo cierto es que no fue capaz de explicarme por qué. Me dio pena y, sin saber muy bien qué más decirle, le pedí leer un libro de Montse.

—¿Cuál puede gustarte? Déjame pensar...

—Uno cualquiera...

—No, no. Uno cualquiera no. La Montse... era mucha Montse...

Yo, la verdad, no había oído hablar de ella. Sabía de las andanzas del abuelo por aquellos mundos de escritores de los ochenta, incluso de la lucha política contra la dictadura, los amigos comprometidos que tenía y que a veces llegaban a su casa y a mí me miraban con extrañeza, como diciendo: y nosotros hemos hecho la revolución para esto... «¡La Montse se murió antes de tiempo!», gritó desde el despacho, donde estaba buscando el libro.

—Vas a tener que hacer el esfuerzo de leerlo en catalán, ¿te ves?

La verdad era que no, pero le mentí.

—Lo intentaré.

—Yo creo que este te va a gustar.

—*L'hora violeta*.

He pensado mucho en la rima de los colores cuando me vi viviendo en la Casa Violeta. Y como aquel día en que entré a vivir allí, ese libro no lo olvidé jamás.

No sé por qué Félix escogió justamente esa obra y no otra, quizá más famosa o más fácil de leer. Pero me dio esa, y ya nunca me pude quitar de la cabeza a la chica que una noche sentía la necesidad imperiosa de vender su cuerpo. Eso también me pasaba a mí y lo entendí leyendo aquel relato de atardeceres en la ciudad enorme donde, a veces, la única forma de ser absolutamente libre es sentir que puedes usar tú misma tu cuerpo para lo que te dé la gana. Incluso para dárselo al mejor postor. O al primero que pase. Porque es tuyo. Pero cobrando, por supuesto. Que la gente solo valora aquello por lo que paga.

Eso hice.

Evidentemente, nunca fue por dinero. Les mangaba la pasta a mis padres, al principio sin que se dieran cuenta, y después de una manera bastante evidente, que ellos aceptaban como forma de garantizarme algo de comodidad. También ha habido quien me prestaba dinero. Hubo épocas en que lo hice a menudo, y otras en que lo dejé. Me sentía libre. Alguno de los tipos con los que follé en la calle se fue sin pagar, así que a partir de entonces preferí hacerlo a cubierto, para garantizarme el acceso a sus carteras si se les ocurría jugármela. Sentía que aquel dinero procedía del control absoluto sobre mí, y significaba que de Amanda nadie cogía lo que no le correspondía sin pagar su precio. Y lo cierto es que todavía hoy no sé muy bien por qué dejé de hacerlo. Sí que están ahí el miedo a las enfermedades, las veces que han intentado violarme, las veces que no me han pagado, los sustos con algún loco y el amor estúpidamente fiel que sentí por algunos hombres. Estos igual se ofenderían si supieran que algunas noches su Amanda alternativa era puta. Pero tampoco era yo puta exactamente. Solo lo hacía por sentirme bien, de vez en cuando, como quien se fuma un cigarro. Y por demostrar que los fetos muertos tenían un padre que no pagaba por mi cuerpo.

Pero como este relato no se cuenta solo, aún no es su momento.

Placas de proteínas que son hormigón en el cerebro

Hay cosas que pasan por casualidad. El alzhéimer, por ejemplo. Lo he buscado en la red.

La enfermedad de Alzhéimer (EA), denominada Demencia senil de tipo Alzhéimer (DSTA) o simplemente alzhéimer, es una enfermedad neurodegenerativa que se manifiesta como deterioro cognitivo y trastornos conductuales. Se caracteriza en su forma típica por una pérdida de la memoria inmediata y de otras capacidades mentales (tales como las capacidades cognitivas superiores), a medida que mueren las células nerviosas (neuronas) y se atrofian diferentes zonas del cerebro. La enfermedad suele tener una duración media aproximada —después del diagnóstico— de diez años, aunque esto puede variar en proporción directa con la severidad de la enfermedad en el momento del diagnóstico. La enfermedad de alzhéimer es la forma más común de demencia, es incurable y terminal, y aparece con mayor frecuencia en personas mayores de sesenta y cinco años, aunque también en raros casos puede desarrollarse a partir de los cuarenta.

Por favor, Wikipedia, cuéntame algo que no sepa.

Los síntomas de la enfermedad, como una entidad nosológica definida, fueron identificados por Emil Kraepelin, mientras que la neuropatología característica fue observada por primera vez por Alois Alzheimer en 1906. Así pues, el descubrimiento de la enfermedad fue obra de ambos psiquiatras, que trabajaban en el mismo laboratorio.

Eso está mejor. Se me ha dado por inventarles una bonita y demente historia de amor a esos dos neuropsiquiatras que en realidad, en su divina inconsciencia, todavía no sabían en qué consistía exactamente esa enfermedad.

Según la misma Wikipedia y una enciclopedia médica *online* que acabo de consultar, el alzhéimer son placas de proteínas que te revisten el cerebro y aprisionan las neuronas hasta que las liquidan. Como si los años, en lugar de conformarse con arrugarte la cara y descolgarte las carnes, te fuesen cubriendo el cerebro de hormigón para inmovilizarte, igual que los mafiosos cuando hundían a sus enemigos en el mar de Nápoles con un bloque de cemento atado al cuerpo. Así te hunde también la cabeza el hormigón del alzhéimer para ahogarte en un mar asqueroso de presente insípido.

Una mierda.

A mi abuelo Félix, el padre de Helena Sánchez, le diagnosticaron la enfermedad un día en que yo no estaba para disgustos. Por supuesto, ya nos lo habíamos imaginado antes. El día concreto del diagnóstico en realidad nunca es un descubrimiento, sino solo la primera puerta que se abre hacia la muerte y el dolor. Y yo no quería dolores en aquella época. Era inmensamente feliz.

Mi madre siempre contaba con mucha amargura el día que el abuelo no supo decir «nevera» como el detonante, como ese momento en que cayó en la cuenta, a pesar de no atreverse a decirse a sí misma que caminaba en una cuerda floja sobre algo irreversible. A Orson Welles le pasó algo parecido el día en que se encontró a Rita Hayworth en un restaurante y ella le habló como si no supiera quién era él, con un desprecio inmenso. En aquella época, a estas cosas no se les ponía nombre, pero Welles sintió esa amargura que también sintió mi madre cuando a Félix no le vino la palabra evidente. Rita no lo ignoraba; simplemente al verlo ni siquiera recordó el amor primero, o el doloroso desamor de después, ni mucho menos los cientos de veces que estuvieron desnudos uno delante del otro. Nada. Su exmarido famosísimo en el mundo entero era un perfecto desconocido para aquella mujer que lo miraba con los ojos vacíos del alzhéimer detrás de sus pestañas postizas.

Nunca le conté a mamá que yo supe que Félix tenía alzhéimer el día que no fue capaz de multiplicar. Fue mucho, muchísimo antes de aquello de la nevera. Tres años antes, más o menos. No sé por qué no se lo dije. Supongo que me dio miedo.

—Amanda, ¿te importa bajar a buscar pan para la cena de hoy?

—¿Cuántos sois?

—Siete.

—Entonces, ¿cuántos panes te subo? ¿Cuatro, cinco?

—Creo que cuatro serán suficientes.

—¿Qué valen? Dos euros por pan, ¿no? —Empecé a hacer como que calculaba mentalmente. Félix siempre había sido más rápido que yo, así que en realidad solo esperaba que él dijese la cantidad.

—No sé. Cuatro por dos, ¿no?

—Sí.

—Cuatro por dos, cuatro por dos, cuatro por dos...

—Abuelo...

—¡Carajo! ¿Cuánto eran cuatro por dos?

—¿Me tomas el pelo? —Me reí.

—Que no, que no... —Se preocupó.

—¡Prueba a sumar cuatro más cuatro! —Yo seguía con la coña.

—Cuatro más cuatro son ocho.

—Pues cuatro por dos...

—¿Cuatro por dos?

Y ya no hubo manera. Se le borró completamente la tabla del dos. Y la del cuatro. Y la lógica de la multiplicación. No seguí probando. En realidad, supe en ese momento lo que iba a pasarnos desde entonces, pero no creí que fuera a tardar tanto. Seguramente Félix se fue olvidando de cosas mucho menos importantes que la tabla de multiplicar, recuerdos que no le importaban a nadie, hasta el día que no supo decir «nevera» delante de mamá y ella corrió al teléfono para llamar a un médico.

Esa semana nos vimos y me lo dijo: «¿Tú le has notado a tu abuelo que se le olvidan cosas importantes?». «¿Como la tabla de multiplicar?», pensé. Pero solo le dije: «Tiene despistes, pero...». «La semana que viene, vamos a un médico.» Quería que fuera con ellos. Y fui, pero porque era Félix, no porque ella me lo pidiese. Mi madre siempre fue extremadamente hábil para estropearme los momentos de felicidad.

Antes de perder el sentido por completo, Félix me dijo un día que sentía como si tuviera algodones por detrás de las cejas.

«Dado su trabajo y que es alguien con muchísima vida —dijo el médico—, es mejor que sepa que está enfermo y tome conciencia de su proceso.» Así que Helena decidió que iba a ser yo la encargada de hablar del asunto con él, así, sin consultarme si yo me veía en eso o no, si sería capaz de soportarlo, o si tendría capacidad para hacerlo. El diagnóstico se lo dio el neurólogo, pero yo hablaría de la enfermedad con Félix, porque mamá no se veía. En cambio, sí fue capaz de cuidarlo, de estar con él día y noche, de tocarlo y acariciarlo, ella, que nunca tocaba a nadie. Pero hablar con él de que perdería la memoria, de que llegaría a no saber quién era y de que quizá un día nos odiase, eso era mejor que lo hiciera yo, dijo Helena. Así que mientras resistí o, mejor dicho, mientras Félix se mantuvo siendo él mismo o alejándose poco a poco de sí mismo, hablábamos de vez en cuando de lo que sentía.

«Me tiembla un pie», decía. O: «Hoy me he perdido entre el baño y el despacho».

Un día me dijo: «Creo que sería mejor quitarme de en medio», y entonces decidí que antes o después tendría que largarme de allí. Que yo no estaba para soportar aquello. Que al fin y al cabo no me merecía eso. No sé si mamá se lo merecía, pero yo, desde luego, no. Y lo último con sentido que me dijo mi abuelo fue lo de que sentía como algodones detrás de las cejas. Fue la respuesta a un runrún que no soportaba más y después de preguntarle para decidir sobre si marcharme o no: «Félix, ¿duele?».

Pero el día del diagnóstico yo era feliz.

Llevaba unos años viviendo en la Casa Violeta y habíamos logrado hacer de ella un lugar apetecible. Residencia de migrantes de paso (hasta diez), centro social con actividades francamente interesantes. Por fin habíamos logrado tener una cafetera industrial y poníamos cafés desde las cuatro de la tarde, con rigurosos turnos, hasta las dos de la mañana. Era la época en la que me había enamorado como una loca de Rafa, uno que no vivía con nosotros, pero entendía esta movida nuestra e incluso ayudaba de vez en cuando.

Por aquellos días trabajaba a media jornada en una editorial como correctora y el resto del tiempo lo dedicaba a la Casa. Rafa era ilustrador y lo conocí un día que acudió a una reunión en la editorial. Amor a primera vista, parece ser. Estuvimos juntos tres años. Después, se casó con la cajera de su supermercado y se fueron a vivir a Argentina, no sé por qué. Supongo que lo dejamos porque nos cansamos de estar tan exageradamente enamorados todo el tiempo. Eso no hay quien lo aguante. «Demasiada intensidad», me decía Julepe, y yo me lo tomaba a coña, pero creo que tenía razón. Rafa y yo nos comportábamos como si hubiera una fuerza desconocida que nos impedía estar juntos y desarrollar nuestro amor, luchando todo el tiempo por mantenernos a flote. Visto con el tiempo, era una soberana estupidez. Pero me alegro de que no estuviera conmigo cuando tuvimos que dejar la Casa Violeta. Seguro que no hubiera soportado muchas cosas.

Lo bueno que tienen esos amores locos es que dan una felicidad total. Te crees la tía más afortunada del universo y miras a tododiós por encima del hombro. Te llenas de una energía inmensa que te anima a hacer y deshacer como parte de la fuerza que te da ese enamoramiento que te descontrola las feromonas y te pone la adrenalina a mil por hora. Así que apliqué toda esa fuerza en construir con Bruno la Casa Violeta que había soñado el día que la okupó, y lo conseguimos. Puede que por eso no se hubiera marchado ninguno de los que formaban aquel núcleo inicial de la Casa que votaron mi admisión, ni siquiera Richi, que fue dejando el nomadismo al ritmo que se ponía contento en la Casa Violeta y se dedicó a dar cursos de circo para adolescentes que, la verdad, financiaron buena parte de nuestras reformas.

María, la hermana de la chica sobre la que investigaba mi madre, precisamente, llegó preguntando por los cursos de circo de Richi, pero al final se quedó en una de aquellas charlas sobre anticonceptivos que organizaba yo en esa época feliz.

Otra casualidad.

A lo mejor, si la gran Helena Sánchez me hubiera preguntado algunas cosas, podría haber tenido una perspectiva distinta sobre la historia con la que andaba en los días en que se largó. Pero, por supuesto, ella no podía imaginar que yo conocía a María, ni que habíamos hablado sobre Ana, su hermana. No hacía mucho que había muerto. Si mi madre me hubiera preguntado, le habría dicho que no se metiera en esa historia. Pero no me preguntó.

Nunca pregunta nada.

María se había ido de casa hacía un par de años y no había terminado la carrera. Aquella historia acabó con ella, decía. O más bien, lo que la había dejado para el arrastre era el divorcio de sus padres. Sobre él, sobre su padre, nunca quiso pronunciarse, y así se lo dijo a la jueza. Su madre no se lo perdonó. No había vuelto a hablar con ellas, con su madre y su hermana pequeña, desde el día en que se fue de casa. Fue al entierro con Flor, su otra hermana, no hablaron con nadie y cada una continuó con su vida.

No me lo contó todo de golpe, evidentemente. Llegó aquel día a la charla y preguntó, como quien no quiere la cosa, si había algún método abortivo natural poco invasivo para casos de violación. «Suponte que eres una cría y abusan de ti en el colegio, o en casa, o en el polideportivo donde haces gimnasia rítmica», dijo. Todas nos quedamos calladas. La mujer a la que había llamado para la charla, con mucha calma, le contestó que todos los métodos abortivos eran invasivos. Que era mejor prevenir y que por eso la charla iba sobre anticoncepción natural. «Pero los métodos anticonceptivos naturales están pensados para cuando no te violan —contestó María, también con muchísima calma—, no hay nada permanente, no hay nada que presuponga que van a abusar de ti durante años, ¿no? ¿Solo la ligadura de trompas?»

Después de eso, María venía a casi todo lo que organizábamos. Tanto fue así que llegué a pensar que podría estar interesada en vivir en la Casa Violeta, pero ella era nómada, decía. Richi también, y acabó quedándose con nosotros, le decía yo, pero ella quería marcharse lejos. Solo estaba por allí porque tenía cosas pendientes, me dijo, y yo nunca me atreví a preguntarle. Se fue en cuanto pudo, pero nos dio tiempo a hacernos relativamente amigas. Todo lo amiga que se podía ser de María, que no quería ataduras de ningún tipo. Ni amistades profundas ni deudas emocionales. Estaba, pero no estaba. Aunque a mí, no sé por qué, sí me contó la historia sórdida de su casa.

Supongo que debo comentar esto aquí para darle un sentido a esta escritura mía, porque, en fin, era lo que estaba haciendo Helena Sánchez Ramos, a la que todo el mundo recuerda sin necesidad de que venga yo a recordarla con estos papeles. No desaparecen todos los días periodistas famosas como ella... Podemos desaparecer nosotras, las hijas de las Helenas, o de las madres de María, o de padres como Miguel. Pero no desaparecen ellas. No ella. Mamá.

El caso es que me enteré de la historia porque le pregunté a María por qué le preocupaba tanto ese asunto de quedarse preñada si la violaban, y me contestó con toda la naturalidad del mundo que no era por ella. Que simplemente había sido una curiosidad que se la había metido en la cabeza cuando su madre dijo que su padre había violado a su hermana. Muchas veces. En la casita de los bonsáis.

—Imagínate. Lo primero que pensé fue: y si todo fuera cierto, Ana podría quedarse embarazada. De papá. ¿Y yo tendría un hermano o un sobrino?

—Pero tú crees que no es cierto...

Nunca contestaba exactamente con un sí o un no, decía que nunca había visto nada, que con ellas su padre siempre había sido muy bueno, que su hermana tampoco se lo dijo, ni siquiera lo insinuó, antes de aquel divorcio loco que destrozó a su familia, pero quién sabe. Ella iba a ver a su padre a la cárcel. Y su otra hermana también. Incluso después de la muerte de Ana. Lo mejor que María había hecho había sido marcharse.

—¿Y tú por qué te has ido de casa? —cambió de tema.

Ya a nadie le extrañaba que un día dejase a mis padres con su vida mientras yo hacía la mía porque básicamente eso era lo que hacía todo el mundo a mi edad, solo que casi nadie okupaba una vieja curtiduría. Incluso en el trabajo, no todo el mundo sabía dónde vivía. A Rafa le daba un poco de vergüenza decir que tenía una novia okupa. Y mis compañeros de la Casa Violeta no tenían relación con nadie de mi vida, por así decirlo, convencional. La época de irse de casa ya era pasado, y entonces era feliz.

—Por lo que se va todo el mundo, supongo —contesté.

—¿También estabas harta de tus padres?

—Sí.

En realidad, gracias a Verónica decidí que podía atreverme a hacerlo, en aquella época en que nos escribíamos cartas y mi madre se enfadó tanto. ¡Y eso que no leía las que yo le escribía a Vero!

He pensado mucho en los motivos de Verónica para hacer aquello. Incluso en los míos. Con los años, me he puesto del lado de mamá, que se debió sentir ninguneada a más no poder. ¿Por qué elegí a Vero? ¿Por qué no hablé con mi madre? Esas dos preguntas han debido ser las que le desataron la ira, quizá porque pensaba que tenían una respuesta más fácil que todavía no me he sabido dar a mí misma. Es bueno que lo sepas, mamá.

Es como si Verónica estuviese esperando un gesto para meterse todavía más en nuestras vidas. En las de todos. A lo mejor vi eso y me lancé, no sé, pero lo que sí sabía era que ella iba a recoger mi testigo y a meterse en el juego a pleno pulmón. Verónica era así, una especie de alma necesitada de familia que parecía un espíritu libre. Lo decía mamá muchas veces, e incluso Félix comentaba esa soledad contradictoria de su vecina. Yo necesitaba desahogarme, o algo así como pensar en voz alta, contrastar dudas y decisiones que me rondaban por la cabeza. A mí me daba apuro hablar con alguien de casa. Y Verónica necesitaba ser.

Necesitaba eso en lo que nos educan a las mujeres: ser a través de alguien, proyectarse en otra persona. Debió de creer que mi madre no se proyectaba en mí lo suficiente (hay que joderse), y se vino ella veloz a hacerlo. Vero quería tener influencia en alguien, o concretamente en mí, porque creo que comprendió en aquel momento de que el camino de libertad que había elegido la iba a condenar a pasar sin pena ni gloria por la vida de las personas con las que se relacionaba. Me di cuenta y me aproveché.

Todas sabíamos a qué estábamos, aunque puede que a Vero se le fuera de las manos. Podría haber sido suficiente con un par de cartas. Escucharme. Entenderme. Animarme a hablar con Helena. Es curioso cómo funciona la palabra escrita. Lo cierto es que hacía eso permanentemente. Que si «Deberías decirle esto a tu madre», que si «¿Y tu abuelo sabe eso?», que si «No soy yo quien debería leer estas cosas»... Entre líneas, era evidente que estaba encantada de que no se lo contase a mi madre y de ser ella la destinataria de mis secretos. Quien quiere animarte a que hables con otra persona no se pone a darte directamente los consejos que te daría tu madre. O podía haber hablado con Helena sobre el asunto.

Pero Vero contestó a la primera carta. Y a la segunda. Y a la tercera. Incluso a la décimo quinta y a la vigésimo octava. Creo que no dudó ni un momento sobre si detener aquello. Le ardía el bolígrafo para escribir opiniones, preguntar, soltar confidencias, arrimarse a mí poéticamente para estar más cerca que nadie.

Y cuando nos veíamos, actuábamos como si las cartas no existiesen. Verónica volvía a ser la vecina de mi abuelo, la amiga de la familia que no tenía por qué saber de mí más que lo que ellos quisieran confesar, y que por supuesto no tenía, por así decirlo, trato directo conmigo. Ni miradas cómplices ni gestos de cariño. Solo era conmigo de esa manera en las cartas.

Le hice jurarme que nunca le dejaría ver mis cartas a mamá, y cumplió con una perseverancia alucinante. Me las trajo todas metidas en una cajita forrada con papel rayado hace un par de meses, poco después de la desaparición de Helena. Muy en su estilo. Llegó aquí con sus gafas de sol de marca y sus tacones, y aquella caja hecha por ella, con un papel primorosamente pintado a mano y los remates perfectos de señora que consagra su vida al *packaging* decorativo. En cuanto vi la caja, estuve convencida de que, si Vero fuera madre, habría cajas así colocadas de modo simétrico en los estantes del cuarto de su hija, arreglado en la adolescencia para el paso a ser mujer, con papel de pared combinado y las cortinas en el mismo tono. Una pena, esa caja aquí en Creus.

En la primera carta, le describía mi particular hora violeta, chupándosela a un tío por cuarenta euros en el parking del Carrefour, y acostándome con otro al día siguiente por cien (pensión incluida). Durante mucho tiempo pensé que había continuado con todo aquello por puro morbo, porque le conté también lo de cuando me bajé al moro para sacar pasta vendiendo droga en el instituto, incluso a algún profesor, o porque alguna vez le describí con pelos y señales lo que se siente cuando te metes tripis de los caros, que ella ayudó a pagar, por cierto. También le explicaba mis ideas para tatuajes, que le consulté religiosamente porque yo valoraba de verdad su sentido estético. Entonces me parecía que la persona en el mundo que mejor podía juzgar un tatuaje era Verónica, y me fie de su criterio hasta el último milímetro de cada diseño.

Sus consejos y su comprensión, seguramente filtrada por el margen entre la lectura y la respuesta, pronto superaron esa idea inicial de que le provocaba todo un morbo enfermizo. Verónica fue capaz de dar con un modo de no escandalizarse y aconsejar sin dar por supuesto que yo dejaría de hacer las cosas que hacía. Y la verdad es que justamente por eso le conté casi todo lo que me arrastraba fuera de casa. Casi todo.

Siempre he sabido que, en realidad, se imaginaba que habría más, por supuesto. Pero no preguntó, hay que joderse. Nadie preguntó.

En una de las cartas, Verónica me contestó que a lo mejor la vida que tenía en mi casa no era la que yo debería vivir. Lo escribió así, tal cual. Ahí decidí que si ella, que era de fuera y no sabía de la misa la media, veía tan claro lo que yo llevaba dentro desde hacía tanto tiempo, debía ser cierto que no era mi lugar. O más bien que tenía que buscarme un sitio lejos de allí. Solo ella entendía cómo me ahogaba en casa, cómo aquellas «desapariciones» mías eran soplos de viento que me permitían seguir un poco más, unos días, unas semanas, en el camino hacia hacerme mayor y, por fin, poder largarme. Como fuera. Incluso sin tener donde meterme. Y creo también que parte del enfado de Helena con ella no tenía que ver solo con esos celos estúpidos de madre abnegada, sino con el hecho de que imaginaría, en fin, que Verónica me soltó pasta, sobre todo al principio, y me abrió un camino irreversible.

Aun así, cuando me fui llevó fatal que dejara de escribirle. De algún modo, ella y mamá se intercambiaron los papeles. Así como Helena comprendió mi partida y aceptó con templanza que mi vida pasaba a ser otra y que su lugar estaría por ver, Verónica no soportó perder su carta semanal. Me mandó una, la última, en la que decía sentirse utilizada, ultrajada y triste porque la apartara, que lo único que quería yo era su «financiación» (lo escribió así, me encantó la palabra). Como si me estuviera permitido apartar a todo el mundo menos a ella. Rompí la carta y nunca más volví a hablarle.

Ahora Helena no está, y yo llegué a pensar que, si alguien podía saber de ella, esa era Verónica. Sé que se reconciliaron poco antes de desaparecer, pero ella dice que no tiene ni idea de si mi madre tenía un plan para largarse sin dejar rastro o si tenía enemigos que pudiesen borrarla del mapa. Quién sabe. Tantos años de uñas para ahora ponerse a desaparecer. Incluso Verónica dice que no entiende a esta Helena.

Miguel siempre me decía que Helena tenía la suerte de que no conocía los celos, pero yo creo que él solo pensaba en los celos de la pareja, en la rabia que podría sentir Helena, por ejemplo, si supiese que Miguel follaba con otra. Parece ser que Helena no tenía celos de ese tipo, y por eso él decía que había que estar tranquilos. Pero Helena tuvo unos celos horribles de que Verónica supiese cosas mías que ni siquiera ella sabía, y de que la otra, pobre, se atreviese a darme consejos. Eran consejos casi entrañables, si una piensa en lo que yo ya había vivido y en lo que estaba viviendo, siempre con su buen tono maternal, hermoso y poético. Pero Helena se puso como una loba.

Nadie pensaba que yo podría tener esas cosas que contar, así que Félix, divertido con lo que él debía de creer una historia de amor entre Verónica y yo, nos dejaba usar su buzón para evitar a mamá. Cosas que tenía Félix, también, que conocía a su hija como nadie. A Miguel le daba igual, porque, según me dijo cuando mamá montó en cólera, él sabía que entre Verónica y yo no había más que amistad, ¿verdad?, y que yo sabría lo que le contaba. «Claro —le contesté—, a ver si te crees que ando por ahí contando mi vida en verso.»

A lo mejor, mamá, si me hubieras preguntado a mí en lugar de enfadarte con todo Cristo...

Con el único con quien Helena no se enfadó nunca fue con mi abuelo. Félix me dijo que había tenido su momento chungo, claro, como lo tiene todo el mundo, imagino. Parece ser que de adolescente no llevaba muy bien la vida de su padre, y él llegó a sentirse un poco culpable porque tenía la sensación de que a su hija nunca le parecía suficiente el tiempo que le dedicaba. Esto me lo contó Félix porque yo me quejaba de aquellas jornadas interminables de mamá, aquellas épocas en que solo la veía un rato al final del día y que anulaban por completo esos otros tiempos entre reportaje y reportaje o entre exclusiva y exclusiva en que Helena quería estar a todas horas junto a mí. Aunque la verdad es que yo no la dejaba. Félix debía sentirse identificado con ella e insistía e insistía en que no la apartase.

A mi abuelo le gustaba mucho que le cantase canciones de su época, los himnos de Joan Baez y Leonard Cohen, algún tango e incluso alguna copla. Fue él quien me compró una guitarra cuando cumplí siete años, así que se pasó mucho tiempo enseñándome a tocarla y cantando conmigo toda aquella música que estaba a años luz del punk que luego me gustaría escuchar a mí. Pero me gustaba que mi abuelo me contase aquella vida paralela que armó para dar existencia a Georgina Garrido. Por una parte, estaba la historia de cómo él mismo fue cumpliendo sus sueños, desde las cartas que contestaba para la radio hasta hacerse guionista, ahí sí, con su nombre. Pero las novelas policiacas de Georgina, a la que todo el mundo asociaba con las respuestas nacionalcatólicas a las dudas radiofónicas de las mujeres nacidas en los años treinta y cuarenta, fueron las que le resolvieron económicamente a Helena el problema de atenderlo cuando él ya no era él, y ella no podía ni quería hacerlo.

El éxito de aquellas novelas fue tal que Félix y su editora llegaron a contratar una vez a una figurante para saciar la sed del público de ponerle cara a la autora de aquellos *best sellers*. Hicieron media docena de fotos de la mujer, que se publicaron en un reportaje, y contentaron a la gente, que se quedó tranquila, como si para leer fuera imprescindible conocer el tamaño de las tetas de una escritora. «Por suerte —decía Félix partiéndose de risa— a los autores de novelas policiacas malas no se les piden conferencias, ¡y a las autoras menos!» Mi abuelo siempre se sintió en deuda con aquella mujer, ya que según él le debía la libertad impagable de que nadie, absolutamente nadie, imaginase jamás que Georgina Garrido era Félix Sánchez, aquel guionista que se sentaba en todas las mesas de la intelectualidad nacional y llevaba a su casa a todo el mundo. Puede que exagerase, aunque es verdad que desde entonces todas las referencias en la prensa a sus novelas fueron ilustradas con aquellas fotografías que acabaron siendo viejas. En realidad, creo que Félix magnificaba aquel agradecimiento para justificar que se había enamorado de aquella limpiadora de unos grandes almacenes que era dulce y amable, pero un poco boba.

Por toda la casa de mi abuelo hay fotos de aquella Georgina que no sé cómo se llamaba en realidad. Después de aquel experimento divertido, Georgina iba muchos viernes a cenar a casa de

Félix y juntos se reían como no recuerdo haberlo visto reír, contándole estúpidas anécdotas del cine del destape o de los políticos socialistas con los que tomaba whisky y jugaba al póquer. De jovencita, me dejaban cenar con ellos muchas veces, y siempre sacaba la guitarra para que cantáramos todos juntos hasta que ya no eran horas de molestar al vecindario.

Pero a la pobre Georgina un día le dio un ictus, y mi abuelo, triste como pocas veces lo he visto, decidió guardarle el luto y terminar también él con una época. De repente, Félix tuvo que despedirse de aquella amistad inesperada y bonita que la falsa Georgina y él habían construido durante años, queriéndose entre polvos cada dos o tres fines de semana que yo oía desde mi cuarto, mientras hacía los deberes o intentaba concentrarme en la lectura de los libros de Montse, que debía de estar revolviéndose de celos en su tumba. Supongo que Félix pensó algo que hasta entonces no había pensado: muerta la falsa Georgina y sin ánimos para construir nuevos principios, se vio dispuesto a que aquel amor fuese el último.

Así que se puso a cerrar cosas. La primera, el grifo de las novelas. Anunció a su editora que había que hacer las exequias al personaje y ella, con una palidez que todo el mundo adjudicó al luto pero que en realidad era pánico al balance anual sin Georgina Garrido, anunció en rueda de prensa la muerte de la autora. Pero aun así, Félix todavía le escribió un par de novelas póstumas, más que nada para cuadrar los números millonarios que habrían de resolver una empresa editorial y una vejez para sí mismo.

El día que se dio cuenta de que, por un instante, o quizá por unas horas, se había olvidado de Georgina Garrido fue cuando intentó suicidarse.

Se lo impidió mi madre.

Las venas abiertas con el cuchillo de las verduras, en la cocina.

Helena siempre ha dicho que no sabe muy bien cómo fue tan rápida, haciéndole un nudo con un paño de cocina en cada brazo y llamando a una ambulancia casi al mismo tiempo. Lo salvó de milagro. Y se arrepintió toda la vida.

Porque, antes del diagnóstico, Félix siempre nos había dicho que él prefería morirse antes que deteriorarse como le sucede a la gente con demencias. Lo tenía clarísimo. Decía muchas veces que, antes de hacernos pasar por procesos así, antes de depender absolutamente de un cuerpo sin cerebro, prefería la muerte. Total, no se iba a dar cuenta, comentaba. Pero después de que el médico le explicara que tenía la enfermedad de alzhéimer y lo que iba a ocurrirle desde entonces, Félix no volvió a hablar de matarse. Se puso a vivir igual que si no le quedase más remedio que hacer como que aquello no estaba allí, más que nada porque no sabía cuándo iba a comparecer la enfermedad.

Siempre lo decía así: «Cuanto más tarde en comparecer, mejor estaremos todos». Y lo cierto es que compareció de muchas maneras que Félix prefirió obviar. Lo de la nevera y lo de la tabla de multiplicar, lo de perderse al ir a buscar el periódico, lo de olvidar a Montse y las cartas que se habían escrito, lo de no reconocer a su editora ni a los amigos que venían un sábado al mes para beber coñac y jugar al tute con él. No sé si era Félix o el alzhéimer quien decidía que todos esos gestos no importaban para cumplir sus intenciones de cuando era un hombre sano con miedo a la locura y a la enfermedad. Pero sí le importó darse cuenta de que había sido feliz con Georgina Garrido y no debió de soportar la evidencia de creer que esa vida había sido de otro, o de pensar que efectivamente Georgina existía en algún lugar donde ella no tenía alzhéimer, pero él sí.

Así que decidió matarse, y después, como no murió, todo fue mucho peor.

Puede que el hormigón en el cerebro aumentase con el estrés del suicidio, le dije a mi madre. Pero ella no quería oír nada de eso. Ni hablar de la demencia ni hablar de la muerte, a pesar de que las tenía delante, ostentosas y cabezotas. A partir de ese día, decidió estar mucho más con Félix, atenderlo más personalmente, vigilarlo, evitar que se suicidase.

Creo que eso tampoco se lo perdono. Era mejor habérselo permitido. Dejar pasar la tentación de salvarlo. Entrar en aquella cocina y dar todo por hecho, dejarse ir en observar el río de sangre extendiéndose en la pequeña inclinación de las baldosas hacia el balcón. No tocar el cuchillo de las verduras. Asumir que Félix ya había muerto antes, cuando empezó a olvidar todo lo que le había dado la vida.

María, la hija del violador al que estaba entrevistando mamá cuando desapareció, nunca me dijo cómo había muerto su hermana, pero supuse que se habría suicidado. Solo hablaba de la tensión, de que vivir con su madre después del divorcio era una tortura. Que su madre era una manipuladora interesada y que la vida en aquella casa, en realidad, ya era insoportable desde el momento en que, para ellas, había sido evidente que de repente sus padres habían dejado de quererse. O a lo mejor, decía María, sus padres ya no se querían antes de que ellas tuvieran memoria y eso había ido viciando la vida y las relaciones entre todas ellas. Le echaba la culpa al dinero.

—Cuanto mejor les iban las cosas, menos se entendían —me dijo un día mientras hacíamos el cartel para las clases de defensa personal.

—Mis padres siempre se llevaron bien, hasta que se divorciaron —le contesté.

—¿Estás segura?

—Eso se sabe, ¿no?

—No te creas. A veces mantienen las apariencias y tú solo te enteras cuando, en un momento dado, por lo que sea, echas la mirada atrás y te das cuenta de que todo era una mierda. —Se quedó pensando, buscando las palabras—. Como una tormenta de nubes blancas.

Creo que, si tuviera que escribir el libro de María, o el de su hermana Ana, o el de su padre, lo titularía así, con las palabras con que María lo contó: *Una tormenta de nubes blancas.*

Una tormenta de nubes blancas.

He pensado muchas veces si en mi casa también pasaba eso.

Por lo visto, su padre, en la cárcel, también había intentado matarse varias veces. «Es difícil suicidarse en la cárcel», decía María, y parece ser que ella y su hermana le pidieron, le rogaron, que cuando empezase a salir de permiso no les metiese en el cuerpo ese miedo de que fuera a ir a ahorcarse en algún sitio. Que ellas lo querían vivo. Como Helena a Félix, aunque lo viese desvanecerse sin ser él. No sé qué mierda le pasa a la gente con los suicidios.

Félix debería haber muerto aquel día en la cocina, con la sangre convirtiendo en barquito el cuchillo de las verduras, y no después de impregnar de olor a muerte toda la casa. Insoportable, aquel olor. Cuando volvía a verlo, siempre a horas en que sabía que no me encontraría a mamá, respiraba ese aire cerrado que convertía aquel lugar en espacio desconocido. Eso era lo primero que me deprimía. Luego, él. Pero la casa que antes olía siempre a limpiador con limón, de repente se volvió rancia, como si ningún producto pudiese con el hedor del hormigón en el cerebro de mi abuelo. Cuando abría la puerta, el olor me daba en la cara y se convertía en espectros negros que me invadían y me amenazaban con robarme mis recuerdos hermosos.

No sé si Helena llegó a entender por qué, en un momento dado, preferí estar con mi abuelo, y no con ellos, con ella y Miguel. Supongo que le parecía que pretendía castigarlos. Pero la verdad es que a pesar de ser evidente que no le parecía bien, nunca me dijo que no fuera a casa de mi abuelo, y tampoco le dijo a Félix que no me recibiese, que hablase conmigo o que me convenciese para estar más en mi casa. De algún modo, hizo con eso como hizo después con mis desapariciones o mi forma de vivir. Solo me decía de vez en cuando, entre bromas y veras, con su sentido del humor raro, que pasear con mi abuelo al salir del instituto no le parecía muy compatible con las rastas y los piercings, pero que allá yo si me puteaban los colegas del instituto.

Nunca me han puteado, mamá. Supongo que la gente del instituto me tenía cierto respeto por lo del programa de radio. Después, cuando empecé a quedarme a la salida para fumar marihuana o para ir a alguna presentación de libros o a alguna conferencia, fue cuando Félix dejó de ir a recogerme. Supongo que para él también fue una liberación, y aun así no me dijo que no cuando le pedí un cuarto en su casa.

Mi madre me preguntó una vez por qué, en lugar de okupar casas o deambular por la calle, no me instalaba totalmente con Félix. Me lo dijo como señalando que no le importaría, que no se ofendería porque eligiese a mi abuelo. Le contesté la verdad: porque no me gusta que me aprisionen los techos. No sé si pensó que era una originalidad adolescente o una forma de rebelión. En realidad, no sé qué pensó, porque no dijo nada, ni sonrió ni se entristeció. Pero aquel día estuve segura de que la gran Helena Sánchez me entendió un poco.

Félix siempre me entendió totalmente, aun sin necesidad de confesarle las cosas fundamentales.

Debió de ser eso por lo que mi madre aceptó que pudiera no pisar su casa en meses tras el diagnóstico: en aquel momento lindo la Casa Violeta funcionaba, yo estaba enamorada y era tan feliz que por fin mi vida empezaba a cuadrar. Helena no podía exigirme tanto dolor.

Después de todo, no me parecía justo exigirme a mí, precisamente, que soportase las placas de hormigón en el cerebro de quien me quiso tanto, ni que tuviera que arriesgarme a ser yo la que la siguiente vez, puede que la definitiva, lo encontrase con las venas abiertas deshaciéndose todavía más en el aire rancio de aquella casa que antes había sido fresca. Porque yo seguramente lo dejaría morir.

Así que un día, una semana después de que me contara que sentía algodones detrás de las cejas como forma de dolor, en el camino entre la Casa Violeta y el piso de mi abuelo, decidí dar la vuelta y no volver.

Una bonita comuna en la aldea

Siempre he pensado que lo más importante que mi madre me ha enseñado es a lavar un colador. Primero friegas por un lado y por el otro con el estropajo con jabón. Luego, para quitarle la espuma, le pones una mano por debajo para que el agua no escurra y haga su trabajo. Vale para coladores, lavadores de verduras, ralladores, filtros y tamices. Una enseñanza útil de verdad. Porque las cosas prácticas e inmediatas son las que valen. No andar dándole demasiadas vueltas al pasado. Asumir que el futuro aún no es. Entender que hay que vivir en el presente. Lavar un colador.

Entendí esto de manera definitiva cuando tuvimos que dejar la Casa Violeta y buscar otra opción. Okupar otro edificio en aquel momento se hacía francamente complicado, porque, por surrealista que parezca, Ágora había conseguido tres concejales y sus votos eran llave en votaciones complicadas, así que para tener contento al montoncito de personas que había votado a los fascistas el alcalde decidió endurecer todo tipo de medidas contra lo que los votantes de Ágora llamaban «perroflautas». Nosotros, vaya. Luego, cuando Ágora ganó las elecciones, fue todavía peor. Entonces sí que entendí que tenía que marcharme de la ciudad.

En realidad, cualquiera podía acabar en chirona por ir de valiente, pero nosotros más. Y total, la crisis ya había acabado con casi todos los débiles, así que las inmobiliarias podían volver a empezar, y por supuesto que lo habían hecho. La mayor parte de los edificios okupables para reconvertir el proyecto de la Casa Violeta o estaban ya en construcción para viviendas de lujo y oficinas, o en poder de los fondos buitre, que los habían comprado no se sabe muy bien cuándo para alquilarlos a precios desorbitados. Ya habían pasado los tiempos en que la gente, desahuciada, se había metido a okupar edificios abandonados por las inmobiliarias en quiebra y había comprendido claramente lo que Bruno tanto había luchado por hacer entender. Por aquella época, ya todo el mundo se había contentado con cobrar la mitad de lo que había cobrado en otro tiempo por trabajar el doble de horas, para malpagar los alquileres manipulados por los bancos y los fondos de inversión, o nuevas hipotecas que, no sé por qué, les parecían más bonitas que las anteriores a la crisis. Julepe se hartaba de decir «¿Veis como tenía yo razón?», y los demás se la dábamos entre la resignación y la tristeza.

Bruno cayó en una depresión. La Casa Violeta había sido su sueño, su proyecto vital, y ahora estaba en silla de ruedas.

Fue un reportaje de mi madre, publicado mucho tiempo antes, el que en realidad nos animó a dar un paso adelante. Después de la ola de incendios de 2002, mamá se empeñó en investigar sobre la especulación forestal. Nos lo contó un día en casa de Félix, que le vaticinó que nunca podría publicar nada sobre eso, pero ella dijo que quería hacerlo igual, que alguien tenía que contar cómo las alcantarillas de las empresas papeleras y varios despachos muy concretos del gobierno autonómico confluían en una catástrofe ambiental. Yo, que no conocía esa faceta ecologista de mi madre, solo le dije: «Que no se te olvide sumarle cómo somos, mamá: mira quién prende fuego al monte».

Efectivamente, después de que la amenazaran de muerte varias veces por teléfono y de un accidente de moto (estoy convencida de que fue provocado, aunque ella nunca ha querido reconocérnoslo), dejó de hacer ruido con esa investigación, pero continuó con un trabajo discreto que años más tarde dio sus frutos en forma de un reportaje sonadísimo sobre la especulación forestal que puso a trabajar a varios fiscales. No voy a contar cosas que son sabidas. El caso es que leí con orgullo esa historia complicada en la que el hilo del que tiraba con habilidad era justamente la pregunta que yo le había dicho: ¿quién quema el monte?

Pues allí, en aquel reportaje que creo que fue su mayor satisfacción, más incluso que el de los ultraderechistas tan premiado, encontré la posibilidad a la que daba vueltas incluso antes de que los neonazis nos echasen a palos de nuestra casa.

Helena Sánchez había entrevistado para aquel trabajo a un hombre en una aldea de Lugo que le habló de cómo había visto actuar a un pirómano, o más bien, a un simple incendiario por dinero. Un vecino rencoroso al que le habían llenado los bolsillos con dinero y gasolina con la que vengarse por una herencia jodida. Tanto da: el muy idiota se había matado a sí mismo plantándole fuego a un parque natural que ahora está repleto de eucaliptos. El hombre que hablaba en el reportaje, según lo describía Helena, era «David, procedente de Dinamarca, fundador de una comuna en la ecoaldea Nogueira de Xiáns». David contaba cómo había visto pasar al vecino hacia el monte y unos minutos después el primer fuego. «Fue la única vez que tuvimos que desalojar la aldea. Pasamos mucho miedo por los niños.»

Esa entrevista ya me había llamado la atención en su momento, y recuerdo que le pregunté a mamá cosas concretas de aquella comuna. Así que en realidad ya hacía tiempo que estaba dándole vueltas a fundar una ecoaldea cuando tuviéramos que dejar la Casa Violeta, porque era evidente que aquello se terminaría algún día, sobre todo desde que nos convertimos en el blanco de Ágora. Un paso más. Un modo de ser coherentes, también, con el tiempo que nos pasó por encima y que hacía que ya ni nos gustara el riesgo, ni tener siempre un pie fuera por si había que largarse. No le comenté nada a nadie hasta que, después del desastre, cogí un día a Julepe por banda, que me constaba que también se había mirado el asunto, y se lo explicamos a Bruno, que se creía una simple carga en silla de ruedas, incapaz de soñar nada nuevo para nosotros ni para sí mismo. Y lo cierto era que ya no le quedaba nadie más que la familia de la Casa Violeta, donde hacía ya muchos años que no distinguía entre Primo y cualquier otro. No dijo nada, porque ya no decía nunca nada, así que tomé el mando y convoqué uno de esos cónclaves suyos, aunque ya no tuviéramos nuestra cocina de siempre.

Cuando nos curamos de nuestras heridas, cada cual había ido alojándose donde podía, en pisos de colegas básicamente, de los que íbamos y veníamos para no estorbar mucho y no abusar de su generosidad. Aquel día del cónclave nos reunimos en el piso donde se había metido Richi. Siempre fue el que encontraba los mejores sitios, y fue él también el que decidió cuál sería nuestra aldea para empezar de nuevo todos juntos. Les expuse mi idea, ilusionada, y me escuché a mí misma hablar desde una pasión que no parecía mía y que, sin ninguna duda, había aprendido con los años junto a Bruno, creyendo en la Casa Violeta.

—En tu estado, no podemos okupar un edificio, Bruno —le dijo Richi, como si hubiera que convencerlo de algo—. Y yo, a estas alturas, paso de andar de nómada. Ya me he cansado. Tengo treinta y ocho, aunque no lo parezca.

—Amanda tiene razón, deberíamos aprovechar los conocimientos de Bruno sobre todo tipo de organización inmobiliaria alternativa para comenzar de cero con algo que nos apasione desde el principio, y la ecoaldea es buena idea. Llevo tiempo leyendo cosas sobre esas formas de gestión, y todos tenemos algún dinero ahorrado, ¿no? Incluso hemos guardado un poco de los últimos conciertos en la Casa Violeta. —Julepe, apasionado como siempre, tenía en mente la relación entre posibilidades y recursos, y era evidente que ya lo había estudiado—. Así que, para empezar, da. ¿Quién querría echarnos de una aldea abandonada?

—Los propietarios de las viviendas. Se supone que tienen dueño, aunque no lo parezca.

—Suso, tío, en esas aldeas ya ni se sabe de cuántos herederos es cada casa con su terreno alrededor.

—¡Y nos van a agradecer que las volvamos a levantar! —le contestó Primo—. Un día vi un reportaje sobre formas de construcción ecológicas, secando hierba y haciendo con empacas una especie de bloques de construcción, que puede ser una manera de empezar. Primero una casa. Luego el resto.

Bruno, por supuesto, callaba. Era evidente que, a pesar de su mente ausente, los demás ya buscaban alternativas y él solo tendría la opción o de sumarse, o de quitarse de en medio. Quizá lo habían aprendido de él. Escuchaba lo que íbamos diciendo con ilusión, las propuestas de lugares de la montaña de Ourense o del sur de Pontevedra, más cerca del mar, decía Suso, que se proponían como localizaciones.

—Hay aldeas abandonadas por todas partes. —Primo sonreía mucho—. Malo será que no consigamos apañarnos entre los seis para sostenernos cultivando la tierra y vendiendo cosillas por ahí. Ya sabéis que María vive así.

María había desaparecido de nuestras vidas justo antes de que acabasen con la Casa Violeta, pero sí había llegado a estar en alguna de las incursiones de los skins en sus paseos hacia el campo de fútbol, así que había cogido mucho miedo. Un día vino a contarme que se cambiaba de lugar. Que le gustaban las playas de Euskadi y que, si alguna vez dejaba de moverse de un lugar a otro, quería vivir allí, que le parecía que el cielo estaba más cerca y su familia más lejos, que prefería hablar solo por teléfono con su padre y no ir un domingo sí y otro no a visitarlo a la cárcel. Que su madre había muerto para ella. Que su hermana Flor no la entendía. Que estaba sola y eso le gustaba. Y que quizá se enamoraba en alguna feria de artesanía, ¡quién sabe! No volví a verla. Pero ojalá Helena hubiera hablado con María para entender muchas cosas. Richi la había visto en una feria en Bilbao, adonde había ido él a dar un curso de malabares y había estado de cervezas con ella. Me trajo de regalo uno de los cinturones que María vendía, junto con bolsos, diademas e incluso anillos de cuero. Parece ser que estaba estupenda. Y preñada.

—Y ahora, queridos, sí que creo que es el momento de abrir el debate de la comuna. —Mi propuesta los cogió por sorpresa—. Aquello de lo que no queríais ni oír hablar cuando os pedí entrar en la Casa Violeta...

—Amanda...

—La vida no es sostenible sin niños que nazcan, Primo, y yo no puedo tenerlos.

—No puedes estar pensando siempre en lo que te han hecho esos cabrones.

Qué sabría Suso lo que podía estar yo pensando siempre o no. Miré a todos los demás, que bajaron los ojos hacia la mesa. Todos, menos Bruno, que me miraba con esa mirada que solo él y yo entendemos.

—Tampoco iba a parir yo sola hijos para toda la comunidad, por cierto, así que, sabiendo lo difícil que es atraer familias ya hechas a un proyecto de aldea sucia y a medio acabar como la que proponemos ahora, tendremos que pensar en que las criaturas nazcan en ella.

—Y para que funcione el reparto justo y solidario de recursos, no podemos andar mirando de quién son los hijos. —Julepe lo tenía tanto o más pensado que yo, y eso que casi no habíamos hablado del asunto en los años anteriores—. Los hijos deberían ser de todos; tienen que recibir el amor de todos, porque también van a servir para sostener aquello para todos y cuidarnos en el futuro. Como en los koljoses. —En ese instante, claramente, un koljós le cruzó la imaginación—: Colectivizar el amor evita conflictos.

Bruno nos miraba con cara de nada desde su silla de ruedas. Yo, sentada frente a él, me daba cuenta de su cansancio infinito, su desilusión, de la sensación de que la vida se le había terminado con aquella bota militar tronzándole la columna vertebral. Nos observaba como si acabara de llegar de Marte y todo a su alrededor le pareciese imposible, como si no nos conociese de nada y no entendiese qué hacía allí.

Primo lo cuidaba como si fuera un padre, y yo iba todos los días a ayudarle a acostarlo y a darle el desayuno. Suso decía todo el tiempo que él y yo habíamos sido los grandes perjudicados de toda aquella historia, que deberían indemnizarnos de por vida y no dejarnos así tirados, sin casa, sin atención, sin dinero, sin modo de vida. Pero yo sabía que el problema no era ese. Yo podía volver a empezar. No poder tener hijos me dolía, más que nada porque cuando estaba embarazada la maternidad fue una idea a la que me acostumbré con gusto. ¡Pero venga!, había vivido hasta entonces sin hijos, y sabía que podría ser feliz sin tenerlos hasta el fin de mis días.

Pero Bruno había dejado de ser él. A Bruno también le habían quitado en cuestión de minutos la posibilidad de ser padre, y nadie pensaba en eso. Para todo el mundo era solo alguien que ya no iba a poder caminar, ni buscar setas en otoño, ni arengarnos desde un balcón, ni subir las escaleras, ni acudir a una manifestación. Alguien que no iba a poder, así en general. Pero yo sabía que, de nosotros dos, si alguien deseaba verdaderamente hijos, era él.

Así que Bruno siguió en silencio. Y en realidad, nunca llegó a opinar. Aceptó, o se resignó, o quizá incluso se alegró de que nosotros, que no éramos más que la heredera y los herederos de su pensamiento apasionado, fuéramos capaces de organizar aquella vida, esta vida, en la aldea de Creus, lejos de todo, en medio de la nada lucense, verde en verano, asquerosa en invierno.

En Creus me harté de lavar coladores y tamices, palas de albañil, filtros de café y bolsas de té. Así de útiles fueron las enseñanzas domésticas de Helena Sánchez, tan poco dada ella a ese rol de ama de casa. Desde entonces, en nuestras vidas todo era reutilizable y había que lavarlo. Podría dar un curso de lavar coladores en Creus. Y otro de plantar tomates, o de hacer tejados con paja. Y eso me dio una felicidad que no podía ni imaginar el día que, en la pila de la casa de Félix, mamá me explicó la manera de que el agua no huyese por los agujeros de un colador sin hacer su trabajo de limpiarlo.

Creo que Helena, aun no gustándole Creus, lo veía más adecuado que la Casa Violeta. Tanto fue así que fue ella quien me prestó el dinero que nunca le devolví para contribuir con mi parte cooperativa a liberar aquella tierra.

Esto es lo que hacemos: convertimos los campos que nadie quiere en tierra liberada a base de comprarla a través de nuestra propia donación para ponerla a disposición de la comunidad (preferimos no hablar de comuna en nuestra publicidad, cosas de Julepe, que ha pensado mucho en la campaña de marketing). También he sabido mucho tiempo después que mamá influyó en el ayuntamiento para que nos dieran los permisos o para que hicieran la vista gorda cuando fue necesario. Pero nunca dijo nada. Como siempre.

Empezamos nosotros solos, trabajando como bestias, arreglando la primera casa donde durante dos años vivimos todos juntos. Atendíamos a Bruno por turnos, pero la verdad es que yo fui quien más se ocupó de él. Puede que por ser la única mujer. O a lo mejor porque creo que fui la que mejor lo entendió.

O quizá porque lo quise como no he querido a nadie ni antes ni nunca más.

Cultivábamos la tierra y comíamos lo que salía de ella, y también lo que nos daban algunos vecinos de las aldeas de alrededor, que estaban bastante lejos. Al principio, se quedaron extrañados cuando pasaron por allí con el ganado y vieron que estábamos quitando escombros de la primera vivienda. Empezaron a llamarnos «los hippies», pero la verdad es que al final se implicaron, hasta el punto de que hoy la gente de esas aldeas es la principal usuaria de nuestras actividades de ocio y educación no formal. Estamos felices de haber sido capaces de reproducir, en parte y adaptándonos al nuevo entorno repleto de naturaleza, lo más interesante del proyecto urbano de la Casa Violeta. Incluso tenemos en mente volver a acoger migrantes, si logran llegar hasta aquí, claro está.

Pero Helena no ha llegado a conocer Creus. Se lo pedí mil veces de maneras distintas, pero creo que no me perdonó que la dejase sola con Félix. Y como supongo que se ha ido para no volver, ya es inútil pensar en todo eso.

Debo decir que fui feliz en casa de mi madre hasta los doce o trece años, aproximadamente. Después todo cambió. No sé si mamá tuvo la culpa. Tampoco vamos a responsabilizarla a ella de cosas que no ha hecho. O sí, no sé. En parte, escribo esto para ver si me aclaro.

Ahora sería el momento de poner aquí los típicos recuerdos de la niña con su madre. Responder a las consabidas preguntas de periodismo de sucesos un poco sensacionalista que ella nunca haría:

«¿Era Helena Sánchez una buena madre?».

«¿Qué es lo que más echa de menos de su madre desaparecida?»

«¿Un recuerdo especial?»

«¿Se siente culpable?»

Cuando Carlos Álvarez, el director del periódico en que mamá trabaja, o trabajaba, me pidió que escribiese esto, solo me dijo: «Haz una semblanza de tu madre, no muy larga, que quepa en el dominical». «Pero ¿cómo?» «Como tú quieras. Sabrás cómo hacer que todo el mundo la adore y la recuerde, ¿no?» Él, que ha sido su amigo desde la universidad, me pide a mí, su hija que desaparecía y le ha dado mil problemas, con la que tenía una relación regular, que escriba. ¿Para hablar bien de ella? En fin. Es evidente que Carlos, en realidad, no quiere lo que me ha pedido. Por eso, amigo Carlos, estoy haciendo lo que me da la gana.

Esta historia no se escribe sola.

Yo creo que Carlos sabe dónde está mamá. También lo pensaba de Verónica, pero cuando vino a verme, estaba tan triste que me pareció evidente que no tenía ni idea. Pero Carlos es distinto. Carlos sí tiene ese tipo de complicidad con mamá. Y pedirme a mí, precisamente a mí, este escrito... Es como si, entre los dos, me estuvieran pidiendo que cante.

Esto no es un texto de dominical ni nada parecido. Carlos, tendrás que arreglarlo mucho, y yo ya sé qué cosas eliminarás.

Tendría que hacer un librito, en estos tiempos en los que nadie lee, y menos los libros que se regalan con los periódicos, eso suponiendo que Carlos quiera regalar esto con el periódico. Por lo visto, mi madre también estaba pensando en hacer un libro con la historia que escribía, la del padre de María, porque Carlos le había dicho claramente que eso no salía ni de coña. Allá él. Yo creo que era una buena historia. Difícil, pero buena. Alguien la contará en algún momento, quizá de otra manera. Yo misma podría hacerlo, si me pusiera, que para eso tengo un injusto 6,5 en Teoría Literaria I y sé bastante de relatos fenoménicos. Ya que me he puesto con esto, añado aquí, quito allá, continúo por otro lado, y ¡zas!, historia escrita. Como literatura, como novela, más bien. Aunque siempre me he sentido más poeta.

De hecho, desde que vivo en Creus escribo poemas.

Manuel Cobo, un amigo de mamá, me daba chocolate siempre que nos veíamos y me regalaba libros de poemas, casi todas las semanas hasta que tuve doce años. Después menos. Él viajaba mucho, y por aquella época en que dejamos de verlo, cambió radicalmente de vida. Se fue a trabajar medio año a Rusia, o a una República báltica, o a Finlandia, no sé muy bien, y allí escribió un libro que oscilaba entre la filosofía y el periodismo con el que obtuvo tal éxito que dejó su trabajo en la universidad y decidió dedicarse a ser una especie de gurú intelectual muy mediático. También me envió ese libro, dedicado, pero no entendí un carajo. Prefería los poemas. Mamá siempre lo compara con Chomsky, pero a mí me cae mejor Manuel Cobo. Aunque después de Rusia estuvo por aquí unos años, luego se fue a México, y allí sigue, como todo el mundo sabe. Mamá lo visita de vez en cuando, la última vez no hace tanto.

Ellos nunca han perdido el trato, pero el hecho de que Manuel se largase a México, imagino, influyó en que ya no tuvieran tanto roce como cuando era niña. Había sido su profesor y tenían una confianza que yo misma he deseado tener con Helena muchas veces después. He llegado a pensar si estarían enamorados, aunque no lo sé. No imagino a mamá poniéndole los cuernos a Miguel, la verdad. Y eso que a él no le hacía nada de gracia esa relación suya. De todos los amigos de mamá, que eran muchísimos, este era el único sobre el que él opinaba. Y sigue opinando, claro.

Mamá me mandaba leer en voz alta los poemas. «Por si algún día quieres ser locutora de radio —decía—, deberías saber entonar bien, porque en la entonación está el secreto de cómo comunicamos.» Ahora que lo pienso, eso también fue algo útil que me ha enseñado Helena, aunque aquí justamente no se note la entonación de algunas palabras que me gustaría resaltar de determinadas maneras. Eso, y lo de lavar un colador.

Félix estaba fascinado con aquellos libros y casi siempre los leía él también. «Este profesor Cobo —decía con ironía— ¡es un verdadero conquistador!». A mí, debo decirlo, me hacían más ilusión los bombones, pero lo cierto es que leía igualmente los libros. Cuando se fue, y durante un tiempo, siguió enviándomelos desde distintos lugares, muchas veces en lenguas que jamás llegaría a entender. Hasta que, imagino, mi madre lo avisaría de que no tenía ni idea de dónde vivía yo y no tenía mucho sentido acumular libros míos en una casa a la que no pensaba volver nunca.

A lo mejor Manuel Cobo también sabe dónde ha ido a dar mamá con sus huesos. Quién sabe. Supongo que, si decides desaparecer así, tampoco te interesa demasiado que un montón de gente sepa de ti.

Creo que Helena echaba de menos la época en que yo era niña.

Yo no sabía que los niños te alejan de ti misma y que luego tienes que recuperarte cuando te libras de ellos, allá por la adolescencia. Es un trabajo difícil, que te vacía por dentro y te vuelve a llenar, y en el que tienes que entender una ley no escrita en la que la vida se construye a través de esa tensión entre querer y desquerer para seguir queriendo. Lo he descubierto aquí gracias a las hijas y los hijos que son de todos, y por eso también pueden ser míos. La verdad es que, desde que hay bebés en Creus, he comenzado a ver mi vida de otra manera. Pero todavía no he decidido si la entiendo.

Para eso, mamá, supongo que ha de pasar más tiempo.

De hecho, Bruno empezó a hablar de nuevo cuando llegaron los niños a Creus. Todavía no es el mismo, y seguramente no vuelva a serlo nunca, pero ha vuelto a hablar gracias a ellos. Se ha encontrado en el querer incondicional de los niños que son felices con muy poco y fuertes como rocas. Ha vuelto a vivir la ilusión de construir algo, la vida nueva de esas criaturas que entendían el mundo a través de nuestros ojos, pero sobre todo de Bruno, que al no poder caminar está a cargo de ellos mucho más tiempo. Ha sido un padre excepcional para cada uno y, de hecho, Bruno es el único al que llaman papá. ¡Justamente a él, el único del que no hay dudas de paternidad! Ahora incluso ha logrado bromear con eso. Solo un poco. La amargura todavía está ahí, y probablemente no desaparezca nunca.

Ha sido todo más rápido y natural de lo que pensábamos.

Terminamos la segunda casa de Creus en nuestro tercer año allí, cuando ya teníamos bien organizado el sistema de producción agraria que ha diseñado Julepe, y cuando Richi ya había establecido un calendario de ferias en un área accesible a la redonda que nos permitiera combinar la permanencia en la aldea con la itinerancia para sacar dinero vendiendo la artesanía que, básicamente, hacíamos Primo y yo. A Bruno siempre nos lo llevábamos, para evitar que estuviera solo más tiempo de la cuenta. Suso, como siempre, se encargaba de las tareas domésticas: limpieza, cocina y orden. Así que en ese momento fue cuando abrimos la comunidad.

No fue un proceso fácil. Habíamos decidido que podíamos asumir a cinco personas más el primer año y, a lo mejor, diez al siguiente, pero habría que verlo. De esas cinco primeras, solo se quedó una. Mucha gente, contra lo que piensa cuando se propone entrar en un proyecto como este, no resiste la vida en comunidad. Una era una chica demasiado joven que, igual que me habría pasado a mí si me hubiera metido en Creus el mismo día que entré en la Casa Violeta, no soportó aquel nivel de intemperie ni de libertad y, por tanto, de incomodidad.

Eso me lo decía siempre mi madre: cuanto más libre, más incómoda, y lo he recordado mucho en las primeras noches de frío en la casa venteada a la que no nos había dado tiempo de poner contraventanas. La incertidumbre de lo que vas a ser mañana, sin sueldo, sin depender de nada más que de lo que seas capaz de hacer, angustia mucho, y supongo que cualquiera necesita un proceso para librarse de esa educación para las certezas que a todos nos dan.

Otro de los candidatos solo pensaba que una comuna suponía follar a todas horas con quien le diera la gana y, básicamente, que las mujeres éramos esclavas sexuales a su disposición, lo mismo que les había dicho Bruno a los otros cuatro compañeros el día que decidieron si podía vivir yo con ellos. Ahora ya entendían aquellos términos. Así que hubo que expulsarlo. De los tres que se quedaron, dos se enamoraron entre sí, y a la hora de decidir crear una familia no se vieron capaces de hacerlo en un lugar como Creus. Siguen visitándonos a menudo, incluso pasan temporadas aquí, en verano.

Y se quedó Marta, la primera persona en sumarse de verdad a nuestro grupo inicial. La primera también en darnos un bebé para Creus. Marta me pidió que le pusiera yo un nombre a la criatura y lo tuve claro: Fiz. Feliz. Como mi abuelo Félix antes de que el alzhéimer le hiciera olvidar su propio nombre y, con él, la felicidad que irradiaba para nosotras.

Para cuando nació Fiz, ya se habían sumado a la comunidad otras tres personas. Una de ellas, Raquel, llegaba embarazada de mellizas, así que desde el primer momento tuvimos la certeza de que la familia de Creus iba a crecer rápidamente. Con lo que Julepe decidió que la prioridad era hacer una vivienda donde alojar a niñas y niños, y yo hice un gráfico con turnos muy estrictos para su atención, entre todos y todas. Insistí mucho en eso: todos y todas. Se generó algún conflicto con ese asunto que nos obligó a expulsar a dos personas que habían accedido al mismo tiempo que Raquel. Una porque decía que hacía un trabajo mucho más duro que el de los demás (rehabilitando un pajar) y estaba demasiado cansada para levantarse por las noches a atender bebés. El otro porque demandaba una especie de pago en excedente por productividad porque la verdad es que las tomateras que él cuidaba daban más tomates que las de nadie. No sé qué les hacía, y tengo que decir que dudé si iniciar con él un proceso de conciliación para convencerlo de que el espíritu de Creus no era ese, sobre todo por aprovecharnos un poco más de su capacidad para hacer crecer aquellos tesoros en todos los mercados de la comarca. Pero preferí priorizar la paz en nuestra comunidad. Los demás no nos han dado problemas. Y el tercer año llegaron a Creus quince personas más con cinco bebés.

La silla de ruedas de Bruno es el mayor regalo para el sector infantil de la aldea, y él, de golpe, ha visto que aquello que lo ataba al suelo y le impedía volar como siempre había volado volvía a hacerlo importante. Y ha descubierto, supongo que como yo, que puede ser padre de mil maneras distintas en esta esquina del mundo que hemos construido a prueba de especuladores, nazis y racistas.

Él y yo somos felices así.

Mis padres jamás podrían serlo aquí.

Esta vida no es para gente como ellos, sobre todo teniendo en cuenta que Miguel ya había huido de casa de sus padres, y no me extraña. Él siempre dice que se fue por la vida del campo, que él no se veía en aquel entorno «excesivamente natural», como solía comentar en las cenas de cuando yo era adolescente con aquellos amigos suyos que mi madre llamaba «los pijos fachas» y que a mí, ya entonces, simplemente me parecían unos gilipollas. Pero yo creo que en realidad huía de mis abuelos. No sé si odiaban más a mamá o a mí. Yo creo que a Helena. Siempre han considerado que fue la perdición de Miguel, en fin, ese médico de éxito. Hay que joderse.

Y mira que a mí me gustaba la casa de la aldea (qué profético), pero Miguel la odia profundamente. Nunca lo dice, porque sabe que es impopular y él es el maestro de la popularidad, pero es evidente que se cree que nació en el lugar equivocado y en la familia equivocada. Sus padres son como son, gente a la que le gusta sentirse miserable para dar pena y de ese modo ser alguien. Por lo menos eso es lo que dice de ellos Helena, decía. A mí sí que me daban algo de pena, la verdad, en especial ahora que sé que hay mil maneras distintas de vivir de la tierra y en la tierra, y que entiendo claramente que han optado, no sé si de manera muy consciente, por un modelo agrario que los ha condenado a la pobreza.

Creo que mi abuela ha muerto. Mi abuelo debe de vivir de lo que le ingresa Miguel todos los meses para no tener que cuidarlo él mismo. La última vez que los vi fue en mi época feliz en la Casa Violeta, poco después del diagnóstico de Félix. Recuerdo que pensé: «En realidad, solo he tenido un abuelo, así que debería interesarme por los otros dos. ¿Y si también están dementes? ¿Y si así entiendo mejor a Miguel y a mi madre?». Puede que no tuviera mucho sentido, pero fue lo que me vino a la cabeza de golpe, una mañana, y ese día cogí un autobús y me planté en su casa. Reconozco que mi indumentaria no era precisamente algo que pudiese darles tranquilidad, pero la cara de susto que puso mi abuela cuando me vio entrar fue para ponerle un marco. Aun así, me reconoció en el momento justo en que me vio acercarme por el camino. No sabía de qué hablar, así que me preguntó por Miguel. Como si me hubiera visto el día anterior. Como si ya supiera todo lo que tenía que saber de mí. Me lanzó un mensaje sutil: nos contaminas.

De la cabeza parecía estar bien. Del resto estaba viejísima. Decrépita. Y eso que entonces no debía de llegar a los sesenta años. Siempre me han inquietado esas gallegas de las aldeas que se ponen viejas antes de tiempo, que tienen surcos en lugar de arrugas y que deciden que la dentadura no es imprescindible para comer. Mi abuela Cecilia era una de esas mujeres que comen con la boca abierta y con los brazos rodeando el plato, en un gesto que parecería libre si no se pareciera tanto al de los animales con los que convivían codo con codo. Y aun así, creo que era feliz.

Aquel día que pasé con ellos no tuve ni la más mínima sensación de tristeza en aquella casa. Se quejaban de todo, eso sí. Porque eran pobres, y es verdad. Pero recuerdo que pensé que mi madre, con ser rica, guapa y exitosa, destilaba mil veces más amargura que mis pobres abuelos, ignorantes, sucios y miserables. Y Miguel, evidentemente, también. O peor.

Aprendí de ellos la lección del presente. Quizá yo no podría ser feliz así y, sin duda, mi madre y Miguel tampoco, pero aquellos abuelos, con sus quejas constantes en las que culpabilizaban de toda su miseria a cualquiera menos a sí mismos, en realidad sí lo eran. Apartando de sí toda responsabilidad, habían decidido vivir tal cual estaban. Sin pretensiones de futuro. Sin cuestionar demasiado lo que podrían haber hecho en el pasado. Mientras comía, pensé que ojalá fuera yo capaz de vivir así.

Mi abuelo, en cambio, no me reconoció. En efecto, habrían pasado unos diez o doce años desde la última vez, con motivo de una comida que organizó Miguel en uno de sus arrebatos de arrepentimiento familiar. Llegaron a casa y pronto se sentaron en el comedor, francamente incómodos. No sabían cómo ponerse. Era evidente que tenían miedo de romper algo o de manchar nuestra casa con su presencia. Mi abuela hizo un comentario sobre que teníamos un piso como las casas de las telenovelas, y mi abuelo, en silencio, miraba cómo brillaba un jarrón que mamá había puesto con unas flores para decorar la mesa. «No sé para qué me mato», decía ella mientras poníamos los platos de la vajilla que le gustaba a Miguel. Entendí para qué se mataba y por qué no sabía para qué lo hacía en cuanto empezaron a comer.

Siempre me ha fascinado la capacidad de Miguel para lidiar con la clase de incomodidad que le provocan esas situaciones, tapando la vergüenza con autocompasión y corrección. El buen hijo. El buen marido. El buen médico. El buen ciudadano. El buen hombre que se ha hecho a sí mismo y no ha logrado convencer a sus padres de que era mejor salir de una vida miserable en el campo, aun pudiendo salvarlos de aquello. En parte es verdad.

No los había vuelto a ver hasta el día que aparecí en la aldea para comprobar que ellos no tenían alzhéimer, que solo eran pobres y presumían de la peor de las ignorancias. Y ese día también descubrí que eso no los hacía peores personas. No peores que su hijo. No peores que nosotras. Mi madre también estaba harta, insistía, de que ellos se creyesen superiores a nosotras, y entendí lo que había de cierto en eso cuando me fijé en la forma de mirarme, en la acusación que traslucían los ojos de mi abuelo al observar sin ninguna clase de disimulo los tatuajes de mis brazos. Lo único que me dijo, cargado de mala fe, fue: «Amanda, ¿y tú quieres tener hijos?». Y no habló más en toda la comida. Mi abuela, haciendo un esfuerzo, era la que mantenía una conversación sobre nada. A qué te dedicas, Amanda. Dónde vives. Qué tal tu padre. A tu madre la vemos a veces en la tele, pero sale poco. Sigues viendo tanto a tu abuelo. Dile a Miguel que venga más a vernos. Aquel médico que me recomendó me ha atendido bien, que no se te olvide comentárselo. No te duele llevar imperdibles en las orejas. Cómo te haces eso del pelo.

Si hubiera llegado de Tombuctú, no habría sido más exótica para mi abuela Cecilia.

Llevaba allí tres horas más o menos y ya me parecía una eternidad. No sabía qué más podía contarles, de qué manera aportar algo a aquella relación que evidentemente se había roto ya antes de yo existir porque también ellos habían querido sentirse a años luz de nosotras. De mí. Aquel día entendí la sensación que tendría mi padre cada vez que llegaba de la universidad a pasar un tiempo con ellos, un fin de semana, unas vacaciones. También me sentí, supuse, igual que Helena el primer día que la vieron, la estudiaron y la rechazaron para siempre. Por eso, de niña, me habían llevado tan pocas veces a la aldea. Yo, jugando en el campo con los perros y los saltamontes, no me daba cuenta de aquella calma tensa en la cocina que olía a mierda de vaca, aquella tensión que, ya adulta, viviría el día que el cuerpo me pidió intentar recuperar algo que nunca he tenido.

En cuanto mi abuela me dio un café, me largué de allí. Estuve esperando una hora en la carretera a que pasara un autobús. Ellos sabían perfectamente los horarios de la línea y que tendría que esperar allí, a medio kilómetro, todo aquel tiempo. Era mejor así.

Pero seguí sin entender a Miguel.

Sí que pensé que seguramente él se había aferrado como a un clavo a la relación con mamá, aunque no fuera del todo imprescindible para huir de esa vida. Era más fácil hacerlo estando cerca de alguien. Tener la excusa de dedicarle tu atención a quien eliges y no a quien te obliga. Seguro que fue eso. Y también que él es así, que desprecia todo ese mundo, que sin duda solo empezó a ser un poco feliz cuando salió de aquella cocina con serrín en el suelo y moscas, todo eso que casi nunca cuenta y que apartó de sí para definirse desde otros lugares. El hombre que se ha hecho rico. El que abraza una política justiciera que da valor al esfuerzo y a la libertad de elección, que premia a los triunfadores y está siempre dispuesta a decir que los débiles, si lo son, es porque se lo merecen. Por supuesto que él no se merecía enterrarse en la aldea y vivir en el fango entre las moscas.

O sí.

Miguel, Miguel.

Cómo te jodía, mamá, que a él lo llamase por su nombre y a ti te dijera siempre «mamá».

Y no te dabas cuenta, claro.

Nadie se dio cuenta. Nadie.

Ni Verónica en las cartas. Ni la gente que me escuchaba en la radio del instituto. Ni la gran Helena Sánchez, que se resignó a verme desaparecer poco a poco. Ni Félix, que me llevó a abortar y luego se olvidó de todo. Como era una tormenta de nubes blancas, nadie entendió que estábamos en medio del ciclón.

Desde los doce años hasta el día que decidí vivir en la calle. A veces podía pasar mucho entre una vez y la otra. Pero en otras ocasiones, podía repetirlo antes de que se terminase una semana.

Dependía de si discutía con mi madre, si tenía estrés en el hospital, si yo había estado mucho tiempo fuera. Aprendí a reconocer sus motivos.

«En realidad —dijo un día—, deberías pensar que no soy tu padre.»

Los primeros años fueron de extrañeza, también porque la levedad del asunto me hizo dudar mucho tiempo. Después, cuando empezamos a tener sexo de verdad, me convencí de que yo también quería hacerlo, ya que nunca me negué. Pensé que podía formar parte de mi voluntad de experimentar, y asumí la cosa en silencio, como una lección. Cuando la di por aprendida, me di cuenta de que no tenía novios en el instituto, como el resto de las chicas, y le dije que dejásemos de hacerlo, o lo contaría. Me contestó que era una ilusa si pensaba que creerían más a una perroflauta adolescente problemática que a un cirujano pediátrico de prestigio, y asumí que tenía razón.

Lo intenté, pero no logré pensar que no era mi padre. En aquellos momentos, si cerraba los ojos, se me pasaban por la imaginación cientos de momentos en los que había estado con él siendo su hija bonita. Miguel secándome el pelo con el secador. Miguel dejándome en el colegio un día. Miguel esperándome en la puerta de un cumpleaños. Miguel leyéndome un cuento. Miguel cenando frente a mí un día cualquiera. Por eso abría los ojos cuando me penetraba o cuando me pedía que se la chupara, y la imagen que me devolvían era la de un padre ciego de deseo, o de ira, o de poder. Supongo que sus ojos ni siquiera me veían. O sí. Puede que justo lo que le gustase fuera verme allí, siempre debajo, con las piernas abiertas. Siempre en mi cama, de la que antes retirábamos las sábanas por si luego se notaba. Siempre sobre el protector de plástico que ha estado en mi colchón todo el tiempo, porque de pequeña lo meaba o lo vomitaba, y de mayor lo dejábamos perdido del semen que goteaba mi padre al follarme.

Pero un día me di cuenta de que seguramente sabía yo gracias a Miguel cosas que las chicas de mi edad solo aprenderían muchos años después, o quizá nunca. Y aun así, le dejé seguir haciéndolo.

En realidad, solo fui capaz de imponerme en una parte relativamente fácil, porque él era el tío y, en el fondo, no era problema suyo: cuando quiso convencerme de que tomase anticonceptivos le dije que se los tomara él, que yo no me metía eso en el cuerpo. Porque los abortos que Félix me pagaba me ponían en un lugar de cierto poder. Jugaba con el miedo de él a que se supiese, y eso me daba algo de margen durante temporadas cortas. Fue entonces cuando probé a negarme, pero él respondió que se lo diría a Helena, y yo, idiota, pensé que eso era lo peor que podía pasarme.

Y seguimos haciéndolo. Mucho tiempo.

Todavía hoy siento que era yo la que engañaba a Helena. Sentía algo así como la culpa de las amantes mezclada con el morbo del secreto. Al principio, no pensaba que ella tuviera que salvarme de nada. Incluso llegué a pensar que le estaba bien empleado perder a su marido por dejarlo al margen de su vida fuera de casa. Pero sobre todo estaba absolutamente avergonzada.

Me daba tanta vergüenza que ni siquiera me atreví a escribir su nombre en mi diario. Con lo fácil que habría sido todo si, aquel primer día que me largué de casa, mamá hubiera leído un nombre en lugar de un hecho. Solo me atreví a salir a la calle. A castigarlo sin que lo supiese chupándosela a unos y dejándoles a otros que me la metieran. En la calle mi cuerpo era mío.

Es todo típico y estúpido. Y así como lo escribo aquí, se lo conté a mi madre justo antes de que desapareciera.

Sí, él fue capaz. Y aun teniendo mil teorías sobre los motivos, no sé por qué ni lo sabré nunca.

Y mamá, por más que lo intento, no puedo perdonártelo.

Nosotras no teníamos una casita de los bonsáis.

3

Quienes amaron y ya no aman

No sé qué tienen las flores,
Llorona,
las flores del camposanto,
que cuando las mueve el viento, Llorona,
parece que están llorando.

«La Llorona»,
canción popular mexicana

Por supuesto, Miguel cuenta a quien puede que Amanda miente. Si ella quiere entender que los abrazos eran sexo, allá ella, les dijo a los pocos que se atrevieron a preguntarle por el asunto. La mayor parte de la gente ha pasado a observarlo con curiosidad, como diciéndole a la cara con la mirada: «No puede ser, ¿verdad?». En una notita al final, debajo de la foto de Amanda, ponía que aquel escrito publicado en el dominical era el extracto de un texto mucho más largo que obraba en poder del periódico. Así que, de todo eso, el cabrón de Carlos había ido a escoger justo lo que más daño podía hacer. Miguel ha hablado con abogados. Se ha puesto muy nervioso. No ha podido evitarlo.

Amanda siempre ha sido así, una mentirosa patológica, dice Miguel. De niña, empezaba a contarte su mañana en la escuela y, sin solución de continuidad, introducía en medio un sueño o una película, o las dos cosas, y te miraba como diciendo: «Si crees que es mentira, es asunto tuyo». A quien le dice que eso lo hacen todos los niños, Miguel solo le contesta: «Pero Amanda más, como siempre ha hecho con todo».

Cuando era niña, a Miguel le parecía estupenda la tendencia al exceso de Amanda. Todo era grande con Amanda. Los dibujos tenían mil colores y no era suficiente una página para terminarlos, necesitaba dar la vuelta al papel y seguir por otro lado, continuar en la mesa, en el suelo, en la pared o donde fuera que pintase. Lo contaba todo con miles de palabras incomprensibles, imaginaba historias interminables y, cuando no conocía una palabra, se la inventaba. Amanda amanecía disfrazada de tigre los sábados por la mañana y terminaba el fin de semana con una producción de varias acuarelas, dos o tres composiciones musicales apañadas entre las veinte notas de su piano de juguete, y una pieza teatral de marionetas organizada tras el dosel de su cama.

Dejó de ser divertido cuando le crecieron las tetas y el exceso pasó a ser emocional.

Pero, de niña, Amanda era maravillosa.

Miguel recuerda muchas veces que el día en que Helena le dijo que estaba embarazada, él tuvo una taquicardia que, de un modo u otro, no se le ha ido nunca. Una mezcla de pánico, excitación e inseguridad, dice. Al cabo de media hora, estaba vomitando en el baño. Siempre hace bromas con eso de que Amanda llegó con una gastroenteritis bajo el brazo. Todos sus colegas se ríen. Incluso ahora, cuando añade eso a su indignación por el artículo del domingo.

También vomitó cuando lo leyó. La madre que los parió. Amanda se ha convertido en un vómito permanente, y ahí sigue. Mientras ella está tan tranquila en una aldea asquerosa en el quinto carajo, él echa el hígado cada vez que relee o piensa en toda esa mierda que han publicado. Y eso que no le interesa. Hace mucho que Amanda ha dejado de interesarle.

En plena gastroenteritis, al día siguiente de saber que había un bebé en camino, Miguel le dijo a Helena que deberían llamarla Amanda, por la canción. Lo cuenta mucho. Eran unos críos, dice, tan idiotas que no se les ocurrió mejor idea que buscar para la niña el nombre en una canción que relata una desgracia. Esa anécdota le gusta especialmente para los congresos del partido. Amanda es la que ha de ser amada, pero para ellos era la enamorada que perdía a su marido en un accidente laboral. Qué poco adecuado para un bebé. O a lo mejor sí que lo era. Con los años, parece más adecuado.

Miguel dice siempre que le gustó ser padre hasta que a Amanda dejó de gustarle ser hija. «¿Por hacer lo que quería ella en lugar de lo que mandabas tú?» A eso Miguel nunca contesta, porque sabe que es una pregunta con intención, de esas de gente que ha leído el artículo del domingo, o que, antes de leerlo, ya había decidido que Amanda era una víctima por haberse escapado (Helena diría «haber desaparecido»), por ser okupa, por drogarse, y por irse a vivir con un puñado de hippies que no vacunan a sus bebés, a una aldea abandonada porque ya nadie soportaba vivir en ella. Miguel no sabe por qué siempre son víctimas quienes deciden estar al margen y aprovecharse de lo que van dejando por las esquinas quienes se esfuerzan por mantenerse en el centro. Amanda. Él.

Pero la verdad es que no ha vuelto a sentir la felicidad enorme de aquellos días primeros en que vomitaba a todas horas y pensaba que estarían condenados a la indigencia solo por tener una criatura. «Está mi padre», le decía Helena. Pero a Miguel no le servía. Había aprendido a no depender de nadie. «Todos los días nacen niños de gente más pobre. Es solo un contratiempo. Es solo un contratiempo», se repetía Miguel, y tomaba pastillas contra la acidez. Helena, en cambio, se había puesto en plan tranquilo, cosa que disgustaba a Miguel, que entendía que ella se había dejado arrastrar hacia la sensación de lo inevitable. Y eso a él todavía lo ponía peor. «Es solo un contratiempo.» Cuando les dijo a sus padres que iban a tener un bebé, lo único que hicieron fue llamarle idiota. Él decidió que nunca más esperaría de ellos nada bueno. Fue solo un contratiempo.

Hubo una época en que Miguel contaba mucho el parto, más que nada por la diferencia entre atender a los hijos de otros y ver nacer a tu propia hija. Les dijo a sus compañeros: «Helena quería que le pusieran a la niña encima de la barriga en los primeros instantes, por eso del calor de los cuerpos, el tránsito lento para aprender a respirar antes de cortar el cordón umbilical, y para ver si se enganchaba en la teta... Chorradas de las matronas. Pero yo la cogí antes para examinarla bien, y por eso pude tenerla en brazos». La acercó a su pecho, la acarició, y aprovechó ese momento en que Helena no podía ni pedirla, para que Amanda fuese solo de él. No quería separarse de ella, ni siquiera cuando era él el que quería examinarla y hacerle esas primeras cosas que se hacen a los bebés, como probar si tienen reflejos, si respiran, si el corazón late como tiene que latir. Su jefe estaba allí, vigilando cómo lo hacía. Amanda era normal. Y no lo era. Sería su hija, y eso hacía que no fuera un bebé como los demás. La pegó a su cuerpo y también tuvieron ese calor mutuo, uno con el otro. Luego se la llevó a Helena y se deshizo la magia. Se la puso sobre la barriga y, efectivamente, el bebé gateó por ella y, cuando su frente chocó con la teta, juraría Miguel que Amandita puso cara de satisfacción. Acto seguido, se enganchó a mamar y estuvo así hasta que se quedó dormida.

Miguel no quiso más intensamente a Helena aquella mañana. Quiso solo a Amanda, y quizá ese día puede que se rompiera algo entre ellos.

Lo cierto es que después, cuando Helena se quedó dormida de puro agotamiento, Miguel las observó y fue sintiendo cómo se le escapaban, una a una, algunas de las emociones que había sentido por Helena, y se iban colocando por orden en las orillas de la cuna de cristal de Amanda. Aquella proximidad de cuando no podían dejar de tocarse, aquella curiosidad por el futuro juntos, aquel sentido de la eternidad. De pronto, Helena le pareció un poco, solo un poco (insistía entonces en eso cada vez que lo pensaba), prescindible; allí acostada en el hospital, con una vía en un brazo y un pecho del que acababa de mamar la niña desparramado en el colchón, empezó a parecerle alguien de otra época, una de esas personas del pasado que van desapareciendo sin saber muy bien por qué. Alguien que, si hubiera muerto, ya no le provocaría tanta pena. Miguel tuvo de golpe esa certeza, como una epifanía.

Al volver a casa, con la niña y un montón de miedos e ilusiones, Miguel se esforzó por alejar de sí esos sentimientos, pero nunca lo logró totalmente. Se puso a terminar la carrera que Amanda le había interrumpido como una tormenta de nubes blancas. Pero tormenta. Se pasaba días enteros extrañando a la niña y preguntándose por qué no extrañaba a Helena, por qué había pasado a verla exclusivamente como una madre, alguien con pechos para mantener viva a la que en realidad importaba, alguien que sostenía aquella vida pequeñita que a Miguel se le antojaba la garantía de su felicidad desde entonces. Incluso llegó a pasarse una tarde en la biblioteca consultando libros de psicología para ver si estaba ante un síndrome paternal de algún tipo, y no encontró nada más que las obviedades que todo el mundo sabe: depresiones posparto por todas partes, pero de los padres, nada. Así que aquello debía de ser cosa solo de Miguel, que estaba sintiendo algo que suele pasar en los matrimonios mucho después, cuando las bebés se convierten en niñas y ya a nadie se le ocurre que se pueda recuperar el amor, o la complicidad, o lo que fuese que llevó a esa pareja a acabar ahí, pariendo una criatura que finalmente los separa en lugar de unirlos.

Pero Miguel fue un marido perfecto para Helena. Eso sí que se encarga él de decirlo mucho cuando toma café con algún amigo o alguna enfermera. Hizo muchas guardias para llegar donde querían llegar hasta que Helena empezó a trabajar y él pudo gozar (dice eso: gozar) de Amanda.

Miguel siempre ha preferido a la Amanda pequeña. Cuanto más pequeña, mejor. Reconoce que ella lo hizo feliz con aquel exceso suyo, aquel ser el centro del mundo, sí o sí, aquella imaginación agotadora cuando él volvía de una guardia. Pero era bonito promoverle todo eso, ¿verdad?, le decía Helena; «Cuanta más imaginación y más libertad, más independiente será, ¿no crees?». Y entonces la educaban así, en aquel cuestionarlo todo, imaginarlo todo, vivirlo todo, hasta que lo que se encontraron fue una adolescente que los agotaba mil veces más que cualquiera con la imaginación desbordante de una niña de seis, siete o diez años. Sí, todavía ahora prefiere Miguel a aquel bebé blando que olía a leche y vomitaba cada dos por tres. Aquella niñita que se despertaba por las noches y, de pronto, empezó a llamarlo siempre a él. ¡Miguel! ¡Migueeeeel! Por su nombre. Nunca papá. Eso se lo enseñó él muy rápido, y sabe que Helena no lo soportaba. «Tengo un nombre, igual que tú. Si yo no te llamo "hija", pues tú no me llames "papá": soy Miguel.» Era una proximidad distinta la que tenía él con ella. Él siempre ha hablado de «relación especial», y sabe que nadie ha pensado nunca, sostiene Miguel, que pudiera ser algo distinto del amor inmenso que se le instaló en él en el instante preciso en que la tuvo en brazos.

El domingo, al leer aquello, le volvieron las ganas de vomitar y las taquicardias, el vértigo, los escalofríos por la espalda. Pero también las sensaciones del primer momento, esa necesidad física de tocarla y ampararla de cuando medía cuarenta centímetros y pesaba cuatro kilos con cuatrocientos treinta y dos gramos. Eso sí que no se lo cuenta a nadie. Y a partir de ahora, menos.

A Miguel le han quitado la posibilidad de hablar del amor por su hija, comenta por ahí.

Clara dice que su hija Ana se suicidó atiborrándose de paraceta-mol. Ha llegado a parecerle la forma de suicidio más normal del mundo. Durante una época, incluso les decía a algunos periodis-tas que era mucho más razonable suicidarse con paracetamol que, pongamos por caso, ahorcarse. Sabía que no escribirían nada de eso, claro. Las otras pastillas son difíciles de conseguir, y los siste-mas del tipo cortarse las venas o colgarse de una lámpara son algo sucios y dolorosos. Claro que ella nunca habla del dolor que de-bió de pasar Ana cuando el hígado se le colapsó por culpa de to-dos aquellos Termalgin. Ya le daba todo un poco lo mismo, hasta que llegó a su casa esa periodista que ha desaparecido.

Clara está convencida de que se ha largado sola y porque ha que-rido. Una de esas personas que desaparecen adrede, que están hartas de su vida, como parece ser que le pasó a la reina Nefertiti. También es verdad que esa periodista ha sido la única, en todos estos años, que no la ha juzgado. Sí la chica que llegó con ella, la ayudante.

Y ahora que Clara ha leído lo que ha escrito la hija entiende algunas cosas.

Clara siempre dice que Ana nunca se hubiera atrevido a algo así, a contarlo a la prensa, publicarlo en internet y cosas de esas. Y, en cambio, ella consiguió que se lo dijese a una jueza. No an-dar por ahí publicando nada. Las cosas hay que hacerlas donde se debe. A solas, delante de una jueza, con un par de informes psicológicos y una buena abogada. Lo vio claro desde el principio. Eso también se lo dijo al tribunal.

Pero ¿dónde está el principio?

¿Cuándo empezó todo?

¿Cuando nació Ana? ¿Cuando quiso demasiado a su marido? ¿Cuando las flores se les fueron de las manos? ¿Cuando decidieron volver de Alemania?

Ni siquiera sabe si las periodistas la han creído después de hablar con ella. Es evidente que en realidad les da igual. Que Ana haya muerto, que ella se haya quedado con todo, que en el sumario esté escrito lo que está escrito. En realidad, a Clara también le da igual. Siempre le ha dado igual. Esto no se atreve a decírselo a nadie, claro. No puede.

El primer momento. Eso no se lo pregunta nadie.

La verdad es que tampoco se atrevió a preguntárselo Helena Sánchez el día que la entrevistó, allí sentadas en la cama de Ana. Estaban impresionadas. Siempre lleva a los periodistas al cuarto de Ana para las entrevistas y observa el shock. Cada vez vienen menos. Francamente pocos, la verdad. Cuando ocurrió todo, pasaban a menudo por allí, y ni siquiera llamaban antes para asegurarse de si podía o quería verlos. Después las dejaron en paz. Volvieron cuando lo de los paracetamoles. Cómo no iban a volver, si en este país parece que la prensa solo sabe hablar de los suicidios como algo morboso y no como la culminación de un enorme dolor. Algunos ni siquiera relacionaron una cosa con la otra, se les notaba a través de sus preguntas. Clara ha comentado por ahí que le daba la sensación de que los periodistas se sentían como profanadores de tumbas. Y al final nadie dio la noticia, por suerte.

Pero Helena Sánchez sí insinuó algo sobre el principio de todo.

«¿Cómo os conocisteis?», le dijo, y parecía una pregunta inocente. Apuntó al primer momento, a aquel principio de todo en que ella y Fernando tanto se habían querido.

Hubo una época en que Clara hablaba de eso con sus amigas. Después dejó de tener esa clase de amigas. Todas piensan que Clara y Ana se inventaron la historia para deshacerse de Fernando, y alguna lo declaró ante la jueza. No importa. Clara ha hecho amigas nuevas a las que les cuenta su desolación porque ya no tiene hijas.

A algunas, solo a las de más confianza, ha llegado a contarles la historia de amor con Fernando, eso por lo que le preguntó la periodista. En realidad, Clara ha decidido no hablar mucho de su historia de amor con Fernando porque quizá lo que le ocurre es que se avergüenza de ella. Una no empieza algo así para terminar como terminaron. Él, en la cárcel. Ella, con una hija que se había suicidado y dos que no le hablan. Una empresa floreciente. Floreciente, hay que ver cómo se le vuelven en contra los adjetivos.

Pero Clara, en realidad, todavía recuerda mucho aquel tiempo feliz, sobre todo siempre que habla con sus padres, que allí siguen, mostrándole que hay un lugar del que se fue un tanto estrepitosamente. Cuando habla con ellos, trata de minimizar todo lo pasado, como si no fuera en su familia. En realidad, a ellos les ha mentido, y punto. Les ha dicho que Fernando está en la cárcel por estafa y que Ana ha muerto porque tenía depresión. A las otras hijas no hay que nombrárselas porque, en realidad, nunca han tenido trato. «Hacen su vida», le dice fríamente a su madre cuando hablan por teléfono. Un día, en la época de hace mil años en que todavía atendía tras el mostrador, Clara le dijo a una clienta que tenía miedo de no querer regresar cuando tuviera que ir a Alemania al entierro de sus padres.

Alguna vez ha insinuado que se ha equivocado, pero eso es muy fácil de decir a toro pasado, cuando te sucede lo que le ha sucedido a ella. Entonces, cuando se enamoró de Fernando, él era perfecto, ella era perfecta, la vida era perfecta. Pero sobre todo, con su memoria de mar y el relato de un pasado lleno de azares,

Fernando llenó a Clara de tal modo que de repente toda la vida anterior a él le pareció prescindible. Incluso aburrida, dice cuando le preguntan. Tomando aquel café casual el día que se conocieron, Clara tuvo la sensación de que se aburría en su trabajo, de que sus padres la habían educado para ser convencional y, lo que era aún más importante, de que nunca sería capaz de enamorarse de nadie si dejaba pasar a aquel hombre que no era guapo, que quizá era demasiado mayor para ella, que no era culto como muchos de los hombres con los que Clara acababa liándose porque los conocía a través de su trabajo, pero que estaba vivo. Fernando tenía una cultura extraña y unas ilusiones curiosas, originales, decía Clara en aquella época, como aquella pasión por las flores y aquel odio al frío de Hannover que llegó a contagiarle. A ella, que había nacido allí.

Sostiene Clara que ya es casualidad conocer de ese modo fortuito a un gallego, como sus padres. Aunque ellos no tenían demasiada relación con Galicia ni con la comunidad de gallegos de Hannover. Clara habló de eso aquella primera tarde con Fernando, que le preguntaba por su buen gallego. «Es que soy traductora», le dijo ella. Y tardó todavía un poco en decirle, por pura vergüenza, que además era hija de gallegos y que en casa sus padres hablaban su lengua.

—Conmigo no —añadió—, conmigo siempre hablan en español porque piensan que adónde voy a ir yo con el gallego.

—Pues mira para lo que te ha servido —dijo Fernando—. Para pasar la tarde conmigo...

Clara entendió en ese momento que, de algún modo inexplicable, Fernando le estaba proponiendo pasar la vida con él. Y así fue.

Él era así: encantador.

Y después del café, se metieron en el apartamento de Clara y tuvieron sexo toda la noche. Toda. Clara les contó años después a dos amigas alemanas que la visitaron en su nueva casa que todavía recordaba todos y cada uno de los trece orgasmos de aquella noche. «Pero... ¡¿Fernando?!», le dijo una de ellas verdaderamente extrañada. «¡¿Fernando es así?!», preguntó la otra con curiosidad. «Fernando», repetía Clara. Fernando, Fernando, Fernando. Sí, era. Él es así.

O así quisieron que fuera. En realidad, siempre ha entendido que él la salvó un poco y que hacía día a día el esfuerzo de darle un sentido cálido a aquella huida del país frío. Fernando era sexual y divertido, era aventura, y tenía la particularidad de ser todo el tiempo como la primera noche, y aquellas amigas, por supuesto, no se lo creían.

Hasta que nació la primera hija. Y entonces se fue todo a la mierda. Un día incluso se lo dijo así a una abogada.

Crearon la empresa. Clara ni siquiera sabe muy bien qué se les perdía a ellos en el negocio de las flores, pero les fue bien, como una especie de castigo divino, demasiado trabajo para alejarlos a una del otro, demasiadas hijas, demasiadas flores por todas partes, acurrucando distancias y disfrazándolas de colorida alegría.

Clara también llegó a reconocer que sintió celos porque un día se convenció de que Fernando quería más a sus hijas que a ella. Y contra eso, contra el amor como ella sabe que lo sentía Fernando, no se podía luchar.

Incluso antes de que se publicase el dominical con eso que Miguel ha denominado «las infamias de Amanda», ya él le había explicado al quiosquero que Helena había recibido amenazas de muerte cuando andaba con aquel artículo sobre la especulación forestal que tanto ha dado que hablar. Desde que Helena se ha ido, Miguel procura poner a todo el mundo en antecedentes. Insiste en que hace años que tiene enemigos que pueden hacerla desaparecer, aunque él está convencido, o sabe tal vez, que Helena se ha marchado por su propio pie. Seguramente le parece normal que la gente sospeche de él. Incluso el quiosquero lo ha hecho. «Han pasado por aquí y han preguntado por usted, imagino que por lo de su ex.»

En efecto, la policía visitó a Miguel. Por supuesto. Miguel le dijo al quiosquero que no sabe si ha sido suficiente con demostrarles que él y Helena se llevaban bien, que incluso hablaban a menudo, y le explicó asimismo con cierta consternación que también él, a su modo, ha sufrido la desaparición de Helena. A la policía le contó lo de las amenazas de muerte, lo del accidente de moto, y hasta le dijo que él mismo había albergado alguna sospecha del amante que Helena tenía por aquella época, un fotógrafo de su mismo periódico. Los dos policías abrieron mucho los ojos. «Entiéndanme bien —les insistió—, Helena era, es, una mujer especial.» Pero era evidente que no entendían, y Miguel está convencido de que fue en ese momento cuando lo pusieron en la lista de sospechosos. A la enfermera que tomó café con él al día siguiente le contó, divertido, que había imaginado su foto y su nombre en una pizarra blanca magnética, como en las películas, en una especie de árbol genealógico de relaciones con Helena, cuya foto y nombre estarían en el vértice superior. Los policías están entrenados para no presuponer que una mujer como Helena desaparezca porque le dé la gana, porque se haya hartado de todo o porque en realidad lleve años queriendo mandar todo a la mierda.

Miguel ha intentado hacerles entender que seguramente era esa época de tanto vacío para ella la que la había movido a largarse, después de años viviendo en el límite. Ella estaba bien en la confrontación, les decía, en la vida sin paz. Cuando recibió aquel aviso con el accidente de moto, Miguel empezó a valorar seriamente separarse, pues era evidente que ella encontraba la felicidad en lugares que él no podía ni imaginar. Y eso que aún tardó un tiempo.

—¿Por qué? —le preguntó uno de los policías.

—Porque la quería.

—¿Recuerda el nombre de aquel amante?

—Alexandre Nosequé. Trabajaban juntos. Debe haber miles de fotos firmadas por él en la hemeroteca.

—Entonces, ¿por qué cree que tenía algo que ver con las amenazas de aquella época y con el accidente? —Al policía debió de parecerle una venganza de marido despechado.

—No sé. Siempre lo he pensado, pero no es una opinión fundamentada, claro.

—¿Sabe si Helena Sánchez mantenía relación con él en la actualidad? —dijo el otro policía, escogiendo esas palabras de manual de objetividad investigadora.

—No tengo ni idea de la vida sentimental de Helena desde el minuto en que me fui de casa. En realidad, tampoco tenía ni idea cuando vivía con ella.

—¿Sabe si alguien más podría tener interés en que Helena desapareciese? —El primer policía lo ignoró.

—Ella misma —contestó Miguel.

A los policías debió de parecerles demasiado poético aquello, así que terminaron rápidamente las preguntas, ya más de trámite.

La enfermera del café le preguntó si no creía que los grupos más radicales vinculados con Ágora, «No te ofendas», le dijo, también podrían querer quitarla de en medio. «¿Por aquel reportaje cuando zurraron a Amanda?», dijo él intentando disimular la preocupación. La enfermera no contestó, pensando que en la pregunta había ironía, o por lo menos, un intento de restarle importancia.

Pero él sabe que eso flota en el aire. Aunque los policías no se lo preguntasen. Ágora y las hostias a Amanda. La puta Casa Violeta. A Miguel lo descentra toda esa historia. Algo de eso está también en el artículo del domingo, pero han tenido que centrarse en lo otro, en lo que más duele. Además, Amanda sabía lo de las amenazas por la investigación de los incendios, y a lo mejor la policía ya había hablado con ella. Está claro que han acudido a ella buscando carnaza, y aquí han venido a rapiñar la historia sentimental de Helena Sánchez para restregarse en sus miserias.

Nunca ha sabido por qué Helena ha negado siempre por sistema que el accidente de moto tuviera algo que ver con las amenazas que estaba recibiendo por andar husmeando en el holding empresarial de pasta de papel que pretendía abrir una nueva fábrica de celulosa en el este de Galicia. Era todo turbio. Luego Miguel conoció a alguno de aquellos empresarios a través de Ágora, y tampoco le parecieron tan mala gente, pero estuvo seguro de que cualquiera de ellos podría ordenar un susto, un aviso o un accidente sin temblarle el pulso ni una décima de segundo. Pero Helena siguió. Fue a las montañas de Lugo a entrevistar a gente y a pasear por un puñado de montes quemados donde ya germinaban los primeros eucaliptos en lugar de los castaños centenarios.

Ella fue la que desterró la palabra «pirómano» de la prensa para sustituirla por «incendiario». «Eso es lo que hacen las grandes periodistas —dice siempre Miguel—, modificar el lenguaje, obligarnos a ver la realidad de otra manera.» Y desde luego que, con aquel asunto, Helena logró mucho. Para empezar, aquella investigación por orden de la fiscalía, que actuó de oficio, y que luego se quedó en nada. Para seguir, una diferencia en la opinión pública, un caer en la cuenta de que casi todo está relacionado con todo, un atar cabos: si se necesita materia prima para hacer papel tisú, se necesitan árboles que crezcan rápido para fabricar cada vez más papel tisú, así que es mejor arrasar el monte de árboles que no sirven. Esa era la versión simple. Pero Helena es de versiones complejas, de esas que provocan malestares, problemas, amenazas. Se le ocurrió pretender demostrar las influencias del gobierno para manipular a un tribunal europeo de competencia y que el holding empresarial pudiera llevar adelante el proyecto. En realidad, el artículo de Helena demostró que una de las empresas no podía participar, pero que los permisos habían sido manipulados para evitar denuncias. En fin, Helenita haciendo amigos.

A Miguel y a Amanda les quedó claro que aquello no iba a quedar como si nada. Pero a ella misma parecía no importarle. Estuvo años con aquello. Años descolgando el teléfono para oír solo una respiración amenazante. Años abriendo el buzón y encontrándose todo tipo de cosas asquerosas: cadáveres de animales, insectos que salían volando, cartas con insultos escritos con recortes, fotografías de ella en bonitas situaciones familiares. Años en que el periódico fue presionado para provocar su despido. Años de calumnias de gente que decía haber sido acosada por ella con sus métodos para conseguir información. Años así. Hasta que un día se estrella con la moto y todos menos ella vieron que, en ese caso, la amenaza se hacía real y tan física como las heridas en el cuerpo. Después, nada más. El caso se murió.

«El tal Álex conocía sus recorridos en moto», le dijo Miguel a aquella enfermera. Debía de saberlo todo sobre Helena. Pero Miguel cree que ella no sabía gran cosa de él. Y está seguro de que no le importaba demasiado. «Pero ¿tú le dijiste lo que pensabas?» La enfermera no entendía nada. ¿Cómo iba Miguel a contarle que lo sabía todo, y que encima sospechaba que el tipo fuera el mercenario? Lo único que Miguel se atrevió a decirle a Helena fue que lo de la moto no había sido un accidente, y que su gráfico era la persona que mejor sabía de sus rutinas, pero ella insistió en que esas cosas pasaban y no dejaban de pasar cuando a una la amenazaban de muerte por varias vías, pero que la coincidencia en el tiempo de dos hechos no significaba que estuvieran relacionados. Y de ahí no había quien la sacase. Amanda también la dejó por imposible. No había manera. Pero es verdad que poco después despidieron al fotógrafo en aquel ERE del periódico tan polémico, y Helena, que mandaba mucho, no movió un dedo por retenerlo allí.

La poli nunca lo investigó. Y ahora Miguel no sabe si, además de sospechar de él, la investigación irá por ahí, pero sí sabe, eso sí, y puede garantizárselo a la enfermera, que en Ágora nadie le haría daño a Helena Sánchez. Él no lo permitiría.

Y eso que está un poco harto de llevar toda la vida protegiendo a Helena. Primero de sus padres. Después de Amanda. Luego de sí misma. El primer problema fue, en su casa, que nunca quisieron darse cuenta de que era una mujer como Helena lo que él deseaba incluso mucho antes de saber que existía, en la época en que sentía asco del hedor de la matanza del cerdo en la cocina de casa, cuando veía pasar a su alrededor a todas aquellas señoras con mandilón de cuadros que lo ponían a pelar ajos para echar a la zorza y le enseñaban conjuros para que la carne no se pudriese.

Un día, cuando ya era un muchacho, se atrevió a preguntar a su madre por qué su vecina, Dosinda, no ayudaba aquel día a revolver la mezcla para la zorza.

—Porque anda mala.

—¿Mala de qué? —dijo Miguel, que volvió a mirarla y comprobó que tenía un aspecto estupendo.

—Mala, hombre. Indispuesta.

—¿Le ha hecho daño la comida?

—¿Estás tonto o qué? —Su madre estaba verdaderamente indignada—. ¡Tiene el mes, tontolaba, y con el mes no se puede remover la zorza!

—¿Y eso qué tiene que ver?

—Que no se puede, y punto.

—¿Y por qué?

—Porque se estropea.

—¿Porque la remueva Dosinda estando con la regla? —Miguel estaba atónito.

—Sí.

—Mamá, pero eso es una estupidez.

—Qué sabrás tú de andar mala —murmuró ella.

Ese día supo que tenía que irse de allí. Que no podía casarse con una de esas mujeres en mandilón que cuando tenían la regla no salían de casa. Que él quería a una chica como las de las películas, que tenían que estar en alguna parte, aunque solo fuera para inspirar a los cineastas. Y vaya que si estaban. Estaban todas en la Facultad de Medicina. Pero para su madre, eran todas unas putas.

Por eso Helena también lo era. Helena era una puta antes de conocerla, y seguro que removía la zorza estando con la regla. Después, Helena era una puta porque el día que se conocieron no recogió la mesa. Por eso. Se lo dijo su madre un día a Miguel. También porque a veces se quedaba a dormir con Miguel en su piso de estudiante. Y porque iba de viaje a México y a Londres siendo una cría de poco más de veinte años, porque se quedó preñada sin casarse y porque, cuando nació la niña, se negó a agujerearle las orejas.

Miguel cuenta muchas veces que a él le gustan las niñas con pendientes, siempre le han gustado, y, de hecho, le parece una jugada interesante del destino que, con el tiempo, Amanda terminase llenando su cuerpo de piercings donde, en lugar de bonitas perlitas engarzadas en oro, metía imperdibles, pinchos y aros. Pero Helena, cuando nació Amanda, decía que era tribal eso de coger a las niñas recién nacidas y hacerles agujeros en las orejas, como una marca de sometimiento, «para distinguirlas de los niños desde el primer minuto, ya que todavía no tienen tetas —decía Helena—, e ir por ahí avisando: a esta podéis utilizarla, esclavizarla y violarla». Era una exagerada, Helena.

Miguel sintió muchas veces ese peso de estar casado con una puta. Cada vez que se enfadaba con ella, cada vez que lo frustraba la soledad a la que lo sometían los horarios imposibles de los periódicos, cada vez que no estaban de acuerdo en qué hacer con Amanda, a Miguel le volvían con fuerza los juicios de su madre.

Entonces, regresaba a la aldea.

Algunos sábados madrugaba, cogía su BMW descapotable y conducía mucho tiempo hasta llegar a casa de sus padres. Miguel no lo dice nunca, pero entiende que se merece como nadie la satisfacción de ese gesto de prepotencia: recorría las carreteras secundarias despacio, dejando que lo admirasen las chicas con mandilón que no removían la zorza cuando tenían la regla y sus maridos con zapatones manchados de bosta. Cuando llegaba a casa, su padre siempre le decía lo mismo:

—Miguel, qué coche más bonito tienes.

—Y tú que no querías que estudiara Medicina.

—Cambeiro se ha quedado con la granja de sus padres y también tiene un cochazo.

Siempre era así. Y con los años, Miguel pasó a ignorar a su padre. Al principio se lo contaba a Helena al volver todo indignado. Ella solo le contestaba: «No sé para qué vas». Y efectivamente, él no sabía para qué iba. A lo mejor, porque su madre le hacía un bizcocho con huevos caseros para que desayunase («Tú solo») durante varios días, o porque, al llegar sin avisar, dejaba lo que estuviera haciendo para llevárselo a coger unos tomates del huerto para preparar la comida, o unas berzas si era invierno. Ella nunca le hablaba del coche y actuaba como si Helena no existiese. Como si Miguel estuviera solo en el mundo. Con timidez, le decía que la niña ya estaría grande, pero tampoco pedía nunca verla. En los primeros años, procuraba llevársela en alguna de aquellas visitas esporádicas, pero después la propia Amanda decidió que no quería saber nada de todo aquello. Se aburría allí, todo le parecía sucio, las niñas de la aldea la despreciaban porque no le gustaba jugar a las mismas cosas, y se reían de ella porque una vez se había roto un brazo subiendo a un manzano.

Él sabe que no es popular decir lo que le provoca la memoria de aquel lugar y los sentimientos que le despiertan sus padres. Pero Miguel sabe cuáles son sus obligaciones. Y por eso vuelve. En el descapotable.

Un día, Clara le contó a una periodista que a veces sentía el dolor de las contracciones del parto de Ana. «¿Cómo sabe que eran de esa hija?», le preguntó. Porque parir a las otras le dolió mucho más. Y puede ser, también, porque Ana fue la última, la de la memoria más reciente. Así lo puso la periodista en su artículo, que estaba escrito con muy poco convencimiento, o más bien con un mensaje entre líneas que a Clara le pareció asqueroso, algo parecido al escrito de la hija de Helena Sánchez.

Esa manera de escribir contando una cosa para decir otra.

Sí. Sentía el dolor del parto de Ana. Empezó, dice Clara, cuando la niña tenía un año y medio, más o menos. La primera vez pensó que era una pesadilla, pues se despertó en medio de la noche, sudando frío y con las contracciones cada cinco minutos, pero pronto se le pasó. Siempre se pasaban rápido. Un par de contracciones o tres, y ya. Luego, quizá tardaban meses en volver. Entre una vez y otra incluso llegaron a pasar años. Pero siempre eran igual, y Clara siempre sabía que eran las de Ana.

Los partos de sus otras hijas no tuvieron nada que ver. Flor, la primera, dolió seguramente más debido al miedo, a la inseguridad y al empeño del médico en que aquello estaba siendo demasiado lento, porque no dilataba, así que decidieron acelerarle el parto a base de hormonas sintéticas. Ese dolor es irrepetible incluso en sueños, y Clara no dudaría en arrancarse las piernas si le pasase de nuevo. Sin anestesia, claro. En aquella época había que sufrir en el parto el pecado de hacer los hijos, decían. Y ni siquiera se permitió soñarlo. Durante un tiempo, incluso bromeó con Fernando sobre que le habían puesto el nombre de Flor para mitigar el dolor, pero luego él decía que había flores con espinas, y llegaron a la conclusión de que eso no desaparecería nunca de la vida de Clara. Así que cuando nació María, el simple miedo a que pasara lo mismo llevó a Clara a exigir anestesia por todos los medios. Aunque no era muy habitual ponerla, pero estaba decidida a no sufrir. «Si me rompiese una pierna y tuvieran que operármela, ¿me dirían que no pasa nada por padecer un poquito?», le decía Clara a su ginecólogo, que todavía intentó rebelarse un tiempo contra esa lógica. Pero al final, lo logró. Ella siempre lo logra todo. En cuanto llegó al hospital con las primeras contracciones, acompañada solo por un taxista en estado de shock (Fernando se había quedado en casa con Flor), entró por la puerta de urgencias pidiendo anestesia para parir sin dolor. Por eso María nació en un mar de calma y alegría, pues la oxitocina natural, esa droga enloquecedora que segregan las propias mujeres, trabaja en el cerebro a pesar de la anestesia. Y lo de Ana fue un término medio. Clara parió en casa, porque había huelga de taxis y no tenía manera de ir al hospital (el coche de la vecina averiado, la furgoneta del negocio en un pedido, aquel otro amigo que no cogía el teléfono...), y en lo que tardó en llegar la ambulancia, Clara fue haciendo lo que pudo, aguantando aquellos dolores que poco tenían que ver con la primera vez, pero deseando al mismo tiempo que en la ambulancia hubiera alguien capaz de ponerle la anestesia, aunque solo fuera un poquito. No habría servido de nada, porque cuando aparecieron corriendo los sanitarios, la niña ya estaba fuera, ante la mirada asombrada de Clara, Fernando y sus dos hermanas.

Eso sí que se lo deben Flor y María: tener en la retina el nacimiento de Ana para siempre. Aun así, ellas en realidad no le han tenido nunca un gran aprecio a su hermana pequeña. Es como si hubieran entendido, siendo tan pequeñas ambas, que la tercera llegaba como una intrusa, que allí ya estaba todo el pescado vendido. Así lo ha explicado siempre Clara. Ellas se bastaban para jugar la una con la otra, y un tercer elemento desbarataba toda la lógica de sus juegos. Encima siempre sería la más pequeña, siempre tendría menos experiencias, menos capacidad para entender sus cosas, menos fuerza para enfrentarse a ellas, que eran dos. Así que, desde el primer momento, condenaron a Ana a la soledad.

Las otras madres del colegio comentaban entre ellas, y seguramente todavía lo hacen, que Clara se había centrado demasiado en la pequeña y había dejado solas a sus otras dos hijas. Que la había mimado demasiado, que además había resultado ser tímida y delicada, frente a las otras, que eran de esas que provocan un cataclismo allí donde entran. Y no servía de nada que les dijese que Ana la necesitaba más, que ellas dos ya le dejaban claro a todo el mundo que se tenían la una a la otra y que no les hacía falta nadie.

Sí, Clara reconoce que también fue dejando a Fernando de lado en ese asunto, porque le pareció que, si Fernando amaba a Ana, Clara se quedaría ya sin él para siempre.

La abogada que llevó su caso le preguntó varias veces si creía que Fernando podía querer vengarse de ella a través de su hija. Si sentiría celos. Y Clara siempre le contestaba lo mismo: no lo sabía, y preferiría no pronunciarse sobre eso. La abogada se enfadaba, le decía que tenía que pronunciarse sobre algunas cosas esenciales, que si no, el tribunal podría pensar que mentía. Pero ella solo le contestaba: «Seguro que puedes apañarte». Y pudo.

Clara, en realidad, comenta siempre que no recuerda cuándo empezaron las discusiones. Un día pasó de tener a Fernando haciéndole cariñitos por sentir aquellos dolores del parto de Ana, a ignorarla o a decirle que era una paranoica y una histérica, que se mirara eso de dolerle cosas que no pasaban. Flor y María no llegaron a saber nunca lo de esos dolores. Seguramente se ofenderían. A Ana sí que se lo mencionó una vez, poco antes de morir, pero no dijo nada.

Lo cierto es que a Clara alguna vez sí que se le ha ocurrido la posibilidad de llamar a Flor y empezar así la conversación: «¿Sabías que he vuelto a tener los dolores del parto de tu hermana Ana?». Después de tanto tiempo, es una forma de volver a hablar como cualquier otra. Claro que igual no es una gran idea retomarlo justo refiriéndose a Ana. También podría preguntarle por María. «¿Dónde está?» Seguro que le dirá que no sabe, pero sí que sabe. Siempre ha sabido dónde estaba su hermana. Como aquel día de adolescentes, una tendría quince y la otra dieciséis, cuando María se fue a una fiesta y Flor la encubrió hasta el extremo de hacerse pasar por ella. Como ella no era de las que se escaparía para ir a ver un novio, ni de las que fumaba hachís a escondidas, contaba con menos vigilancia. Pero su hermana sí hacía todas esas cosas, o por lo menos se atrevía a hacerlas, así que Flor se metió en la cama de María para que pudiera pasar su primera noche entera fuera de casa. «Esas cosas unen mucho», dice Clara siempre que lo cuenta.

Ellas eran así, un mundo al margen de su madre y su hermana pequeña. Clara sí que le dijo a la abogada que insistiera en que sus otras dos hijas se llevaban bien con su padre, pero que lo de Ana era adoración.

—Pero eso no es exacto —contestó la abogada.

—Tampoco es mentira —dijo Clara.

No sabe muy bien si Fernando le puso los cuernos alguna vez, puede que sí, pero no le consta. Solo sabe que en algún instante de sus vidas desapareció el sexo brutal que habían inventado para los dos en los primeros años. No hay un momento. De repente, Clara se vio a sí misma una mañana sentada en el que ya era su gran despacho de la empresa intentando recordar cuándo había sido la última vez que había tenido sexo con su marido, y ni siquiera lograba situar con exactitud un minipolvo, uno de esos encuentros por obligación conyugal, un «para-que-no-se-diga». Nada. Sin embargo, recordaba cada discusión por el negocio hasta el último detalle; el cambio de gestoría después de la multa de Hacienda; la ampliación de capital con socios que a Clara no le gustaban nada pero que se llevaban a Fernando de cuchipanda cada dos por tres; la búsqueda agotadora de proveedores en otros países, porque en el mundo de las flores pasan cosas que ella, después de tantos años, aún no logra entender («Para qué importar hortensias, ¡por Dios!, si en cada chalé hay veinte arbustos de ellas! Deberíamos exportarlas nosotros...»); la discusión (monumental) por la subida del sueldo al personal, donde aparecía el Fernando megageneroso y la Clara educada en la Alemania calvinista (y ese fue solo el principio del debate, en el que los insultos fueron, evidentemente, a peor). El sexo entre ellos se había perdido en algún lugar, pero el cariño de Fernando por sus hijas estaba intacto. Clara no soporta pensar eso.

En realidad, no puede evitar ver a las dos mayores como una unidad. Las dos niñas siempre han estado juntas, de algún modo. Y también han funcionado siempre como una unidad en contra de Clara. Quizá todo tenga que ver con aquella quemadura.

Siendo Ana todavía un bebé, un día María y Flor se pusieron a jugar a las cocineras y encendieron un fogón para calentar agua. Fue todo muy rápido. No hervía aún cuando se le cayó encima a Flor, que conserva una marca fea a lo largo del costado. Le costó años ponerse en biquini en la playa. Fernando estaba repartiendo coronas de difuntos (pronto contrataron a alguien para que se encargase de los entierros) y Clara estaba dando de mamar a Ana. Eso fue lo que dijo en el hospital. Pero la verdad es que Flor siempre le ha reprochado que tardó mucho en llevarla al hospital. No le dio importancia a la quemadura hasta que se percató de que la niña tenía fiebre, al día siguiente. Que no podía ser que dos niñas tan pequeñas tuviesen acceso a la cocina. Que solo le prestaba atención a Ana. Todo eso que, como dice siempre, no es exactamente así.

Explicó a los médicos que no pensó que fuera tan grave porque la niña iba muy abrigada y el agua tardó mucho en llegar a la piel. Pero en realidad, no sabe muy bien cuánto tiempo estuvo la niña llorando, porque ella estaba lejos, y medio adormilada después de pasarse la noche en vela por culpa de los primeros dientes de Ana. Eso no se lo dijo a los médicos, pero sí a alguna amiga, a la que se lo contó con bastante culpa y desesperación.

Fue María la que subió corriendo las escaleras y le dijo: «Mamá, la sopa se le ha caído por encima al chef», y ella todavía tardó unos instantes en entender que no era una de esas frases que dicen las niñas para asegurarse de que estás ahí cuidándolas mientras juegan, e incluso de que entiendes su juego. Acostó a Ana ya dormida en la cuna y bajó a ver qué pasaba, y a medida que se acercaba, iba dándose cuenta de que llevaba tiempo oyendo aquel lloro bajito y lastimero de Flor, que estaba acostada en el suelo, con la mano sobre la ropa, que Clara le quitó de inmediato. Agua fría, y se calló la boca. «Hoy duermes con camisón flojo para que no te roce, ¿sí?» Y la niña no volvió a quejarse. Pero por la mañana, aquello tenía mala pinta, así que Clara la llevó al hospital.

Ese fue el primer día que las dos niñas levantaron su muralla; de un lado se quedaron Clara y Ana, y del otro, Flor y María. Como reprochándole el descuido. O como diciéndole: «Ya que solo prestas atención a Ana, nosotras nos buscamos la vida a nuestra manera». Y en la adolescencia fue peor. Llegaron a decirle: «Tú, que solo te preocupabas de Ana hasta el extremo de que Flor se quemó y va a llevar la marca de eso ahí toda la vida». La marca de eso. Como si a Clara no le pesase ya lo suficiente en la conciencia. Puede que ahora que María es madre por fin se ponga en su lugar un poquito. Pero eso Clara probablemente no llegue a saberlo nunca.

Sí, los padres de Miguel están a años luz, dice él siempre. En cambio, Félix siempre ha estado cerca. Pocas veces lo cuenta, pero la distancia con Félix, en realidad, ha sido lo que más le ha costado del divorcio. Félix era un cómplice. Y después murió en vida.

Una vez fue a verlo sin que Helena lo supiese, pero solo habla de eso con los amigos de más confianza. Sabía que estaría la mujer que lo atendía y también sabía que Helena estaba en México, así que le pareció el momento idóneo para despedirse. Lo pensó de ese modo: un adiós. Era lo único que podía hacer, pero no esperaba aquello. Él, que había visto morir a tantos niños y que miraba al dolor cara a cara todos los días, se encontró con aquel Félix al que ya ni siquiera le quedaba una gota minúscula de los éxitos de sus novelas policiacas.

Por eso apuró la visita. Preparó un café y se sentó frente a él en una banqueta que justo eligió porque era incómoda, para obligarse a dar cuenta de la taza rápidamente y marcharse de allí cuanto antes. «Las casas de los enfermos de alzhéimer son peores que la planta de psiquiatría», decía colocando bien el fonendoscopio, y todos sus estudiantes asentían. Allí sentado, escrutó su rostro y vio en él una sonrisa amable como la que se pone a los desconocidos en el autobús, pero no paraba de mover las manos. Era desesperante.

—Siempre has tenido buen café, Félix —le dijo como por romper el hielo, y se sintió ridículo en el mismo instante de pronunciar aquello.

—¡Ya no habla! —chilló desde el otro cuarto la mujer que cuidaba de él, y el grito, le pareció, insistía en la ridiculez.

Él también levantó la voz.

—¿Desde cuándo?

Hacía un mes que se había dado un fallo total del lenguaje, dijo la mujer, y Miguel pensó en una mano que desenchufaba los cables que movían la boca y hacían vibrar las cuerdas vocales. Así que no supo muy bien qué hacer en aquella situación. No era cualquiera, era Félix. No era posible ser Félix y no estar todo el tiempo hablando. Siempre había vivido, de un modo u otro, de su voz magnífica e imaginativa, primero en la radio, después en los guiones y en las novelas de Georgina Garrido. Allí, sin hablar, mirando a Miguel con aquella sonrisa estúpida, estaba vivo pero muerto. Era mejor que estuviera verdaderamente muerto.

Apuró el café y se fue sin decirle adiós, pero lo tocó. Primero solo lo rozó. Después sintió el impulso de abrazarlo. Se acercó mucho, apretó su mejilla contra la de Félix y le susurró al oído: «Te quiero».

Félix no se inmutó, y Miguel tuvo que poner en duda todo cuanto había leído sobre cómo quedan fijadas en el cerebro dormido frases y sensaciones. Recordó toda esa literatura sobre lo importante de hablarles a las personas en coma, a las que están sedadas en estado terminal, a quienes están en el tránsito entre la vida y la muerte, y tuvo una sensación de absurdo triste y sobre todo de haber llegado tarde. Se fue de allí con un agujero en el corazón.

Félix era su padre.

Por lo menos, Miguel lo sentía así, y así lo dijo siempre que alguien se interesó por su relación con el padre de Helena. Eran dos críos cuando tuvieron a Amanda, y Félix fue el único dispuesto a cuidar de todos. Siempre trató a Miguel como si él y Helena no fuesen en realidad pareja, sino un par de hermanos a los que había que seguir educando, entre los que había que mediar, a los que había que ayudar a que, a pesar de todo, pudiesen continuar con sus propias vidas. Félix, además, no lo juzgó cuando dejó a Helena, o al menos tuvo la delicadeza de no tratar de decirle nada sobre el asunto. Claro que Miguel, sabiendo las cosas que sabía en aquel momento, tampoco se lo hubiera aceptado, y probablemente Félix era más que consciente de ello. Puede ser que, como tanta otra gente, a Félix aquel le pareció el desenlace normal, algo que debería haber pasado antes, algo en lo que él no debería entrar ni salir ya que Miguel tampoco juzgaba su vida.

Lo cierto es que, desde el domingo, Miguel no deja de pensar en qué diría Félix si leyese lo que escribió Amanda para el suplemento. Sería su gran oportunidad para juzgarlo. Félix a Miguel, claro. Por fin.

«¿Quién sería tu padre ideal?»

Cada vez que le han hecho esa clase de pregunta tan de cita romántica o de sobremesa de película de Woody Allen, Miguel siempre ha dicho que, de poder elegir un padre, habría elegido a Félix. Los demás solían optar por un padre perfecto tipo Atticus Finch, el protagonista de *Matar a un ruiseñor*, ese caballero íntegro y coherente que sabe educar y al mismo tiempo liberar a sus hijos; o por el padre de *La gran familia*, tan trabajador y diligente con sus dieciséis hijos; incluso alguna amiga ha llegado a hablar de Michael Corleone, que se consume cuando matan a su hija en sus narices. Pero Miguel siempre lo ha tenido claro. Él quería un Félix, e incluso hubo un tiempo en que llegó a creer que parte de su amor por Helena tenía que ver con la presencia constante de Félix en sus vidas.

Como todas las hijas, y más no habiendo una madre de por medio para repartir culpas, por supuesto que Helena tenía sus desencuentros con su padre, y épocas de un distanciamiento enorme que Miguel mitigaba ignorándola y continuando la vida habitual con su suegro, que estaba encantado de que alguien le diese la razón en todas aquellas discusiones con Helena que ahora a Miguel le parecen aún más solemnes estupideces de lo que ya le parecían entonces. Félix también le dio refugio a Miguel en las interminables horas de estudio para el MIR, escuchó sus dudas sobre la especialidad, comentó preocupaciones sobre las cosas particulares de Amanda, lo regañó cuando salió de juerga dejando a Helena sola con la niña enferma. En fin, hizo todas esas cosas de padre. Y lo integró con naturalidad en aquel inmenso secreto familiar sobre la identidad de Georgina Garrido, compartió con él confidencias sobre el sexo con mujeres que aparecían por casa y de las que Helena no quería ni oír hablar, le regaló por Reyes las cosas que le hacían más ilusión incluso robándole las ideas a su hija, tomó el aperitivo con él casi todos los sábados, lo invitó a whisky mil noches y le contó todas las conversaciones que tenía con Amanda. Si no fuera porque Miguel decidió que Félix era su padre, podría decir que era su mejor amigo, cosa que Helena no llevaba demasiado bien. Tampoco Amanda.

Miguel no sabe si, en el texto completo que ha escrito Amanda, habría algo sobre Félix al margen de las pinceladas ligeras aquí y allá que publicaron el domingo. Merecería, desde luego, un homenaje, y no quedarse como una sombra o una nota a pie de página en ese escrito rabioso.

Mucha gente le pregunta ahora por él. Con la desaparición de Helena, hay cierta tendencia a preguntarle por su suegro, como si la gente obviara el divorcio y entendiera que en realidad uno nunca se separa totalmente de la familia política, aunque quiera. Pero Miguel, que está convencido de que ha desaparecido porque así lo ha querido, no hace más que pensar que Helena se ha largado porque no soportaba ese vacío de Félix. Una de las cosas que él nunca había vivido. El adiós a su padre. A fin de cuentas, y a pesar de todo, a él todavía le queda el suyo, aunque sea solo una sombra de lo que pudo haber sido y no fue, allá en la aldea.

Helena estaba sola. Con su padre muerto y su hija en el quinto pino plantando tomates orgánicos y criando niños sin vacunar, esa sensación de soledad fue lo que vio Miguel en aquellos días previos a la desaparición, cuando la llamó para nada, solo para estar, como hacía siempre, para demostrarle que, a pesar de todo, ese «bastante» seguía allí en la manera de quererla. También es verdad que una pareja como la suya nunca se separa totalmente, después de tantos años y tantas cosas. Pero después de leer el artículo de Amanda, Miguel ya no sabe qué pensar. A lo mejor, en algún momento Amanda le ha contado todo eso a su madre. O puede que solo le haya insinuado alguna cosa y Helena decidiera revisar todo el pasado con otros ojos. Estaba rara aquella noche, y al día siguiente ya ni siquiera le cogió el teléfono. Pero él, por supuesto, no suelta palabra de esto. A nadie.

En un momento dado, Miguel puso distancia con Félix. A la gente que se extrañaba (ya no iban juntos de vermús, había muchas menos visitas, dejaron de intercambiarse libros), Miguel le explicaba que tenía que separarse paulatinamente de toda la helenidad.

Lo único que Miguel dice muchas veces sobre todo esto es que solo descubres el lado oscuro de las personas cuando te relacionas mucho con ellas. Fue por ser prácticamente su hijo. Eso lo tiene claro. Si no se hubiese tomado con él el aperitivo los sábados y si no hubiese tenido llave de su casa, seguiría pensando que su suegro era un ser fascinante, alguien perfecto, aun sabiendo que nadie lo es.

Pero aquel sábado, Miguel pensó que sería más cómodo ir a dejar al piso de Félix unos libros que debía devolverle para que no tuviera que ir cargando con ellos de bar en bar durante el aperitivo. Tampoco se le pasó por la cabeza avisar. Unas veces lo hacía y otras no, no había nada establecido sobre si había que anunciarse antes de entrar en una casa de la que tienes llave, porque esas cosas nunca se establecen con los hijos.

Pues llegó, abrió la puerta, y allí estaba Félix, dando una paliza a la chica que limpiaba la casa.

En ese momento, Miguel estuvo seguro de que le zurraba martes, jueves y sábados. Tres horas diarias para baños, aspirador, loza, regar las plantas y unos cuantos golpes. Un ratito cada día. Una chica de diecinueve años recién llegada de Rumanía.

Nunca pasaban más de seis meses en casa de Félix. Siempre eran jóvenes y extranjeras.

Miguel oyó un lamento en el momento de entrar y los vio en la cocina. La chica en el suelo, protegiéndose la cabeza con los brazos, sangrando por algún lugar, y Félix a punto de darle una patada en una pierna. Se detuvo en cuanto vio a Miguel. Nadie dijo nada.

Dejó los libros en la mesa, mientras ella se levantaba secándose las lágrimas con el mandil y salía de allí avergonzada. Con el corazón latiéndole a mil por hora y la decepción a punto de salírsele por la boca en forma de vómito, dejó también las llaves encima de los libros y volvió a salir de la casa rumbo al bar donde habían quedado para el vermú. Unos quince minutos más tarde, Félix llegó, pidió su copa y los dos bebieron en silencio unos minutos.

—¿Qué sabes de Amanda? —dijo Félix al cabo de ese tiempo—. ¿Sigue huyendo de ti?

—Ya sabes cómo es Amanda —contestó Miguel después de dudar un poco sobre qué tono utilizar, sobre si contestar o no, sobre si debía decirle a Félix: «Eres un hijo de puta».

—Yo lo sé todo de Amanda, Miguel.

Y ahí se terminó la conversación. En realidad, ahí nació el abismo que nunca se cerró.

En el camino de vuelta a su casa, Miguel recordó una a una a todas las chicas de la limpieza que habían pasado por aquella casa bonita donde él había ido cumpliendo todos sus sueños. Hasta puede que Félix las hubiera violado.

Un mes después, se separó de Helena.

Clara le explicó a un hombre con el que salió una vez que lo que había sentido por Fernando había sido un amor brutal que se fue a la mierda por culpa del dinero y de la adolescencia de sus hijas.

—Define «amor brutal» —le dijo él.

—¿Nunca has vivido un amor brutal? —contestó Clara.

—Depende de lo que entiendas tú por eso.

—Entonces es que nunca has sentido algo así.

—¿Y eso estropea esta cita?

Clara se levantó y se fue. Hoy no sabe muy bien por qué entendió que no podía tener nada con un tío que no entendía lo mismo que ella por «amor brutal». A fin de cuentas, sabe perfectamente que no hay que enamorarse de ellos. Aunque le gustaría que todos se enamorasen de ella.

También es verdad que, de no haberse adelantado ella con la huida, podría haber sido el tipo de la cita quien saliera corriendo si Clara se pusiera a contar la adolescencia de sus hijas. No aprende. Siempre saca el tema, no sabe por qué, puede que por tener algo de que hablar, y los asusta. Con eso siempre se ríe mucho cuando, en las cañas posteriores a su clase de yoga, todas con sus chándales de marca y su aura de relajación, ella y sus compañeras rememoran citas fallidas. Todas han tenido hijas adolescentes. Alguna todavía lucha con crías de dieciocho años que se van de casa a vivir en pisos alquilados con las malas compañías del instituto, con detenciones, con embarazos por accidente o por amor desaforado. No hace falta que Clara les explique cómo una pareja se estropea por culpa de los adolescentes, sobre todo cuando ellos, los de la pareja, ya se han olvidado de cómo eran ellos mismos con la misma edad mala de los hijos fugados o de las hijas preñadas.

Por eso, el domingo Clara pensó mucho en lo que ha tenido que pasar la periodista con esa hija que ha escrito todo eso, frente a lo cual el enfrentamiento de sus hijas mayores no era nada. Y ya que la cosa no estaba muy bien con Fernando y dada la relación que tenía él con todas sus hijas, cómo no iba a hacer ella equipo con Ana. Necesitaba atraerla. Tener a alguien. Claro que a todo el mundo le dice que solo se tenían la una a la otra. Sus amigas de yoga discrepan y le dicen que ella siempre ha subestimado la capacidad de aguante de Ana y que la ha sobreprotegido, pero Clara cree que tenían ellas que haberse visto en el caso, qué narices, que aquellas dos harpías eran de la piel del diablo, y Ana mucho más joven, inocente y vulnerable. Y que encima estaba el asunto de su padre, les dice siempre... Aunque eso se supiese mucho después, por supuesto. Eso también procura añadirlo.

Vistas con perspectiva, muchas de las cosas que la fastidiaron en su momento ahora son casi graciosas. En los mismos días en los que tiene la tentación de levantar el teléfono para llamar a Flor, le da por pensar que a lo mejor también ella podría sonreír como sonrieron algunos empleados el día que tuvo que ir a sacar a las niñas de la comisaría por bailar una noche encima de un coche (que destrozaron, con el consiguiente gasto) o el día que tuvieron que asumir la multa por haber organizado una fiesta ilegal multitudinaria («que se nos ha ido de las manos, mami») en uno de los almacenes vacíos de la empresa. Todo era un imprevisto con ellas, una locura, un accidente. De fondo, siempre, el dinero.

Ahora se arrepiente de que su caballo de batalla fuera siempre el dinero que les obligaban a tirar sus dos hijas mayores. Puede que fuese una cuestión de educación de ellos, con sus familias tan tradicionales que les habían enseñado a cuidar del dinero fuera como fuera, aun siendo millonarios. Que no es que lo fuesen exactamente, por lo menos al principio, en lo peor de la adolescencia de las niñas, pero podían haberse permitido centrarse en que la cuestión era su educación, no su economía. Claro que se equivocaron en el origen del conflicto, en el mensaje del asunto, que les afectaba a ella y a Fernando. El comportamiento de sus hijas no destrozaba a la familia por una cuestión de dinero, sino porque eran la viva imagen de la agresividad, el egoísmo y la falta de empatía con los demás. Eso era. Ahora Clara lo ve así, aunque reconozca con la boca pequeña que algunas cosas tenían cierta gracia.

Aquel día en que bailaron una canción de Siniestro Total borrachas encima de aquel Audi A4 granate, Clara no pudo evitarlo y les pegó. A las dos. Un bofetón a cada una, en toda regla y por sorpresa, allí, en plena comisaría. Bueno, en realidad la segunda podía esperárselo porque acababa de recibirlo la primera, no recuerda quién fue, y en realidad sigue dándole igual. Fue un impulso y, por mucho que lo intentase después, no logró arrepentirse de haberlo hecho.

A Fernando se le pintó en la cara el horror, o puede que fuera el asco.

—Clara, ¿te has vuelto loca?

—¿Por qué? ¿Por pegarles? —A pesar de todo, intentaba ocultarle su satisfacción.

—Pues claro. No se educa pegando a nadie.

—A estas niñas les hacen falta unas buenas hostias desde pequeñas —las chicas lloriqueaban—, y verías como así dejaban de darnos estos disgustos.

—El asunto no está en los disgustos que nos dan a nosotros, Clara, sino en que entiendan que no pueden comportarse así. Que eso no es civilizado.

Siempre era igual. Fernando tratando de comprenderlas. Fernando adjudicándose a sí mismo el rol de poli bueno. Fernando de progre. Fernando de «yo-también-fui-joven». Fernando de «a-golpes-no-se-arregla-el-mundo». Y eso a Clara la ponía de los nervios. De hecho, en alguna ocasión reconoció que empezó a odiarlo entonces.

Sí, a odiarlo.

Al final, encima, fue el propio Fernando el que las convenció de que no denunciasen allí mismo a su madre por agredirlas de ese modo. Hay que joderse. Y esa fue también la primera noche que hablaron de divorcio.

Pero luego, como siempre, se reconciliaron. Eso era fácil. Fernando nunca se negaba a un buen polvo. El sexo era clave para mantener la unidad económica de aquella familia. Clara nunca ha tenido problema en reconocer que el principal hándicap de un divorcio, en su opinión, no era sentimental sino económico. Qué hacer con todo aquello. Cómo repartir tantos bienes en los que, eso sí, habían puesto todos aquellos sentimientos, emociones y esfuerzo. Eso era incalculable. Debían seguir juntos. Ya pasaría la adolescencia asquerosa de sus hijas, y ya lograría Clara que la sensibilidad de Ana fuese por el buen camino. Ana no sería así, seguro, Ana no les daría semejantes problemas, a pesar de su retraimiento y de la timidez. Y entonces, al hablar de Ana, Fernando accedía. Clara sabía ya que no sería tan fácil separar a Fernando de la pequeña, porque a ella todavía no la había ganado por la vía de la lógica y de la complicidad, como a las mayores; con Ana era pura emoción, una emoción que Clara no entendía, pero aceptaba, o soportaba, o esperaba con paciencia a resolver de algún modo bueno para ella. Entonces, como siempre, se besaron y volvió el sexo.

Siempre era igual. Los besos crecían, se miraban a los ojos y, sin decirse nada, empezaban a desnudarse, siempre con cierta ansia, como si llevasen tiempo sin verse o de pronto no se reconociesen, y tenían ese sexo que los había enganchado hacía tantos años aquella primera noche, y que durante mucho tiempo tuvo la capacidad de amañar lo que la razón y el corazón ya no eran capaces de resolver. El sexo con Fernando era la clave del amor brutal.

Seguramente por todo eso, aunque no lo parezca, dejó colgado a aquel tío de la cita que necesitaba que alguien le explicase todas esas cosas. Define «amor brutal». Como con los chistes, si se lo tenía que explicar, perdía la gracia, pensó Clara mientras volvía a su casa con la lencería sin usar y un poco de rencor. Todavía después de mandar a la cárcel a Fernando, Clara siempre ha sabido que nunca encontrará un amor brutal ni un sexo como el de él.

Por eso decidió ser implacable en el divorcio, comentó después de la clase de yoga aquel día:

—Entonces, en realidad, no os habéis divorciado por lo de la niña... —Una de las compañeras estaba verdaderamente intrigada por la historia de Ana.

—Eso también estaba ahí.

Seguramente la amiga *yoggie* no se atrevió a preguntar lo que Clara sabe que todo el mundo guarda para sí delante de ella: «¿Lo sabías y te callaste? ¿O eras tan tonta como para no darte cuenta?».

Pero entre todas esas personas que tanto la juzgan y que tanto imaginan lo que harían si vivieran lo mismo, nadie entiende que el amor brutal de Fernando lo ocupaba todo. En realidad, todavía lo ocupa.

Ellos preferían culpar al dinero. «¿Cómo fue lo de hacerse ricos?», piensa Clara a menudo. Tenían mil hipotecas y de pronto el dinero crecía como setas al mismo ritmo que su casita junto a la nave donde vendían flores se iba convirtiendo en una mansión junto a un imperio. Está mal incluso pensarlo, pero así ocurrió. O quizá ella no se dio cuenta de cómo sucedía, estando como estaba entre pañales, mocos y deberes escolares, pero se pasó años firmando compras de naves, contratos de personal y albaranes de importación sin saber exactamente lo que estaba pasando.

Hasta que una mañana, cuando Ana empezó a ir al colegio, decidió bajar al vivero y se encontró con una gran empresa dedicada a las plantas ornamentales. Esa mañana observó a su marido y vio de pronto a alguien que había dejado de llevar el mandilón con el logotipo de la empresa en el bolsillo para ir de reunión en reunión vestido de sport elegante, diría ella. En ese momento, decidió que también quería estar de verdad en todo eso.

Esa noche, se sentó con él después de cenar, cada uno con su copa de whisky con hielo, y le dijo: «Fernando, quiero que me expliques cómo está todo, que voy a volver al negocio». Él, al principio, puso cierta cara de susto, pero pronto entendió que también en eso debería estar presente su amor brutal, así que bajó a la oficina y volvió al cabo de quince minutos con dos carpetas llenas de papeles. Ahora Clara sabe que ese fue el principio del fin.

En realidad, visualizó en su cabeza esa imagen de Fernando apareciendo con las carpetas junto a la mesa de tomar los whiskies el día que discutieron por primera vez por el negocio. El amor brutal tenía algunos agujeros por los que se colaba su definición de socios, y Clara empezó a tener lo que ella siempre ha llamado «intereses»: que la empresa creciese, creciese y creciese. Con el tiempo entendió que estaba preparándose para el día en que el amor brutal desapareciese del todo, ya que tan fácilmente se escurría por las rendijas de las plantas ornamentales.

Supone Clara que por eso le dolía tanto el dinero que después despilfarraban sus dos adolescentes en tonterías de niñas locas, o que por eso se centró en atraer hacia sí a Ana y alejarla de Fernando. Así que cuando Flor y María empezaron a ser más independientes, en realidad, solo quedaban ellos tres. Y dinero por todas partes.

Miguel declara que hay dos cosas que Helena nunca le ha perdonado, y estaría dispuesto incluso a contárselas a la policía si le colgasen a él su desaparición: haberle dicho, al dejarla, que solo la quería «bastante» y haber mantenido una relación normal con la gente que ella había decidido que era «suya»: Félix. Verónica. Algunos amigos. Amanda. Claro que, después del domingo, lo que Miguel ensaya son formas de explicar su relación con Amanda más allá de lo que ella ha escrito ahí, o bien contradiciendo toda esa patraña, o mostrando que él, en fin, es un concejal, antes cirujano pediátrico, un hombre más que respetable. Nadie ha sabido decirle muy bien si el supuesto delito que cuenta Amanda habría prescrito. Por el momento, no lo han citado en ningún juzgado, ni ha venido la policía otra vez, así que espera poder ir calmándose a medida que pasen los días.

Y la otra tan tranquila desgranando guisantes en una chabola en medio de las montañas de Lugo.

Cuando se enteró de la desaparición de Helena, Miguel no sintió nada. Ni siquiera recibió una llamada de alguien avisándolo. Encendió la radio por la mañana muy temprano y allí lo dieron. «La conocida periodista Helena Sánchez está desaparecida desde el pasado lunes, cuando fue vista por última vez en su despacho del periódico para el que trabajaba. Fuentes policiales aseguran que no se descarta ninguna hipótesis.» Luego hablaban de sus premios importantes, de los casos polémicos en los que había estado involucrada, de algunas amenazas que había recibido y de su tendencia como periodista a poner el dedo en la llaga. Nada de la posibilidad de desaparición voluntaria. Por supuesto que no. Esas cosas nunca se dicen en la radio.

Miguel oyó todo aquello en el coche, y solo se sorprendió de su propia ausencia de sorpresa. Como si llevase tiempo esperando que Helena desapareciese de las vidas de todo el mundo sin necesidad de morir. Como en los culebrones donde, de repente, los guionistas se cargan al protagonista en un accidente porque la productora ya no puede asumir el salario que reclama por haberse hecho famoso.

Cuando llegó a su casa, Miguel miró en el teléfono los últimos whatsapps de Helena sabiendo ya que en algún momento la policía se los pediría, así que dejó de lado el impulso de borrarlos. Lo único un poco sentimental que se le vino a la cabeza en ese momento fue una extrañeza, un echar de menos las grabaciones de voz que solía hacer ella. Incluso ahora que sabe que ya no está, le gustaría poder oírla. Releyendo todo aquello, Miguel tuvo la sensación de última vez, y de pronto todo le pareció una estupidez.

«¿Para qué me llamabas el viernes? Estaba por ahí de copas con Carlos.»

«Solo era para hablarte de Amanda, ya que tan preocupada estabas porque llevabas mucho sin saber de ella. Nada importante.»

«Ah. Tranquilo. Justo me ha llamado ella. Hemos estado mucho tiempo hablando.»

«¿Todo bien?»

«Mejor que nunca.»

Eran del día anterior a desaparecer. Por más que lo intentó, no fue capaz de atisbar ahí ningún indicio. Solo ese «Mejor que nunca» que, de repente, allí sentado en la mesa de la cocina con su café y la amargura de la noticia en la boca, le pareció un anuncio, o una despedida, o una amenaza. Aun así la policía no le dio demasiada importancia.

—¿Nada más? —le dijo el agente.

—No. Normalmente hablamos. Somos unos antiguos —le contestó Miguel, por quitarle hierro a la situación. No estaba cómodo.

—¿Y entonces por qué se escribieron?

—No lo sé. Supongo que ella empezó escribiendo, y yo respondí de la misma manera.

—Entiendo. ¿Y cómo interpreta usted ese «Mejor que nunca»?

—La verdad es que en el momento pensé que acabaría de terminar un reportaje y que lo habría estado celebrando, precisamente con Carlos, el director del periódico, amigo de toda la vida, ya saben. O a lo mejor se había echado un novio... ¡Yo qué sé!

—¿No ha pensado que podría tener que ver con alguna cosa que hubiera hablado con su hija o con alguna decisión que hubiera tomado?

—En aquel momento no lo pensé.

Era verdad. Y ahora... Ahora Miguel piensa todo el tiempo en esa conversación larga que Amanda mantuvo con Helena justo antes de desaparecer.

Pero la policía no ha vuelto.

Ha releído muchas veces esas frases en el whatsapp. Es lo único que le queda de Helena. Ahora sí, seguramente no volvería a tener a Helena nunca más. Ni hablar. Ni verla. Ni recordar aquel pasado feliz en que la quería más que bastante y era evidente que ella a él no.

—No puedo más con esta vida —le había dicho Miguel a Helena un día, después de mucho pensarlo—. Todavía te quiero bastante, pero no es suficiente.

—¿Cómo dices? —contestó ella como saliendo de un letargo.

—Que me voy.

—Después de todo este tiempo, ¿eres tú el que se marcha? —Se veía que Helena se aguantaba la ira, infructuosamente—. ¿Eres tú el que descubre que no hay suficiente amor? —Ya estaba roja de ira—. ¡Hay que joderse, Miguel!

—Venga. Que los dos sabemos lo que hay desde hace mucho.

—Ah, ¿sí? ¿Y qué hay, eh? Dime, ¿qué hay? —Helena hablaba rápido—. Porque yo lo único que sé que hay es que llevo toda la vida contigo. Amanda y yo llevamos toda la vida contigo. Queriéndote. Y sacrificando muchas cosas por ti, por acompañarte, por mantener todo lo que hemos decidido hacer juntos.

—No tenía intención de entrar en nada de eso. En nada concreto, Helena. Así que no voy a hacerlo. Son muchos años, hay muchas cosas y lo sabes. Pero sobre todo yo ya no soy el mismo de los veinte años. Y tú tampoco.

—Amanda... —Helena empezó una súplica.

—Amanda no tiene nada que ver.

—Claro que tiene que ver. Pero tú ahora me vienes con esa mierda del amor. —Calló un instante—. Ahora tengo que ser yo la que se queda sola, ¿no?

—Si quieres verlo como una competición por ver quién deja antes al otro..., ¡adelante! Pero, Helena, sabías que llegaría el momento en que yo no aguantaría más.

—No, no lo sabía.

—Parece mentira que seas una de las cabezas más inteligentes de este país y pretendas hacerte la tonta en lo relativo a nuestra relación.

Entonces Helena le lanzó a la cabeza el libro que estaba leyendo y se metió en la habitación. Así terminó su declaración de divorcio y, en realidad, nunca más volvieron a hablar ni de sentimientos ni del pasado. Para Miguel, la cosa fue un proceso de años que, sin necesidad de decirse nada, culminó en aquello. Esa pequeña discusión. La ira contenida de Helena. El libro a la cabeza. El divorcio. Pero luego los dos supieron siempre que el problema era haberle dicho que solo la quería bastante.

Ese bastante.

Pero era la verdad. Miguel ha hablado mucho de eso después. Incluso se lo dijo a Félix cuando le explicó que se separaban, ya que Helena no se atrevía. Él sí que entendió el «bastante». Entendió que era mejor no esperar a odiarla. Porque Miguel sabe hoy que podría llegar a odiarla, aunque no se atreve a decírselo a nadie. No después de su desaparición. Y menos aún después de lo que ha aparecido en el dominical.

Bastante.

«¿Por qué?» Se lo preguntó una vez esa enfermera guapa que toma tantos cafés con él y con la que de vez en cuando Miguel tiene un sexo aburrido, como de colegio de monjas, pero interesante en el sentido de que le aporta la belleza rubia de ella como trofeo. ¿Por qué la quería solo bastante?

Es complicado.

Puede que lo tuviera más claro en aquel momento que ahora. Ahora, después de los años, podría seguir eternamente con Helena queriéndola solo bastante, la verdad. Ahora sabe que querer estar con alguien no tiene tanto que ver con el amor, o más bien, que ni el amor es suficiente para querer un futuro con alguien, ni tiene por qué ser la moneda de cambio para la convivencia.

Después de atisbar la posibilidad de odiarla, en un momento dado Miguel descubrió que ya no tenía nada que ver con Helena. Que no le gustaban los artículos que escribía. Que despreciaba cuanto ella contaba sobre el mundo de hipócritas periodistas de izquierdas en el que se movía. Quererla ya no era suficiente para soportar todo eso. Además, un día se levantó pensando que a pesar de todo Amanda también era como ella. Así que le dio asco. Y se fue.

Sabe que Helena no entendió aquello de ese modo ni lo entenderá nunca, pero mantenerla en esa incomprensión le gustó.

Era estupendo que se situase en esa furia de mujer abandonada, después de todo, y que sintiese para siempre la soledad y el dolor del desamor. A Miguel le pareció una forma de venganza que podía permitirse. Por supuesto, eso jamás lo dirá en ningún sitio.

Pero claro que todavía siente deseos de venganza. Cómo no los va a sentir. No es que le importe lo más mínimo la vida de Helena. Pero sí le importa algo que, ya cuando el divorcio, sabía que no podría cambiar, pero sí vengar: no lograr que ella lo quisiera tanto.

La cosa ha estado continuamente en esos términos. «Todavía te quiero bastante.» «No me quieres tanto.» Todo así. Bastantes. Tantos. Y Miguel se hartó, porque la verdad es que con los años, mientras Helena corría de aquí para allá, él fue convirtiéndose también en otra persona.

«¿En qué persona?», le dijo la enfermera rubia. «En quien soy ahora.» Miguel siempre dice lo mismo. Creció junto a Helena. Era casi un niño y se hizo un hombre, igual que ella se hizo una mujer brillante. Él también evolucionó, dice a menudo como defendiéndose de algo. Él construyó sus propias ideas cuando, al nacer Amanda, logró desvincularse de la política estudiantil en la que se había metido por Helena, sin creer gran cosa en aquellos ideales de comunistas trasnochados. Empezó a luchar por su cuenta por las cosas en las que creía. Y ha fundado un partido político, ¡qué coño!, y no podía seguir con ella después de todo eso, evidentemente.

Para explicar a sus conocidos su relación con Fernando, Clara siempre formula la misma pregunta a modo de introducción: ¿quién era Fernando cuando ella lo conoció? Un emigrante más. Igual que sus padres, a fin de cuentas. Últimamente Clara comenta mucho que no sabía nada de él y que en realidad no lo ha sabido nunca. Solo cuatro datos de su familia allá en Galicia, que tenía un hermano y que eran pobres, por eso emigró. Bueno, por eso y por largarse de casa. A Clara nunca le pareció imprescindible conocer los detalles de la vida anterior de Fernando porque tenía la intención de construir su propia vida con él, así que ¿para qué?

También se lo dijo así a su abogada cuando esta le preguntó por la posibilidad de que saliese algo interesante en el pasado de Fernando que las ayudase a ellas. Una prima violada, una novia ofendida... «Algo de ese estilo», le dijo la abogada. Y Clara se dio cuenta de que, fuera del asunto de la muerte de su madre cuando él era solo un niño, casi no sabía nada del que había sido su marido. Luego su gran aliado fue su hermano, el que lo ayudó con las cosas técnicas cuando lo metieron en la cárcel, el que fue a verlo siempre, el único que se atrevió a declarar contra ellas en el juicio. Por supuesto, mientras estuvieron en Hannover ella no lo conoció. Siempre se han caído mal. Clara no quiere hablar de él.

Y luego está el asunto de los padres, que para él había quedado muy enterrado en el pasado. Tanto que Clara tardó años en saber cómo había muerto la madre.

Tampoco quiere hablar de eso.

En cambio, Clara define siempre a su familia como normal. Demasiado normal. Cada vez que piensa en llamar a su hija Flor, últimamente le da por pensar en que se está convirtiendo en su propia madre, a su pesar. Trata de evitarlo, pero sabe que sus hijas ya la han metido en ese limbo de las madres a las que hay que mantener al margen de la propia vida, como hizo ella con la suya. Sin tanto dramatismo, por supuesto, pero la consecuencia es la misma: poca o nula relación, absoluta falta de entendimiento, demasiado que echarse en cara. Ella lo logró en su momento cambiando de país, y aquí está, con una hija muerta y las otras dos ausentes, tratando de ocultarle a su madre su propia desgracia no por evitarle un disgusto (¡vaya estupidez!), sino por esquivar la retahíla de reproches. Claro que no. Todavía hoy se siente como una paracaidista en medio de una tormenta de nubes blancas cada vez que marca el número de teléfono de la casa de sus padres en Hannover.

—Hola, mamá.

—A buenas horas, niña. Llevamos tres meses sin saber de ti.

—Te estoy llamando ahora.

—Si nos morimos, no te enteras hasta que estemos en la tumba.

—Mamá, por favor.

—¿Cómo va todo? —Siempre llega el momento en que su madre cambia el tono, porque siempre decide ella dónde acaban los reproches y empiezan las quejas.

—Todo bien por aquí.

—¿Las niñas?

—Bien. ¿No os han llamado?

—Pues no. Es como si no tuviesen abuelos, Clara, ya no vamos a resolver eso a estas alturas. Tu padre y yo ya lo hemos asumido.

—No os llamo para que me eches nada en cara, mamá. —Clara siempre se desespera—. Solo quiero saber qué tal estáis.

—Estamos viejos. Y tú también.

Este es el principio de cualquier conversación. Y no quiere reproducir lo mismo si un día llama a Flor. Quiere ser capaz de preguntarle por su hermana sin un ápice de rencor. Pero, claro, es imposible.

El otro día Clara fue a un coloquio sobre literatura y emigración. Últimamente hace mucho eso. Va a presentaciones de libros, charlas y esas cosas porque fantasea con la posibilidad de escribir su historia. Su abogada le ha dicho varias veces, medio en broma medio en serio, que ahí hay un libro. Y Helena Sánchez, la periodista que vino a entrevistarla, le insinuó que de no publicarse en su periódico a lo mejor incluso escribía un libro sobre el asunto. No le pareció bien, la verdad, pero ¿qué podía hacer Clara? Ahora ya está, en todo caso. Todavía no se sabe qué ha sido de ella. Si ha desaparecido porque ha querido, incluso puede darle por escribir igual la historia de Ana, o la suya, metida en cualquier escondrijo, sin posibilidad de ir allí a pedirle cuentas por nada. Es un plan perfecto. Y muy irrespetuoso, porque en todo caso su historia debería escribirla ella, que no es tonta y tiene una carrera de letras. Si se atreve la chica que la acompañaba, será más fácil ir a por ella. Una querella y la consiguiente indemnización. Pobre chica. Clara espera que ni se le pase por la cabeza, y entretanto, piensa en la elección del género, si será mejor optar por el ensayo, la autoficción o directamente por una novela centrada en su hija Ana. O a lo mejor en sí misma. A su abogada le parece que la mejor opción es hacer una cosa breve centrada en su hija muerta.

Así que ante la posibilidad de escribir su historia, Clara ha decidido empezar a frecuentar ambientes literarios. Como tiene dinero y es una mujer guapa e inteligente, llama mucho la atención de los intelectuales, desesperados por aventurillas fuera de la consabida endogamia habitual, de modo que Clara también está contenta porque, de esos actos literarios, le han salido varias citas muy interesantes, alguna con editores interesados en la publicación del posible libro, aunque siempre tiene que pagar ella las cenas, las copas e incluso el motel.

Pero lo que la ha llevado a darle vueltas a su pasado fue ese coloquio sobre literatura y emigración que la ha dejado varios días barruntando quiénes venían siendo ellos, Fernando y Clara, sus padres, sus hijas. ¿Por qué se fueron?

Después del coloquio, salió a tomar una copa con un escritor bastante joven y bastante guapo, un poeta muy interesado en la horticultura que le dijo que sabía leer los posos del café. Vaya gilipollez. Llevaba tiempo sin divertirse con la complicación de una cita: que si cómo se trenzan los troncos de un ficus, que si habrá que pedir café para que leas los posos, que si no me puedo creer que tengas la edad que dices tener, que si tú tampoco pareces un crío inexperto. Hacía mucho que Clara no se acostaba con alguien de la edad de sus hijas.

Ese poeta no es exactamente un emigrante. Fue de eso de lo que empezaron a hablar, en pleno coloquio, aunque por no acaparar el debate Clara prefirió callarse y proponerle completar la conversación en el bar de al lado. Él es uno de esos hijos de emigrantes a los que separan de sus padres. Ellos allá, donde sea, y el hijo se queda en el lugar del que se han ido, el que sea. Clara conoce a muchos así, sobre todo de su edad, y nunca ha entendido qué era lo que impulsaba a esos padres a tomar la decisión de no llevarse a sus hijos consigo a ese otro lugar donde tenían una vida de la que excluían a parte de su familia. ¿Para qué los tenían? Los dejaban con sus abuelas o sus tías y, con la excusa de trabajar a destajo para enviar el dinero que haría rica a su prole, la dejaban huérfana sin que se hubiera muerto nadie. Como si en los lugares donde trabajaban no hubiera gente trabajadora con descendencia. Y como si el dinero supliese la presencia de las madres y los padres.

Eso sí que ha de agradecérselo Clara a su madre. Le ha contado muchas veces que todo el mundo en Galicia les decía que debían enviar a su hija con los abuelos, pero su madre quería que Clara estuviera con ellos, que fuese de allí, que viviese como viviría si sus padres, en lugar de ser una limpiadora y un electricista gallegos, fueran ingenieros franceses trasladados por unos años a una fábrica de Hannover. Todos trabajaban, a fin de cuentas, ocho horas diarias. Todos vivían en un piso (había mucho mito en eso de los barracones para emigrantes, le dijo al poeta). Todos tenían tiempo libre y fines de semana que podían dedicar a sus niños en lugar de dejarlos criándose con gente ya sin fuerzas para criar y con una visión del mundo condenada a la extinción.

—Era una forma estupenda de librarse de los hijos —le dice Clara al poeta.

—¿Y por qué iban a querer hacer eso? —le contesta él.

—¡Ah! ¡Si yo te contara lo bien que me hubiera venido a mí haberme librado de mis hijas en algunos momentos! —dice ella sonriendo mucho, como si no lo dijera en serio.

—Yo nunca me sentí abandonado por mi familia. Cuando consiguieron dinero suficiente, volvieron, y han estado siempre conmigo desde entonces. Y yo iba mucho a verlos.

—¿Y todos los que no han vuelto? ¿Y todos los hijos que se han hecho adultos sin que llegase ese momento del regreso? —A Clara la enfada mucho pensar en eso.

—Yo siempre supe que mi madre y mi padre estaban ahí para mí.

—Pero seguro que has llorado más la muerte de tu abuela que la de tu madre. —Clara es cortante.

—Eso por supuesto —dice él, también cortante.

—Pues ahí lo tienes.

Los padres de Clara decidieron emigrar ya cuando planificaban su boda. Se casarían y se marcharían a Alemania, que allí había empleo, y por lo menos podrían salir del trabajo en sus casas, que era una esclavitud al servicio de familias interminables. Esa era la prioridad de la madre de Clara: dejar de ensuciarse en el barro. Y su padre soñaba con no tener que ir al mar nunca más en la vida. Fueron, eso sí, unos emigrantes atípicos, porque nunca tuvieron intención de volver, ni siquiera tras la jubilación, y así lo han hecho. Siempre le decían: «Nosotros queríamos organizar nuestra vida lejos de toda aquella miseria. Al principio, por nosotros mismos. Y después, por supuesto, por ti». Por eso Clara nació en Hannover y vivió en Hannover, se aburrió en Hannover, discutió con su madre en Hannover, estudió en Hannover, y en Hannover conoció a Fernando, que hablaba gallego como lo hablaban sus padres en casa y que no se empeñaba en permanecer toda la vida en Alemania como lo seguían haciendo sus padres, algo que, no sabe muy bien a cuenta de qué, también se suponía que tenía que hacer ella.

Ahora Clara rememora todo eso con mucha amargura, porque lo cierto es que le da por pensar que se ha equivocado de medio a medio. Que a lo mejor podían haber sido felices allí. Que el frío no era para tanto. Que sus padres son como todos los demás, incluida ella, y Fernando. Que no tenía por qué huir de nadie.

Puede que por eso Clara haya generado esa relación tensa con sus padres, porque todo fue siempre normal entre ellos, con sus tiranteces, tan propias de la convivencia, de haberla educado, de haberse rebelado, de haber sido adolescente en su casa, y de haberse largado aburrida de la vida convencional de ellos que supuestamente también estaba bien diseñada para Clara. No tenía idealizados a sus padres ni los odiaba por haberla abandonado. No necesitaba nada de eso. Solo se hartó de ellos aproximadamente a los veintitrés años, cuando le dio por vivir a su manera, como le pasaría a cualquiera. Y no se le ocurrió mejor idea que después marcharse con Fernando a donde la limpiadora y el electricista no querrían volver nunca.

Clara cree que eso su madre no se lo perdona. Irse a Galicia. ¡Qué necesidad habría! Siente ese reproche desde hace más de treinta años, cada vez que habla con ella por teléfono. Y encima con Fernando.

A su madre nunca le gustó Fernando. Pero aun así a Clara no le cabe duda de que le reprocharía los términos del divorcio tal como han sido si llegase a saberlos. La denuncia. Aquel juicio. La cárcel. Flor y María sin hablarle en el entierro de Ana. La muerte de la niña de ese modo. Clara se ha evitado todo eso, por supuesto. Para qué contarle los detalles justo a ella. No tenía los antecedentes, ni las emociones, ni las frustraciones. Y como siempre, los reproches le vendrían de vuelta, así que se ha ahorrado ese trance.

Al principio, todavía iban a Hannover de vez en cuando. Cada vez menos, desde que nació Ana, pues viajar con las tres niñas era un lío, y después los negocios los mantenían ocupados y les impedían los viajes de placer, para los que seleccionaban cuidadosamente destinos exóticos y refinados. Y Hannover, a pesar de la familia, no era el lugar más apetecible para nadie en casa, en especial desde que las niñas empezaron a darse cuenta de que se aburrían como ostras en Alemania. Y sus padres nunca han sido de salir de allí. Evitan Galicia como si fuera un páramo nuclear. Es como si tuviesen la vergüenza de ser emigrantes instalada en la pituitaria. Como si tuviesen reparos en que los reconociera alguien en un lugar donde, en realidad, ya no los recuerda nadie más que su hija, que ni siquiera los echa de menos. O como si despreciasen a los dos millones de habitantes que decidieron quedarse en su tierra mientras ellos optaron por largarse.

Pero casi mejor así, le dice al poeta. ¿Sí? Sí. Ella ha podido hacer su vida nueva con Fernando, y eso ha sido lo mejor que le ha pasado hasta el divorcio (necesita aclararle que está divorciada). Sin embargo, últimamente Clara se pregunta mucho cómo habría sido su relación si hubieran tenido a la familia cerca. Por ejemplo, si la madre de Fernando estuviera viva.

Parece que la cosa va de madres.

Como dice una amiga suya, en un momento dado nos toca revisar la maternidad desde la perspectiva de ser hijas-madres ya con cierta edad. Así que Clara debe estar en ello. Fernando siempre le ha dicho que seguro que se llevarían estupendamente, pero también es verdad que la última vez que habló con su madre fue a los ocho años, la mañana del día en que ella murió. Clara no está tan segura de que la madre de Fernando hubiera sido una suegra estupenda, y siempre se lo ha dicho, cosa que a él lo ofendía bastante. En todo caso, es imposible saberlo, así que es mejor no perder el tiempo con eso. Fernando estaba prácticamente solo, con lo que pudo centrarse en ella. Dedicarle toda su atención y esfuerzo. Estaba su hermano, pero no tuvieron mucho trato durante la mayor parte del tiempo que duró su matrimonio. Podría decirse que Fernando se quedó sin su propia familia para dedicarse a la de Clara, e incluso se lo dijo así muchas veces cuando discutían y el fervor del debate los llevaba a hablar de divorcio: «Fuera de mi hermano, solo os tengo a vosotras». De hecho, los padres de Clara eran los únicos padres con los que Fernando podía contar en un momento dado.

Los dos, tanto Clara como Fernando, han construido muy bien su soledad.

Miguel le ha dicho a su amante enfermera que debería buscar una canción para ella. Una hermosa, inmortal, de esas que suenan mucho y que ayudan a pensar en el otro, pongamos, en un centro comercial o en una gasolinera.

De jóvenes, Miguel y Helena tenían aquella canción de los Smiths, «There Is a Light That Never Goes Out», que cuenta algo así como que un chico se va de casa y decide que quien está conduciendo el coche que lo lleva, sea quien sea, es la persona con la que mejor se entiende del mundo. Adoraban ese desprecio punk a las familias, esa sensación de que la vida podía terminar en cualquier momento, por accidente. Un tráiler que choca contigo. Un autobús de dos pisos que se te lleva por delante. En su opinión, el mejor sexo de los veinte o veinticinco años lo tenían Helena y Miguel con esa canción.

—Tiene gracia —le dijo a la enfermera rubia— porque Morrissey es asexual, por lo menos en los últimos tiempos. Hay un porcentaje de gente así, como prueban las estadísticas. A lo mejor se ha cansado, después de todo.

Miguel también se cansó del sexo en un determinado momento, no totalmente, pero sí bastante. Y puede que también por eso acabase yéndose de su casa.

—A mí esa canción me sugiere huir con el amante —dijo la enfermera poniéndole ojitos.

—Amor —le contestó Miguel—, pues cuando la escucho, yo no puedo evitar pensar en todas las veces que Amanda se ha largado de casa pensando en que era mejor estar con el taxista o con el chófer del autobús antes que conmigo.

Seguro que, después del domingo, la enfermera entiende todo eso de otra manera, y eso a Miguel lo pone de los nervios.

Él explica las desapariciones de la niña así: la primera vez que Amanda se marchó, se les fue de las manos. A todos. A Helena por leer su diario. A Félix por no haber dicho nada de los abortos. A Verónica por saber tanto y callarse. A él por estar convencido de que se había suicidado. A fin de cuentas, tenía motivos para hacerlo. Entonces Amanda les dio a todos una lección que tardaron en asumir, pero que estaba ya ahí, bien clarita, para quien quisiera entenderla: desde aquel día tomaba ella el control. Y nunca dejó de tenerlo, desde la primera desaparición hasta el artículo en el dominical. Todos en sus manos como papanatas.

—Pero ella ha optado por esa forma de vivir, ¿no? Igual sería más fácil para todos si lo aceptaseis, y punto —le dijo la enfermera.

—Eso es muy fácil de decir...

—Ya.

Y en cierta manera, eso es lo que hizo Helena. Aceptó que Amanda era así y fue capaz de adaptarse. Generó una especie de coraza contra las desapariciones de su hija, y Amanda la puso a prueba hasta el límite, llevaba hasta el extremo la resistencia de esa coraza sin dar señales de vida durante muchas, muchas semanas. O las daba, pero solo a Miguel, que era el que seguía pasándole dinero cuando rozaba la desesperación. Y él no le decía nada a su madre. Ya entonces lo hacía para castigarla. Castigar a Helena. Y un poco a Amanda también, claro.

Pero su discurso siempre es otro.

—Cuando Amanda desaparecía, no quería saber nada de su madre —contaba él antes del artículo del domingo.

—Pero ¿por qué se llevaban tan mal?

—Las madres y las hijas...

—Claro, claro —dijo la enfermera rubia, sin duda con sus propios recuerdos en la cabeza.

—En cierta manera, eran parecidas.

—¿Y cómo es que Amanda tenía esa complicidad contigo?

Esa pregunta ahora ya no se va a atrever a formularla nadie. Y seguro que quienes compraron el periódico del domingo ya le han dado algún tipo de respuesta en sus cabezas. Por tanto, desde ahora, Miguel tendrá que ensayar otra reflexión para esa conversación. Tendrá que decir otro tipo de verdades que, bien expuestas, contribuyan a responsabilizar a Helena de las cosas de Amanda, porque se lo merece.

Miguel sigue viéndolo así. Que era una madre ausente, que permitía que la niña estuviera demasiado con Félix, a fin de cuentas un viejo bohemio que no tenía por qué ser la mejor compañía para una chica tan joven y tan influenciable, y que además era un sucio maltratador. Que él era el único que imponía un poco de disciplina. Que él no le había dado importancia a la relación con Verónica y que lo de aquellas cartas le parecía una bobada adolescente. Que Amanda no era tonta, y que por supuesto sabía quién aportaba estabilidad en aquella familia. Hay mil maneras de justificar esa complicidad. Pero ahora tampoco va a poder utilizar la palabra «complicidad».

Ahora que Helena ha desaparecido, a Miguel le pesa un poco haber alejado tanto a madre e hija a base de medias mentiras. O de mentiras, simplemente.

Por ejemplo, le ocultó durante mucho tiempo a Helena que la chica vivía en la Casa Violeta, a la vuelta de la esquina.

¿Por qué?

Sin duda, para tener a Amanda más cerca. Para que todo hubiera de pasar por él.

Helena sería la periodista, pero él era el que controlaba la información. Mientras Helena estuviera preocupada por si la chica andaba de casa en casa o si vivía en la calle, él podía entrar en otro nivel de cuestiones, por así decirlo, más prácticas con Amanda. Prestarle dinero que ella nunca le devolvía. Hacer como que le parecía bien que viviera allí (cualquier cosa mejor que la calle). Controlarle los amigos y los que vivían con ella y, llegado el caso, sobornarlos.

Como aquel Rafa. Ay, Rafa.

Como siempre, Amanda miente cuando cuenta esa parte de la historia. Eso sí que se lo dijo a un buen amigo, un compañero del partido de toda la vida, tomándose una cerveza la noche siguiente a conocerse la desaparición de Helena.

—Es que no lo entiendo, Miguel, no me hago a la idea de que Helena no está sin ni siquiera haberse muerto.

—Yo tampoco. —En eso Miguel no mentía.

—Porque además vosotros ahora estabais en una buena época, ¿no?

—Puede decirse que sí. Después de nuestros más y nuestros menos... —Pensó un momento—. El problema no somos nosotros, ya lo sabes. El problema siempre es Amanda.

—Es problemática, sí —le dijo su amigo como evocando alguna anécdota juvenil de Amanda que se guardaba para sí.

—Problemática es poco. No hay manera de retenerla. Y mira que lo he intentado.

—Eso es casi imposible. ¿Qué podrías hacer? ¿Atarla?

—¿Tú te acuerdas del novio aquel que tenía hace años, el tal Rafa que no era okupa pero abrazó la causa gracias a ella? —preguntó Miguel, con tono confidente.

—Sí, lo recuerdo. Hacían una pareja de la hostia. —El colega se reía metiéndose varios cacahuetes a la vez en la boca.

—Pues a ese tío lo tenía yo en nómina, por así decirlo.

—No jodas.

—Pormimadre.

—Me acuerdo del trauma de la ruptura un domingo que fuimos a comer a vuestra casa... Amanda te había llamado contando que no entendía cómo había llegado a dejarla...

—Sí que lo sabía, vaya si lo sabía... —Miguel le dio un trago a su cerveza.

El suplemento del domingo, dice Miguel, está lleno de mentiras como esa.

El Rafa aquel era un mangante.

Miguel le consiguió a Amanda, sin que ella lo supiera, aquel trabajo cutre en la editorial donde los dos se conocieron. Era evidente que tenían que gustarse. Miguel siempre ha sabido muy bien de qué pie cojea su hija, y aquel dibujante tenía todas esas cosas que a Amanda le gustaban: algo de macarra, apariencia de vivir de la nada y cierto talento artístico. Si no fuera por Miguel, a buena hora iba a acercarse al movimiento okupa el tipejo aquel. Sus mensualidades le costó, para tenerla vigilada y que al menos no se largase al quinto carajo o no dijese cosas que no debía. Después de que se liaran, Miguel lo tuvo claro: lo abordó un día en la calle tras despedirse de Amanda y le ofreció pasta a cambio de cosas fáciles. Participar en lo que organizaban en la Casa Violeta, boicotear algunas de sus actividades, contarle los planes de Amanda, y evitar, si podía, que se metiera en líos excesivos. Y eso que no fue capaz de irse allí a vivir con ella. Eso lo superaba, y Miguel lo entendía. Por el camino, hizo el idiota y se lio con la cajera del súper. Eso no estaba previsto. Pero también hay que decir que el chico tuvo bastante paciencia. La verdad es que Miguel cree que le salió a cuenta.

Eso que escribe Amanda de que lo dejaron porque «nos cansamos de estar tan exageradamente enamorados todo el tiempo», hostias. Lo dejaron porque Amanda era una mentirosa y no había manera de hacer planes de ningún tipo con ella; porque, con la historia del hippismo y el amor libre, se tiraba a todocristo, y porque al final el muy imbécil de Rafa le tomó cariño a aquella panda de perroflautas y ya no quería hacer el trabajo que tenía que hacer allí porque se sentía un traidor.

—Además de vigilar a Amanda, entonces, ¿qué tenía que hacer? —le preguntó a Miguel su amigo del partido verdaderamente intrigado.

Qué complicado responder a aquello sin parecer un desnaturalizado. Todavía hoy es más difícil contestar a eso, como a tantas otras cosas. Miguel se imagina también la cara que se le habrá quedado a su amigo después de leer el artículo de Amanda en el dominical. Ayer hizo como que no lo veía en los pasillos del ayuntamiento.

—Queríamos el edificio —dijo Miguel a modo de respuesta.

—¿Quiénes queríais el edificio? —Su amigo no entendía casi nada.

—¿Quién va a ser? Ágora.

—¿Así que usamos al novio de tu hija como topo y luego mandamos a los skins del fútbol? ¡Joder, Miguel! —Su tono era de sorpresa, pero también de indignada satisfacción, así que Miguel se puso a la defensiva.

—¡Hombre, no! Eso no es exactamente así. A ver si te vas a poner tú en el mismo plan que Helena y también vas a pensar que no tengo sentimientos.

Lo cierto es que no pintaban nada en aquel edificio, y la lista de Amanda fue a meterse allí en el momento más inoportuno, cuando un par de empresarios muy colegas de Luis, el presidente de Ágora, ya habían iniciado los trámites en el ayuntamiento para hacerse con el edificio, cosa que estaba siendo complicadísima, que ya sabemos quién gobernaba y para quién. A fin de cuentas, por cosas como esas Luis Santisteban y Miguel eran amigos, que para algo habían estado juntos en la fundación del partido.

Ya que Miguel sabía que en la vida lograría convencer a Amanda para que saliera de allí y, de paso, se llevara consigo a los demás habitantes de la Casa Violeta, pensó que sería buena opción influir de algún modo en quien pudiera convencerla, alguien de su edad, talentoso, enamorado, todo muy en el estilo que le gustaba a Amanda. Pero la verdad, creyó que sería más fácil. Rafa estaba allí para hacer de Yoko Ono: con la simple presencia del chaval y alguna duda bien colocada, provocaría fricciones. Si la casa empezaba a darles más problemas de los que podían asumir... Esas cosas. Y cuando eso pasase, lograrían un desalojo mucho más pacífico. Ágora podía movilizar el barrio para echarlos de allí, aunque antes de hacerlo preferían asegurarse de que los perroflautas no tenían poder de convocatoria. Claro que Miguel supo demasiado tarde que en realidad Yoko Ono no tuvo la culpa de nada en lo relativo al final de los Beatles.

También fue por eso por lo que le guardó el secreto a Amanda de que estaba en la Casa Violeta y no le dijo nada a su madre. Amanda gozaba especialmente manteniéndole esa clase de incógnitas a Helena. La castigaba así, y Miguel, que solía castigarla de otras maneras, decidió en este caso aprovecharse del castigo de Amanda.

«Así de enfermizas son las cosas que rodean a Amanda», dice siempre Miguel. Tan independiente y tan alternativa, pero hasta que se fue a la aldea esa donde vive ahora, ha procurado no perder nunca el contacto con sus padres ni con Félix mientras tuvo sentido. «Nos sacaba la pasta», dice. Y les sacaba cariño. Era como una sanguijuela que iba cuando le daba la gana junto a su madre o su abuelo, y que, cuando le convenía, se hacía la interesante con Miguel y lo llamaba toda solícita para autoinvitarse a un café, a una cena, o a un fin de semana por ahí.

¿Cómo iba él a imaginarse que la cosa se prolongaría tanto y que el idiota de Rafa le saldría rana? Encima, cuando fue evidente que en lugar de decaer la actividad de la Casa Violeta aumentaba, alguien del partido propuso en una reunión la posibilidad de movilizar (esa fue la palabra) a los trogloditas del fútbol, como una especie de comando amedrentador (esas también fueron las palabras). Miguel nunca fue partidario de aquello. Entonces todo se salió de madre. En cuanto supo que aquella panda de bárbaros tomaba cartas en el asunto, Rafa se largó con la cajera del súper. Y luego pasó lo que pasó.

Amanda no llegó a enterarse. Pero claro, Helena sí. Y eso, por supuesto, no se lo perdonó.

Miguel la entiende, la verdad, y se lo dijo a su amigo de Ágora aquel día que hablaron del asunto. Porque no pudo hacer nada por evitar aquella carnicería. Pero sí pudo haber dejado el partido, aunque decidió no hacerlo.

Helena se lo dijo un día: «Al menos pírate de ahí, rectifica públicamente, di que tus amigos son una banda de fascistas mafiosos». Él no se atrevió, así que ella, con la rabia y la ira a flor de piel, decidió destruirlos. Tampoco es que lo lograse, y eso a Miguel le da un poco, un poquito, de satisfacción, y ni siquiera sabe muy bien por qué.

—Así que —terminó diciéndole aquella tarde a su colega en el bar— no me queda otra que callarme. Ahora Helena es poco menos que un héroe nacional.

Y su amigo lo entendió, vaya si lo entendió:

—... porque las mujeres no pillan estas cosas, Miguel, ellas van a lo emocional, y ahí se te han juntado dos buenas prendas, la madre y la hija, en fin... Llevan toda la vida poniéndote entre la espada y la pared, y sí que has cometido errores, pero ¿quién no? —contestó dándole vueltas a su propio anillo de casado, que cambiaba de dedo alternativamente, como para entretenerse.

Pero claro, después del artículo del domingo Miguel supone que su colega ya no entiende nada. Y puede que no llegue a entenderlo nunca.

Una amiga en crisis de pareja le pregunta a Clara «¿Cómo se decide un divorcio?» y ella le contesta con evasivas. Debería decir eso de que lo piensas durante mucho tiempo, al mismo ritmo que se te acaba el amor, o que te hartas, o que te enamoras de otra persona, o que te descubres distinta, o que te entran las ganas de vivir de otra manera. Esas cosas que se suelen decir y que en realidad son medias verdades.

Cómo se decide un divorcio.

Podría ser el título de un libro de autoayuda. A lo mejor es preferible escribir esas cosas antes que escribir la historia de su vida, o una novela, o una guía de horticultura ornamental. Más rentable, desde luego. Parece ser que la autoayuda es, con diferencia, el género más vendido en todo el mundo.

En el caso de Clara, acaba diciéndole a su preguntona amiga, ella no decidió el divorcio. Lo que decidió en su momento fue seguir con Fernando. Hasta que se hartó de decidir eso. La respuesta le sirve. Pero Clara sigue dándole vueltas. ¿Cómo se decide seguir con tu marido? Esa es la pregunta correcta, pero nadie se atreve a plantearla. Ni siquiera la jueza, hay que ver.

Aquellas carpetas llenas de documentos de la noche en que, con sendos whiskies en la mano, Fernando la puso al día del estado de los negocios le demostraron a Clara que podía ser algo más que una madre, o que una dependienta de una floristería, o que una especie de ama de casa culta y sofisticada. Clara entendió esa noche que podía ser poderosa, pero se calló y solo actuó.

El asunto es que mientras estuvo dedicada a criar niñas, Fernando se demostró un genio de los negocios, y ella se dio cuenta aquella noche de cuánto lo había subestimado. Hasta entonces, Clara pensaba que amaba a Fernando de un modo más o menos sencillo. Buen sexo. Cariño. Diversión. Amor por sus hijas. Respeto hacia ella. Cierto bienestar económico basado en productivos acuerdos de colaboración mutua. Esos eran los parámetros desde donde Clara había valorado a Fernando hasta ese momento. Pero de pronto entendió que todo eso desaparecería sin que ella pudiese hacer mucho por evitarlo, pues lo que escondían las dos carpetas azules era concreto, físico y poderoso, y tenía que ver con todo lo que él sabía hacer, o había aprendido a hacer, o había descubierto que sabía hacer. Así que en ese momento Clara decidió que quería seguir con Fernando.

En las carpetas azules había traducido a números el relato de su empresa en los últimos diez años. Fernando le explicó que, como ya habían imaginado al principio, el negocio había despegado rápido. En buena medida, Clara y Fernando decidieron instalar su vivero donde lo hicieron porque no había ningún otro alrededor y las urbanizaciones con jardín estaban creciendo exponencialmente. «Toda esa gente va a querer poner sus arbolitos para comer en verano a la sombra, sus flores para adornar los floreros del salón y sus plantas para regalar a los nuevos vecinos.» «Pues sí», le dijo Clara paseando una mañana de domingo por la ciudad antigua de Hannover. Si la gente hace todo eso en Alemania, donde el frío es de morirse, ¿por qué no van a hacerlo en lugares con mejor clima para disfrutar de los jardines?

Y así fue. La primera hipoteca se firmó para comprar la nave. Tuvieron muy claro que necesitaban un espacio grande donde asumir lo que fuese: invernaderos, árboles, todo tipo de variedades.

El plan era, con el tiempo, abrir una floristería en la ciudad y contratar a un arquitecto que hiciera diseño de jardines e interiorismo basado en las plantas ornamentales. Esas dos cosas como posibles maneras de que el negocio creciese en los cinco primeros años, una idea que Clara todavía no desecha hoy, pero ha tenido que aplazarla por enésima vez: también la muerte de Ana fue una pena porque la había convencido para que estudiase un módulo de Jardinería y Decoración después de que por allí pasase un montón de diseñadores de todo tipo que solo aguantaban el ritmo de la empresa, como mucho, año y medio.

Para cuando Clara se quedó embarazada de la primera hija, ya habían descartado lo de la floristería y habían decidido que todo se haría desde allí, desde el vivero como concepto de empresa. Que su negocio no iba a ser vender macetas para regalar a enfermos ni coronas de difuntos, sino que todo lo que pudieran asumir partiría de aquel lugar. Así que la última decisión que Clara tomó sobre el negocio antes de recluirse en el hogar para dar la teta a una niña tras otra fue arreglar la zona de la entrada para convertirla en un lugar agradable, lo más alejado posible del concepto «entrada-en-nave-industrial» y lo más próximo posible al comercio de las flores y plantas, como en cualquier floristería linda de la ciudad o como en cualquier centro comercial.

La noche de los whiskies y las carpetas, Fernando le dijo a Clara que su gran acierto había sido renunciar a la tienda en el centro y haber sabido organizar el negocio desde la nave inicial. El hecho de no tener que pagar un local en una zona cara les permitía vender a precios mucho más competitivos, cosa a la que había que sumar que, en muchas especies, eran sus propios proveedores, con lo que la tienda linda que la propia Clara había montado con su barriga de embarazada encima se llenó de gente que, a pesar de todo, iba hasta el polígono industrial a comprar las macetas para los enfermos, los ramos para las novias y las coronas de difuntos.

—Esta es la compra del terreno colindante donde hemos puesto los cinco invernaderos para rosales —le dijo Fernando sacando unos papeles amarillos del primer archivador—. Lo firmaste un poco despistada, creo recordar, porque María estaba enferma. —Sacó otros papeles—. Este, este y este son las hipotecas de las parcelas del polígono, que nos han hecho falta cuando nos metimos a fondo en lo de los árboles, que ocupan una barbaridad, y lo de los tulipanes.

—Creía que habíamos decidido no dedicarnos a los tulipanes —dijo Clara con recelo.

—La verdad es que con las cifras en la mano no nos va tan mal, porque hay una porción de clientes que, por la rapidez en el suministro, prefiere no traerlos de Holanda y comprárnoslos a nosotros, aun no siendo tan competitivos en precio. Así que por el momento no me he atrevido a eliminar esa línea de negocio. Podemos decidirlo juntos, si quieres.

—Por supuesto que voy a querer. —El recelo continuaba ahí.

—Y esta es la carpeta más importante, Clara: aquí he guardado documentos sobre nuestras exportaciones. Tenemos en plantilla, en las oficinas del otro polígono (busca por ahí, en esa otra carpeta, los datos), un par de abogados expertos en derecho fiscal internacional, cosa que se ha hecho imprescindible al sacar la cabeza fuera. Uno de ellos habla chino y lo mandamos una vez al mes para allá a buscar clientes, te gustará conocerlo. —Fernando sonrió—. A los chinos les encantan nuestros arbustos de margaritas.

Estuvieron horas analizando todo aquello, casi hasta el amanecer, y a Clara, mientras aprendía a toda velocidad las nuevas circunstancias de aquella empresa que ya era grande, le revoloteaba por la imaginación el momento de la idea. Aquel día en Hannover cuando, sin saber nada de plantas ninguno de los dos, decidieron abrir un vivero. «Perdona que te hable de "volver" a ti, que nunca has vivido allí —había empezado diciendo Fernando—, pero si volvemos debemos tener claro de qué vamos a vivir y cómo vamos a hacerlo. A mí lo que más me atrae es montar un negocio. Ya tengo una edad y no me veo aguantando jefes.» En ese momento, pasó junto a ellos una furgoneta de una floristería que paró un poco más adelante, frente a un restaurante, y empezaron a bajar arreglos florales para decorar las mesas de una boda. Clara miró a Fernando: «¿Qué tal si montamos algo así? Siempre me han encantado las flores».

Y aunque valoraron otras muchas opciones, desde un bar hasta una boutique, pasando por una gasolinera y por una empresa de organización de eventos, esa idea inicial no tuvo competencia. Tres días y cinco sesiones de sexo intenso después estaban decididos a sacar los ahorros del banco, coger un avión para volver y abrir su vivero dedicado a la horticultura ornamental, según ponía en los papeles fundacionales.

¿Cómo se decide seguir con tu marido?

Por supuesto que Clara sabe muy bien que tomó varias veces esa decisión. Una, aquella noche de carpetas y whiskies, y por eso supo que era el principio del fin, pues nunca había pensado en la posibilidad de no estar con él. Otra, el día que María se marchó. Y la última cuando, atenazada por los celos, persiguió a Fernando como si fuera una detective, y estuvo segura de que descubriría algo que en realidad fue su secreto decisivo. Aunque ella a la abogada le dijo que el secreto fundamental era lo que hacía con Ana, claro.

La mayor parte de la gente dice que decide seguir con sus parejas por amor. Por los hijos, también muchos. Por pena (es muy común, aunque casi nadie se atreva a reconocerlo). Por dinero, una cantidad estrepitosa de personas. Por pereza (también a una le puede dar mucha pereza decir ya no te quiero... Ella es bastante perezosa). Por miedo a no encontrar a nadie mejor. Por pánico a la soledad. Un amigo de Clara tiene eso tan bien teorizado que incluso habla de porcentajes, algo que a ella le parece muy útil para definir su situación.

Clara perdió el 30 por ciento de Fernando de golpe el día de las carpetas, y lo sustituyó pronto por sí misma acariciando aquellos documentos. En ese momento entendió que el 30 por ciento de su marido había estado siendo algo los últimos años mientras ella solo había sido madre, y eso ya no iba a devolvérselo nadie, así que tenía que ir compensándolo poco a poco. El 70 por ciento todavía permanecía en forma de amor brutal, de sexo duro y de complicidad. Pero al año siguiente de nombrar un consejo de administración, Clara se vio sentada con un traje de chaqueta en un extremo de la mesa, frente a Fernando allá lejos, con una corbata de Hugo Boss que ella misma le había regalado por su aniversario la noche anterior. En ese momento pensó: «Sigo con Fernando porque somos una sociedad limitada y porque le quiero, y también porque todavía no he conseguido que Ana entienda que soy yo quien más la quiere». Y además fue consciente de que el día que tuviera que poner en una balanza el amor o la sociedad limitada, elegiría sin dudarlo la segunda y mandaría el primero a tomar por saco.

¿Cómo se decide seguir con tu marido?

Pues así. Porque suele haber un 70 por ciento de amor mezclado con vagancia que compensa el 30 por ciento de ambición. Hasta que seguramente se invierten los términos y te encuentras con que lo que compone el 70 por ciento son los motivos para largarte.

En los mítines, Miguel siempre dice que la familia es lo más importante. Sus *haters* en las redes sociales ya le han escrito muchas veces que viva su coherencia de divorciado y padre de una hija okupa, pero el domingo por la noche tuvo que cerrar su cuenta de Twitter porque se la llenaron con el *hashtag* #violadorfacha. Eso ha conseguido Amanda. Miguel confía en que Luis Santisteban crea en él y, detrás, todo Ágora lo apoye. Pero por ahora todavía no ha recibido su llamada.

Con lo que él ha dado por el partido... Y con lo que el partido le ha dado a él, también es verdad. En cierto momento de su vida el partido lo salvó.

Miguel sabe que eso puede parecer excesivo, o un tanto sectario, pero no le importa reconocerlo, porque efectivamente así ha sido. Incluso lo ha explicado en entrevistas y encuentros con las juventudes de la organización. Después de años sin entenderse a sí mismo, después de aquel esfuerzo sobrehumano que le ha supuesto la vida, Ágora ha sido no solo un refugio, sino también un lugar donde comprender por qué, hasta entonces, no se había atrevido a levantar la voz con sus ideas. Ahora tiene claro que fue por Helena. Y también por Félix. Aunque luego era Félix el que zurraba a las criadas.

Conocía a Luis Santisteban de la universidad. Como él, estudiaba Medicina, pero era un par de años mayor, y también le llevaba esa ventaja, por así decirlo, vital. Mientras Miguel acompañaba a Helena en sus sentadas y manifestaciones del sindicato estudiantil, Luis organizaba conferencias con grandes hombres de la ciencia junto con un grupo de alumnos de otras carreras que con los años también acabaron integrándose en Ágora. Miguel acudía a casi todas y a menudo se tomaba un café o unas copas amigablemente con aquellos estudiantes que parecían centrados exclusivamente en el saber y los estudios, y que jamás valoraban la política, como sí hacían los amigos que compartían él y Helena. Luego, cuando ya había nacido Amanda y el sindicato había pasado a mejor vida, volvió a coincidir con Luis haciendo la residencia en el hospital, y se hicieron buenos amigos. Las guardias daban para mucho. En aquella época ambos habían terminado por parecerse. Ya no tenían necesidad ni de organizar conferencias académicas para quedar bien con los profesores, ni de militar en un sindicato de izquierdas para quedar bien con sus novias, así que Luis y Miguel podían hablar básicamente de lo que quisieran.

En aquellas conversaciones que duraban horas, Miguel le confesó a Luis muchas cosas sobre la relación con sus padres y sus sueños de grandeza, y Luis le explicó a Miguel que, a él, ese rollo igualitario de la justicia social le importaba un bledo. Que él lo que quería era ser rico, que para eso había trabajado como un burro mientras gente como los amigos de Helena pegaba carteles y fumaba porros entre manifestación y manifestación. Miguel, que de aquello sabía un rato, se vio a sí mismo contestándole que no sabía por qué estaba tan mal vista la cultura del esfuerzo y el premio a los que se esfuerzan. Estaban de acuerdo prácticamente en todo.

Luis y Miguel estrechaban lazos, al tiempo que Helena empezaba a renovar sus amistades según iba empezando a hacer su carrera periodística en distintos medios. Así que Miguel comenzó a acompañar a Luis en cenas y reuniones de las que surgió gente nueva con la que se sentía francamente bien hablando de cosas que, entre los amigos de Helena, habrían sido objeto de discusión o, como mínimo, de mofa.

Fue en una de esas cenas cuando, medio borrachos, hablaron de que debían fundar un partido político, que no se sentían representados por nadie, que no podía ser que en este país no pudieran expresarse en público determinados sentimientos sobre los valores tradicionales, la raza, la economía o los derechos fundamentales. Al día siguiente, en el hospital, Luis le preguntó si se apuntaría en serio a eso del partido.

—Se necesita un grupo fundador, y yo creo que podríamos ser los que estábamos en la cena. No he pegado ojo. —Estaba muy nervioso—. Pero pienso que es posible. ¿Tú cómo lo ves?

—Yo creo que tendríamos seguidores. —Miguel se ilusionó, sin saber muy bien por qué, quizá porque era la primera vez que hacía algo sin Helena—. Podríamos probar.

—Voy a convocar una reunión. —Luis lo miró con atención—. Ni se te ocurra contárselo a tu chica.

—No te preocupes. Helena no entendería nada de esto.

Ese fue parte de su problema, le dijo Miguel a Luis muchos años después, un día mientras se fumaban unos puros y olfateaban el coñac en copas enormes y redondas. Él nunca había tenido ese tipo de conciencia política, tan altruista y tan capaz de creerse mejor que cualquier otra opción. En su día a día, admitía el interés de ella en todas esas cosas relacionadas con la izquierda y la justicia social por un motivo básicamente laboral, y le interesaba todo lo que hacía en la medida en que fue así como Helena había construido su éxito profesional. Pero lo cierto era que muchas veces no le parecía tan terrible todo aquello que ella consideraba deplorable, el motivo para hundir en la miseria a este o aquel político mediante sus reportajes y exclusivas. Pero, por supuesto, nunca se atrevió a decirle nada porque, aunque Helena sabía quiénes eran sus amigos y no le gustaban en absoluto, estaba convencida de que tenían esa típica relación de médicos pijos que Miguel no podría evitar, pues casi formaba parte de su trabajo. Helena no se dio cuenta de que estaban organizando un partido político hasta muchísimo después, cuando realmente tuvieron opciones de representación y vio que su marido iba en una lista electoral con todos sus amigotes. Por suerte, el divorcio llegó pronto.

—¿A ti no te da un poco la risa cuando las feminazis se ponen a quejarse de que no las dejamos trabajar? —le decía Luis aquel día moviendo su copa y observando los colores del coñac—. Ah, perdona, que tu ex es una de esas.

—Feminazi... Sí, recuerdo cómo llegó a casa la primera vez que se lo llamaron... —Ambos se rieron.

—No han debido ser fáciles para ti esos años...

Por supuesto, había cosas de las que no se hablaba, o de las que solo se exponía una versión, la de Helena, la de Félix, o la de sus amigos y colegas que iban a veces a casa a cenar y, con la excusa de la intimidad que proporcionaba una vivienda particular y la sensación de que Helena podría ser portavoz de la opinión de ellos en sus tertulias y colaboraciones, empezaban una especie de informativo radiofónico sin censura. Miguel tenía una opinión sobre los inmigrantes, por ejemplo, que un día comentó delante de Helena y dio pie a que ella cogiera la moto y se largase de allí dos días. Amanda lo oyó, dijo: «Papá, das asco», y él cree que por eso lo primero que hicieron en la Casa Violeta fue acoger a todo aquel sin papeles que llegara a la ciudad. Y no es que le caigan mal por ser inmigrantes, o negros, que eso a Miguel le da igual, que para eso es médico y sabe que los cuerpos humanos, fenotipo arriba, fenotipo abajo, son básicamente todos iguales. A Miguel lo que le fastidia de los inmigrantes es ese aprovecharse como estilo de vida, esa cobardía de quien huye y luego espera que le resuelvan los problemas a base de solidaridad o, peor, caridad. Si él hubiera huido de su aldea esperando la solidaridad de alguien, hoy no sería quien es. Incluso Félix lo obligó a currarse la ayuda que le prestó teniendo que aguantar a Helena todos aquellos años.

—¡Ese es el discurso que necesitamos ahora en Ágora, Miguel! —le dijo Luis después de escuchar atentamente esa reflexión. Desde que era presidente del partido, se pasaba la vida buscando eslóganes.

—No pretendía ser un discurso. —Miguel sabe que lo es—. Solo trato de expresar cómo funcionaba mi casa. Helena tiene una personalidad que te anula.

Anulado. Miguel dio esa tarde, ante la compañía del coñac y del presidente de Ágora, con la palabra que define su tiempo junto a Helena, pero eso, por supuesto, no se lo dijo a Luis Santisteban, que aun así lo llamó el mismo día en que supo de la desaparición para mostrarle su apoyo.

A Miguel le tarda en llegar el apoyo desde el artículo de Amanda. Tampoco es que pida un comunicado público o una rueda de prensa. Solo una llamada en la que un amigo le diga: «Creo en ti».

Anulado. Mientras Helena era libre, él era comprensivo. Mientras Helena trabajaba dando tumbos de un lado a otro de la ciudad en su moto, él, en casa con Amanda. Mientras Helena ganaba premios, él hacía guardias.

—Y tendría amantes, imagino... —dijo Luis, seguramente imaginando el cuerpo desnudo de Helena contra una pared.

—Claro que sí.

—¿Y cómo aguantabas eso?

—En realidad, lo supe después —mintió Miguel, como siempre.

Le dio muchas vueltas después de separarse, y todavía lo piensa ahora, a por qué miraba para otro lado. Por qué él no hizo lo mismo. Por qué se comportó como si fuera idiota, cuando era evidente que lo único que tenían que hacer era sentarse y poner palabras a todo aquello, darles la vuelta a las cartas encima de la mesa y verbalizar un hecho que ya funcionaba: podían estar así, podían quererse estando así, no importaba si se mantenían vivos ciertos compromisos, ciertos respetos, una forma de amor. Pero no se atrevieron. Ni él ni Helena. Evidentemente, ella, a pesar de todo, siguió con él hasta el final. Y él, a pesar de todo, solo empezó a odiarla cuando fue consciente de que no la poseía, de que había vivido durante años en la creencia estúpida de que aun así Helena era suya. Y el día que se dio cuenta de que Helena no pertenecía a nadie o quizá solo a su padre, en lugar de castigarla más, no soportó la idea y la dejó. Con aquel «bastante».

—¿Y crees que el comportamiento de la niña tiene que ver con eso de los amantes de Helena? —preguntó Luis con verdadera curiosidad y un poco de morbo.

—Por supuesto que sí.

—Son malas madres. —Había rencor.

—Helena ha sido la peor madre del mundo.

Miguel ya no se siente mal diciendo eso, aunque sabe que, desde el domingo, ya no podrá decírselo a nadie sin que lo cuestionen a él.

Solo Félix tenía poder sobre Helena. Nadie más que él ha logrado controlarla, nunca. Hasta el extremo de que ha sido con la enfermedad y la muerte de él cuando Helena ha cambiado de vida. A buenas horas. Miguel ya la había odiado todo lo que había podido. Porque lo anuló. Porque nunca le rendía cuentas. Y no es que tuviera que rendírselas, pero ella no supo apreciar el amor profundo que él le regaló durante años.

Sí tenía que rendirle cuentas: es, era su marido. Pero Helena nunca quiso entender que las vidas debían ser como debían, y no como a ella le diera la gana que fueran.

Félix la conocía bien, vaya si la conocía, y vio el cielo abierto en aquel aldeano tontito que llegó con ella un día. Es evidente que por eso lo mimó tanto. Quería librarse de ella, o al menos repartírsela. De otro modo, todo sería mucho peor para Félix. Y también, por supuesto, tendría que soportar él solo a Amanda, que a ver qué otro incauto se iba a hacer cargo de la cría, sobre todo cuando empezó a dar los problemas que daba. El viejo sí que fue listo. Encontró al pagafantas de Miguel, y a vivir. El precio era algo de lo que no podía librarse: aguantar a Helena un día sí y otro también con sus historias, las inseguridades, los miedos, los papá ayúdame a, pregúntale a alguien si, pídele a ese amigo tuyo. Y Félix siempre lo hacía, con su aura de alternativo e independiente, de viejo rockero que, insiste siempre Miguel, tenía criadas y las maltrataba. Quién sabe si esa unión de Helena con él no habría sido esa especie de dependencia que tienen las personas maltratadas con sus maltratadores. Miguel no quiere ni pensar en la posibilidad de que también abusara de Helena, como seguro que lo hacía de las mujeres que trabajaban para él.

Porque exactamente eso fue lo que Miguel pensó mientras tomaba el vermú con su suegro aquel sábado después de presenciar la escena con la criada llena de sangre en el suelo. Primero, que seguro que se lo había hecho a todas. Segundo, que también las violaba. Tercero, que con Helena también era así, y que eso explicaba la relación de amor-odio que mantenían. Ahora cree que probablemente Félix fuera así con todas las mujeres de su vida. Todas, se atreve a insistir. Todas.

Pero algo lo llevó a continuar la amistad con Félix. Como una deuda. O como si aquella visión convertida en secreto fuera una cadena de acero que los ataba. E igual que Helena, solo se libró cuando se murió.

Así que que ahora le vengan diciendo que el facha es él tiene cojones. Será facha, pero él ha aguantado una relación libre, querer como una hija a una okupa, un suegro maltratador y la vida en una aldea atrasada, de modo que cree Miguel que tiene derecho a ser lo que le dé la gana. Y si cree que lo mejor que puede pasarle a una persona de bien es hacerse rica, poder cumplir su sueño de bienestar en un país en que primero sean los que han nacido en él, pagar sus impuestos para estar seguro en ese país con su familia y aspirar a una vida que no se rompa porque una mujer que trabaja busca fuera lo que debería fomentar dentro, pues será facha. ¡Qué coño!

Entonces es cuando le aplauden en los mítines.

Miguel siempre dice que el mejor momento de su vida fue cuando consiguió su acta de concejal. No el nacimiento de Amanda, con todas las ganas de vomitar que trajo consigo y lo que lo llenó la vida hermosa de la bebé. Ni las noches de cuentos y risas con la niña debajo del dosel. Ni el día que le publicaron su primera investigación en *Nature*. Ni aquellas noches de la juventud con Helena escuchando a Silvio, a Jara y a Pablo Milanés. Nada de eso puede compararse al momento en que su nombre fue votado en las elecciones municipales por la lista de Ágora. A su amigo Luis, desde hace unos años presidente de su partido, siempre le dan ganas de aplaudir cuando le dice eso.

Clara siempre dice que el mejor momento de su vida fue cuando se sentó a la mesa del consejo de administración de la empresa por primera vez sin Fernando. Se sintió tan orgullosa al comparar mentalmente su imagen de mujer poderosa frente a la de él cepillándose los dientes delante de un espejo diminuto en el lavabo de su celda, que le entró un calor que empezó por los pies y fue subiéndole hasta llegarle a los mofletes. No era la menopausia, no. Era satisfacción. Libertad. Sobre ella, las miradas de aquellos hombres que, sin duda, le tenían un poco de miedo. Si había logrado meter a Fernando en la cárcel, podía atreverse a cualquier cosa con ellos. El mensaje fue claro: «Estoy dispuesta a controlar esta empresa como sea». Y bien que le ha ido a la empresa. Es conocido el crecimiento exponencial en los dos años posteriores al encarcelamiento de Fernando. Salió en toda la prensa. Pero no era lo suficientemente grande todavía para que las periodistas de investigación se fijasen en él. Ella solo tenía un vivero, enorme, sí, pero no era la exageración de las multinacionales o de los grandes bancos e inmobiliarias que siempre atraen la atención de la prensa. Ella solo convirtió aquello en el vivero más grande de España, que es bastante. Su trabajo le ha costado, pero ahora está más que satisfecha. Y ellos, que piensen lo que quieran.

De todas formas tiene un resquemor. Le gustaría, y así se lo dice a su directora general (ha conseguido feminizar un poco aquel club de fumadores, que daba asco del olor a sudor y a pies cada vez que las reuniones duraban más de dos horas), que sus hijas asumiesen una parte algo más activa en la empresa. Ya sabe que no le hablan. Ya sabe que Ana ha muerto. Ya sabe que se ha quedado sola y que lo único que tiene es ese negocio que se ha llevado por delante tantas cosas. Pero podrían vivir, y muy bien, de lo mismo que las ha destruido como familia. Ni siquiera necesitarían aparecer ni trabajar. Solo aceptar los réditos.

Así que la directora general sí que ha llamado a Flor y ha leído al auricular del teléfono lo que estaba escrito en un papelito. Clara estaba delante y puede ser que Flor se lo imaginase, no sabe. «La presidenta del consejo de administración insiste en que seáis informadas por todas las vías posibles del estado de cuentas, así como de la posibilidad, que a ella le agradaría mucho, de que os incorporaseis al consejo, con el rol que vosotras consideréis. Y también que, por favor, proporcionéis un número de cuenta para poder ingresaros lo que corresponde a vuestra parte en la empresa. Se os han enviado burofaxes con esta misma información a las direcciones que figuran en nuestra base de datos, pero la presidenta desea asegurarse de que la información os llega de viva voz.» Y Flor colgó.

El peor día de la vida de Clara probablemente fue cuando María se marchó de casa.

La amargura se le sale por la boca cuando piensa en eso. En realidad, no está segura de si fue el peor de muchos momentos malos por los que ha pasado, sobre todo en los últimos años, pero está entre esos que se le vienen a los ojos de manera casi inmediata al valorar su ranking particular. A quien le pregunta si, entonces, el peor día no ha sido el de la muerte de su hija menor, ella le contesta que son amarguras distintas. Porque de la marcha de María se siente responsable.

Como le dice a su directora general cuando le comenta esa dejadez de sus hijas, Clara supone que la casa era un infierno para las tres, pero ella pensó que solo lo era para Ana. En eso insiste mucho, también porque la directora general es una de sus amigas de yoga, por cierto. Clara se dio cuenta tarde de que sus otras dos niñas, a pesar de su capacidad para el mal, también acusaron todo aquello que sucedía en casa. Porque, por supuesto, insiste siempre, una no decide poner una denuncia así de un día para otro.

El 70 por ciento de amor brutal por Fernando fue menguando en un espacio de tiempo de aproximadamente cinco años en los que Clara planificó con cuidado su separación. Pero puede que sea verdad que los dos últimos fueron de una beligerancia excesiva, todo se precipitó con la irrupción en bloque de un porcentaje altísimo de desamor que convertía en estúpido e inútil soportar nada más, ni aceptar como aceptó hasta ese momento que Fernando le robase a Ana también, después de perder a sus otras hijas. Así que cuando Clara descubrió aquella cuenta bancaria que, en su opinión, mostraba de forma diáfana los planes de Fernando para dejarla colgada, decidió que no, que no sería él, encima, el que la dejase a ella.

Clara sabe que todo eso puede parecer de harpía fría, calculadora y medio psicópata. Así se lo han dicho las amigas que han dejado de tratarse con ella como colofón a su amistad destruida. Pero a ella le da igual. Sabe que las cosas no son así. Su abogada también lo sabe. Y han convencido a la jueza. Eso es lo que cuenta.

María no se marchó después del típico arrebato adolescente. Lo tenía pensado, y mucho. Se fue deshaciendo de cosas que le suponían un lastre, como una especie de suicidio práctico, hasta que todo lo que quería conservar cupo en una bolsa de deporte que se echó al hombro cuando cerró la puerta tras de sí, y, desde la ventana del salón, Clara la vio alejarse sin mirar atrás por el camino blanco bordeado de azucenas. Esa imagen, que por fin había logrado esconder detrás de muchos otros recuerdos, regresó con fuerza a su cabeza el domingo cuando leyó todo aquello que contaba la hija de Helena Sánchez, y no pudo evitar solidarizarse con la mujer que también había soportado esa cruz de las hijas que necesitan huir de las madres.

Fue un domingo en pleno verano. Hacía muchísimo calor. Estaban sentadas a la mesa desayunando María, Flor y la propia Clara, y les dijo que la perdonaran, pero que ya no soportaba más aquello. Flor ya sabía a qué se refería, pero Clara no entendió.

—¿Qué no soportas? ¿Que intentemos poner un poco de orden en tu vida desaforada? Llegas a las tantas, no comes, me insultas a mí, maltratas a tu hermana Ana, no dejas estudiar a Flor...

—¡Para, para, para! —la interrumpió—. No pienso aguantar tu sarta de reproches otra vez porque ya da igual, mamá. Soy mayor de edad. —En ese breve silencio, Clara todavía vio una pausa dramática—. Nadie debería soportar que una madre y una hermana manden a su padre a la cárcel, así que he decidido que no os aguanto más.

—Eso ya lo hemos hablado...

—Me da igual, mamá. No es solo el hecho de ver a papá en la cárcel.

Clara todavía recuerda a su hija extrañamente calmada mientras decía eso.

Nunca vio en su hija a una adulta hasta ese momento. De golpe, le dio pena todo el tiempo que se pasó riñendo con Fernando por una exportación o por una venta, sin fijarse en que aquella adolescente demoniaca, a lo mejor, también crecía y observaba, analizaba y reprobaba aquellos debates de empresa. Pero para cuando Clara se dio cuenta de que María había crecido, ya era tarde. Flor, callada en el otro extremo de la mesa, solo dijo: «Y yo, cuando empiece el curso en septiembre, también aprovecho para irme, mamá».

Se habían puesto de acuerdo. Una vez más. Ellas dos al margen de todo lo demás. Un equipo contra Clara. Pero esta vez, en lugar de rabia, lo que le provocaron fue una tristeza que no se le fue más del cuerpo. Pocas veces lo dice así, pero es cierto.

Flor era buena estudiante. Pasaba a segundo de Físicas, y a Clara nunca le cupo duda de que le iba muy bien. Flor es fría, seria y organizada. La más independiente de todas, sin duda alguna. Muy, muy fuerte. Clara ha valorado, y piensa mucho en eso últimamente, que quizá la haya sobrestimado. Pero ahora ya tanto da. En cambio, María... María siempre fue la de medio. Esa a la que los padres olvidan. Fernando solía bromear con ellas con que un día seguro que se olvidaba a María en una gasolinera, porque Ana era la pequeña y lloriqueaba todo el tiempo, Flor era la mayor y ya se apañaba para meterse en el coche por su cuenta, pero a María a veces le daba por ser independiente y silenciosa y, claro, era fácil olvidársela. Se reían mucho, incluida María, con esa gracia simpática de Fernando. Pero en cierta manera eso fue lo que le pasó a Clara con ella, y aquel domingo caluroso comprendió que se la había dejado olvidada en algún punto del último par de años.

—¿Y adónde vas a ir?

—No lo sé.

—¿Qué vas a hacer?

—Tampoco lo sé.

—Dice que es nómada —puntualizó Flor.

—¡Nómada! —Clara lo dijo como burlándose, como sin poder creérselo, como diciendo que era una chiquillada, pero aún no había pronunciado la última sílaba cuando comprendió que María iba en serio—. Nómada... —Y todavía lo repitió una tercera vez—: Nómada.

En efecto, María se marchó y fue nómada. Vive de lo que le dan en la calle y se apaña para una temporada cuando visita a su hermana Flor, que nunca dejará de ayudarla, igual que hacían cuando eran niñas. Al principio, María visitaba los domingos a su padre y fue a declarar a todos los juicios en los que fue requerida su presencia. Puso la dirección de su hermana y allí les llegaban las citaciones a las dos. Pero cuando se terminaron los juicios, María desapareció definitivamente. Clara sabía que eso iba a pasar, y hasta cierto punto, incluso deseó prolongar el proceso judicial solo porque María esperase un poco más, por si divisaba la oportunidad de encontrar algo que las acercase.

Pero estaba claro que, en cuanto terminasen los juicios, María desaparecería para siempre de la vida de Clara. Ese fue su castigo.

Ella le dice a todo el mundo que sabe a ciencia cierta que Flor habla con su hermana de vez en cuando, y otras cosas sueltas que le va contando la gente que la ve por casualidad en alguna feria de artesanía o en alguna calle. Que ha estado de okupa por ahí, como la hija de la periodista, hay que ver. Que está en Euskadi. Que ha tenido un hijo.

Clara no pudo evitar sentir un leve escalofrío cuando supo que técnicamente es abuela. Pero como si no lo fuera, así que trata de alejar a diario la amargura que se empeña en metérsele en el cuerpo por eso. El otro día le dijo a una de sus amigas de yoga que cree que ya ha perdido para siempre a María también. Puede ser que la única que le quede sea Flor.

El recuerdo de sus hijas la última vez que las vio, en el entierro de su hermana, también está comenzando a desvanecerse, como cuando sueñas y no recuerdas las caras. Solo le martillea la imaginación aquel correo electrónico que María le mandó, aproximadamente dos años después de haber salido por la puerta de su casa con la bolsa de su vida al hombro, sin saber desde dónde, pero que destilaba distancia y rencor. Y ya nada más.

«No pierdas la esperanza», le dice su directora general con una caricia cariñosa. Clara le sonríe, porque se supone que las madres nunca pierden la esperanza. Pero, por supuesto, ella sabe que no ha de tener ninguna desde que leyó aquel correo electrónico. Doce veces. Y cuando iba a leerlo una décimo tercera vez, decidió borrarlo para no tener la tentación de torturarse nunca más. Ni siquiera le dijo lo del correo a su abogada. Se lo guardó para sí, como tantas otras cosas que no piensa contar, así la maten.

Miguel afirma que Amanda se hace la tonta cuando habla de Manuel Cobo como si no lo conociera demasiado. No tiene ni idea de si hay algo más en el escrito completo que esa gilipollez que pone sobre la amistad de su madre con el hombre que le llevaba libros y bombones. Que no joda. Tan lista para lo que quiere.

Su amiga la enfermera rubia se sorprende bastante de ese lenguaje que utiliza Miguel cuando se enfada, y por un momento tiene miedo de que la regañe a ella un día.

En casa todos han sabido siempre quién viene siendo Manuel Cobo, le dice. Nunca hizo falta hacerlo explícito. Y punto. Amanda lo sabe todo de Manuel. Helena se encargó de eso. Quizá demasiado tarde, pero se encargó. Algo bueno de Helena. Lo cortés no quita lo valiente.

Punto, sí.

¡Si incluso Miguel fue una vez a México y quedó para comer con Manuel Cobo! Aunque está casi convencido de que tampoco aparece gran cosa sobre él en el texto completo, «que seguro que se publica pronto, ya lo verás», le dice a su amante un poco recostado en la silla de la cafetería. El porqué de tanto interés de Amanda por ocultar al mundo su relación con ese hombre Miguel no acaba de entenderlo, como no sea por insistir en la idea estúpida de que su familia era perfecta hasta que, supuestamente, Miguel lo estropeó todo. O por mantenerle al otro el halo de divina izquierda, de maestro revolucionario, de periodista íntegro que se exilia por culpa de gente tan mala como Miguel. ¡Ese que se preocupa por que una niña lea poesía! Ese que tiene una confianza que nadie más ha logrado con Helena.

Pues no. Manuel Cobo no era un simple señor que le regalaba libros y chocolate, igual que Félix no era un viejecito entrañable que se enamoraba de las grandes escritoras, ni Helena una viva la vida que pasaba de Amanda. «Ni tú un violador», le contesta la enfermera mirándolo a los ojos. Cuántas miserables mentiras.

Cuando supo que Miguel iba a estar en México para representar a su partido en una reunión internacional de liberales y democristianos, Cobo se empeñó en invitarlo a comer. Sin acritud. Y sin intención de sacar información para luego escribir sobre Ágora. «Tienes que probar el marisco con chiles. ¿Te gusta el picante?», le dijo cuando se sentaron como si fueran amigos de toda la vida, hay que joderse.

Evidentemente, nunca tuvieron trato más allá del imprescindible. Cuando Amanda tuvo peritonitis a los siete años, Helena entendió que sería mejor decírselo, por ejemplo, y Cobo se pasó con discreción por la sala de espera del hospital. Estuvo hablando con ella un buen rato y luego lo saludó. Rápido. Miguel recuerda que aquello le pareció la definición de «presentar sus respetos». Podría figurar así en un diccionario: «Acción de saludo breve y cortés, como cuando Manuel Cobo saludó a Miguel Val en el hospital el día que pensaban que su hija no salía viva de una peritonitis». Y poco más. Cuando Amanda empezó a desaparecer, Manuel Cobo ya no estaba en el país.

Marisco con chiles muy picantes. Delicioso. Fue como la versión contemporánea, y también un poco tragicómica, de un duelo entre caballeros, a ver quién aguantaba más sin llorar mirando a los ojos al otro. «Juguémonos a Helena a base de pimientos picantes; el primero que llore, pierde a Helena.» La guerra de Troya debería haberse hecho así, no asediando una ciudad diez años para recuperar a aquella otra Helena; tendrían que haber probado el estilo templado e irónico de Manuel Cobo, que ya llevaba mucho tiempo en México y tenía el paladar acostumbrado. Pero Miguel siempre ha sido aficionado a los picantes y mantuvo el tipo. Aquel encuentro le parecía una estupidez, pero tenía curiosidad.

—A Helena le encanta esto —dijo Cobo con clara intención de pincharlo.

—¿El marisco? ¿México? ¿El restaurante? —Miguel se posicionó por encima desde ese momento en que, al mirar de frente a Cobo, vio en él a alguien mayor, quizá cansado, ya en un camino sin vuelta.

—Muy gracioso.

—Llevo mucho sin hablar con Helena de cosas tan íntimas.

—Siempre le ha gustado México —siguió el profesor, como preparando un reto o un ejercicio difícil—, desde la primera vez. Pero eso ya lo sabes.

—Sí, y tú ya sabes que es impresionable. Y los países pobres, no sé por qué, le provocan cierta fascinación. —Ofendía, pero ¿qué le importaba a él ofender a Manuel Cobo?

—Siempre has sido un ingenuo.

—Yo no soy nadie...

—Dijo Ulises a Polifemo...

Miguel casi había olvidado cuánto le exasperaba aquella manía de hacerse el líder intelectual con sus citas cultas.

—No hace falta que te pongas estupendo para recordarme que solo soy un chico de pueblo.

—Como os gusta dar pena a los desertores del arado. —Manuel se reía con su vino en la mano.

—Supongo que Helena te habrá contado lo que me gusta la aldea.

—En contra de lo que puedas pensar, Helena siempre ha dicho de ti solo cosas buenas. Incluso cuando dejó de soportarte.

Tiene narices que sea Helena la que dejó de soportar a Miguel.

—¿Y hemos quedado para hablar de Helena, de Amanda, de mí? —Miguel se sentía ridículo en aquella conversación.

—¿Qué tal Amanda?

En una comuna, tirando su vida por la borda, como siempre, y cogiendo enfermedades por falta de higiene. Debería decirle eso, pero Miguel prefirió contestarle con una media verdad:

—Bien. Ya sabes. Ahora está viviendo en una aldea ecológica que reconstruyen con sus propias manos. Desde que está allí sabemos menos de ella, la verdad, pero creo que está mejor que en otras fases suyas.

Qué fácil ha sido siempre para Manuel Cobo preguntar por Amanda como si nada, desde la distancia del amigo que ofrece libros y chocolate y que lleva años en una especie de exilio voluntario en México. Seguro que incluso se atreve a decir a sus amigos de allí y a quienes vayan a verlo que en España no era libre para opinar, para investigar aquello que considerase, o para enfrentarse públicamente con quien quisiera, como solía hacer desde las tribunas de los medios en los que escribía. Aunque Miguel valora que, en aquel día que comió con él, no se pusiera paternalista reprochándole que estuviera en Ágora, que eran una gente temible, que él no era como sus compañeros de partido, que siempre estaba a tiempo de dejarlo; esas cosas que hasta hacía un tiempo todavía le decía Helena.

Miguel cuenta mucho el monumental enfado de Helena cuando unos abogados cristianos denunciaron a Manuel Cobo por un artículo muy famoso en el que comparaba la misa con una danza caníbal. Tuvo incluso la tentación de ponerse a destruir a la gente de todas esas asociaciones y esos sindicatos desde su posición en el periódico, pero finalmente no lo hizo, porque se armó tal barullo que el juez acabó por no admitir a trámite la denuncia. La verdad es que a Miguel le pareció gracioso el artículo, pero también cree que no se puede andar por ahí escribiendo esas ofensas contra los cristianos, caramba, que hay que cuidarse con la libertad de expresión. Cómo se les llenó la boca a los amigos de Helena diciendo que los abogados cristianos eran militantes de Ágora, cosa que nunca se ha demostrado. Pero sí, lo cierto es que todo eso ha debido de tener bastante que ver con el hecho de que Manuel Cobo no haya vuelto a pisar España. Algo de lo que Miguel, por cierto, se alegra mucho.

Una de las cosas que Helena no le perdona es que Miguel no hubiera votado en contra de que en el programa electoral de su partido vaya una propuesta de modificación de la Constitución para limitar la libertad de expresión. Ya saben que para eso hay mucho pacto que hacer, pero hay que intentarlo, qué coño, que también los separatistas proponen andar tocándola y toda la izquierda aplaude. ¡Pues a tocarla para todo! Y que el liberalismo verdadero de este país demuestre su responsabilidad. Miguel se calienta cuando piensa en eso.

—¿Y tú qué tal estás aquí? —le preguntó a Cobo intentando disimular con jovialidad la esperanza de que la melancolía lo estuviera matando.

—Me gusta México. —Puede ser que exagerase para decepcionar a Miguel—. Me siento libre. Es un buen lugar para un jubilado como yo. —Se calló un instante, y Miguel interpretó en eso una pequeña duda sobre si decir o no lo que finalmente dijo—. Ya sabes que los momentos más felices de mi vida fueron aquí, y quiero que así siga siendo.

—Pero sigues escribiendo en la prensa...

—Es que del periodismo uno nunca se jubila.

—Entiendo...

—Ya verás como Helena también seguirá escribiendo hasta que se muera. —Manuel Cobo sonrió satisfecho, atribuyéndose el talento de Helena, como solía hacer.

—Eso no lo tengo tan claro.

Miguel ahora piensa mucho en esa conversación en la que el orden de los acontecimientos que se produjeron después ha hecho que solo uno de los dos caballeros enfrentados en el duelo pueda tener la razón. Si Helena iba a escribir hasta que se muriera, el hecho de que no haya ni una línea suya desde el correo electrónico que le envió a Carlos el día que desapareció puede llevar a pensar que está muerta. Han podido matarla. O ha podido suicidarse. Miguel se resiste a creer que eso sea posible. Es cierto que últimamente andaba deprimida, cansada, vieja. Pero Helena no es el perfil de una suicida. Al contrario. El problema de Helena, en opinión de Miguel, es un vitalismo que la desespera y la lleva a vivir en un límite en el que no siempre es capaz. Por eso él se inclina a pensar, y así se lo ha dicho a la policía y a quien le pregunta, que ha desaparecido de manera voluntaria. El último juego de prestidigitación. Si tiene razón él, y Helena puede dejar el periodismo y ser otra persona al margen de ese mundo, entonces seguro que está en cualquier lugar, en México, por ejemplo, feliz por fin, sin escribir, envejeciendo con Manuel Cobo, su amor.

Y además hay una posibilidad intermedia, en la que Miguel piensa mucho últimamente, y es que Helena esté escondida escribiendo una historia en Galicia, en España, en México o en cualquier lugar, y que de aquí a un tiempo eso aparecerá en algún sitio. Quizá un artículo en un periódico. Quizá un reportaje largo. A lo mejor un libro. Una novela. Justo antes de desaparecer le daba vueltas a eso. ¿Por qué no hacerlo? Le dijo a tanta gente que a lo mejor escribía la historia aquella con la que andaba, la del violador de su propia hija, muerta después porque se zampó no sé cuántos paracetamoles, que Miguel no sabe por qué la policía no lo tiene en cuenta como posibilidad. En la locura de los últimos días, Miguel incluso ha llegado a pensar que el escrito de Amanda pudiera ser en realidad de Helena. Claro que hay muchas cosas ahí contadas que Helena no podría saber. A no ser que Amanda se las haya contado cuando hablaron, el día del «mejor que nunca».

En realidad, Manuel Cobo no citó a Miguel aquella vez en México para nada concreto. Treinta años después de haberse conocido, y sin haber estado juntos nunca más de unos minutos, siempre en contextos muy formales, era como si aquel hombre ya mayor necesitase cerrar un ciclo. Como si no pudiera morirse tranquilo si no tenía una conversación amable con Miguel. O como si Helena se lo hubiera pedido.

Helena y Manuel Cobo. Siempre ha pensado que ese es el libro que debería escribir su exmujer. Aunque puede que no lo lea nadie, por tópico y cursi.

Fue mucho a México a verlo después del divorcio. Antes también iba, claro, pero no tanto. Allí donde estuviese. Miguel se hacía el tonto, o el despistado, pero algunas veces pilló a Helena in fraganti contando los días con ilusión en el calendario de la cocina donde él apuntaba las guardias y ella, los viajes. Tampoco se lo reprocha, pero esas cosas fueron haciendo la herida. Cada viaje era como una incisión de bisturí que iba agrandando el odio. «Por qué no quiere estar conmigo. Por qué no quiere estar conmigo. Por qué no quiere estar conmigo.» Miraba a Helena con aquellos ojos felices, y Miguel sentía su propia impotencia haciéndolo sudar de rabia. Esos ojos solo lo miraron a él en algún punto impreciso de las noches con drogas y alcohol de la universidad. Luego se desvanecieron.

Nunca ha entendido por qué Helena no lo dejó antes. Ahora sabe que seguramente ella solo era feliz justo con la vida que llevaba. Si no le ocultase secretos a Miguel, no sería feliz. Si no fuese a cenar a restaurantes de moda con Miguel los sábados, tampoco. Si no se enamorase de los compañeros de trabajo, no sería feliz. Si no dudase, cada cierto tiempo, en querer dejar a Miguel, no sería feliz. Si no continuase con Miguel, a pesar de todo, no sería feliz.

Si no mantuviese aquello que iba y venía con Manuel Cobo durante aproximadamente treinta años, no sería feliz. Si no corriese detrás de las historias más estúpidas, no sería feliz. Si Miguel no se sentase con ella por las noches, con los pies de ella en su regazo, a beber vino y contarse casos clínicos y casos periodísticos, Helena, por supuesto, no sería feliz.

Pero llegó un momento en que a Miguel ya no le sirvió la felicidad de Helena para ser feliz él mismo.

Sostiene Miguel, y se lo ha dicho por teléfono a su amante, la enfermera rubia, que lo que escribió Amanda el domingo en realidad es una venganza contra todo el mundo. Porque de un modo u otro entre los tres la han dejado sin un padre, y para poder justificar su mirada adolescente sobre ese asunto a estas alturas de la vida, claro, cuenta lo que cuenta. Su amante, la enfermera, le dice que ella lo único que ve es una venganza contra él, porque se inventa lo que se inventa, y, a falta de leerlo todo, lo cierto es que parece que justifica a todos menos a Miguel, aunque a Helena también le dé bastante caña. A lo mejor, dice la enfermera en lo que a él le parece un arrebato de clarividente amor, no hay que buscarle mucha más explicación que la maldad, las ganas de hacer daño, a saber por qué cúmulo de motivos que solo existen en su cabeza.

Miguel sabe bien lo que es eso. Él conoce ese momento en que te sientes capaz de hacer daño por el simple gusto de dañar. Le ha pasado con Helena mil veces, porque cuando uno es condenadamente infeliz, a veces solo encuentra placer en vengarse de ese modo. Aunque él cree que este es, curiosamente, el momento más feliz de la vida de Amanda, y lo que ha hecho no le pega nada a eso de que «está en plan zen», como suele decir. Hay que ser hipócrita.

Sí. Miguel entiende ese impulso, quizá animal o alocado, de hacer daño a costa de lo que sea. Él se ha sentido así muchas, muchas veces. Y ha ejecutado ese daño. Helena debía sufrir, merecía sufrir. Helena debería saber lo que se siente cuando el que amas desaparece, cuando pierdes el control del espacio en el que te sientes bien, cuando te obligan a salir de tu zona de confort. Pero Helena parecía inmune a la infelicidad. Es como si tuviese la capacidad de mirar siempre al lado equivocado. Y logró seguir siendo feliz incluso cuando Amanda se largó.

Miguel ha odiado a Helena, por supuesto. A lo mejor aún la odia un poco ahora, por haber desaparecido. Pero la ha odiado por querer tanto a Manuel Cobo, allí comiendo tan tranquilo marisco picante frente a él, y por no darle la oportunidad de recibir de ella un amor así de grande. Solo lo dejó vivir con ella, como un premio de consolación, y en lo demás mantenía las puertas cerradas.

Porque Miguel, allí sentado con el paladar ardiéndole, también podría defender su amor por Helena delante de quien fuera.

Clara ha sabido no hace mucho que el exmarido de Helena Sánchez es ese político de Ágora tan conocido, el médico que arrasa en las encuestas. Es raro que no se haya enterado antes, pero a diferencia de ella Helena debía de ser de esas que saben llevar discretamente sus matrimonios y sus divorcios. Supone Clara que, después de lo que ha escrito la hija, ya se le ha acabado lo de arrasar por ahí. Y mira tú, qué distintos, cuántos problemas han debido tener, ella tan de izquierdas y él tan facha. Una nunca entiende muy bien cómo es que determinadas personas se enamoran.

Clara también intenta recordar si habrá coincidido con él alguna vez. Está casi segura de que no. El médico ese le parece más bien una cara bonita para arrastrar votos, y más sabiéndose con quién ha estado casado, pero no le parece de los que manejan el cotarro económico del partido. Los que trataban con ella y su exmarido debían ser los conseguidores, gente con contactos encargada de convencer a personas con puestos directivos en las empresas, como Fernando, para sacarles pasta. Pues con ella iban dados. No sabe cómo han podido creer que iba a perder un céntimo de la empresa para financiar un partido político, el que fuera. El dinero no tiene ideas, y Clara tampoco.

Aparecieron aquel día por la puerta y los echó con cajas destempladas. «Id a hablar con vuestro presidente y decidle que venga él en persona a pedir, a ver si se atreve.» Destrozaron con su coche, como quien no quiere la cosa o como si fuera un accidente, cinco rosales, pero a Clara le dio igual. Son idiotas. No tenían ni idea de que al lado estaban las camelias, que son de crecimiento lento, y fastidia mucho más perderlas.

Cuando era una niña, pensaba que se casaría con un ejecutivo. En cierta forma, ha hecho su sueño realidad, pero en los sueños infantiles los ejecutivos nunca son jardineros de élite, por así decirlo, sino directivos de banca, corredores de Bolsa o consejeros delegados de grandes despachos de abogados que viven en casas de diseño. Su madre le decía siempre que para qué quería casarse con un ejecutivo, incluso que para qué quería casarse, pero a ella eso siempre le parecía una manera de su madre para tenerla en casa de por vida, pudriéndose en el salón viendo películas de sobremesa con los pies junto al brasero de la mesa camilla y, a lo mejor, haciendo sudokus o sopas de letras en varios idiomas para mantener la cabeza activa mientras ellos, sus padres, dormitaban en el sofá. Clara no sabe de dónde ha sacado esa imagen, pero la persiguió hasta la adolescencia, igual que la ilusión por los ejecutivos.

Era ver a un hombre de traje y corbata, e imaginarse un futuro de revista a su lado; los veía guapos fueran como fueran, tuvieran la edad que tuvieran y hablaran como hablaran. La ropa era esencial. Sobre los quince o dieciséis años, Clara solía pasarse por la planta de caballeros de los grandes almacenes solo para verse entre los maniquíes de trajes masculinos y fantasear con una de aquellas americanas puesta sobre sus hombros para protegerla del frío, vestida con un traje de noche granate de tirantes y lentejuelas brillantes, mientras su dueño, atractivo, con camisa blanca y su corbata algo floja ya, caminaba a su lado por la acera de uno de los puentes de París, al son del agua del Sena canturreando bajo sus pies.

Los primeros hombres con los que salió, estando en la universidad, respondían a ese perfil. En lugar de ir a los pubs de moda en el mundo universitario de Hannover, Clara solía ir con las amigas a los locales de media tarde de la zona de negocios que frecuentaban los ejecutivos al acabar de trabajar. De vez en cuando salía con chicos de su edad, pero la aburrían soberanamente. En cambio, aquellos hombres que ya llevaban años trabajando y necesitaban engañar a sus mujeres con chicas de veinte años, le daban vida. Su madre no entendía aquella manía de Clara por el dinero de los hombres, pero años después, cuando se casó con Fernando, acabó por echar de menos aquel tiempo en que en realidad todo lo que su hija hacía era inofensivo o, al menos, mucho más ambicioso que aquel hombrecillo bajo, feúcho, un tanto paleto y, sobre todo, con edad para haber sido ya un ejecutivo si hubiera querido o podido, del que Clara se enamoró de aquella forma tan impropia de ella.

Clara siempre dice que cuando Fernando empezó a vestirse como los hombres de negocios de Hannover con los que salía de jovencita, comenzó a tener miedo de que otra se lo birlara. Visto con perspectiva era una tontería, porque a fin de cuentas por aquella época ella ya había perdido, como mínimo, el 30 por ciento de amor por él, pero, por supuesto, dice Clara, eso no tiene nada que ver con el sentimiento de posesión de tu marido. Entonces empezaron los celos. Y las ganas de ganar como fuese.

La gente no suele creer a Clara en eso de que los celos compareciesen del modo en que lo hicieron en su relación con Fernando, y a ella eso la fastidia bastante, porque es como si no fuese capaz de amar como para tener celos, o como si él no fuera digno de que alguien tuviera ese sentimiento. La gente, dice Clara, suele pensar en los celos de manera racional, como si se pudiera decidir cómo tenerlos y hacia quién dirigirlos. Si fueran racionales, no los tendrías, comenta. Y así la atacaron a ella, poco a poco, como una zarpa viscosa que la cogía por la garganta para decirle: «Si se viste de ese modo como a ti te gustaban cuando eras joven, es que hay chicas por ahí dispuestas a quitarte a Fernando». La gente, de hecho, cree que era solo una cuestión sentimental, pero, por supuesto, para Clara quitarle a Fernando era mucho más que quitarle el amor por él, que, insiste, ya empezaba a darle igual.

Así que Clara decidió vigilar a Fernando. Y entiende que estuvo bien hacerlo. No se arrepiente, no.

Seguir a su marido le proporcionó una mirada diferente sobre él, ajena, extraña. La posibilidad de observarlo como si no lo conociese de nada. Lo primero que descubrió es que no le mentía sobre los lugares adonde iba. «Voy a ver a tal cliente en la cafetería del hotel cual.» O «He quedado con fulano para ver si nos hacen el contrato por toda la flor de los eventos de su empresa». Y tampoco mentía con las mujeres. «Mengana viene de Portugal y voy a ver si logro que nos venda su finca de rododendros en tal sitio.» Incluso había veces que no salía por trabajo y también decía la verdad. «¿Te acuerdas de Zutana, que fue nuestra abogada en aquel lío con aquel que nos estafó con el plástico de los invernaderos? Pues está por aquí y he quedado para comer con ella, a ver qué tal le va.» Todo era intachable. Ni universitarias que se pusieran cachondas con sus trajes de Armani, ni chicas jóvenes que quisieran sacarle pasta, ni crías fascinadas con un hombre de éxito, ni fetichistas de las canas o del dinero. Nada. Solo Fernando haciendo su vida de cuando no estaba Clara junto a él.

Y aun así, ella no soportaba los celos. Si hubiera podido, habría entrado en los restaurantes, en los hoteles, habría puesto cámaras que le corroborasen lo que imaginaba: que disimulaba bien y que parecía que decía la verdad, pero que estaba con otras a las que daba lo que a ella no le daba o lo que ella había perdido con él en algún giro de una discusión con sus hijas o por un problema en el negocio. Pero sobre todo a las otras él les contaría lo que a ella no le contaba, les hablaría de sus hijas, les explicaría que Clara tenía una relación enfermiza con Ana y que él debía salvar a la niña de todo eso.

Tuvo que explicárselo así a su abogada para que entendiera cómo llegó a saber lo del dinero de Ágora.

Por fin, descubrió una mentira.

A los celos de Clara, en realidad, les daba igual que él nunca mintiese, pero encontraron una sabrosa satisfacción en el descubrimiento de una salida inesperada.

—Hoy no vengo a comer.

—¿Adónde vas?

—Con mi hermano.

Clara no sabe si el tono fue casi imperceptiblemente distinto. Así que se las arregló para seguirlo una vez más. Ya en cuanto enfiló el coche en dirección contraria al bar de su hermano, a ella la empezó a corroer la rabia. Ahí estaba la mentira. Fernando estacionó en un parking y se bajó del coche llevando un maletín que Clara no había visto en su vida. Caminó unos metros por la calle y entró en un edificio. La puerta estaba abierta, así que ella no pudo saber a qué piso iba. Diez minutos después volvió a salir, desanduvo su camino hacia el coche y volvió a la empresa como si nada.

En diez minutos no da tiempo a echar un polvo. Por lo menos, a Fernando no. Así que Clara todavía tuvo la paciencia de vigilar durante bastante tiempo las repeticiones de esa visita al mismo edificio, un par de veces al mes, aparcada en doble fila a unos cincuenta metros. No siempre lo hacía del mismo modo. Unas veces se inventaba un cliente, otras, efectivamente, una visita a su hermano en el bar, en una ocasión dijo que iba a la peluquería y, efectivamente, se dio un repaso al corte en un barbero de la misma calle.

Un día Clara fue sola al edificio. Como si estuviera cometiendo un delito, tenía miedo de que Fernando apareciera por sorpresa y la pillara indagando en sus secretos. Qué locura. Se puso a mirar en los timbres cuál podría ser el piso en el que su marido pasaba diez minutos dos veces al mes. Había varias viviendas que despedían olor a fritanga, un homeópata chino, una modista de vestidos de novia, un abogado y una agencia de viajes. Teniendo en cuenta que Fernando no necesitaba vestirse de novia, que prohibiría la homeopatía si pudiera y que nunca se encargaba personalmente de las compras de billetes para los viajes de la empresa, Clara optó por subir las escaleras hasta el despacho del abogado.

Ni siquiera le hizo falta entrar. Era uno de esos gabinetes unipersonales cutres que, o montas como tapadera de algo turbio, o abres porque te han echado de un buen despacho por hacer algo más turbio todavía. Conclusión: Fernando estaba tangándole pasta, seguro, con la ayuda de un meapilas que encima se estaría quedando con una parte del dinero de Clara a través de una comisión indecente y tan cutre como aquellas escaleras sucias y malolientes.

Poco a poco a Clara los celos se le convirtieron en odio, porque cayó en la cuenta de que era mucho más importante el dinero que iba en aquel maletín que el sexo de su marido. Y desde luego en eso el amor quedaba totalmente fuera de juego. Así que por fin un día dejó ella también el coche en el parking, esperó a que Fernando saliera y fue cinco minutos después a esperarlo en la puerta del edificio maloliente.

—Hola, cariño.

—¿Qué haces tú aquí?

—Vengo a ver cómo me mangas pasta, a saber para qué.

—Pues tendré que explicártelo.

—No, vas a tener que entrar ahí y sacar todo lo que haya para devolverlo al lugar de donde salió.

—Creo que eso ya no va a ser posible.

Por lo visto, Ágora contactó con Fernando más o menos cuando las chicas empezaron con aquella locura de meterse en líos cada vez más fastidiados. De hecho, según él, los policías que

396

«perdieron» los documentos correspondientes a un par de denuncias contra ellas eran de Ágora. Fernando era lo que se llamaba en el lenguaje del partido un «financiador vip», por lo que le contó sentado en un banco junto al parking donde los dos habían dejado sus coches. Esto es: la empresa blanqueaba mucho dinero ingresando cantidades importantes en cuentas a nombre de testaferros del partido en paraísos fiscales a través del abogado cutre del edificio maloliente, lo que le daba a Fernando una serie de prerrogativas de las que, como podía imaginar Clara, estaban aprovechándose todas ellas en casa. Sobre todo, las niñas, dijo él como si eso justificase de algún modo aquel delito.

—Son ultrafascistas, pero ¿qué más da? Entre ellos hay gente con mucho poder que nos está haciendo favores, Clara. Esta empresa crece gracias a eso. Y tranquila, no tienes que votarlos.

Clara no quiso saber más. Solo oyó esa explicación breve, a modo de disculpa o de alivio, o de búsqueda de una cómplice, no sabe, pero fue suficiente para tener una pequeña revelación de lo que se le venía encima en el futuro. No entendió gran cosa de lo que había estado pasando a sus espaldas mientras ella pensaba en sentimientos, pero bastó para colocar un par de datos sobre el dinero, la empresa y la política en su cabeza. Se levantó y se fue. Luego contaría a su abogada que tenía todo un aire de película de espías, en aquel banco junto al parking, la conversación corta, la mujer que se levanta y deja a Fernando allí solo, reconcomiéndose de culpa.

Seguramente pudo haberlo destruido entonces, pero ni era tan fácil ni sería suficiente para librarse de él para siempre. Le daría mucho trabajo demostrar todo el proceso que, sin duda, excedía a su empresa. Como mucho, tendrían que pagar una multa de Hacienda, y de lo demás, nada. La culpa era de Fernando, por no declarar sus bienes. Todo eso lo vio claro en el trayecto de vuelta a casa. Además, ir por esa vía implicaría tener a algún periodista de mano que quisiera destapar toda esa mierda, pero entonces Clara ya sintió que Ágora despertaba antipatías solo hasta cierto punto.

Era fácil opinar que eran unos fascistas. Era fácil reírse de sus *boutades* de extrema derecha que sale del armario y se vanagloria. Era fácil hacerse cruces cada vez que ganaban un municipio. Pero Clara fue muy consciente de que lo difícil era significarse frente a los que tendrían llaves de gobiernos, a los que repartirían subvenciones y a los que ya distribuían honores en forma de bonitas relaciones sociales con gente de dinero. Cualquier periodista con poder renunciaría a arriesgarse por Ágora. Y ninguno de esos periodistas que unos años antes se habrían echado las manos a la cabeza ante las declaraciones de los líderes de Ágora iba a atreverse a destrozarlos porque, en el fondo, todos querían un poquito de la relevancia que podía proporcionarles Ágora si gobernaba, aunque solo fuera cerrándoles un medio o, simplemente, animando a un director de un canal a colocar a otro opinador en una tertulia. Si Ágora subía (y estaba subiendo), iba a sobrar mucha gente en el pastel de los medios. Habría que buscar voces para Ágora en las tertulias, y nadie querría perder su micrófono. Mejor la neutralidad, valer para un roto y para un descosido, que así siempre se gana algo. Y Clara entendió que lo que habían hecho con Fernando respondía a algo muy grande que llevaría a Ágora a lugares que podía sospechar perfectamente, al mismo ritmo que se convocasen elecciones.

De hecho, poco tiempo después Helena Sánchez intentó desarmar Ágora. Fue así como Clara se interesó por ella por primera vez. Destapó cosas incluso peores que la del negocio de Fernando y Clara. Total para nada, en realidad. Nunca más nadie se ha pronunciado realmente contra Ágora. Los mismos periodistas que le habían dado a Helena Sánchez aquel premio del que tanto se habló, acudían solícitos a las ruedas de prensa y dedicaban tibias columnas a culpar a la sociedad o a la crisis del ascenso de Ágora. Nadie se atrevió a ser concreto. Clara lo vio antes que nadie y está muy orgullosa de eso. Así que pronto buscó sus propias concreciones en otro lugar y gestionó la relación que debía tener con Ágora a su manera.

Clara no sabe si entonces le dio más rabia la decepción de sentirse una idiota llevada por un romanticismo para tontas que la había hecho perder el tiempo pensando que Fernando la engañaba con otra mujer, o el hecho de estar excluida de aquel negocio que luego fue decisivo para Ágora, según entendió ella al comprobar en la prensa el crecimiento del partido y su asentamiento en las capitales importantes. Así que no se lo perdonó. Nadie ofende así a Clara. Nadie le toma el pelo, coño.

Ese día, Clara decidió no seguir con su marido. Pero antes de dejarlo, tenía que cobrarle lo que le había robado. En dinero y en sentimientos.

Miguel finalmente llama a Verónica.

—Hola, Vero.

—Tienes los cojones cuadrados, atreverte a llamarme. —Cuelga.

Así que Miguel vuelve a llamar y ella lo deja sonar. Insiste. Una vez, otra, otra. Siete veces. Espera una hora y vuelve a intentarlo. El teléfono está apagado o fuera de cobertura. Y así va a ser con todo y con todos. Le manda un whatsapp porque él no es de esos a los que se deja con la palabra en la boca: «Parece mentira en ti, furcia».

Cuando Miguel se acostaba con Verónica, hablaban mucho de Amanda, de las cartas que se escribieron en aquella época decisiva, de todo lo que Vero sabía y de la necesidad que Amanda tenía de una figura más maternal que Helena. Verónica siempre le decía que se sentía muy culpable por haber animado a la chica a marcharse de casa, pero juraba y perjuraba que no pretendía lo que luego pasó, que se refería a una huida más simbólica, a que estudiase mucho para independizarse pronto, y esas cosas más normales. Verónica nunca pensó que, acto seguido, Amanda se largaría para siempre a una casa okupa. Y él siempre ha estado convencido de que lo que realmente le venía bien a Amanda era sacarle la pasta que le sacó a Vero para dar el paso y largarse.

Y ahora, venga a creerse alegremente lo que Amanda ha escrito... Hay que tener cara. Como si ella fuera una santa. Aunque fuese a la aldea esa de mierda donde vive y hablasen. Venga. Que Verónica sabe cómo es Amanda desde que nació. Claro que también siempre la ha manipulado. Y ella se dejaba, por supuesto.

Miguel ya no recuerda lo que sentía por Verónica para acostarse con ella. Eran muy amigos. Él estaba divorciándose. Un sábado, cuando ya prefería no encontrarse demasiado con Félix, le pidió a Vero que se tomasen juntos otro vermú cuando su suegro se fuera, y la cosa se convirtió en costumbre. No muy repetida. Es difícil repetir algo mucho con Verónica, con ese miedo a la soledad que ha tenido siempre y esa necesidad de sentirse importante en las vidas de todo el mundo. En parte, a Miguel no le extraña que Helena se enfadase con ella, pero se le fue de las manos. O puede que hubiera algo más que él no llegó a saber y la excusa fue la tontería aquella de las cartas. Miguel ha pensado muchas veces que a lo mejor Verónica también se acostaba con Félix, Helena los descubrió y no se lo perdonó. «Es que Verónica es un putón», dice Miguel en voz alta mientras desiste de volver a mirar si ha leído su mensaje de whatsapp.

Vamos, está seguro de que Verónica y Félix tenían algo, y de ahí los celos desmedidos de Helena. Si él lo sabe, Helena tenía que saberlo también. No es que los hubiera visto nunca, pero eran los comentarios, las miradas, la forma de tratarse. Hay algo físico en la manera en que ocupan el mismo espacio las personas que han tenido sexo, y más si es repetidamente.

Y luego, claro, también está el hecho de que Félix incluyera a Verónica en el testamento. Se lo contó no hace mucho a ese amigo suyo que ya no le saluda en el ayuntamiento.

—Helena estará que se sube por las paredes.

—Helena ya se espera de su padre cualquier cosa. Pero sí, anda loca.

—¿Y qué le ha dejado a Verónica? ¿Mucho?

—Eso es lo mejor: los libros.

—No jodas.

—Como lo oyes.

El cabrón de Félix. Dejarle los libros a Verónica fue como darle una torta a su hija, sobre todo sabiendo cómo se había sentido con el asunto de las cartas. A veces parecía que Félix guardaba un rencor contra Helena inexplicable. Y como es una herencia, se los tiene que quedar. Y la cosa todavía se pone peor si uno piensa que debió de ir al notario cuando el diagnóstico del alzhéimer, cuando imaginaba que en poco tiempo no sería capaz de modificar nada, o ya ni siquiera se acordaría del testamento, y menos de las personas incluidas en él. Que, al principio, solo había una heredera: su hija Helena. Por supuesto. Ni siquiera contempló a Amanda, supone Miguel que bajo la lógica de que su nieta sería (y es) la única heredera de Helena (a no ser que a Helena se le ocurriese la misma babosada que a su padre). Eso si la dan por muerta. Porque mientras esté desaparecida, Amanda no ve un duro. Le está bien empleado. Pero eso, va el viejo y, teniendo una hija periodista que siempre ha coqueteado con la idea de ser escritora, le deja los libros a una vecina. La madre que lo parió. Tuvo que ser parte de la demencia. O muy mala hostia, que también es posible, le explicó aquel día a su amigo.

Verónica le dijo a Miguel que ella fue la primera sorprendida, pero miente. Vero sabe que había cosas de mucho valor entre esos libros. Primeras ediciones, un incunable, dedicatorias, cosas de esas de los fetichistas de los libros. No es que Helena lo fuese, la verdad, pero desde luego que Verónica todavía lo era menos. Miguel recuerda que lo primero que le sorprendió de la casa de la vecina fue que no había ni un solo libro. Se lo dijo a Helena: «¿Vero no lee?». Y Helena le contestó: «Sí. Sentencias. Y también el Diario Oficial». Él se quedó callado y ella defendió a su amiga: «Tampoco es obligatorio que a todo el mundo le guste leer». Después, cuando se enfadó con ella, había que oírla: «¡Si ni siquiera lee!».

Claro que últimamente a Miguel le ha dado por pensar que, estando cerca de Félix como estaba, puede que Verónica supiera algo.

Así que Miguel graba un mensaje de voz en el whatsapp de su abogado en el que le expone, básicamente, la siguiente línea de defensa, por si finalmente la fiscalía se querella contra él por el supuesto delito que airea Amanda en el dominical. Pasea por su salón mientras habla al micro del teléfono: «Escúchame. Piensa en esto que te voy a decir y que me he pensado mucho. Llevo dándole vueltas desde que leí lo de Amanda el domingo. Imagina que Félix quisiera premiar el silencio de nuestra amiga Vero de algún modo, la que vivía en su mismo edificio y a la que le dejó toda su biblioteca en herencia. Él tenía esas cosas. A lo mejor Vero, aun queriéndole o solo follando con él de vez en cuando como debió de hacerlo durante muchos años, sabía que Félix era un cabrón. Un auténtico cabrón, pero encantador».

Es más, a Miguel le va y le viene a la cabeza si no sería posible considerar a Félix el violador; si no sería que en las famosas cartas Amanda se lo hubiera dicho a Verónica; si esta, sabiendo lo difícil que sería luchar contra Félix, no le recomendara a Amanda largarse, y si Helena no le perdonara a Verónica haber sido encubridora de algo así. Eso explicaría que mantuviesen el enfado hasta después de morir Félix. Y también que Félix le quitase tanto hierro a todo aquello, como si fuese divertido, para disimular. Y a lo mejor eso explicaría que Amanda desvíe el tiro contra él para castigarlo, porque Miguel es quien ha estado siempre con ella, quien debería haberse dado cuenta, quien debería haberla protegido.

«Mejor llámame —termina diciéndole a su abogado—. Puede que tengamos una línea de defensa, si es que esta miseria no ha prescrito, ¿no crees?» «Sería colgarle la culpa a un muerto», pero mejor eso que nada, piensa Miguel, y se queda un poco más tranquilo.

Clara piensa muchas veces en aquella entrevista que ya no va a ser publicada. Podría asumirla la otra periodista, la más joven, pero supone que ni desapareciendo es Helena de las que cede así como así una historia que le interesa.

La chica joven la llamó unos días después de la desaparición de su jefa para pedirle una segunda entrevista, pero Clara ya no tiene la cabeza para eso. Ni siquiera sabe muy bien por qué aceptó aquel encuentro en el que no llegó a sentirse cómoda en ningún momento y durante el que pensó todo el tiempo que no tenía ningún sentido nada relacionado con volver a darle vueltas a su historia.

Sabe que algunas personas creen que ella mató a Ana. La periodista joven es una de esas, se lo notó en cuanto entró por la puerta. También sabe que mucha gente cree que sería capaz de matar a Ana por amor, o por desamor, más bien. Hace tiempo que Clara ha dejado de preocuparse por esas cosas. En realidad, siempre le ha dado un poco igual lo que pensasen de ella. Mientras los jueces la crean, todo va bien.

El poeta ese con el que sale a veces siempre le dice que, si quisiera, podría quitarse de encima esa imagen de mujer fría. Seguramente a Clara le gusta justo por romántico y por ingenuo. O a lo mejor también le dice esas cosas porque cree que es lo que cualquier mujer desea oír, como si la frialdad fuese mala. Pero ella no necesita que un pipiolo se le ponga condescendiente y le diga lo que piensa que va a querer oír.

Pero lo cierto es que ese escritor le gusta mucho. Probablemente por la juventud que le contagia y la retira a ella del tiempo de descuento en que ya se creía desde que murió su hija. Porque, a través de la pasión de él, Clara se da permiso para creer que puede hacer eso de escribir, o lo que le apetezca hacer. Últimamente a veces también le da por pintar. Empezó dibujando a lápiz en un cuaderno hasta que un buen día se puso a colorear con acuarelas todos los dibujos que había hecho. El poeta le ha dicho que eso es estupendo. Ella sabe que solo se lo dice por cumplir. Porque la verdad es mucho más simple: Clara se aburre como una ostra.

Se lo comentó el otro día a su directora general. Se ha pasado tanto tiempo decidiendo seguir con Fernando, que ahora que ya no se ocupa de nada de eso, ni de Ana, se aburre. Y el chico la saca un poco de la rutina, pero tampoco tanto. «Es curioso —le dijo—, te pasas media vida ocupada persiguiendo sueños y objetivos y, cuando los consigues, te quedas vacía como una idiota.» Su directora general, que probablemente planea cambiar de empresa en breve pero, por supuesto, no puede decirle nada, solo le contesta que nunca hay que dejar de proponerse objetivos y sueños.

Cuando Clara se libró de Fernando vivió una fase eufórica. Fue ese momento cuando le dio la vuelta a la empresa, reestructuró el organigrama, vendió naves y redujo líneas de negocio para centrarse en lo realmente interesante y productivo. Eliminó colaboraciones con estupideces que costaban una pasta, y cuotas de asociaciones de empresarios que no hacían nada interesante por nadie; reunió al consejo de administración para avisarlos de que las cosas iban a ser de otra manera, y gastó bastante dinero en abogados que liberaron el negocio de los malos hábitos de Fernando con partidos ultrafachas y en asesores de comunicación que limpiaron el nombre de la empresa de la mala prensa de su fundador abusador, o violador, o lo que fuera. Dedicó a eso dos años. Al cabo de ese tiempo, ya muy poca gente los asociaba a toda aquella historia, y las ganancias le permitían a Clara vivir sin trabajar, aunque ella siempre ha entendido que debía seguir pendiente de todo. También por entretenerse. Cuando murió Ana, hubo un pequeño retroceso porque la originalidad de la muerte, por así decirlo, hizo que se le prestase atención y reavivó algo la memoria de todo lo anterior. Nada que no pudiese resolverse con un poco más de dinero en abogados y asesores de comunicación.

Y ya está.

Clara se quedó sin sueños ni objetivos. Sola. No le dice a nadie que, de vez en cuando, incluso tiene la tentación de echar de menos a Fernando, pero en realidad todo el mundo supone que es así, porque han sido muchos años y porque tenían un amor absoluto que él traicionó. Que la gente piense eso también está entre los logros de Clara, que aguantó junto a Fernando hasta que tuvo la seguridad de que era posible conseguir lo que había soñado.

Así que Clara, con esa frialdad que tanto molesta a su novio poeta, decidió que las medias tintas no iban con ella y que todavía era necesario esperar al momento idóneo.

Cuando queda con ese amante suyo, reflexiona mucho sobre cómo sería su vida hoy si siguiera con Fernando. Incluso lo habla con el poeta, que parece en verdad interesado en esas cosas. Puede que se sienta nostálgica últimamente. Cree que a lo mejor es que el chico está tomando notas mentales sobre el asunto para escribir un poemario chupándole experiencias a ella que él todavía tardará años en vivir, pero le da igual. A fin de cuentas, ella no ha pensado ser poeta, ni mucho menos. Dios la libre. De ser algo, sería autobiógrafa, ensayista, o, como mucho, narradora de ficción contemporánea.

Probablemente, de haber sido todo de otra manera, Clara y Fernando estarían pensando ahora en la jubilación. Hace ya un par de años que habrían terminado de decorar una casa en Cabo Verde, para pasar allí largas temporadas en los inviernos. Tenían eso siempre en perspectiva, Cabo Verde, desde que habían visto un documental recién llegados de Alemania, una noche cenando pizza sentados en el sofá, con el salón a medio amueblar.

—Qué bonito país, ¿verdad? —dijo Fernando.

—Deberíamos ir —contestó ella abrazándose a él con un sincero cariño.

—Cuando seamos ricos, te compro allí una casa para jubilarnos.

Pero se hicieron ricos y nunca le compró la casa que ella imaginaba colonial, con grandes ventanas y un jardín para llenar de rosales y bambú. En cambio, sí que fue a meterle su dinero en el culo a aquella panda de fascistas. Las hijas los visitarían con sus nietecitos. Ana seguiría viva, sin duda trabajando en la empresa, encargándose de manera progresiva de lo que ellos fueran dejando para, por fin, empezar a descansar. Serían inmensamente felices. O al menos divisarían la posibilidad de recuperar la felicidad de cuando proyectaban esa vida que se ha torcido.

Si Clara y Fernando siguiesen juntos, los amantes de Clara no serían poetas jóvenes y morbosos, sino colegas empresarios, los maridos de las amantes de Fernando, en un secreto cocinado al fuego lento de esos matrimonios viejos que, para seguir adelante, no necesitan historias truculentas de violaciones, suicidios y desapariciones nómadas, sino solo algo de variedad sentimental. Como la que ahora Clara tiene con ese chico que se deja invitar a vinos caros en hoteles de cinco estrellas con carta de almohadas. Pero no es lo mismo, claro.

A Miguel le ha dicho hoy su quiosquero que una chica ha salido en un programa de televisión hablando mal de Helena. Uno de esos programas en los que discuten todo el tiempo.

—¿Quién era? —preguntó él.

—Ay, no sé cómo se llamaba, pero era guapita de cara.

—¿Y qué decía?

—Por lo visto, que Helena era una explotadora cabrona que se inventó una mentira asquerosa para que la echasen del periódico, le quitasen su beca y quedarse tu ex con sus notas sobre una historia que estaban siguiendo las dos. Cosas de periodistas.

Miguel pensó entonces que era curioso que a alguien que vivía de vender periódicos le parecieran tan ajenas las cosas de periodistas, pero no le dijo nada. Se imaginó perfectamente la escena: el quiosquero con su mujer la noche anterior en el sofá comiendo Doritos y riéndose de Miguel, de Helena, incluso de Amanda. «Les está bien empleado que les pasen estas cosas a los ricos», diría alguno de los dos.

El tema no le interesa nada y solo escucha al quiosquero por educación, y porque no les hable luego aún peor de él a sus vecinos, que igual, a pesar de todo, todavía lo votan. Miguel ha acabado harto de las historias de Helena con sus compañeras de trabajo, y también sabe muy bien lo que piensan de él algunos de esos viejos socialistas, como ese señor y su mujer gorda aficionada a los

Doritos, que se encargan mucho de decírselo por la calle ahora que ha cerrado su Twitter. Menos mal que también están los que lo quieren, la gente que lo para y le dice cosas como «Hay que echarlos» o «España para los españoles». Miguel se emociona al pensarlo.

—Helena no acabó bien con ninguna de sus becarias —le contestó al quiosquero presuponiendo que la chica de la tele sería su última ayudante.

Pero en realidad Miguel estaba en otra cosa, dándole vueltas a su teoría de que Helena habría desaparecido adrede, dejando preparado, por si acaso, su regreso triunfal a cuenta de las notas de la becaria. Muy en su estilo. Al llegar a casa, se apresura a conectarse a internet para ver la entrevista en cuestión.

En el ordenador, el sonido sale algo distorsionado.

—Entonces, en tu opinión, ¿Helena Sánchez ha desaparecido voluntariamente para poder utilizar a su antojo la documentación que tú habías conseguido sobre el caso que investigabais? —le dice la presentadora con afectación.

—Sí, así es —contesta la chica con seriedad ensayada—. Se inventó que una fuente se había quejado de mí para quitarme de en medio.

Miguel suelta un bufido, sabiendo perfectamente que puede ser verdad.

—¿Y eso no es cierto? —sigue la presentadora.

—Claro que no.

—¿Qué dijo en concreto?

—Que había presionado a la fuente con malas maneras.

—¿Qué malas maneras?

—Ofrecer sexo a cambio de información. —La chica se ruboriza, el público se revuelve, hay algún comentario.

—Tú sabes que ella misma fue acusada de eso en el pasado, ¿verdad?

«Hay que ser malintencionada», piensa Miguel.

—Por supuesto que lo sé. Lo sabe todo el mundo, pero ¿qué podía hacer yo? Era mi jefa. En la redacción de un periódico donde el director es, además, su mejor amigo, ya se sabe quién gana si la cosa es su palabra contra la mía.

—¿Y qué pasó después?

—Que el director me echó. No de inmediato, claro. —Calla un instante, como para ahogar un lamento—. Helena... Helena Sánchez me dijo que no me preocupara, que no lo volviera a hacer, que ella no diría nada. Y me quedé relativamente tranquila. —Otro silencio dramático—. Es evidente que mintió.

—¿No te dieron ocasión de explicarte?

—Helena desapareció ese mismo día. —Mira a la cámara con intensidad—. Pero se quedó con todas mis notas sobre esa historia, grabaciones, etcétera. Nada de eso está en su despacho del periódico, donde debería estar. Se lo ha llevado todo.

—Entiendo... ¿Crees que ha podido hacerle daño alguna de las personas implicadas en la historia que investigabais?

—¡Ni de coña! —Ríe con condescendencia—. Eran todos inofensivos.

El tiempo de Helena Sánchez en el programa no acaba aquí. Por si fuera poco, sigue un reportaje en el que se cuenta su trayectoria y que empieza así: «Periodista de dudosa ética profesional»... Dicha afirmación se ampara en declaraciones de excompañeros y otras becarias que pasaron por el periódico, Miguel incluso ha llegado a conocer a algunas de esas personas en cenas en casa en las que eran todo alabanzas a Helena y Carlos y que, ahora, en la pantalla, se autocompadecen afirmando lo terrible que fue trabajar con ella. Todos ellos, curiosamente, ahora están contratados en el grupo de comunicación del programa en el que se analiza la actualidad a gritos. El periodismo es así: un mundo asqueroso de puñaladas y sonrisas falsas. No respetan ni a los muertos. O a las desaparecidas, mejor dicho.

La de veces que se ha reído Miguel con Helena de ese tipo de periodismo. No es la primera ocasión en que se ceban con ella, pero en esta ocasión, tras la desaparición, le parece demasiado. Acto seguido, pasan a hablar de su vida de mierda. Acompañada de una música de fondo pensada para los casos más truculentos, la voz en off habla por fin de la publicación del dominical firmada por Amanda: «Una hija que se prostituía, okupa y que vivía en la calle, violada por su padre, el importante dirigente de Ágora...». En ese momento baja con genio la pantalla del ordenador. Para qué.

A Miguel no le cabe duda de que lo que cuenta la becaria es totalmente cierto. Además, es muy propio de Helena: lo que sea por la noticia, por ser la primera, por firmar la exclusiva, quitarse de en medio toda competencia. Pero Miguel también sabe que esa muchacha ha aprendido lo que no está escrito trabajando ese tiempo con su ex. Incluso eso de sentarse en un programa así para apropiarse de la historia podría ser una táctica de Helena, llegado el caso. Ella siempre ha dicho que tenía límites, pero Miguel no ha llegado a vérselos nunca. Probablemente no se triunfe en el periodismo si una se pone ciertos límites, igual que en la política. Eso Miguel también lo sabe bien.

La verdad es que ver el programa lo deja jodido y llama a su enfermera amante para que venga a casa a tomarse una copa con él. También ella ha visto el programa la noche anterior e imaginaba que la llamaría, así que llega en un santiamén.

—Estoy acabado —le dice él por todo saludo.

—No estás hoy peor que anteayer —le contesta ella.

Visto así, Miguel se anima. Pero automáticamente también piensa que se anima con poca cosa.

—Voy a tener que dejar la política.

—Tú en realidad eres médico, ¿recuerdas?

Pero a Miguel le encanta la política. En realidad cree que puede cambiar este país, y no es justo que ahora le pase todo esto.

—Es como si la zorra de Helena desapareciera a propósito porque sabía que todo esto iba a pasar y la consecuencia última sería acabar conmigo.

—Estás empezando a ponerte paranoico, Miguel. Y también un poquito ególatra.

Pero él sabe que Helena nunca le ha perdonado lo que pasó en la Casa Violeta por culpa de Ágora, y en parte la entiende, a diferencia de ella, que nunca hizo nada por entenderlo a él.

Helena hacía esa clase de periodismo en que era capaz de juzgar mucho, pero sin estridencias, al tiempo que relataba lo que quería contar. Parece ser que ese es un talento que pocas personas poseen, pero ella sí.

Cuando los chicos del fútbol se pusieron de anfetas hasta arriba y les dieron la somanta a Amanda y a sus amigos en la Casa Violeta, Helena tenía el reportaje estructurado antes de abandonar aquella noche el hospital. Mientras le practicaban las curas a Amanda, hizo unas cuantas llamadas, comprobó lo que ya intuía, y decidió que su venganza, por supuesto, incluiría a Miguel, al que llamó con una calma inusitada. «Amanda está en el hospital —le dijo—, aunque supongo que ya lo sabías.» Por supuesto, a Helena le dio igual que Miguel le jurase que no sabía nada. Porque ella investigó tan minuciosamente, que construyó en su reportaje una realidad paralela sobre Ágora que Miguel tuvo que aprender a través de la lectura de aquel trabajo.

Él todavía mantiene delante de quien quiera oírlo que lo que Helena publicó tiene mil matices que no consideró porque, por supuesto, nunca la dejaron entrar en el palco vip para poder hablar con Mengano y Zutano y luego descontextualizar lo que le diese la gana. Según ella, y ahí cree Miguel que sabía perfectamente que hacía sensacionalismo barato, era muy fácil mantener bajo control a los que ella llamaba, en algunos lugares, «el ejército de Ágora», y en otros, «el brazo armado de la ultraderecha española». Porque, según Helena descubrió, las operaciones inmobiliarias que constituían el meollo de los intereses de los grandes empresarios como el presidente de Ágora y sus amigos encontraban impedimentos que siempre llevaban el nombre del ayuntamiento de la ciudad. Para ella, ese fue el germen que motivó la fundación de un partido político. Ahí Miguel sintió cierta rabia al darse cuenta de lo lejos que había estado Helena de él en aquellos momentos ilusionantes del principio, cuando él fundaba Ágora en secreto. Tenía en casa la explicación certera que podría echar por tierra todas sus hipótesis, pero nunca había querido verlo. Y a él, aparte de la indignación por no poder rebatir sus teorías, nunca más se le fue la desazón por esa soledad.

Los partidos existentes ya tenían, por así decirlo, las relaciones hechas, en una red de intereses demasiado consolidados que cerraban las puertas a los nuevos empresarios que crecieron al compás de la crisis, mientras crecían también pequeños líderes (este juez, aquel asesor fiscal, este otro actor, algún que otro periodista) que, por motivos diversos que Helena también ejemplificaba en su reportaje, habían sido expulsados del Partido Conservador. De pronto, al verse fuera, les pareció indeseable aquella organización donde habían intentado crecer infructuosamente. Las crisis, con su dosis excesiva de pobreza, dolor y desesperación, son el caldo de cultivo perfecto para todo esto, repetía Helena en el trabajo.

Como siempre, hay casualidades afortunadas, imponderables que juegan a favor de los violentos y manipuladores, escribía. Así que, según ella, en cuanto apareció aquella ONG que daba de comer solo a los españoles que se habían quedado en paro, Ágora encontró la mecha con la que encender su despegue. En eso y en muchos empresarios medios que no se atrevían a financiar partidos asediados por la fiscalía anticorrupción, pero sí a Ágora, que tampoco dudó, como contaba Helena con ejemplos e incluso fotografías, en cobrarles una especie de impuesto a cambio de protección. En un país básicamente seguro como este, las amenazas las construyó Ágora a través de sus energúmenos con las cabezas rapadas y algún lobo solitario que utilizaban para cosas más serias.

Miguel siempre se ha imaginado una especie de árbol genealógico de relaciones y contactos entre la *jet set* del país, dibujado con colorines en una cartulina blanca pegada en la pared del despacho de Helena. Si se esforzaba un poco, podía visualizar perfectamente su nombre en algún lugar de ese esquema, donde, según las investigaciones de ella, Miguel tenía más responsabilidad y capacidad de decisión de la que en realidad tenía. Por ejemplo, él siempre le negó lo de los mercenarios. El resto, como le dijo a ella, podría discutírselo, pero eso no invalidaba la legitimidad ideológica del partido, y a ver por qué tenían que pagar justos por pecadores. «¡Si casi se cargan a Amanda, Miguel!», le gritó ella. Pero él sigue diciendo que aquello se les fue de las manos, que la operación inmobiliaria era perfectamente legal, que los ultras actuaron por su cuenta y también se extralimitaron sin que nadie se lo dijese. Lo mismo que dice en las ruedas de prensa, en fin, porque hay mucha calumnia por ahí.

Después de aquello, Helena trató a Miguel como si fuera él quien había pagado a los del fútbol por la toma de la casa okupa, aun reconociéndole que lo creía cuando él le decía que no había tenido conocimiento de nada de eso hasta justo el día anterior, eso es verdad. Pero ¿qué podía hacer él? ¿Ir a enfrentarse con ellos con sus propias manos? Se lo dijo a Helena, e incluso a Amanda, mil veces. «Y aún va a tener la culpa Amanda por ir a meterse allí», le contestó Helena.

Algo se rompió definitivamente entre Helena y Miguel después de todo eso.

En realidad, Miguel solo fue un eslabón en una cadena que él consideraba informativa. Por supuesto que sabía que aquellos bárbaros con las cabezas rapadas iban a ser algo agresivos con los okupas, e incluso le parecía que estos se lo merecían un poco, por caraduras, y por lo mal que se lo había hecho pasar Amanda durante todos los años anteriores con sus desapariciones, silencios y desplantes. Pero pensó que aquello no sería más que un susto.

Solo sus compañeros de partido entendieron la circunstancia interna, por así decirlo, de Miguel. Ágora no es una organización como las demás, con sus estructuras afianzadas en años de reparto del control institucional y con sus filias y fobias generadas en congresos anuales y en diseños electorales. Ágora es más como una familia, como un espacio en el que cada cual tiene que ir ganándose un respeto.

Miguel quería ser concejal porque estaba cansado de hacer lo mismo día tras día en el hospital. Se aburría. Necesitaba ser algo. Parece que ese tipo de ambiciones a la gente no le sirven, y menos a la gente como Helena. Pero él, por las noches al acostarse, pensaba en la mañana siguiente en que se levantaría para hacer lo mismo que llevaba haciendo miles de días y que haría todavía otros tantos, y le entraba la ansiedad. Necesitaba un cambio. No había sido suficiente con separarse de Helena. Tenía que dejar el hospital, aunque solo fuera por un tiempo. Ágora, donde estuvo durante años con un perfil bajo de simple militante de base aun siendo miembro fundador, era la oportunidad, y su gente lo quería y lo entendía.

No es idiota y sabe perfectamente que en Ágora hay un factor sectario importante, cierto culto al líder y mucho borreguismo. Pero Ágora es también ese lugar donde por fin él está a la derecha del líder, que lo quiere, que lo entiende, que lo promociona y que le da lo que necesita: ser concejal primero, parlamentario después, adquirir poder, visibilidad y una vida distinta. Solo hubo de pasar aquella primera prueba para conseguir lo que quería.

Miguel tenía algo que nadie más tenía: a Amanda en el lugar adecuado en el momento justo.

Solo había que hacerlo con cuidado, controlar el ritmo en que le dosificaba la información a Luis, el presidente, que no pareciese tan fácil para que luego no valorase a Miguel, ni tan difícil para que, considerándolo imposible, cambiase la estrategia hacia algo en lo que Miguel no pudiera participar.

Y, a decir verdad, le dice a la enfermera rubia en su casa, tuvo una visión. Él siempre había pensado que militaría en un partido modesto y que como mucho lograría ser concejal si conseguía ir de número dos en la lista de las municipales, por detrás de Luis Santisteban o de la chica que había fundado la ONG. Al principio, aspiraba solo a cambiar de aires y ser el típico edil machacón, uno de esos que tiene la llave en determinadas votaciones y, por tanto, se divierte en los debates y en los plenos. Pero Miguel se ilusionó con el gobierno, que fue inesperado incluso para ellos, es cierto. A Miguel se le pone un vacío en el pecho solo de pensar que ahora puede quedarse fuera de todo eso por un puto artículo manipulado en un dominical de mierda.

«Yo no he cometido ningún delito», le dijo a Helena cuando ella le pasó la versión definitiva de su reportaje dos días antes de su publicación. En realidad, solo esperaba de él que al menos estuviera callado y tuviera la decencia de marcharse de aquel partido de mafiosos y fascistas, o de mafiosos fascistas, que a él le habían quitado los pocos escrúpulos que le quedaban.

—¿Y por qué no te fuiste de Ágora en aquel momento? —le pregunta su amante—. La agresión a Amanda, efectivamente, era un buen motivo...

Puede parecer estúpido, pero, en primer lugar, porque esa fue la lección fundamental que aprendió en política: la espera como virtud. Esperar a que pase el chaparrón. Esperar a ver pasar el cadáver de tu adversario por delante de tu puerta. Esperar a que otro se canse antes. Esperar a que a otro lo detengan. Esperar tu turno. Y le pareció que también podía esperar a que la gente olvidase el reportaje de Helena, a que la propia Helena bajase la intensidad contra él, y a que Amanda siguiese con su vida de tal modo que la Casa Violeta pasase a un segundo plano. Y así fue. Todo eso, en efecto, pasó. Lo que demuestra que Miguel no se equivocó.

En segundo lugar, Miguel no se fue en aquel momento porque Luis Santisteban aquella vez sí lo llamó pronto. «¡Valiente! ¡Que eres un valiente!», comentó. Y con eso Miguel se percató de que había conseguido lo que quería y que, en fin, ya nadie iba a poder revertir lo sucedido en la Casa Violeta.

—¡Total, tampoco iba a acabar yo con la violencia en el fútbol! —le dice a su amante, sentada delante de él con una copa en la mano.

Porque, en tercer lugar, Ágora era algo demasiado grande ya, demasiado poderoso para que Helena, aun con todo el poder que tenía, pudiera aniquilarlo. Ágora no era este o aquel político corrupto o un empresario fraudulento contaminante. Ágora era un cambio de paradigma en la política española, y por una vez en la vida, Miguel se dio cuenta antes que Helena.

Clara cree que fue algo temeraria por plantarse en el despacho del presidente de Ágora a decirle que se acabó. Que podía ir devolviéndole a plazos el dinero que su marido, básicamente por idiota, había ido llevando a aquel abogaducho, pero que hasta ahí habían llegado. Que ojito con quejarse, que estaba dispuesta a hacer público cómo se financiaba el partido, algo que, por lo que ella intuía de su imagen en la prensa, no le interesaba nada.

Temeraria.

Porque Clara no sabía entonces cómo se las gastaban exactamente los de Ágora, como sí lo comprobó después, y aún ahora, cada vez que los matones aparecen por la empresa a pedirle que siga pasándoles pasta. No se cansan nunca. Ya asumen los desperfectos en la previsión de gastos.

Luis Santisteban se levantó despacio, se acercó a ella y le dijo que Fernando no es que fuera idiota, sino que sabía qué ambientes frecuentar (usó esa palabra, que a Clara le pareció antigua).

—¿Qué ambientes ni qué coño? —le contestó ella—. Llevo siguiéndolo medio año y tiene la vida más aburrida del mundo.

A Luis le dio la risa. Se cayeron bien al momento. Clara le dijo después que era un facha de mierda y que podían ser amiguísimos, pero que con el dinero no se jugaba.

Sus amigas estaban divididas entre las que les gustaba Luis Santisteban, por guapete y rico, y las que les daba asco, por fascista.

—Pero ¡qué haces quedando con ese tío! ¿Lo haces para fastidiar a Fernando?

—Si es un facha, Clara. El otro día dijo que para pactar con él había que abolir el aborto.

—Eso lo dice por provocar, mujer, ¿o crees que en realidad piensa algo así? —lo defendía Clara, no sabía muy bien por qué.

—Clara, ¿eres tonta? Claro que lo piensa.

—¿Y cómo dices que lo has conocido?

Por supuesto, Clara nunca tuvo ni la más mínima intención de que nadie se enterase de cómo había entrado en contacto con el presidente de Ágora, con el que volvió a hablar algunas otras veces, aprovechando el buen rollo para intentar, siempre infructuosamente, todo hay que decirlo, que dejasen de asediar su negocio. Fernando creía que se acostaba con Luis Santisteban ya que no lo hacía con él, pero Clara le dejó muy claro que nunca se acostaría con un fascista. Y él entendió.

Por eso ahora piensa muchas veces en lo que sentiría Helena Sánchez al acostarse con su marido. A ella sí que le contaría que conoce al presidente de Ágora, e intercambiarían impresiones.

Lo único que le dijo Clara a su marido cuando se levantó del banco junto al parking fue: «Fernando, yo quiero vivir de verdad», cosa que él no debió de entender, puede que porque ella tampoco sabía muy bien por qué se lo dijo. Aunque le salió así, como si sintiese que su vida había dejado de ser de verdad. Que Fernando despilfarrase todo aquel dinero en un partido de extrema derecha le pareció un equivalente original de volverse ludópata, o alcohólico, o adicto a los ansiolíticos, le dijo a la directora general, a quien años después tuvo que confesarle el asunto, pues consideró que debía saberlo por motivos estrictamente financieros y para explicarle las visitas de los matones de Ágora a la empresa. Era un síntoma de que casi nada iba bien. «Incluso me pareció como si intentase ocultarse algo a sí mismo, como si se arrepintiese de algo inconfesable», le dijo con cierta afectación de telenovela que en realidad no parecía fingida.

Clara le preguntó en uno de sus encuentros a Luis Santisteban cómo había conocido a Fernando. «Un conseguidor», le dijo utilizando una palabra que a Clara le pareció que era tomada impúdicamente de otro lugar. «Conseguidor» es como llaman los periodistas a los mafiosos intermediarios para no llenar de insultos sus crónicas. Era igual que usar la palabra «menstruación» en un burdel, o «senil» en un lío de patio de recreo entre niños de diez años. Palabras descolocadas, insultantes, extravagantes. A Clara le queda todavía mucho de la traductora que fue, y eso le gusta a su amante poeta.

El caso es que, según le dijo justo a este un día mucho tiempo después en que Clara le contó toda la historia de su divorcio, fue ese conseguidor de Ágora quien le dio a ella la idea de cómo dejar a Fernando: si alguien entendía que todos los empresarios ricos de la ciudad tenían algo que ocultar y utilizaba eso como fuente de financiación, los secretos por los que Fernando estaba dispuesto a pagar podían servirle a ella a modo de fuente de divorcio.

—No me cuadra —le dijo el poeta.

—¿Por qué no?

—Porque, a diferencia de ahora, en aquel momento para mucha gente era un honor repudiar a Ágora, así que Fernando saldría ganando, ante supuestos chantajes, diciéndoles que no, que ya se defendería él diciendo que eran calumnias cosas que, a fin de cuentas, podía espolvorear un partido de fachas racistas y machistas.

—Si eso fuera así, borreguillo mío, no ganarían todo lo que han ganado en los últimos años. —Clara le sonrió—. Fernando será un poco bruto, pero era intuitivo para esas cosas. Vio poder. Y más dinero.

—Ya.

—Supongo que imaginaba que podría necesitar a sus nuevos amigos cuando se torcieran las cosas.

Porque las cosas siempre se tuercen. Siempre. Y los amigos de Ágora, cuando Clara metió en la cárcel a Fernando por violación, miraron para otro lado, ¡cómo no! Y el presidente, por supuesto, no volvió a recibir a Clara.

Violaciones en el ámbito familiar no, gracias. Otras cosas de esas que gustaban en Ágora sí, sin problema. Si hacía falta contratar para trabajar en casa de Luis Santisteban a la mujer de uno de esos machacas del fútbol que acabó en la cárcel después de matar a aquel inmigrante en el asalto a la casa okupa, sin problema. Si había que darle una paliza a un periodista, sin problema; y si había que sobornar al director del periódico, miel sobre hojuelas. Si había que pedirle pasta a un iraní, sin problema. Si había que pagar a unas prostitutas guapas para acompañar al presidente en los actos, sin problema. Si había que practicarle un aborto a alguna de ellas, sin problema. A Clara todas esas cosas le impedían ver a Luis Santisteban como alguien follable, pero sabía dejarlas de lado al encontrarse con él por el bien de su empresa y del control de los cachorros de Ágora que tenían por costumbre ir a destrozársela. A él, en cambio, debía de parecerle terrible ese contacto, aunque fuese de lejos, con alguien que denunciaba una violación en el ámbito familiar. Y ahora su propio parlamentario, tan amiguitos que eran... ¡Ay! Debe de estar que trina.

—Sinceramente, Clara, no entiendo qué se te perdía a ti con esas compañías —le dice su poeta muy serio.

—Cuando una empieza a divorciarse —le repite ella—, experimenta.

Al poeta le hace gracia. Y lo mejor de todo es que el presidente de Ágora contaba algunas de esas cosas con cierta normalidad feliz, en el estilo en que Clara siempre se ha imaginado a Vito Corleone comentando los acontecimientos del día a día durante la cena con su mujer. «Hoy hemos puesto un bloque de hormigón en un pie a uno que no ha pagado, y no veas lo bien que se hundía en la bahía de Nápoles.»

—Llegó a tener confianza contigo... —dice, como preguntando, el poeta.

—Tampoco te creas. Solo es que tiene ese punto fantoche, y creo que alardeaba de esas cosas con mucha gente. —Piensa un momento—. Y luego se me ponía digno con otras cuestiones morales.

—Un clásico.

—Por ejemplo, le parecía fatal que pensase en divorciarme de Fernando.

—Sabiendo lo que sabía...

—Sabiendo lo que sabía.

Pero Luis Santisteban puso fin a los encuentros con Clara, así que por ahí se acabó cualquier dilema. Y entonces ella pudo centrarse en organizar su bonito divorcio. Esa parte ya la sabe el poeta.

Pero Clara se aburre. Últimamente lo dice mucho. Ha conseguido lo que quería. Se ha dedicado todos estos años en cuerpo y alma a la empresa, que la ha hecho bastante feliz, sí, llegando incluso a olvidarse del odio a Fernando. Odio... Tampoco es eso, insiste Clara. No se pasa así como así del amor al odio. Es animadversión. Rabia. Rencor. Cosas feas que tienen explicación. El odio, si una lo piensa bien, es arbitrario e inexplicable. Pero ahora...

—¿Ahora que te gustaría?

A Clara se le iluminan los ojos. Lo que le gustaría ahora sería hacer como Helena Sánchez, la periodista, y desaparecer. Pero no se atreve a decírselo a ese hombre ilusionado. Solo le sale una versión ligera de lo que ha hecho Helena. Le gustaría jubilarse, aunque la palabra la haga más vieja de lo que es, pero él ya la entiende. Le gustaría vivir de las rentas de lo que ha trabajado, descansar al fin, aunque no tenga con quien compartir todo ese tiempo libre que obtendría. Dormir hasta tarde, dejar de asistir a reuniones y de pelearse con inversores, con señores del consejo de administración, con comerciales, con holandeses y con chinos. Esas cosas de cuando has resuelto tu vida a base de hacerlo todo bastante bien. Le gustaría la casa en Cabo Verde. Le gustaría que los sueños que tenía antes volvieran a ser suyos.

—Sí tienes con quien compartir todo eso —le dice con cierta timidez en un hilo de voz el poeta, con la mirada clavada en el pie de la copa de vino, sin atreverse a mirar a Clara a los ojos con los que ella lo observa con inmensa y esperanzada curiosidad.

Miguel ha dicho en alguna ocasión que le da un poco de asco que Amanda esté enamorada de un inválido en silla de ruedas. «Esa chica es tonta, y punto.» Ya sabe que no debería decir ni «asco» ni «inválido», pero se entiende. Porque él puede aceptar cierta admiración, digamos intelectual, sobre todo cuando era el líder indiscutible de todo aquello que habían construido. El Bruno gurú, rodeado de gente a la que le doblaba la edad, con esa aura de revolucionario de una época dorada. Miguel sabe lo que es colocarse con un póster del Che Guevara y creer a ciegas en la utopía socialista, lo recuerda bien. Pero Amanda ya tiene una edad, caramba. Él reconoce que es posible hacer el idiota de esa manera a los veinte años, como él mismo o su madre hicieron, pero a estas alturas... En realidad, dice él con mucha conmiseración, se le cae el alma a los pies al verla en esa aldea a tomar por saco dedicada en cuerpo y alma a cuidar de esa especie de amor platónico (porque tiene que ser platónico, dice Miguel, que no cree que, estando Bruno como está, vayan a poder hacer nada decente), a sembrar habas y plantas aromáticas, y a cuidar niños a los que no vacunan.

Ah, para eso sí que lo llamaron a él, que fue a ayudarlos como un imbécil, porque hizo el juramento hipocrático, que está para eso, para cuando un niño de una comuna coge el sarampión y no la palma de milagro. Eso ocurrió hace poco, ya había desaparecido Helena, y fue la última vez que Miguel vio a Amanda. Como si no estuviese escribiendo ya toda esa bazofia del domingo. Hay que ser malnacida. «Miguel, necesitamos que nos ayudes, tenemos un niño que está muy mal.» Y allá que va Miguel, en su deportivo, a las montañas, con lo que a él le gusta la aldea, a curar al niño. Tampoco tuvo mucho que curar. Entendió lo que era, lo metió en el deportivo, subió la capota y tiró con él a toda velocidad al hospital más cercano. Menos mal. Si por Bruno fuera, todavía seguirían dándole hierbas de enamorar y mirando en internet páginas de homeopatía. Hay que joderse. Menos mal que a Amanda la han educado un poco bien, y sabe reaccionar ante la necesidad de la ciencia frente a la superstición, aunque optase por vivir en la superstición.

Será idiota, Bruno.

La amante de Miguel no entiende por qué habla de él con esa rabia siempre, pobre hombre en silla de ruedas. Pero a Miguel lo revienta tanta conmiseración. Para nada cree que sea él quien haya llevado a Amanda hacia esa vida estúpida, que ella es lo suficientemente estúpida para elegir eso por su cuenta, pero Miguel no soporta los excesos, los alardes ideológicos, las lecciones de moralismo, ese hippismo ostentoso y de buen rollo. Nadie es tan bueno, tan zen. Nadie es tan pacifista, coño. Nadie se queda quieto cuando le dan de hostias cinco energúmenos con la cabeza rapada. Y luego va, y se deprime. ¿Y quién le aguanta a Bruno la depresión? ¿Quién tiene con Bruno la paciencia que no ha tenido con su familia? ¿Quién cuida a Bruno como no ha cuidado a su abuelo? Y luego va y se sube a la cúspide de la ética y escribe esa mierda en el dominical.

Es que Miguel se calienta cuando habla de Bruno. Y ahora, vista la traición de Amanda, todavía más. Pero la enfermera rubia que toma copas con él antes de acostarse ya le dice abiertamente que no es normal ese odio que le tiene a Bruno. Así que Miguel desvía el tema.

426

—Ahora me echan mucho en cara que, en la universidad, estaba en sindicatos de izquierdas. —Ríe—. Lo del Che iba en serio.

—Todos cambiamos —le dice ella—. ¿También eras de los que no se lavaba? Tenía yo un compañero que, cuando se quitaba el pañuelo palestino, dejaba toda el aula oliendo a Gaza.

—No, mujer, ¡que yo era de Medicina! En primero te enseñan la importancia de la higiene en el darwinismo humano.

—En Enfermería, en cambio, nos enseñaban que es mejor curar antes y mirar si todo está limpio después. Tengo la sensación de que me prepararon, precisamente, para ejercer en Oriente Próximo.

—Yo no soportaba la suciedad permanente de la casa de mis padres —dice Miguel, sin duda, recordando olores—. Era estructural. No se iba ni limpiándola.

—El campo es así. —Ella se quita una mota de polvo del rímel y le sonríe.

—No, el campo no es así. —Miguel reflexiona un instante—. Cuando fui a curar al niño en la comuna de Amanda, me di cuenta de que aquella aldea no era un campo sucio. No sé muy bien cómo explicarlo.

Era un campo abierto, limpio, no va a decir Miguel que sacado de un cuadro impresionista francés, pero no había esa dejadez de la casa de sus padres. Le parece que, sin ninguna duda, los habitantes de la comuna de Amanda viven mucho más pobremente que sus padres, y aun así la casa donde él nació tenía algo de tercer mundo. A Miguel nadie va a comprarle esa propiedad cuando la herede, en cambio está convencido de que en la aldea de Amanda pronto habrá visitas turísticas. Él podría hablar de las enfermedades que han tenido sus padres por culpa de toda la suciedad con la que convivían. Virus de los animales. Garrapatas. Infecciones. Pero nunca han querido entender. Tenían un hijo médico y les daba igual. Miguel jamás comprenderá el porqué. A su padre se le gangrenó una herida.

427

Es curioso que, siendo todo así, Amanda les pareciese tan indeseable. Miguel es consciente de que ya no es solo que despreciasen profundamente a Helena por la familia de la que procedía y por lo que luego hizo y significó, sino que no entiende esa reacción con Amanda. Ni siquiera despertó en ellos la empatía que provocan los niños. Ha pensado muchas veces que a lo mejor sus padres supieron algo de Manuel Cobo, a pesar de toda la prevención con la que él actuó en aquel asunto. Pero es imposible. Ese rechazo a Amanda formaba parte de la aldea, tenía que ver con el mismo sentimiento que a él lo había expulsado de allí, con la misma intención de casarlo con Laurita, ponerlo a trabajar con las vacas, reírse de él cuando dijo que estudiaría, cuando dijo que sería médico, cuando dijo que había entrado en política, cuando dijo que se dedicaría a la política con Ágora. Miguel entendió muchísimos años después que en realidad Amanda había simbolizado para sus padres todos los fracasos de su hijo. Y, por tanto, todos sus fracasos como padres.

Miguel recuerda que conoció a Manuel Cobo un día en la universidad, en una asamblea del sindicato. Allí estaba él, Miguel, con su pañuelo palestino, sentado junto a Helena, que entonces llevaba el pelo larguísimo con la raya al medio, y le pareció que Manuel era más joven que ellos metido en la ropa de un señor de más de cuarenta años. Helena lo observaba fijamente. Pero debió de ser después cuando se enamoró de él, cuando ella ya se había cortado el pelo, Miguel ya se había quitado el pañuelo palestino y Manuel Cobo seguía vistiendo prácticamente igual. Juraría que la vez que comió con él en México llevaba la misma ropa que aquel primer día en el salón de actos de la facultad de Helena. Pero está convencido de que ya aquel día en que ellos no eran más que un par de críos sentados como los indios en el suelo, Manuel se fijó en Helena. Eso era lo que ella provocaba, sin enterarse, y está seguro de que morirá sin saber que aún hoy tiene esa capacidad para atraer miradas. Puede que también por eso sus padres la odiasen desde el primer momento, tan admiradores como eran de la discreción en las mujeres, o la mediocridad, más bien. Pues sí, Manuel Cobo miraba a Helena en aquella asamblea mientras ella jugaba a hacer trencitas con su melena a la altura de las tetas. Miguel ha soñado muchas veces con aquel momento incluso antes de saber lo que hubo después entre ellos dos, y a lo mejor por eso, cuando se enteró de todo, no le cupo duda de que era tan inevitable como el hecho de que él necesitaba estar igualmente con ella, pasase lo que pasase.

Le da mucha pena que ese sentimiento se desvaneciese en algún momento aunque no sabe muy bien cuándo. En qué momento empezó a importarle no ser capaz de dar a Helena lo que sí le daba Cobo. Cuándo comenzó a sentirse un idiota por ser él el que criaba a Amanda. El que le curaba las fiebres, el que le contaba los cuentos por las noches, el que hacía los deberes con ella, el que le daba de comer, el que perdía cines, cenas y amistades por quedarse en casa con Amanda cuando no había canguros. De qué manera empezó a pensar que Helena buscaba los trabajos adrede para desentenderse de la niña, para marcharse con otros hombres, para ir a ver a Manuel Cobo. Cuándo empezó a pensar que él nunca, jamás, estaría a su altura y que por eso era el criado estúpido de ellos dos, que gozaban de un amor y de una vida de los que Miguel no gozaría jamás, mientras criaba a la hija de otro.

En qué momento, en fin, decidió que merecían un castigo.

Sí. Clara ha comentado alguna vez que sabe que hay quien piensa que mató a Ana. Que sabe que la gente la juzga por no llorar y la castiga por hacer lo que hizo. Pero ella no es de esas que lloran. Y además, sabe que no sirve de nada hablar con nadie del dolor porque todo el mundo ya ha decidido cómo deben doler las cosas. Cómo duelen las equivocaciones. Cómo duelen las desilusiones. Cómo duele un divorcio. Cómo duelen las hijas. Cómo duele el dinero. Cómo duele la muerte. Por eso, hace mucho que Clara ha decidido no hablar de la ausencia de su hija. Para qué. No tiene sentido explicar el contacto con el cuerpo frío de quien llevaste dentro a tus mismos treinta y seis grados y medio. No tiene sentido hablar de la sorpresa, ni del susto, ni de la incredulidad. No tiene sentido decirle a quien se cree que la gente no se mata que tú siempre supiste que algún día tu niña se te llevaría por delante. No lo tiene. Clara, en realidad, y eso sí que lo dice de vez en cuando, ha preferido guardar para sí ese momento en que llegó al cuarto de Ana y supo que en el hospital le dirían que ya no había remedio.

Treinta termalgines. Incluso sería cómico si no fuera porque el hígado no resiste esa cantidad de paracetamol. Ana no podía seguir viviendo. No así.

Muchas cosas dejaron de tener sentido para todas cuando Fernando entró en la cárcel y cuando las otras dos se fueron. De pronto, todo lo que Clara deseaba se volvió aleatorio y aburrido, como si ya no tuviera sentido estar, porque estar solo tenía que ver con aquel objetivo absoluto que lo inundaba todo: destruir a su marido. Y en el camino, el proceso las destruyó a ellas.

No. Clara no habla nunca de los treinta paracetamoles ni del dolor. Igual que no habla de Fernando con las niñas, de la casita de los bonsáis, de mirar para otro lado, de inventar historias, de divorciarse. Clara prefiere hablar de los alrededores de todo eso, incluso con el poeta tan joven que le ha devuelto algunas ilusiones. No todas.

Sobre todo esto solo le ha contado una verdad: justo antes de despertarse, Clara siempre ve en una imagen de sueño, una décima de segundo, a su hija Ana muerta en la cama del hospital. Todas las mañanas. Y todas las mañanas sorbe la lágrima que se empeña en salir porque quizá en su momento no fue consciente de lo irreversible de todo. De lo incontrolable. De que la vida se le ha ido de las manos hasta quedarse sola. Ahora no tanto, es cierto, pero tiene la sensación, le dice al poeta, de que ese sueño de Ana está ahí para recordarle todas sus equivocaciones.

Él nunca se atreve a preguntarle: «Pero ¿la has matado?» o «¿Has mentido para conseguir lo que querías?». Pero Clara sabe que la duda está siempre al borde de sus labios, y entiende, asume, que ese será su castigo a partir de ahora. Ese, y no ser capaz de borrar de la memoria la imagen de su hija muerta. Un día sí que dijo que le gustaría darse un golpe en la cabeza que le hiciese olvidar todo el pasado y empezar de verdad de cero. Otro castigo. Últimamente Clara ve todo como un castigo, pero se conforma con dar largos paseos pensando que, a lo mejor, ha vuelto a llegarle el amor. No el amor brutal de Fernando, eso es imposible. Porque amor como el de Fernando no puede volver a pasarle. Y en realidad no quiere que le pase más. Puede que ese también sea su castigo.

Aunque el castigo verdadero es el vacío en el esternón. Se quedó así cuando murió Ana. Eso también se lo dijo hace poco al poeta, la primera noche en la casa nueva. Ese vacío no se llena ni cambiando de casa ni cambiando de vida. Hay un remordimiento. Una responsabilidad. ¿Y si Ana pudiera seguir viva? ¿Y si aún pudieran ser todos felices? ¿Y si fuera posible no hartarse de Fernando? Pero, sobre todo, está la muerte de Ana en ese vacío en el esternón. La sensación de culpa. Y la pérdida. Ana ya no volverá. No sabe qué sentido tiene haber logrado quedarse con la empresa si Ana no se va a encargar de ella. Se equivocó cuando decidió que ella asumiría todo, y esa certeza está ahí, en el medio del pecho, en forma de agujero.

Pero Clara no quiere hablar de eso.

4

El monologuista

CASANDRA: Apolo, ¿dónde me has traído? ¿A qué lugar? A un palacio odiado por los dioses, cómplice de crímenes parricidas, de preparativos de muerte y del asesinato de un esposo, receptáculo de sangre.

ESQUILO,
«Agamenón», *Orestíada*

(Carraspea, tos.)

Sí, soy culpable. He violado a mi hija. En la casita de los bonsáis. Y también en su cuarto, en la cocina, en el baño. A todas horas, mil veces, de todas las maneras posibles. Al principio solo con los dedos, después, por supuesto, se la metí. Para qué, si no. Tanto da. No creo que a ella le haya resultado tan desagradable. Tenía una edad.

(Golpetea contra algo duro, debe de estar haciendo una cuenta atrás con los dedos.)

No. Por supuesto que no lo he hecho. Cómo iba a hacer yo eso. A quién se le ocurre pensar que alguien puede hacer algo así. Estoy con una pena de catorce años de cárcel. Ya podría estar fuera, ¿sabes? No he querido reconocerlo. Así que no lo he hecho. Pero cumplo igual la condena de la violación que no he cometido.

(Silencio largo.)

¿Qué opción prefieres?

(Algo de risa, más bien leve.)

¿Sabes?, da igual lo que diga. Nunca sabréis si violé a Ana. Ya incluso lo dudo yo.

Lo voy a repetir varias veces, para que te quede bonito. A lo mejor es el título, ¿no? Ay, no, que me dijiste que ya tenías el título en la cabeza. En todo caso: Dudo de si he violado a Ana. Dudo de si he violado a Ana. Dudo de si he violado a Ana.

Y tú también dudas.

En fin. No vamos a perder minutos, que yo tampoco tengo todo el tiempo del mundo que estoy aquí metido. Esta cárcel no es solo de cemento, ¿sabes? Tiene muchos jardines que arreglo yo. Deberías venir un día a verlos. Helena vino, de hecho. Todavía no nos conocíamos. Todas las periodistas deberíais pasar un día en prisión. Solo por ver.

(Tos.)

Voy a ir contestando a las preguntas que me mandas. No iré por orden, ya te aviso. Organízalo tú después como consideres.

Como entenderás, a mí ya me da todo igual.

(Muchísima tos, escupe.)

Tengo cáncer, ¿sabes? De pulmón. Nunca he fumado. Ya ves. A veces pasan esas cosas. Y dirás tú: toma castigo. Si crees que la he violado, igual sí. Si no, solo es una circunstancia. No todo el mundo merece enfermedades letales, y hay gente que debería tenerlas y ni te lo imaginas, ¿sabes? Eso se ve muy bien aquí. Si algún sitio hay peor que la cárcel en sí es el centro de salud de la cárcel. No creo que vaya a morir en prisión, pero nunca se sabe. Tampoco tengo vocación de mártir. Puede que no acepte mejoras penitenciarias a cuenta de reconocer el delito, pero ahora tampoco pienso morirme aquí dentro. No es buen sitio para ello. Y eso que tengo bastantes amigos, gente que ha decidido no creer a Clara. Y menos mal, porque de otro modo me lo habrían hecho pasar mal. Pero no. Antes pensaba que tanto daba morir en un lugar como en otro, que lo importante era acabar de una vez. Era insoportable.

Pero ahora quiero morir junto a mis hijas, que es donde tengo que estar.

(Tos. Ruido de papeles.)

A ver. Por aquí estaba. ¿Ha violado usted a su hija Ana Frade? Eso ya lo he respondido.

Esta otra: ¿Cree que su exmujer, Clara Rei, mató a su hija? Justifique su respuesta.

¡Pues claro que la mató!

(Sonido bucal inidentificable.)

Si no, en algún momento Ana, que en el fondo no era mala gente, iba a descubrirle todo el tinglado que ha montado durante años. ¿Cuántos? Ni lo sé. Cinco por lo menos. Pero podemos añadir todos los que llevo aquí metido.

Clara es una psicópata, no es de las que miente para entretenerse. Nunca da puntada sin hilo, y Ana sabía demasiado. A Clara le vale el cuerpo para todo, así que supe que se desharía de Ana en cuanto vi la maniobra tan bien organizada. «Si vamos a acusar a papá de agresión sexual, hay que mentir mucho durante mucho tiempo, hija mía.» O es verdad, o hay que ir a la tumba con la historia. Así que, por si acaso, vayamos a la tumba con la historia. Tú primero. Aquí tienes tu tumba. Y zas. Que parezca un suicidio.

Clara es así, ¿sabes? Mala. Una puta. A lo mejor yo me merezco estar aquí, pero la que verdaderamente tenía que pudrirse en una cárcel era ella, no jodas.

(Silencio largo.)

No sirve de nada. No me conviene. *(Sonido de respiración.)* Esta está bien para calmarse.

No tengo motivos para renegar de los primeros años con ella, al contrario. Fui feliz como nunca. El día que la conocí me cambió la vida, ya se lo dije a Helena, y la quise como a nadie. Y me consta que ella a mí también. Bueno, perdona, sé que no acabasteis bien. Pero también me da igual, ¿no? A saber qué ha sido de Helena. Ahora te encargas tú de esto y a mí me vales. No lo entiendas como que me conformo, ¿eh? Es que me sirves, me pareces igual de buena que ella. No necesito una estrella mediática para nada de esto. Lo estoy complicando más, perdona. ¿Sabes? Uno, aquí dentro, pierde habilidades sociales.

(Carraspea.)

Sigo.

Fuimos felices, Clara y yo. Especialmente cuando decidimos volver de Alemania y montar nuestro propio negocio. Ni nosotros mismos creíamos que fuera a irnos tan bien, ¿sabes?, lo normal es que a las parejas les vaya bien, no que acaben con violaciones, hijas muertas y cárceles. Parecemos sacados de una tragedia griega. He leído mucho en la cárcel, ¿sabes? A lo que iba. Todo bien. Primero nació Flor, María justo un año después. Qué locura. ¡Y qué dos! Fueron niñas movidas y adolescentes problemáticas, como tantas. Cosas que pasan. Reconozco que, cuando niñas, tuvo que aguantarlas mucho más Clara, ¿sabes? Por esas cosas de que las madres son las que se quedan con las criaturas y parece que nosotros, los padres, tenemos que centrarnos en los trabajos. En mi casa también lo hicimos así, y siempre me he arrepentido un poco. De todas formas, yo les hacía mucho caso a las niñas, ojo. He estado mucho con ellas, y de jovencitas se entendían bastante mejor conmigo, supongo que porque decidí que no merecía la pena regañarlas por todo y porque, relativizando alguna de las cosas que hacían, en realidad nos iba mejor a todos.

Pero la verdad es que quien se ha tragado lo de atenderlas, darles de comer, curarlas de las enfermedades y las heridas, esa fue Clara. Yo levantaba el negocio también. Pero lo montamos así. En un momento dado, ella decidió que ya estaba bien de criar niñas y dijo que quería reactivarse en la empresa, ¿sabes? Estupendo. ¿Cómo decirle que no? ¡Tenía razón! Hay que ser zorra. Tendría Ana siete u ocho años. Las otras ya estaban más creciditas. Después fueron terribles.

Si llegas a ver las cosas que hacían... No sé cómo mantuvimos la cordura. Era difícil no perder los nervios. Clara los perdió, ¿sabes? Varias veces. Yo nunca. Soy así, ¿sabes? Es raro que pierda el control. Soy así desde niño. Razono. Me paro a calmarme. Analizo las situaciones. Creo que no merece la pena descontrolar. Ella les pegó. Yo no.

De niñas, todo estaba bien. Las niñas siempre dan gusto. Hacen lo que les mandas. Como si las quieres violar, ¿no? *(Ríe.)* Perdona que bromee con eso. Es que hasta he perdido ya la autocensura, ¿sabes? ¿Qué más da ya?

Las dos mayores siempre se llevaron muy bien entre ellas. Ana estaba un poco sola. Ya se sabe, porque era más pequeña y también porque tenía otro carácter. Era más tranquila, tímida, observadora, discreta. Pero tampoco es que se llevara mal con sus hermanas. A mí me quería mucho porque yo siempre la protegía de las travesuras de las otras dos. Siempre con bromas. La cogía, nos escondíamos, y les tendíamos trampas para que sus hermanas tropezasen, o para que perdieran algún juguete. Luego reíamos juntos. Su madre también la protegía, puede que de más, siempre se lo he dicho, y la verdad es que hemos estado siempre muy unidos Ana y yo. Ya te imaginas. A Clara, por supuesto, nunca le gustó. Tenía envidia, estoy seguro. Ana y yo teníamos nuestras complicidades desde muy pequeñita, juegos entre nosotros, ¿sabes? Ahora ya parece que no se puede decir eso, que cualquiera que me oiga va a creer que la violaba desde bebé. Pero yo he sido con Ana un padre tirando a sentimental, muy cariñoso con las tres, cuidado, creo que por igual, aunque de maneras distintas. Uno se adapta al carácter de cada hija, lógicamente. Nada que no sepas.

Pero Clara prefería a Ana. Creo que incluso por celos de mí. Pienso que llegó a culpar a Ana de haber perdido aquel amor feliz que teníamos antes de las niñas. Perdió la cabeza con la pequeña. No sé qué se le torció ahí dentro, que es como si nunca fuera suficiente el cariño que le tenía y como si la niña no pudiera compartir espacio y vida con nadie más, especialmente conmigo. Pienso que se volvió loca, ¿sabes? Igual fue una depresión posparto que le duró toda la vida. Ahora debe de estar pagando esa locura, porque yo creo que Clara no puede estar bien. Tiene que estar sufriendo. Que se joda. Ojalá sufra.

(Tos.)

Y nos reía todos los juegos de cuando Ana era pequeña, ¿sabes? Hay que joderse. No sé cuándo dejó de parecerle bien todo aquello. Es que las otras también eran trastos del carajo. Nos dieron sustos gordos. Un día, siendo Ana todavía un bebé, se pusieron a jugar en la cocina, la de verdad, no la de juguete, y a Flor se le cayó agua hirviendo encima.

(Silencio.)

Perdona.

Sigo.

Tiene una cicatriz fea, incluso después de varias cirugías plásticas. Son esas cosas que pasan con los niños, pero creo que Clara nunca se ha perdonado a sí misma ese despiste. Igual toda la cosa alocada de proteger a la pequeña vino de ahí, de sentirse culpable por desatender a una hija, y al final, la consecuencia fue dejar a las mayores aún más de lado. No tiene sentido, pero sí lo tiene, no sé si me entiendes, ¿sabes?

Que tampoco sé por qué les mintió a los médicos. Debió de entrarle el pánico y se le fue la pinza. Luego las niñas no se lo perdonaron. Exageran un poco, siempre se lo he dicho, pero ya se sabe cómo son estas cosas. Tú las vives de una manera, ellas de otra. La memoria es diferente en cada caso. Yo creo que Flor no ha superado lo de la cicatriz. Esa concentración en el trabajo desde siempre... Esa huida de las relaciones con la gente... Un día que vino a verme aquí, me confesó que todavía no era capaz de ponerse en biquini. Y supongo que folla con la luz apagada.

No te extrañes. Si soy un violador, puedo imaginarme a mis hijas follando. ¿Y quién no? Puta hipocresía de tododiós.

(Risa.)

Hasta hace poco no le duraban los novios. Un día oí a su hermana tratar de convencerla de que la cicatriz no podía impedirle relacionarse con normalidad con los hombres. Ella le decía que ya había dado eso por perdido, y realmente creía que era así. Me dio mucha pena. Ahora lleva un tiempo con uno, un par de años, y parece que lo quiere. A mí él me trata bien. Supongo que me juzga, como todo el mundo, aunque imagino que cree que no he violado a Ana, por supuesto. Si no, no estaría con Flor. Yo creo que ella, con todo este asunto, relaciona la cicatriz con ser la hija del violador de su hermana, ¿sabes? Se conforma con lo que sea. Y las luces apagadas, claro. Aunque yo pienso que Flor me cree. Por lo menos no me juzga. Sabe que tiene que seguir siendo mi hija. Y tiene que quererme aunque no quiera. No puede entrar a juzgar las dudas.

En cambio, María siempre fue un espíritu libre. Se largó y punto. Pasó de todos nosotros, ¿sabes? Yo creo que es feliz precisamente porque nos mandó a todos a la mierda. Ha tenido un niño. Lo conocí en un permiso.

Por eso ahora no quiero morir.

(Silencio.)

A ver, otra pregunta.

Sí. A ver.

Clara no se llevaba nada bien con las dos mayores, sobre todo desde que les dio el bofetón en la comisaría de policía aquel día que las detuvieron. *(Ríe.)* A mí también me gustaría a veces subirme encima de un Audi a bailar una canción de Siniestro, ¿sabes? ¡Juventud, divino tesoro! ¡Cada vez que lo pienso...! ¡Zas!, a toda mecha, ¡y zas!, una hostia a cada una en toda la cara. Nadie tuvo tiempo a reaccionar. Yo me quedé de piedra. «Te has vuelto loca», le dije. Pero era evidente que lo había pensado rápido y había actuado. A ver si con la hostia borraba la locura, la multa, el hecho de estar allí metidos, todos, en la comisaría. La vergüenza. Clara siempre ha llevado fatal la vergüenza, ¿sabes? Seguro que eso no se lo notasteis cuando hablasteis con ella.

Pero no, no creo que el motivo de no apoyarla en todo el proceso judicial haya sido que se llevaran mal con ella.

Prefiero no decir más. Creo que me entiendes.

(Silencio, ruido de papeles.)

Esta me gusta. Eres muy directa, querida.

No creo que violar a una niña sea distinto de violar a cualquier mujer. El asunto está en violar. Sabes, ¿no?

En todo caso, mi hija ya no era una niña entonces, eso hay que matizarlo. Las edades del código penal no tienen nada que ver con las edades de verdad.

(Tos.)

Esta otra.

Me gusta que me preguntes por el proceso judicial.

Pues fue una mierda. Una chapuza todo. Absoluta. Ya le dije a Helena que nunca pensé que fuera a haber un juicio ni nada parecido. Yo no tenía precisamente el perfil de alguien que acaba en chirona, ¡y menos por eso! Fíjate que ni siquiera contraté abogado de buenas a primeras. Uno tiene un tipo para que le lleve el divorcio, y este no tiene por qué ser penalista, y de repente te ves en prisión preventiva. Como si fuera a violar a Ana otra vez, ya adulta. Es que nada tenía ni pies ni cabeza, ¿sabes? Así que me obcequé, lo reconozco. Ahí debería haber sido un poco más hábil, pero entonces me pareció que me ponía digno, ¿sabes? Así que como el divorcio, básicamente, ya estaba, mandé todo al carajo. Embargaron todo, por la mierda esa de la responsabilidad civil, y opté por un abogado de oficio, que la cagó. Bueno, la cagué yo, que bien podría haber pagado a un buen abogado pidiendo dinero prestado como acabé haciendo después, cuando ya era tarde. Pero en la vida pensé que haría falta. En la vida pensé que se atreverían a mentir, ni que la jueza aceptaría peritajes psicológicos privados en lugar de hacernos a todos un análisis normal y gestionado por el juzgado, como es debido. Al final, cuando me vi en la cosa definitiva y decidí buscar un penalista como es debido, ya no había nada que hacer. Dos sentencias... Los recursos no son lo mismo, ya sabes. Ellas me la jugaron, y yo fui de sobrao.

Aunque también te digo que si fuera hoy, eso no pasaba, ¿sabes? No, no. Cómo iba a pasar. Eso de que la jueza se creyese de buenas a primeras la versión de Ana era muy de aquella época. Hoy pienso que habrían entendido que no se puede perseguir así a un hombre.

(¿Llena un vaso de agua?)

Mira, si no, el ejemplo del marido de Helena. Perdona que te lo diga justamente a ti. Pero ese tío es mi héroe. Yo podía haber sido así. Pero claro, a él le ha tocado diez años después. En algo se tenía que notar el cambio que marca Ágora. Este país ahora es un poco mejor. Al menos para los hombres. Perdona, igual eres de las que piensan que todo se ha ido al carajo cuando ganaron... Es deprimente leeros a algunas periodistas... *(Risa.)*

Yo, ya sabes cómo pienso. No se lo oculto a nadie. También me han puesto una buena multa, totalmente inmerecida. Que uno financia lo que le sale de los huevos, ¿sabes? Pero, en fin, no estamos aquí para hablar de eso.

Lo que decía, que si me ocurre hoy, la jueza no pasa de mí y me manda al caldero. Si fuera hoy, igual la tipa entendía que no puede ser que por ser un tío seas sospechoso de todo. Y contra lo que muchos creen, creo que no tiene nada que ver que Miguel Val esté en el gobierno. Aun peor, si me apuras, que estas cosas casi nunca se perdonan, y a los políticos les exigen una altura de miras que ya quisiera yo ver ahí a tododiós. Es que él, el ex de tu jefa, digo, ha logrado que la gente entre en razón con estos casos como el nuestro, ¿sabes? Lo ha tenido que pasar mal, también te lo digo, que ya sabemos cómo es Luis Santisteban y ahí ha debido de haber presiones por todas partes. Pero mira tú que ha salido reforzado. Cuánto he pensado en esa historia. Y seguro que tú también.

(*Silencio.*)

Lástima que no me haya pillado a mí con todo eso más cerca, cuando aún quería luchar. También te digo que, con ese caso en la opinión pública, mis abogados lo harían de otra manera. Seguro. Cabrones. Tuve mala suerte. Ahora lo veo así.

(*Tos.*)

¿No crees que Helena tenía todo eso en la cabeza cuando decidió entrevistarme? Cuando leí todo aquello de la hija, entendí muchas cosas. No me creo para nada que no lo supiera. Claro que tenía que saberlo. No era tan tonta, en eso estoy de acuerdo con la chica. Y ya sé que la busqué yo, pero podía pasar de mí, como pasaba de todas las historias que no le daban réditos en pasta y poder... En cambio a mí me entrevistó. Ya lo sabes. Perdona. Igual esto no procede.

(*Silencio breve.*)

En fin, que sí. Que el juicio fue una chapuza, y está el montón de sentencias y la mierda de instrucción para que lo compruebes. Si lo necesitas, te paso los papeles. Los que quieras, ya se lo dije aquel día a Helena, ¿sabes? Lo tengo todo muy bien ordenado por fechas, en carpetas, aquí en mi celda. Si me muero, puedes pedírselas a Flor. Tiene orden de dártelas. También hay recortes de prensa. El homenaje de mis vecinos, alguna entrevista a Clara.

(*Risa.*)

Aunque en realidad, si lo piensas bien, da igual todo. Me he vuelto un estoico. No he podido hacer gran cosa para deshacer la que se me había venido encima. Cuando no quieren creerse tu versión, hay poco que hacer. También lo entiendo. Ellas fueron más convincentes. Siempre va de eso.

Hay que joderse.

(*Suspiro. Silencio.*)

Hacía mucho que no pensaba en eso.

(*Silencio.*)

A ver qué más hay por aquí.

(*Ruido de papeles.*)

Eres una morbosa, ¿sabes?, pero vale. Total, qué más dará ya. Intenté suicidarme dos veces, sí.

La primera fue al mes de llegar aquí. La gente en general, y la juventud en particular, no os hacéis una idea de lo que es estar en la cárcel. Todo este tiempo para pensar... Y cómo te miran. No eres un criminal cuando te leen la sentencia. Eres un criminal cuando ingresas en prisión. Y sobre todo en tu primer paseo por el patio de la cárcel. Especialmente si la condena es por agresión sexual. Así que después de eso intenté suicidarme. Fue fácil y típico: le compré a un machaca un cuchillito hecho con huesos de pollo y me corté las venas. Pero me salvaron a tiempo los funcionarios del módulo. La segunda, me ahorqué con sábanas, más típico aún. Esa casi no la cuento. Y ahora que sé que me voy a morir sí o sí, resulta que no tengo ganas, ¿sabes? Han hecho un buen trabajo conmigo los psicólogos de la cárcel, mira tú. Pueden estar contentos.

(*Risa.*)

En serio. Seguramente piensas, como piensa mucha gente, que intenté suicidarme porque me sentía culpable.

Pero no.

Quería morir porque la cárcel es insoportable.

No, no puedes imaginarlo. Hay que estar aquí para comprender esta angustia. Ya no se me quita más. Aunque salga. Podría ser libre y llevar encima la angustia de la prisión. Es un buen nombre, ¿verdad? Prisión. Algo que te encierra en la angustia para siempre.

Mejor morirse.

(Ruido de papeles.)

¡Esta, esta! ¿Tengo yo algo que ver con que Flor y María no quieran saber nada de la empresa?

¡Qué bonito!

Si por mí fuera, le prendía fuego a todo eso. Qué pena que no lo hubieran hecho los de Ágora cuando empezamos a no pagar, ¿sabes? A lo mejor, si entonces se hubieran puesto estrictos, ahora no estaría aquí. No habría nada por lo que luchar porque Clara no tendría nada que quitarme. Lo he pensado muchas veces. Ya me hubiera gustado saber la que se me venía encima cuando empezaron las amenazas. Qué hijos de la gran puta. La lista de Clara consiguió amañarlo presentándose en el despacho de Luis Santisteban cada dos por tres. Aun así había que mantener un poquito las formas, decía él, por lo visto, para que de repente no se le ocurriera a tododiós dejar de pagar, ¿sabes? Pero, no jodas, yo creo que lo de venir cada cierto tiempo a estropear cosillas o a darme a mí un par de hostias no era necesario. Para mí que ahí Clara empezó a disfrutar con hacerme la vida imposible, aprovechándose de Santisteban, que bien podría haberle dicho que fuesen un poco menos expeditivos conmigo. Tenías que ver a las chicas allí llorando cada vez que venían. En cambio, Clara estaba callada, con cara de póquer. Luego se calmaron algo, todo hay que decirlo, sobre todo cuando se convirtieron en un partido serio. Pero entonces eran así. Así consiguieron el dinero. Y también es verdad que sigo pensando que era una buena inversión, y el tiempo me ha dado la razón, ¿lo ves? Al principio dudé, por supuesto, tú también dudarías. Pero visto con perspectiva, ¿no crees? Yo creo que hemos ayudado a algo bueno.

Pero, en fin, imagínate a Clara. Es de la virgen del puño. Por lo menos en aquella época estaba obsesionada con el dinero. Siempre lo ha estado un poco, pero desde que se metió plenamente en el negocio, más que nunca. La cosa fue a más. Era muy difícil mover un duro sin que ella se diera cuenta. Yo creo que deberían reconocerme el mérito.

(Risa.)

Fue una buena época aquella.

¡Qué bien nos iba! Y yo al abogado cada quince días, a veces todas las semanas, con el dinero correspondiente, que luego bien caro que lo he pagado.

(Mucha tos, bebe.)

Por ahí empezó todo. Para tenerme cogido por los cojones, ¿sabes? Que, si no, ya me dirás a qué vino la multa. Tuvo que ser ella. Y los animales, venga a presionar a su manera para coger el dinero. A todo se acostumbra uno, claro. Pero ella dijo que ni de coña, que de nuestra empresa no volvía a salir nada, y menos para ponerles pasta a los fachas aquellos, dijo.

Sí, ahí empezó a joderme, ¿sabes? Porque creo que quería mantenerme en la duda de que podía estar con otro hombre, alguien como el capullo del presidente de Ágora. Parece ser que ella pensaba que yo andaba con mujeres, pero en realidad, como me seguía, descubrió por casualidad lo del dinero y el abogado. Así que va ella y me paga con la misma moneda. Me castigó por traicionarla. Clara no tolera las traiciones. Bueno, en realidad, no tolera nada. Porque yo siempre le he sido fiel. Pero Clara no soporta perder, y se dio cuenta de que a mí me había perdido. Y me castigó, vaya si me ha castigado. No quiso ni recuperarme. Se sentía bien castigando.

(Silencio.)

Cuánto he querido a Clara.

Perdona, eso ya te lo he dicho antes.

(Ruido de papeles.)

Ah. Estaba con lo de Flor y María en la empresa, sí. Perdona.

Es complicado, ¿sabes?

Todo lo que tiene que ver con la empresa es complicado.

En realidad, Flor y María nunca tuvieron gran interés en nada nuestro. Ya te digo, fueron adolescentes problemáticas. Las típicas chicas tontas con dinero. No es fácil educar así, pero, sinceramente, creo que nosotros no lo hicimos tan mal, ¿sabes? Pero, en fin, para ellas la empresa siempre fue algo que estaba ahí y a lo que no había que prestarle mucha atención, y luego pasó lo que pasó. Evidentemente, no quieren aceptar lo que ha hecho su madre porque no les parecen formas, ¿sabes? Pero yo siempre les digo que, por lo menos, se aprovechen de ella y cojan lo que les da. A fin de cuentas, todo eso les corresponde. Podrían vivir sin trabajar hasta que se murieran, ellas y toda su descendencia, así vivieran cien años, ¿sabes? Deberían aceptarlo, porque es una parte que les toca.

Yo creo que uno, básicamente, trabaja para sus hijos. Para sus hijas, en mi caso. Ellas vivieron, o sufrieron, el tiempo en que construíamos todo aquello. Tienen derecho, ¿sabes? Pero ellas, nada. Les ha entrado el orgullo y de ahí no hay quien las saque.

María ya nada, que dice que ella ya vive sin trabajar, y la verdad es que no sé cómo lo hace, pero no pide un euro. Se lo dijo muy clarito en un correo electrónico que le mandó a su madre, por lo que me contó. Vino a verme a la cárcel y me dijo: «Papá, quiero que sepas que le he escrito a mamá todo lo que pienso de ella». María tiene esas cosas, ese punto impulsivo, muy infantil en realidad, pero me alegré tanto de que le diera por ahí... «¿Qué viene siendo todo?», le pregunté. Y parece ser que le enumeró todo lo que tenía que reprocharle desde la quemadura de Flor, hasta la hostia del día que las detuvieron, pasando por momentos en que se había sentido sola y, sobre todo, la dificultad en que la había puesto a ella concretamente por obligarla a ir a hablar en el juzgado de tener sexo con su padre.

Ese correo electrónico ha tenido que ser un dolor para Clara. Aunque a mí me ha dado una alegría que me duró días, ¿sabes? ¡Qué carajo!

Pero Flor... Que terca es, coño. Para mí que vieron por ahí una manera de seguir jodiendo a Clara, como llevan haciéndolo desde pequeñas. Porque es evidente que, si ellas cediesen en eso, Clara se sentiría mejor. Como que todo lo que hizo tenía un sentido, ¿sabes? Por eso, porque se supone que todo lo hicimos para nuestras hijas, no para que Clara esté dándose la vida padre en Cabo Verde a cuenta de mi empresa con ese pipiolo de treinta años. Qué vergüenza. Qué asco.

(Risas.)

Se ha vuelto loca seguro, ¿sabes? Me la imagino allí, con las pieles de sesentona y las canas del coño saliéndosele por el bañador mientras el chico le pone crema. Mi crema. Mi casa. Mi bañador. Mis canas del coño. Porque todo, todo lo que tiene Clara es mío, ¿sabes? Me ha robado la vida entera. Por rencorosa. Por celosa. Y porque no sabe perder.

(Silencio.)

Eso. Que las chicas no quieren saber nada de ella.

Supongo que quieres oír que es porque creen que no lo he hecho. Pero, si te digo la verdad, no lo sé, ¿sabes? Lo único demostrado es que joden a Clara mucho ignorándole los ofrecimientos. En cambio, como no es demostrable si violé o no a Ana, tampoco es demostrable que hagan nada para apoyarme a mí o no.

Yo casi prefiero que jodan a Clara, la verdad.

(Risa. Tos.)

Mierda de tos. No se puede vivir con tos.

(Agua en el vaso.)

De la empresa podría contarte muchas cosas, ¿sabes? Fue la segunda cosa que me ha hecho más feliz. *(Silencio breve. ¿Bebe?)* La primera es ella, hay que joderse.

Ella.

(Apaga la grabadora.)
(Tos. Escupe. Tos escandalosa.)

(Apaga la grabadora.)
(Tos. Ruido de papeles.)
A ver qué había por aquí.

Que mal respiro, coño. El cáncer de pulmón es una mierda. *(Carraspea.)* Te falta la vida. Así, poco a poco. Es una condena a muerte. Ahora que andan con ese debate en el Parlamento, sería una buena manera de resolver el asunto con los asesinos. *(Ríe.)* En fin. Igual la otra se ha largado a Cabo Verde para que no la cojan, que ahora le caía como mínimo cadena perpetua, y como logren aprobar la ley, ¡ras! Aunque como ahora es muy sofisticado, va a ser como una anestesia. Un pinchacito y a morir en paz. Ya podía sufrir. Que le estallase el hígado como con los treinta Termalgin de Ana.

(Silencio.)
Mejor hablar de otra cosa.

(Papeles.)
Tiene gracia que me preguntes por mi hermano. Sí.

Te he visto en la tele, ¿sabes? Eres una mujer muy guapa. No necesitabas ofrecértele. Entiéndeme bien. Yo te creo, de todas formas. Me refiero a que, estoy seguro, Moncho tomaría lo que le correspondía sin necesidad de que tú le ofrecieras nada, no sé si me explico. Si conocieran a Moncho... Y te creo, te creo, ¿cómo no te voy a creer?

Piensa el ladrón que todos son de su condición. *(Ríe.)* ¿Tú sabes lo guapa que se puso tu jefa para entrevistarme? Venía de punta en blanco, maquillaje, tacones. *(Silencio breve.)* Yo no sé, pero creo que no se entrevista así a presos, y menos si no haces fotos, ¿sabes? Lo pensé cuando te vi allí contando todo eso en la tele. Sí que te han hecho una putada gorda, quiero decírtelo. Pero has salido ganando, ¿no? Mira ahora. Ella, a saber. Tú, con esto. Has hecho bien. Lucha por lo que quieres, también se lo digo a mis hijas. Aunque no nos vemos. A ver lo que escribes, ¡eh! *(Ríe.)* Lástima que hayas perdido todo lo demás. Igual con esto solo no puedes escribir toda la historia. Siempre he pensado, y también se lo he señalado a Helena alguna vez que hablamos por teléfono, que hablar con Clara e incluso con mis otras dos hijas es importante. Ya sé que lo hizo. Pero tú, claro, a ver cómo escribes de ellas. Una en Cabo Verde. La otra a saber dónde con el crío encima. La otra que no quiere ni oír hablar de que se remueva el asunto. Eso sí que te digo yo que se lo dijo a Helena. No pierdes nada por ahí, ¿sabes? Igual te tienes que inventar algunas cosas. *(Risa.)* No serías la primera.

A lo que iba. Perdona. No te voy a decir yo cómo tienes que escribir esto. Tú sabrás. Si lo escribes. Yo estaré muerto, ya sabes.

(Risa. Tose. Ríe.)

Mi hermano.

El Moncho. Qué cabrón.

Nunca hemos tenido mucho trato. Pero al principio, bien. El tío respondió. Le pareció una injusticia, vio que me quedaba sin nada, que ni siquiera tenía para el papelón de responsabilidad civil que me quedó cuando la zorra de la jueza desembargó los bienes para que los cogiese Clara, y me hizo el favor de mi vida. Pidió un crédito y lo pagó él. Y luego fue el único que declaró en contra de Clara y de la niña en el juicio. Organizó el homenaje con mis vecinos, que siempre me han creído, para que me sintiera arropado la primera vez que salí de permiso. Siempre se lo deberé. Si escribes esto, ponlo, por favor. Lo cortés no quita lo valiente.

(Tos. Agua.)

De niños éramos uña y carne. Es solo dos años mayor que yo. Me cuidó mucho, tengo que decirlo. Nos criamos en la calle y empezamos a trabajar siendo muy pequeños, ya sabes cómo eran antes las familias pobres. O no, tú seguramente no lo sabes, que eres muy joven. Pobres es poco. Mi padre era pescador. Mi madre no era nada. Hoy dirían ama de casa, pero ¿qué ama de casa ni qué carajo iba a ser mi madre si aquello era una chabola de mierda?

Pobre mamá.

(Silencio largo. Respiración.)

Empezamos a salir al mar muy pronto. Mira que era animal, mi padre. Yo tenía ocho años y Moncho, diez. Los tres en la dorna, a la sardina, a la robaliza. A lo que fuera. Aquello daba para malvivir, así que, por supuesto, malvivíamos. Mamá plantaba cosas en el huerto y teníamos algo más. Si venía alguna nécora o alguna centolla en la red, se la dábamos a ella para abono. Cada vez que lo pienso. La primera vez que comí marisco no podía creérmelo. Y lo caro que era, ¿sabes? A quien se lo diga... Para nosotros era desperdicio. En fin, que así íbamos, ¿sabes?

(Silencio.)

Mi hermano.

(Silencio.)

Moncho siempre fue un tipo especial. Callado, tímido. Fíjate que ahora pienso que la niña, Ana, tenía algo del carácter de él, ¿sabes? En la dorna, ya digo, me cuidó mucho, pero después, en fin, hacía su vida. También es verdad que era el niño bonito de mamá. A papá le daba igual. Nosotros, en fin, para él éramos, como se diría ahora, mano de obra barata. *(Ríe.)* En aquella época era así. A los hombres de mar como papá, los hijos les dábamos igual. Cuando volvíamos del mar, íbamos a la escuela y él a dormir. Nosotros dormíamos por la tarde, cuando él estaba en la taberna. Y así todos los días. Éramos compañeros de trabajo los tres, ¿sabes? *(Suelta una risita.)* Y lo fuimos hasta que yo decidí largarme de allí, que ya no podía más con aquello.

Moncho se quedó. Todavía trabajó unos años con papá, hasta que mi padre murió de un infarto. Yo ya estaba con Clara, pero no teníamos trato prácticamente. De hecho, fui solo al entierro. No me parecía, digamos, prudente, que Clara viniese. No pintaba nada allí. Mi padre ni siquiera supo gran cosa de ella, ni nunca le llevamos a las niñas, ni nada. No era mi padre de esos a los que se les lleva a las niñas.

Moncho, en cambio, sí. En cuanto se murió papá, empezó a tener algo de trato con nosotros. Tampoco creas que para echar cohetes, ¿sabes? A ver, Moncho es como es él, ya lo has conocido, así que no tengo que explicarte nada.

(Tos.)

Con lo único que he visto disfrutar a Moncho, lo único que creo que le dio felicidad verdadera en su vida, era ir de putas. *(Suelta una carcajada.)* ¡En serio! ¡Tenías que verlo! ¡Ni que pensara que las putas se enamoraban de él, condenado! *(Ríe.)* En el fondo creo que era un sentimental, Moncho. *(Tose.)* Pero sí, cuando me vine de Hannover, quedábamos de vez en cuando, nunca mucho, pero sí hacíamos por mantener una relación cordial, ¿sabes? Montó el bar, y yo lo ayudé bastante. Creo que también he sido un buen hermano para él.

(Silencio.)

Y luego eso, que hizo todas esas cosas buenas por mí cuando Clara y Ana me denunciaron y me quedé con una mano delante y otra detrás.

(Silencio.)

Y tampoco digo que no tenga razón en distanciarse de mí.

(Silencio.)

Éramos muy niños para ponernos a trabajar. Hoy se diría que teníamos estrés.

(Silencio largo.)

Un día, cuando hacía poco que habíamos empezado a ir al mar con papá, al llegar a casa mi madre nos puso las sopas para desayunar antes de marcharnos a la escuela, y nos dijo que por la tarde, al volver, teníamos que ayudarla a hacer unos surcos para plantar unas patatas. Se había dado un golpe en un brazo y no era capaz de hacerlos, y ya era tiempo de plantar. «Mamá —le dije—, pero nosotros tenemos que dormir, ¿por qué no lo hace papá?» Moncho no la dejó contestar: «Mejor nosotros, Fernando, mejor nosotros». En fin, que ya te lo estás imaginando, ¿no? Mi padre le pegaba a mi madre muchísimo. El golpe era de eso, claro. A mí me parecía normal, todo hay que decirlo, pero Moncho era más listo y ya se daba cuenta de que la cosa se pasaba de la raya. Lo hemos hablado algunas veces. Aquel día, si mi madre le llega a pedir a mi padre que le hiciera los surcos, a él le habría parecido una provocación. Ya te imaginas. La cosa iba así. Ya digo, entonces era lo normal. O por lo menos, en mi casa era normal. Y así era mi hermano, un buen tipo de diez años. Volvimos de la escuela, y nos pusimos en la huerta con los surcos. Mamá estaba en casa. Papá, en la taberna.

(Silencio.)

Cuando terminamos, fuimos para dentro. Todavía nos quedaba tiempo para dormir un rato antes de ir al mar con mi padre, así que Moncho y yo nos acostamos.

(Tos.)

No sé por qué me desperté. Por el cansancio que tenía en el cuerpo, debería estar dispuesto a dormir varios días seguidos, pero el caso es que me desperté una hora después de acostarme. Así que salí del cuarto, y fui a la cocina donde estaba mi madre escuchando la radio.

(Agua. Sonido inidentificable.)

Tenías que verla.

Mamá tenía veintiocho años. Como tú, más o menos, ¿sabes?

No movía el brazo, que debía de estar dislocado, o incluso roto, quién sabe, pero el resto del cuerpo era el de la joven de veinte que yo nunca había visto hasta ese día. Sonaba un pasodoble, y bailaba sola, con los coloretes en las mejillas y la alegría en los ojos, que cerraba de vez en cuando, seguramente imaginándose a un hombre apuesto bailando con ella en alguna fiesta de una era anterior a la vida triste con mi padre.

Estuve mirándola un rato, allí, ajena a todo a su alrededor, dando vueltas por la cocina, llenándolo todo con aquella sonrisa, y sentí la rabia subiéndome desde los pies.

Aquella no era mi madre. Aquella era una mujer que me había dejado solo, alguien que había construido algo al margen de mí. Que tenía una felicidad dentro que a mí me prohibía.

(Silencio.)

Me lancé sobre ella y la tiré al suelo. Ella, en un primer momento, se rio pensando que el mío era un gesto exagerado de cariño. Un niño de ocho años que quiere abrazar a su madre, felices los dos, tirados por el suelo muertos de risa mientras suena un pasodoble en la radio de la cocina.

Pero fue solo un instante. Recuerdo perfectamente el horror pintado en su cara.

(Silencio.)

Después de aquello, me costaba mirarme en los espejos. Durante mucho tiempo, en realidad hasta que me fui a Alemania, tuve miedo de ver lo que ella vio.

(Silencio.)

Tenía que darle una lección. Como las de papá. Eso fue lo que pensé en el momento. Hubiera bastado el bastón de remover la leña en la lumbre para esa lección. Pero la maté.

(Silencio.)

No quería matarla, pero la maté.

(Tos. Agua.)

Y fui a despertar a Moncho diciéndole que la había encontrado así. Que alguien había entrado. Y ya.

(Silencio.)

Nunca se lo conté a nadie. Solo a Clara. Y ahora a ti. Total, ya da igual, ¿sabes? ¿Qué van a hacer? ¿Meterme en la cárcel? ¿Aplicarme la pena de muerte a estas alturas? *(Ríe. Tose. Escupe.)* Me harían un favor.

(Tose mucho, con estrépito.)

Y Clara es cierto que me entendió, que me convenció de que era solo un niño rodeado de violencia, y me ayudó a comprender que había estado mucho tiempo conviviendo con la culpa. Esa es otra de las cosas felices de Clara, ¿sabes? Me enseñó eso que yo no sabía de mí.

Pero la muy puta, un día, cuando todavía no había sentencia firme contra mí, se fue junto a Moncho para contárselo. Por supuesto. *(Murmura algo ininteligible.)* Así logró que él no volviese a testificar contra ellas. Moncho vino a verme un domingo y, sin saludar, me lo espetó: «Mataste tú a mamá». ¿Qué iba a decirle? Que éramos unos niños. Pero le dio igual. Yo era un niño de ocho años.

(Silencio muy largo. Sonido de respiración. Apaga la grabadora.)
(Tos. Pasos. Grifo. Tos. Pasos.)

Estaría bien que me soltaran a mí con el indulto ese, ¿sabes? A fin de cuentas, he hecho mucho por Ágora. ¿Cuántos sueldos del partido habré pagado? *(Ríe.)* Tampoco querría el indulto, que conste. Es broma. Pude haber salido hace mucho, pero no he querido, así que ahora también me pongo digno, ¿sabes? *(Risa.)* Qué indulto ni qué coño. De mí solo os habéis acordado tú y Helena. Pero el ex de Helena debería acordarse, ¿no crees? Aunque no nos conozcamos. Pero como si nos conociéramos de toda la vida, ¿sabes? La misma historia, resultados distintos. Lo que hace el poder. Si está viva, Helena debe estar partiéndose de risa. Hay que joderse, que aquí no puedo quejarme del dinero, como todos, porque en sentido estricto yo era rico. Tenía todas las papeletas para librarme. Pero qué bien lo han hecho las muy putas.

También es verdad que al marido de tu jefa no lo ha denunciado nadie, como a mí. Porque escribir en un suplemento que te violan no es denunciar nada. Denunciar es lo que hicieron Clara y Ana, que se levantaron un lunes, se pusieron guapas, pasaron con el coche a recoger a una abogada, y allá que se fueron a un juzgado a decir que Fernando Frade abusó de su hija durante un tiempo.

«Hace ya unos años, pero no puedo vivir con esto», les dijo.

Me gustaría ver al ex de tu jefa en un juicio como el mío. Pero el tipo fue listo, sí. Los de Ágora son todos así: listillos. Yo no podía hacer como él: una rueda de prensa y fuera. Al tipo le salió bien de narices: demuestra cuatro mentiras de su hija, que a mí, la verdad, y visto desde fuera, me parecían más bien imprecisiones, todo hay que decirlo, y ya le devuelven la credibilidad. Imagino a Luis Santisteban tomándose con él una copa de coñac, o un whisky, que parece ser que es lo que le ofrecía a Clara cuando iba a verlo, y dándole palmaditas en el hombro, como diciendo: «Estas cosas que nos pasan a los hombres...». Como si a ellos les pasaran, ¿sabes? Y yo aquí dentro, rascándome los cojones, porque todo el mundo decidió que Ana no podía mentir. Claro que no. Si hubiera sido María, ¿no? Incluso eso hizo con habilidad la puta de Clara, ¿sabes? Eligió a la que todo el mundo creería.

Claro que también sería la que hubiera elegido yo si fuera a follar con ella en la casita de los bonsáis. Por el mismo motivo por el que todo el mundo la creería.

Esa candidez de Ana...

(Silencio.)

Hay una pregunta, ya imaginarás cuál, que no pienso contestar. Eso vas y se lo preguntas a los de Ágora, ¿sabes? Como imaginarás, poco puedo hacer yo desde la cárcel para saber cómo traman las desapariciones de la gente. A mí solo me zurraron alguna vez hace mil años y, efectivamente, que Clara lograra que nos dejasen en paz no significa que pueda devolver favores desde aquí.

Eso quiero que te quede claro.

Yo no tengo nada que ver con la desaparición de Helena Sánchez, ponlo donde sea. Casi me ofende la pregunta. Ahora no sé, igual vas por el buen camino investigando eso, pero en todo caso no es mi historia. A lo mejor, para eso es preferible que hables con su ex. Eso si te dejan acceder a él, que ahora debe estar en un despacho en un piso muy alto. *(Risa.)*

(Papeles.)

Creo que solo me queda una, ¿no? Déjame ver. *(Murmura. Ininteligible.)* Sí. Solo esta: Teniendo en cuenta que usted acusó en el juicio a Clara Rei de mentir, ¿cómo explica que convenciese a su hija en algo tan delicado como una agresión sexual continuada en el ámbito familiar?

Buena pregunta que requiere respuesta compleja. Eres buena periodista, jovencita. A ver cómo arreglas tú todo esto.

(Tos.)

Debe de ser por esto de preparar tus preguntas que últimamente me ha dado por pensar en el ex de Helena Sánchez. También me gustaría preguntarle esto que me preguntas tú: cómo se ha explicado él a sí mismo la acusación de su hija. Qué sintió. Nadie nos pregunta a nosotros lo que sentimos. Igual un día de estos le mando una carta. Estaría bien. *(Risa.)*

Pienso muchas veces en ese momento. Da igual si lo has hecho o no, no entro en eso. El momento en que todo se va a la mierda. Ese instante en el que tu hija va y dice: «Papá me ha metido la polla hasta el fondo en la casita de los bonsáis».

(Silencio breve.)

Cuando lo transcribas, vas a sentir el gusto del *voyeur*. Y también vas a imaginarte a tu padre metiéndote la polla por el culo rodeados de plantas ornamentales.

(Silencio.)

«Papá me ha metido la polla hasta el fondo en la casita de los bonsáis.»

(Silencio.)

Ya sé que en mi sumario, que imagino que te habrás leído, está escrito de otra manera. Ana nunca diría «polla», ¿sabes? Sus hermanas hablaban como camioneros, sobre todo entre los dieciséis y los veinte años, como una manera de hacerse las mayores, tiene gracia, ¿sabes? Ellas dirían cosas peores si tuvieran que declarar algo por el estilo, Ana no. Ana se calló. Y solo contestó sí cuando el fiscal le preguntó: «¿Hubo penetración?». «Sí», dijo ella. «¿Con los dedos?» «Sí.» «¿Con algo más?» «Sí.» «¿Algún objeto?» «Sí.» «¿Con el miembro viril?» «Sí.» «¿Dónde?» Debió de quedarse callada. «Señale con la mano. ¿Algún sitio más?» «Sí.»

(Silencio.)

Claro, la hija de Helena lo dice todo de otra manera. Escribe bien, la condenada. A lo mejor, si Ana escribiese, la cosa sería distinta. Pero en los juicios escriben por ti, ¿sabes? Le he encargado todas esas revistas donde se han publicado cosas sobre el asunto a un funcionario de aquí para leer la cosa completa. En su momento no lo vi. Ya me tarda. *(Risa.)*

Es puro morbo, ya sabes, por aquello de que conocía a Helena. Seguro que tú también lo harías. Y quién no. Cualquier día aparece muerta en alguna parte, y me gusta pensar que se puso guapa para estar conmigo un día. *(Risa.)* Ya sabes que he perdido la autocensura. *(Risa. Tos.)* Pero eso quiero leerlo entero, ¿sabes? Eso de hablar de las violaciones de los padres es documentación interesante para mí, como puedes imaginar. *(Suelta una risita.)* Ahora me va bien compartir mi historia, sobre todo si se trata de señores de la *jet set*.

(Tose mucho. Silbido pulmonar. Escupe.)

Su puta madre. Ahora sale sangre. *(Murmura.)*

(Apaga la grabadora.)

(Tos. Silencio.)

Vale. Respondo.

461

Clara tenía una relación enfermiza con Ana. Creo que no hace falta que te lo diga. Fuiste a entrevistarla con Helena, y supongo que lo comprobaste por ti misma. Estaban las dos como cabras, ¿sabes? Como putas chotas. Una mataba y la otra enterraba. Eso ya antes de todo el asunto mío.

(Tos. Agua.)

Piensa que una de sus mayores alegrías fue parir a Ana en casa. No me digas que no es de chaladas. Estaba contentísima de que las otras dos viesen nacer a su hermana. Yo creo que María llegó a tener pesadillas con aquello, no sé. En fin. Ya te lo he dicho antes, para mí que tuvo una depresión posparto y se volvió loca con Ana.

Por eso también te digo que Clara tuvo celos de mi relación con Ana desde el minuto cero.

(Silencio.)

Se lo dije a la jueza, pero pasó de mí. Tenía celos de las tres, que conste, pero le dio más fuerte con Ana, ¿sabes?

(Silencio breve.)

Supongo que tenía que ser así.

(Mucha tos.)

Ana, ya lo sabes, era muy especial. Es cierto. Y por eso fuimos todos un poco así con ella. Clara, la que más exageró, por supuesto. Pero incluso sus hermanas, aunque pasaran de la pequeña como de la mierda, tenían un aquel de protegerla. Yo creo que como eran unas brutas no jugaban con Ana por miedo a lastimarla. Y después, de adolescentes, se salió todo de madre. Ya no había manera de que Ana dejase de ser una remilgada, una niña pera, y que las otras la vieran como una tontita.

Todo eso lo provocó Clara. No me importa nada decirlo, ¿sabes? Creo que hay una enfermedad que tiene un nombre, busca por ahí, que te aparecerá, la de las madres que se inventan enfermedades y debilidades en sus hijas para tener un motivo para protegerlas y separarlas del mundo. Pues he llegado a pensar que, en mi casa, estábamos en ese nivel de patología. Luego remitió, es cierto, en la época en que a la pirada de Clara le dio por pensar que yo tenía otras amantes. Va de una obsesión a otra. Primero hacernos ricos. Después gestionar la empresa. Luego controlar a Ana y alejarla de mí. Después destruirme. Para eso buscó mil maneras: las amantes, el dinero de Ágora, el presidente, mi polla en la casita de los bonsáis. Ahora debe de estar obsesionada con el novio ese que has dicho que tiene. ¡Ah! Me olvidaba de la obsesión de matar a Ana. *(Ríe, más bien levemente.)*

(Silencio.)

Porque tenía que ser original. Clara no iba a inventarse algo convencional, ¿sabes?

(Silencio.)

Es muy de Clara lo de los treinta termalgines.

Como da igual todo lo que yo diga, porque soy un violador de hijas con condena en firme, nunca se me ha hecho caso cuando señalé que Clara a mí ya me había hablado alguna vez de las muertes por paracetamol. Envié una carta a la policía desde aquí cuando murió la niña, pero por supuesto dio igual, ¿sabes? Pues vuelvo a decírtelo a ti, por si al final queda escrito en algún lugar, lo mismito que le dije a la poli entonces: cuando vivíamos en Hannover, un chico intentó suicidarse tomando paracetamol, y Clara comentó que sería una buena forma de matar a alguien. Dijo, concretamente: «Todo el mundo tiene paracetamol en casa, puedes envenenar a alguien echándoselo en el caldo». Y se rio. ¿Qué te parece? ¿No crees que eso la incrimina un poco?

Tenía que estar muy jodida porque, aun conmigo en la cárcel, no había logrado vengarse lo suficiente. Debió de darse cuenta de que aquel amor nuestro no iba a volver más, así que tenía que matarla, como castigo definitivo. Primero vampirizarla, quitarle la vida propia, alejarla de mí. Luego hacerla desaparecer, ya que yo no desaparecía totalmente. Quitarla de en medio porque así se quitaba la visión de su propio fracaso. Clara no está acostumbrada a perder. En un momento dado, se dio cuenta de que la forma de garantizarme un sufrimiento eterno y un dolor incurable no era la cárcel, sino liquidar a mi niña.

Seguro que la mató.

Así se expresa Clara, ¿sabes?: o conmigo, o contra mí.

(Silencio.)

Nunca ha soportado perder aquello que tuvimos un día los dos y que se estropeó por Ana. La mató porque yo era suyo.

Tenía que matarla.

(Silencio.)

Sí, ya sé que esta era la pregunta sobre lo bien que se llevaban ellas dos. Pero tiene que ver.

Tiene que ver con la depresión de Ana. Con la dependencia. Con que se suicide una chica que nunca lo había intentado. ¡Que no todo el mundo con depresión intenta matarse! Hay que joderse. ¡Y Ana acertó a la primera! Si es que no se sostiene nada, no me digas, ¿sabes? Ana podía tener depresión, no lo niego, ¡cómo no iba a tenerla después de lo que pasó!

(Silencio.)

Ana quería estar conmigo.

(Tos.)

Sí.

(Silencio.)

Nadie piensa que las otras dos se largaron de allí. No soportaban aquella forma de control brutal que ejercía su madre. No me extraña. Lo de Clara era una puta locura.

(Silencio.)

Incluso Ana tenía que mentir. A ella no iba a dejarla que se fuera, porque querría venirse conmigo. No me cabe duda. Era un control enfermizo. A lo mejor, Ana sabía que podía morir en el intento.

(Silencio.)

Sí.

Así es como explico que la convenciese de que dijese algo, como pones tú, tan delicado como que su padre le metió la polla, muy hasta el fondo y por varios agujeros, por cierto, en la casita de los bonsáis. No tengo más pruebas que ese estar la una con la otra desde el día que la parió en el suelo del salón.

(Tos.)

Pero es así. Así se consiguen estas cosas. *(Tos.)* Te apropias de alguien hasta que le chupas la última gota de la libertad para ser quien es, para amar a quien quiera y para tirarse a quien le dé la gana. Clara es así de posesiva. Por celos también. No soportó que yo no la quisiera como al principio, ni perder algo que pensaba que era definitivo.

(Silencio.)

Puede ser que yo matase a mi madre, pero, por Dios, adoraba a mi hija. A las tres, ¿sabes? *(Tos.)*

Es todo una puta locura.

(Tose mucho. Escupe.)

(Silencio largo.)

Yo adoraba a Ana. Todavía la adoro.

Estar con ella era penetrar en un remanso de paz que no existía en ningún otro lugar. Ana te miraba y transmitía una paz que seguramente solo he experimentado en el tiempo en que, tras la pesca, al amanecer, miraba el horizonte de la mar en calma. Ana era distinta, diferente a cualquier otra persona, especial. De hecho, Clara siempre lo decía: Ana es absolutamente especial. Y estoy de acuerdo, ¿sabes? Quien estuviera cerca de ella, tenía que desear más de eso que te daba. Desde niña.

Hablábamos mucho de eso ella y yo, de las cosas que nos gustaba hacer para relajarnos, para salir del día a día loco, ella del instituto, yo de la empresa.

(Agua. Silencio muy largo.)
(Apaga la grabadora.)
(Suspiro.)

Clara empezó a darle forma a todo ese rencor contra mí a través de la muerte de mamá. Lo que en un principio me hacía víctima, en su psicología barata de libro de autoayuda, de pronto le sirvió para hacerme culpable y le daba una excusa para alejar a Ana de mí, ¿sabes? Así como lo oyes. Piensa que tiene lógica, por retorcido que te parezca.

Solo a Ana, claro, porque era la que a ella le molestaba. Las otras dos, que ya iban a lo suyo, no la molestaban para nada, porque no me separaban de ella. Pero Ana sí.

A Ana, que era pequeña y delicada, o la que ella hizo más pequeña y más delicada de lo que en realidad era, había que apropiársela para impedirle estar conmigo. Así, de paso, castigaba a tododiós.

(Tos.)

Pero ella le llamaba a eso protegerla, ¿sabes? A todas horas. Hay que proteger a Ana de esas dos demonios. Hay que proteger a Ana de los disgustos. Hay que proteger a Ana de la presión de los estudios.

(Silencio.)

Y una vez sí que me lo dijo, en medio de una de nuestras discusiones, sin venir mucho a cuento: «Hay que proteger a Ana de su padre, que mató a su madre».

Me miró con tanto odio, que entendí lo que pasaría en adelante.

(Silencio.)

Ahí estaba el asunto. Esa era la excusa. «Te voy a castigar porque sé que ya no me quieres, te he descubierto: asume que eres un asesino, asume que eres muchas cosas. No mereces a Ana.»

(Silencio largo. Un minuto.)

Y vaya si la protegió de mí.

(Silencio.)

Desde el momento en que lo descubrió, intentó alejarla por todos los medios. No había manera de estar con ella, ¿sabes? Y eso duró años. Debes saberlo. Años.

(Tos.)

Pero lo logramos, a pesar de todo. *(Risa. Suspiro.)*

Y estoy contento de eso, no me importa decirlo. Ya da igual.

(Silencio.)

Lo hemos logrado, a pesar de la cosa enfermiza de los celos de Clara. Aunque tuviéramos que escondernos. Buscábamos maneras, Ana la primera. Me decía que se sentía agobiada por su madre y no sé cómo, con el tiempo, hablando de un montón de cosas, surgió ese tipo de relación que no es propia de las hijas con sus padres por bien que se lleven. De verdad que no sé explicarlo como no sea diciéndolo así.

Violar y abusar, para mí, es otra cosa. Puede que eso nuestro sea una forma de locura, pero está en los libros desde la Antigüedad, así que yo prefiero pensar que es una forma de amor. No es violación, por Dios bendito.

Y ya tenía catorce años, qué coño.

(Silencio. Tos larga. Agua.)

El día que vinieron a decirme que Ana había muerto, ya no sentí nada, ¿sabes? Ya me había hecho a la idea de que el desenlace sería ese cuando me avisaron de que había ingresado hasta arriba de pastillas para el catarro. Clara no falla nunca, ¿sabes? Aparecieron aquí para darme el recado y, desde ese momento, estuve en una cuenta atrás. «Faltan dos días para que muera. Falta un día para que muera.» Murió. Me dejaron salir para ir al entierro, pero no fui.

(Silencio.)

¿Para qué?

(Llanto.)

Cuando me muera, tendré en la cabeza esas conversaciones

con Ana en la casita de los bonsáis y en la retina la imagen de sus ojos mirándome cualquiera de aquellos días.

(Sorber de mocos. Tos.)

Era imposible no amarla.

(Silencio.)

Ana se parecía mucho a mi madre, ¿sabes? A medida que fue creciendo. Aquellos ojos. Aquella sonrisa. Incluso los coloretes del día que bailaba pasodobles en la cocina. Llegó un punto en que, cada vez que la miraba, no podía evitar que me volviese a la cabeza aquella imagen de mi madre bailando. Figúrate.

(Silencio.)

A veces era doloroso mirarla. Por eso.

(Tos.)

Un día, Clara me preguntó por qué ya no la quería, y le contesté que ya no era aquella que logró sacarme la culpa de dentro, ni aquella con la que todo era brutal a todas horas. Con ella todo empezó a ser un remolino tormentoso. Y le dije que necesitaba calma. En casa, todos sabíamos qué significaba calma.

(Silencio.)

Pienso que en ese momento Clara tomó sus decisiones.

Las otras dos habían crecido, y Clara estaba en un lugar que nunca imaginamos cuando nos enamoramos y somos felices, un lugar lleno de dinero, personas y otra vida que no era yo, ni la casa, ni la memoria de la época que ya no iba a volver. Fui más o menos consciente de que pronto terminaríamos odiándonos. Se le notaban los celos a pesar de que, aparentemente, daba la sensación de que me había comprendido. O nos había comprendido a Ana y a mí sin necesidad de decir nada. Todo parecía perfecto, pero no lo era. Estaba en el medio de una tormenta de nubes blancas en que la vida se torcía hacia un agujero negro que nos tragaba. Pero para mí ese agujero estaba lleno de amor, no me importa decirlo, aunque parezca un idiota y un depravado.

(Silencio.)

Y Ana seguía siendo el mar en calma. En la casita de los bonsáis.

(Silencio.)

Ya son suficientes verdades, ¿sabes?

(Tose mucho. Agua.)

Te recuerdo que no puedes usar nada de esto hasta que esté muerto.

(Silencio largo, llanto blando y largo, apaga la grabadora.)

Una tormenta de nubes blancas

(Epílogo)

o poder non pode
sospeitar sequera
como a rima interna do loureiro
marca o compás da primeira palabra que digas
no meu ventre
e que entre a paz...
que o poder non pode.

OLGA NOVO,
«O poder non pode», *Feliz Idade*

«Hay cosas para las que los drones serían perfectos», piensa el mensajero mientras da marcha atrás al comprobar que se termina la carretera asfaltada. El GPS es inequívoco y él asume que a veces hay motivos de peso para que su puesto de trabajo peligre, si va a ser realizado por un robot volador que supera carreteras sin asfaltar, algo que él no hará en su vida. El aparato le indica que su destino está más allá del asfalto, seguramente al final de ese camino de tierra y piedras. «No puede ser», murmura. No hay teléfono móvil indicado para contactar ni con la persona que envía ni con la destinataria, y quien remite tiene un nombre claramente ficticio: a ver qué se le ha perdido a Steven Patrick Morrissey para enviar nada aquí donde Dios nunca ha estado. Envía un whatsapp a su jefa, que contesta al momento, indicándole que, si el GPS dice que al final del camino de tierra está el destino, será verdad, que eche a andar. «Y al carajo», piensa el mensajero. Así que deja donde puede la furgoneta, coge el paquete y emprende el camino. Al menos pesa poco.

Es uno de los niños de Creus el que primero lo divisa entre los árboles con el paquete en la mano. Es ese que se curó del sarampión hace un par de años, y que tiene un leve recuerdo de cruzar las montañas acostado en el asiento trasero de un deportivo. Es la primera vez que ve a un mensajero y le llama la atención su abrigo rojo enorme, lleno de bolsillos y recovecos, cintas y velcros. El mensajero se queda pasmado al ver la aldea y, por un instante, recuerda los mundos alternativos que soñó cuando era chico, aquellos paraísos en los que se imaginaba que llovía chocolate. En ese mismo momento, desea respirar siempre el olor a petricor que viene de este suelo limpio, mezclado con alguna hierba aromática que alguien ha plantado cerca. Caen unas gotas de lluvia que mojan el paquete y lo sacan del hechizo. Tiene que volver y continuar con la ruta.

—¿Hay por aquí alguna Amanda Val?

Se sorprende de que ese hombre rojo que viene de un lugar donde hay abrigos sepa el nombre de alguien que vive en Creus.

—Tengo un paquete para ella...

El niño sale corriendo y lo deja con la palabra en la boca, sin saber exactamente qué hacer. ¿Cómo se entregan las cosas en un lugar así donde no llegan las furgonetas y donde huele a la más absoluta de las felicidades? Le da tiempo a curiosear a su alrededor. Allá delante, unas casas de piedra echan humo por las chimeneas. A la orilla de los caminos, los niños juegan. Todos tiran a pequeñitos. Más allá, un hombre en silla de ruedas lee un libro y les sonríe a veces al verlos saltar de piedra en piedra. De un grupo de mujeres que tamizan maíz se aparta una, a la que el niño ha ido a coger de la mano, y camina hacia el mensajero, que todavía tiene tiempo de ver a un par de personas en el tejado de una casa que parece en ruinas, a lo lejos.

—Yo soy Amanda Val, y dicen que tienes un paquete para mí...

—Vives a tomar por saco. Pero esto es muy bonito.

—Créeme, cuando llegamos, no era así.

Amanda firma el justificante de recepción y, con el paquete en una mano y el niño del sarampión agarrándole la otra, se queda observando cómo se aleja el mensajero hasta que su abrigo rojo se hace diminuto en el final del camino de piedras y tierra. Solo en ese momento mira el paquete. El niño ya se ha soltado y ha echado a correr hacia el prado donde otros chicos juegan a pillar. No resiste la curiosidad y, tras darle una ojeada incrédula al remitente, rompe el papel, que le descubre un montón de folios encuadernados y un sobre cerrado pegado con cinta adhesiva a la primera página. Al despegarlo, lee

El libro de la hija
HELENA SÁNCHEZ

Cuando abre el sobre, a Amanda ya le tiemblan las manos, y piensa en las respuestas del cuerpo ante la mente mientras suspira un momento y levanta la cabeza para calmarse, entreteniendo la mirada en divisar al mensajero, ese puntito rojo en medio del bosque.

«Efectivamente, nosotras no teníamos una casita de los bonsáis, porque vivíamos en una tormenta de nubes blancas», empieza lo que está escrito en la tarjeta blanca donde las letras bailan entre las lágrimas. Respira hondo y el corazón le late a toda velocidad. Ahí está su madre, tanto tiempo después, desaparecida para todos menos para ella, que por fin recibe su respuesta. Sorprendentemente, cabe en esas líneas escritas con la letra desgarbada e inconfundible de Helena Sánchez, la misma que firma la novela que tanto ha prometido y que quiere que Amanda lea la primera.

Cuando termina con la nota de Helena, allí en el principio del camino de Creus, o quizá en el final, Amanda ya sabe lo único que puede hacer. Ella, que pocas veces hace planes más allá de las exigencias de la tierra, el huerto, de Bruno o de los niños de la aldea, sabe ahora que en los próximos días, puede que para el resto de su vida, solo va a hacer una cosa hermosa: estar con su madre Helena leyendo esa historia que le ha escrito para que se aleje de la amargura y que le envía desde allí donde la vida la ha llevado, el lugar donde por fin es libre y quizá feliz.

Índice